大海商

马 季 ◎著

黄河出版传媒集团
阳光出版社

图书在版编目（CIP）数据

大海商：京都风云 / 马季著. -- 银川：阳光出版社，2020.9
　ISBN 978-7-5525-5530-1

Ⅰ．①大… Ⅱ．①马… Ⅲ．①长篇历史小说－中国－当代 Ⅳ．① I247.5

中国版本图书馆CIP数据核字（2020）第183256号

大海商　京都风云	马季　著

责任编辑　徐文佳
封面设计　U+Na
责任印制　岳建宁

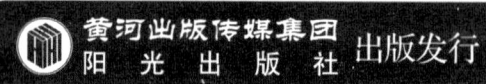

出 版 人　薛文斌
地　　址　宁夏银川市北京东路139号出版大厦　（750001）
网　　址　http://www.ygchbs.com
网上书店　http://shop129132959.taobao.com
电子信箱　yangguangchubanshe@163.com
邮购电话　0951-5014139
经　　销　全国新华书店
印刷装订　涿州军迪印刷有限公司
印刷委托书号（宁）0018679

开本　710 mm×1000 mm　1/16
印张　21.25
字数　300千字
版次　2020年12月第1版
印次　2020年12月第1次印刷
书号　ISBN 978-7-5525-5530-1
定价　59.80元

版权所有　翻印必究

目 录
CONTENTS

第一章	裕王即位	况且入朝	001
第二章	画符保命	初入仕途	017
第三章	初入幕府	劫杀又现	031
第四章	老酒压惊	霸气侧漏	049
第五章	圣意难测	上书试探	065
第六章	一鸣惊人	朝堂混乱	081
第七章	京城博弈	势单力薄	095
第八章	身负大义	雪后散心	109
第九章	况且被冤	师徒鉴画	125
第十章	各方筹划	应对危机	145
第十一章	天降喜事	福兮祸兮	165
第十二章	打脸护卫	立威收心	181
第十三章	身份之谜	谋反之忧	197
第十四章	雪人点睛	上司登门	217
第十五章	谜团未解	圣命独断	233
第十六章	官运亨通	震惊南北	247
第十七章	新官上任	银子铺路	263
第十八章	曙光初现	逼入死地	279
第十九章	光杆司令	筹谋开张	295
第二十章	白手起家	四处求援	311

第一章　裕王即位　况且入朝

新皇登基

公元1567年，紫禁城奉天殿内，举行了新皇登基仪式，裕王即位，改年号为隆庆，1567年即为隆庆元年。

登基仪式过后，群臣陆续退朝，到了外廷，大家才开始三三两两说话。

此时有不少人都在注视一个非常年轻的朝臣。

此人二十岁上下，身穿五品锦衣卫飞鱼服，神色间略有不自在。这位年轻的朝臣应该是第一次上朝觐见。

"这人是谁啊？好面生。"

"是啊，锦衣卫的官儿什么时候开始入朝觐见了？"

"你们不知道吧，这人是张太岳的幕僚，还是御医，听说是为了给大行皇帝治病，特地从南京接来的，可惜来晚了。"

"哦，就是他啊。"

朝臣们都明白了，先前大行皇帝——嘉靖帝病危时，的确传旨要从南京接来一位神医为大行皇帝续命，后来却没了消息。小道消息说这位神医在路上迭遭攻袭，险些命丧途中，来到京城时，大行皇帝已经驾崩了。

对于此事，许多人都知道，却都不敢公然宣之于口，用他们的话来说，这里的水太深。

况且站在众多朝臣中，神色有些紧张，却不东张西望，他在等张居正出来后一起回去。既然做了人家的幕僚，当然要跟张居正步调一致。

摸着自己的一身行头，他没想到自己居然一夜间成了锦衣卫的人。

但其实他并不是锦衣卫的正式成员，只是寄禄其中。

寄禄是明朝的一个特有关目，编制有限，不好安排正式职务的人就安排进锦衣卫，俸禄在锦衣卫中支取。最便利的地方是安排人员进锦衣卫，可以不通过吏部，也不用担心谏官的弹劾。

锦衣卫虽然权势不如往日，但是这套飞鱼服却最漂亮，比文武大臣的补服漂亮多了，前年礼部尚书、大学士高拱就被赐予飞鱼服。

内廷得势的宦官们也喜欢着飞鱼服，更高级些的就是坐蟒服，跟龙袍都有些相似，一般只有十二监的太监才能被皇上赐予。国公、侯爵一般都有坐蟒服。

况且虽然品级不高，这套飞鱼服却很显眼。这套行头穿着漂亮体面，况且穿上尤其显得阳刚帅气，所以才有那么多朝臣注意他，不然一个五品官员在朝会里就是垫底的。

况且这是第一次参加朝会，对这氛围也有些不适应。他不明白皇上为何给他参加朝会、正式觐见的权利，在他而言，这显然没有必要。

他现在腰间挂着两个牌子，一个是证明他身份的锦衣卫的牌子，一个是通籍宫中的牌子，也就是说他随时可以进入内廷，这可是外廷大臣们没有的特权。

他现在已经被列为皇上的御医，可惜到现在没见到皇上本人，皇上也没找他把过脉，所以他还是以张居正的幕僚自居。

"你是况允明吧？"忽然一位老者从一品大员的队伍中走过来笑着问道。

况且认得，此人正是首辅徐阶。

"况允明见过大人。"况且急忙拱手道。

他来到京城后，张居正第一件事就是询问他的字，开始以字称呼他，随后大家都开始称呼他的字，而不是名。这是正常情况，一般来说只有在正式场合，比如上下级之间，或者正式公文里，才称呼名。

况且来到京城，想以一个新面目出现，就亮出了自己的字，允明。可惜他还不能恢复自己的祝姓。

"你的事我可是听说不少啊，你还是我弟子的学生哪。"徐阶笑道。

况且恭谨地点头，一时间不知说什么好。

他的确是练达宁的弟子，练达宁又是徐阶的得意门生，所以徐阶是他的师祖。

"徐大人，你这可是倚老卖老了，允明可是跟我的弟子称兄道弟的。"

从旁边又走过来一伙人，领先一人四十来岁，气宇轩昂，身后簇拥的人更是比徐阶这里多很多。

这人正是新朝第一权贵，内阁大学士高拱。

"高大人。"况且又拱手见礼。

"允明啊，不必多礼，咱们都不是外人。我的弟子韦皋可是一向对你赞誉有加。走吧，太岳就在后面，出去等他。"

高拱说完，拉着况且就走，根本不理依然还是首辅的徐阶。

徐阶也不动怒，只是神色间有些落寞。

周围的人都看着首辅大人，心里为他感觉悲哀，一朝天子一朝臣，首辅在位的日子看来也不多了，不然高拱不至于如此嚣张。

徐阶神色坦然，丝毫不以为忤，也向外迈着方步走去。

"已经过气的人物，不用理他，除了倚老卖老还会什么。"高拱拉着况且一边走，一边说。

况且苦笑，这话他可不敢搭腔。

他对徐阶还是很尊重的，不单是因为师承关系，嘉靖帝的遗诏和新皇的登基诏书都是出自他的手笔，尤其是新皇登基诏书，革除嘉靖年间的积弊，那真叫稳准狠，可见徐阶对嘉靖时期的积弊还是一清二楚的。

况且被高拱拉着，愈发有些不自在，现在高拱和张居正的关系有些紧张，他可是张居正的幕僚，跟高拱走得过近，张居正那里会不会多心？

此时忽然人群拱动，高拱这才放下况且的手，回头看去，却见一人迈着大步走出来，神色特别严肃。

况且看后，心里有些激动，这位引起朝臣拱动的人物就是海瑞。

嘉靖帝病危时期，海瑞一直被关押在刑部死牢，徐阶等人始终在找机会援救他，不过嘉靖帝的驾崩倒是真的救了他。

据说嘉靖帝驾崩的那一天，一个狱卒带着酒肉来到海瑞的囚牢，给他加餐。海瑞以为自己马上就要被处死了，因为当时的惯例是对死囚犯都要加餐，发给最后一顿丰盛的断头饭。

他大口把酒喝完，把肉也都吃下，准备慷慨就义了，狱卒却笑着对他说，皇上驾崩了，大人很快就能自由了。

海瑞听说先皇驾崩，如雷轰顶，痛哭不已，伤痛欲绝，把酒肉全都呕吐了出来，气急之下，又大口吐血，险些不治身亡。

新皇登基后，不但没有怪罪他，反而为他恢复官职。这次朝会上，又任命他为江南巡按御史官居要职。

高拱等人都笑着跟海瑞说话，海瑞能恢复官职而且成为新贵，高拱也是有贡献的，当然这里还有徐阶和张居正的功劳，尤其是徐阶，对海瑞有救命之恩。

海瑞看到高拱等人，面色缓和了一些，点点头直冲而过。

高拱笑了笑，摊开两手对身边的人说道："海刚峰这脾气是没的改了。"

此时张居正出来了，和高拱亲切地说了几句话，然后就带着况且走出去。

"允明啊，家里都安顿下来了吧，家小怎么还不接来？"张居正一边走一边关心地问道。

"多谢大人，基本都安定下来了，孩子尚小，暂且不准备接他们过来。"况且道。

"哦，我倒是忘了，你现在有三个儿女了，不对，还是两个，给慕沙兄过继了一个。"张居正笑道。

况且被张居正的记忆力所折服，只要他听过一遍的事，绝对不会忘记。关键不在这里，张居正每日所要关心的事实在是太多了，而且都是国家政务，却能把别人的一件家庭小事记在心上，这可能就是这些大人物与普通人的区别之处吧。

他来到京城后，在张居正住处附近买下一套住宅。

京城虽说是寸土寸金，但只要舍得花，还是能买到好房子的，他恰好是不缺钱的主，花了一万两银子买了一套三进的四合院。

只是家里的人太少了，只有他跟周鼎成、萧妮儿三个人，只好又买了两个丫鬟、几个仆人、一辆马车，还配有车夫，南京那里虽然闲着的丫鬟仆人都能组建一支军队了，可是他总觉得形势还不够明朗，不想让家里的人过来。

"多谢大人关心，还想请大人给犬子起名哪。"况且笑道。

"起名？要论学术，我不如慕沙兄，论文采我还不如你哪，这种事我就不献丑了。"张居正说着，跟况且一起上了马车，回住处去了。

车中密语

"允明，我跟肃卿（高拱字）公之间有些误会，那是我们之间的事情，不应该影响你跟他的正常来往，他很喜欢你，你就大大方方跟他交往，不用顾虑我。如果连这点涵养都没有，那就不是我了。"

车内，张居正对况且正色道。

况且默然，他知道高拱和张居正发生冲突的缘由。

嘉靖帝病殁后，由首辅大人徐阶负责起草遗诏和新皇即位诏书，他没有找高拱，而是找来张居正跟他一起起草。向来就自觉比张居正高一头的高拱自然大为恼火，只是碍于跟张居正多年的交情，没有口出恶语，这在高拱已经很难得了。

此事按说张居正应该找高拱好好解释一下，问题并非出自他的身上，这点芥蒂杯酒可释，可是张居正同样是傲娇负气之人，坚决不解释，实则是不肯放低身段，两人之间多年的友谊由此开始出现裂痕。

况且还是来到京城后才知道，张居正竟然是徐阶的门生，只不过是座师跟学生的关系，不是授业恩师。打个比方，张居正和徐阶，就像他跟练达宁的关系，而练达宁和徐阶就像他跟陈慕沙的关系。座师和授业恩师有着本质上的区别，一个是面子，一个是走心。

在官场上，座师可能更有力量，因为一般的座师都是主持科举的大儒，身份地位通常比授业恩师要高出许多。

"大人多虑了吧，大人跟肃卿公多年来共患难，一点小事过去就过去了。"况且笑道。

"你岂不闻可以共患难，不能同富贵吗？"张居正笑道。

况且不敢再多言，这两人间的事据说连皇上都感到头痛，没法为他们弥补裂痕。他一介白衣书生，人微言轻，说了还不如不说。

看得出来，张居正不是很在意这件事，不然就不会采取不和解的态度，他们之间这种裂痕或许早就埋下了，不过是被这件事激发出来而已，隐情自然不得而知。

马车在御道上行驶，前后都是退朝后去往各大衙门的官员，两人坐在车内一时都没说话。

"你说肃卿可比古之何人？"张居正忽然问道。

况且想了想，笑道："这个不好比，毕竟没有完全相同的两个人，若是勉强比较的话，我倒是觉得肃卿公可比宋之寇准。"

"寇准？你未免高抬他了，寇准可是促使了澶渊之盟，建立了社稷功勋。"张居正略微一惊道。

"当然两人不完全相同，我说了，历史上就没有完全相同的两个人，只是勉强比较罢了。"况且道。

"好，你接着说。"张居正显然对这位年轻的才子很有兴趣，待他也很宽容。

"想当初寇准才气风发，锋芒毕露，善读书又不守章句，治事精明强干，精力过人，经常觉得天下事不足为也。他却缺少含蓄，甚至有时忘记君臣上下的礼仪，一次在殿上他因宋太宗不同意他的意见，就拉着宋太宗的袖子，不让宋太宗回到内宫，连宋太宗最后对他也感觉无法容忍。肃卿公各方面都跟寇准相似，将来或许难免恃功凌主之祸。"

况且是想到后来高拱不把神宗母子放在眼里，才说出这最后一句话。其实现在许多时候高拱已是独断专行，就是隆庆帝也经常不得不屈己从之。

"嗯，你这样一说倒是真有些像了。那么我跟古时哪位古人相像呢？可别用虚话恭维我，我可不依的。"张居正哈哈大笑起来，一部美髯在颔下飘拂。

张居正也有美髯公的美称。

"大人像哪个古人倒是不好说，不过我倒是有个期望，就是大人能做王旦。"况且微笑道。

"王旦？真宗皇帝的名相，你太高看我了。不敢当，不敢当啊。"张居正又哈哈大笑起来。

"王旦跟寇准是进士同年，两人同殿为臣数十载，王旦主相府，寇准主枢密院，共同辅佐真宗，铸成一代盛世。大人跟肃卿公共同辅佐今上多年，现在虽没有相府、枢密院的区别，但在今上的心目中，估计一为首辅，一位次辅，徐相虽说还在首辅位上，但是真正的首辅、次辅为谁，相信皇上心里明白，众多大臣心里也是明白的。"

"你这就言之过早了。"张居正叹道。

"大人请恕我胡言之过。"况且拱手道。

"这有什么，咱们是私下说话，又不是在朝会上。不过对肃卿的评价你说得很对，可是对我却估计过高了，王旦当年深得真宗宠信，帝眷甚隆，比寇准得君更深，要是用这个衡量，肃卿倒是王旦了。"

"肃卿公未必不能做王旦，只是缺少了为相的雅量。宰相肚里能撑船，肃卿公缺少的就是这个。"况且道。

"嗯，若说雅量涵养我绝不缺，也好，就当你的话是勉励之词，看我日后能不能做得今日之王旦。"张居正掀髯笑道。

两人接下来就是聊一些琐事，张居正主要是想要了解陈慕沙的情况，连带着问了些况且的家事。快到张府时，张居正忽然又道："允明，我退朝时出来晚了一会儿，是里面的一位大人留住我，让我转告你，说皇上近些日子实在是太忙，过些日子一定会单独召见你，让你不要有被冷落的感觉。"

况且心中莫名地有些小感动，皇上居然还没忘了他。

在朝会上，他排在最后几排，只是远远地看到了皇上，不过他发现，皇上目光看向他时，一个宦官在皇上耳边低语了几句，可能就是在向皇上介绍他吧。

张居正口中的大人自然就是内廷的太监，皇帝的贴身红人。

告别张居正，况且步行回家，未进家门却见车骑如云，好生热闹。

看见这架势，他就知道是小王爷师兄来了。

这次皇上登基大典，各地的文武大臣还有公侯勋戚也都来京朝拜，各国使节自然也是一个不落。

魏国公因镇守江南，奉旨不得进京朝拜，只好委派小王爷来参加大典，这是向新皇表示忠心。

"况公子，该叫您况大人了。"小王爷的护卫首领上前笑道。

"什么大人小人的，都是扯淡。"况且笑着拍拍他的肩膀，还是以前的表情和姿态。

这些护卫跟他都很熟，有不少人还跟着他奔袭过凤阳，此时都过来贺喜，其实就是借机讨要赏钱。

况且一一回应，答应马上每人分发二百两赏银做喜钱，这些护卫恨不得三呼万岁，把况且举起来抬进府里。

"喂，喂，你们这是干吗，绑架我师弟啊。"小王爷看着被众护卫抬进来的况且，假装表情严肃，却绷不住乐开花的笑脸。

护卫们见萧妮儿在这里，赶紧放下况且嘻嘻几声出去了。

"师兄，你哪天到的，怎么没给我个消息，我出城接你去啊。"况且整整衣服笑道。

"昨晚才赶到，差一点进不了城门。本来想直接到你这儿来，可是同行的还有一些友人，就没过来，要不你一晚上别想消停。"

小王爷说的友人自然就是跟他们地位相近的公侯子弟，按理说况且也是这圈子里的人，只是他向来不靠近这个圈子，慢慢地就没人把他当作这圈里的人了。

"哈哈，你看看他这身飞鱼服好不好看？我跟你说，许多公侯子弟都拼命地想进锦衣卫，为的就是弄这身衣服穿，不是锦衣卫的人，哪怕你是二品大员，没有皇上赏赐，也穿不了这身衣服。"小王爷看着况且穿着飞鱼服的样子，大笑起来。

"哈哈，还别说，真有点朝廷新贵的样子。"周鼎成也笑道。

况且叹了一口气，什么新贵，他现在还在水深火热中啊，来京城的一路上，他遭遇了多次攻击和刺杀，到现在也不明白都是哪拨人干的。

虽说到了京城，在天子脚下，安全系数高一些，可是那些人若是来头太大，就是天子脚下怕也镇不住他们。

"你怎么回来得这么晚，不会是皇上单独召见你了吧？"小王爷问道。

"哪里，是张大人拉我到他的车上，说了会儿闲话。"

况且换了家常服，然后坐下陪小王爷喝茶说话。

"张太岳啊，你跟他最好保持点距离，他现在跟高拱关系很微妙，陈以勤跟高拱已经势不两立，当年的裕王府三杰，现在就要成对头了。"小王爷提醒道。

"我知道，我是何许人也，根本不在人家眼里。对他们这些大人物来说，我就是无足轻重的小卒子。"况且喝了口茶道。

"不能这么说,我可是听说皇上今天本来要在朝会后单独召见你的,可惜让高拱拦住了。"小王爷道。

"什么,皇上要单独召见我?"况且有些吃惊。

"高拱是谁啊,他怎么这么坏啊?"萧妮儿不满道。

"高拱不是坏,主要是因为这次召见是徐阶促成的,不是他提出的,当然要拦阻。"小王爷道。

况且对皇上召见不召见并不在意,此时他倒是想到张居正对他说的话,看来皇上也是有些无奈,只好给他通个气,可能是怕他知道实情后冷了心。

可是他却糊涂了,他有什么重要的,皇上为何要这么快召见他?

把酒话旧

况且有些头疼了,他最怕的就是被搅在徐阶、高拱和张居正几个人紧张的关系中。说紧张都是轻的,尤其是高拱和徐阶,现在关系近似水火,可偏偏他跟徐阶又有师承关系。

"跟徐阶、高拱、张居正这些人都远一些,千万别让自己陷进去。"小王爷赶忙提醒道。

"我知道。"况且面无表情。

"按说皇上对你真不错,你一来就给你一个锦衣卫的五品官做,若是单独让你做御医,那身份就差多了。"小王爷道。

况且也很迷糊,本来按他自己的想法,来了只是当张居正的幕僚,仅此而已。

他到京城后,开始时的确如此,张居正见到他就把他至于自己的羽翼之下,以保护人自居。徐阶、高拱那里都向他伸出橄榄枝,他却没能去拜访,张居正对他说新旧更迭之际,还是离这些要人们远一些好,免得招来无妄之灾。

不料过了些日子，内廷有太监来传旨，任命他为御医，五品锦衣卫指挥使，还给了他两个腰牌。

他问过张居正，张居正说这是皇上自己的意思，属于圣裁，没有跟他们商量过。

君命难违，自然只好遵命。

不过他这个锦衣卫指挥使是吃空饷的，既没有衙门可以去办公，手底下更是没有一兵一卒，不然他还真想组建个血滴子队伍过过瘾。

他曾想过这是不是当年嘉靖帝曾经要直接赐他进士及第，被他拒绝了，隆庆帝也许是轸念先皇遗志，给了他这个待遇吧，可是想想他来京城途中的遭遇，又打消了这个念头。

虽说是朝廷闲散人员，待遇却不低，飞鱼服、家常服、礼服等各赐了一套，因为没有衙门，当然就没有给他配置轿子，只是给了车马费，看来锦衣卫还是比一般的朝臣待遇要高很多。

他去了吏部一趟，把一些文件都填好，吏部的人看着他就像看个怪物，不知这主是哪来的，又是来干吗的，一进京就弄了个美差，私下都以为他是公侯子弟，花钱买的差使。

登基大典前，他没想到会有机会参加朝会，结果朝会前三天，太监传旨，让他准备参加朝会，还给他讲了不少参加朝会的规矩，免得他到时候犯规被御史揪住了出糗。

这次连张居正都不淡定了，想了半天，也没弄明白皇上究竟什么意思，以前皇上的所有决定，几乎都是跟高拱、陈以勤，还有他商量过后才决定的，现在也是无论大小事都先征询他们的意见，只有况且的事，皇上从来没跟他们商量过一句。

"皇上应该是看在慕沙兄的情分上，格外看重你吧。"张居正最后只能这样解释，毕竟陈慕沙跟嘉靖帝父子都有很深的情谊。

这次况且虽然应诏赴京违背了隆庆帝的意愿，但还有君命难违这个冠冕堂皇的理由，何况当时前司礼太监黄锦亲自带队去接况且，况且就算想逃也很难。况且虽说是自己赴京，却更像是被押解进京。

皇上也许是用这个恩典来说明他并不计较况且以前的行为，而且还非常重视他的才学，以后会大用吧。

说了会儿话，仆人开始摆上酒席。

小王爷吹胡子瞪眼道："我说师弟，你这房子倒是不错，可是里面却是空的，简直就像被盗贼偷光了似的。你又不缺钱，干吗不多置办些仆人，我们来不仅要自己带着厨师、仆役，还得自带酒肉，有你这么待客的吗？"

况且笑道："我就是有厨师、仆役，你同样要用自己的人，干吗多此一举。"

小王爷还是当年的派头，不管走到哪里，都带着自己的全班人马，厨师是必须带着的，喜欢的美食都由他们自己采购，根本不相信别人。

不过有一点他说得没错，况且虽然买了几个丫鬟仆人，可要在家里待客的确远远不够，他请张居正的幕僚吃过几顿酒席，却都是在外面的酒楼。

"况大人，恭喜啊。"厨师上来道喜。

"同喜，同喜，银子一会儿就给大家。"

况且非常明白事，这些家伙就是没事愿意敲诈他，谁让他给人家一个人傻钱多的印象呢。

"哥，朝会是什么样子啊，你紧张了没有？"萧妮儿当然没见过正式朝会的情形，想象一下还觉得有些激动，更是感觉紧张，要是她在那种场合，估计就得吓得躲进墙角的阴影里了。

"就是一堆大人物聚在一起，给皇上叩头。"况且想想笑道。

"可别小瞧这朝会啊，大行皇帝可是二十多年不上朝，每举行一次朝会都是国家大典。所以能参加这种朝会都是一种殊荣。"小王爷道。

"大行皇帝的确二十多年没正式上朝，可是权柄从未下移，今上看样子会是个励精图治的皇帝，可是权柄现在已经下移了。"况且叹道。

受了陈慕沙的影响，况且对嘉靖帝还是有些莫名的怀念，嘉靖帝不管好赖，权柄始终在握，这可是一般皇帝做不到的。隆庆帝刚即位，大权已经有一半落在高拱手里了。

"不谈这个，这些都是那些大人物操心的事，咱们只管喝酒作乐，风花雪月。"小王爷举杯道。

"这次我来，石榴非得嚷着跟我一起来找你，我可是没敢答应。"小王爷道。

"现在还不是时候，暂时还不能接她们过来。"

况且也想石榴、左羚她们，更想孩子，可是现在形势还不明朗，他感觉危险不但没有远离，反而可能会更加严重，这时候他说什么都不能让石榴她们过来，置身险地。

"我就是这么说的，对了，还有你那个相好的，说是要自己过来找你。"

"什么相好的？"况且话出口才明白他说的是李香君。

"你装什么糊涂，自己欠下的债转头就忘了，人家可是要找你来还债的。"小王爷又幸灾乐祸起来。

况且笑笑，不知道小王爷是真不知道他和李香君的关系，还是故意装糊涂。

周鼎成一直没说话，只是闷头喝酒。自从来到京城后，他跟小君又接上头了，两个人经常聚在一起喝酒瞎侃，对外人他就基本无话了。

萧妮儿则不停地问着家里的情况，尤其是孩子的情况，小王爷没事常过去看看，他对侯爵府里的情况很了解，跟武城侯府也是有通家之好的，至于陈慕沙那里他更是天天去报到。

小王爷耐心地回答着萧妮儿的问题，说得况且心头更添乡愁。

"其实啊，我觉得要不是皇上任命你当这个官，还不如回南京逍遥自在，这里既无趣还有危险，相比这里，南京真是天堂。"小王爷唏嘘道。

"那是，南京官场上虽然有种种钩心斗角，有各种权谋，可是相对而言，还是都以享乐为主，哪像这里，一个个都像赛着要吃人似的。"况且叹道。

虽说他自从踏上赴京旅程后就没想过很快回去，可是比较之下，南京真是生活的天堂。只是南京那些官员们未必这样想，在他们眼中，京城才是他们的战场，他们向往的天堂。

况且想着自己在苏州、南京的生活，真是无比惬意舒适，到了京城后，却总有战战兢兢如临深渊的感觉。

"师兄哪天回去？能多待些日子吗？"况且问道。

"还得逗留半个月吧，过些日子，皇上皇后可能要召见我们这些勋戚，联络一下感情，这是每当改朝换代都必然有的节目，你可能也会被邀请，毕竟你现在是武城侯府里的人。"

"我大哥这次怎么没来？"况且问的是武城侯。

"听说最近边疆不稳，蛮夷们有些蠢蠢欲动，所以各地的武臣这次都奉旨不得擅离职守，就是怕边关有事。武城侯是南京左都督，当然更不能离开防区了。"小王爷道。

"又要打仗了？"

"大仗是没有的，不过边关消停这些年，该有些动静了，这都是常事，那些蛮夷隔些年要是不闹腾出点动静来就不会甘心。现在主要是俺答部有些动静，有传言说俺答又要叩关。"

况且端着酒杯的手停在空中，英宗朝前后，主要边患是瓦剌部落，嘉靖以来，主要的边患就是俺答部，都是蒙古旧部，主要在大同、宣府之外。

南京虽离这些边关很远，可是一旦战事发生，就有可能抽调南京的军队去边塞作战，所以这次魏国公、武城侯都没有离开南京，来参加皇上的登基大典。

这可以说明，边关还是很吃紧的，要不然不会连皇上的登基大典都搞得如此紧张。

"对了，我听说你们来京城一路上遭遇了好几次刺杀，都是谁指使的，查清了没有？"小王爷忽然问道。

"查清？根本没人查。倒是黄大人被削职了，而且连荫袭子孙的俸禄都给革除了。"况且想到这事就不由得生气。

"黄大人真是够惨的,一般来说新皇登基,原来的司礼秉笔太监必须是换人的,可是以前一般还都能安享晚年,待遇不但不会降低,还会增加一级。没想到黄大人到头来如此悲惨。"小王爷也是唏嘘有声。

第二章　画符保命　初入仕途

波谲云诡

黄锦去过南京几次，跟中山王府关系不错，小王爷跟黄锦很熟。

况且在来京城的一路上，更是跟黄锦朝夕相处，自然有些感情，黄锦一路上也对他极尽照顾，虽说是为了让他尽快赶到京城给嘉靖帝续命，况且却还是很领情。

不料一到京城，黄锦就被内宫收押，过后就被落尽一切职务闲住，应有的待遇都被革除了，后续是否会被清算尚未可知。

知道黄锦被收押的消息后，况且原以为自己也是这命了，没想到不但没有得祸，反而得福，有了这番际遇。

这里面究竟怎么回事，他也是一头雾水，至今仍不明其故。

"师弟，现在在这京城，你什么人都不能相信，皇上不用说了，天高地远，你想接触也接触不到。高拱也不用说，看他那一身跋扈劲儿，也不知能猖狂到几时。徐阶老奸巨猾，也不是什么好东西。张太岳为人阴沉隐忍，比高拱心计深太多，你得小心别让他把你卖了。"小王爷道。

"我知道，我不会依靠他们的，我又不想做官。"况且道。

"你知道就好。另外，我看你还是辞官回南京吧，咱们哥几个继续过无忧无虑、逍遥自在的日子,何必在这里苦熬?你不但一个人都靠不住,四周还有无数的饿狼盯着,你一身的肉可不够他们吃的。"小王爷劝道。

况且苦笑,回去那是不可能的。皇上既然给了他一个五品京衔,等于用绳子套住了他,轻易不会放他回去,他当然也不敢跟皇上撕破脸。

本来陈慕沙跟隆庆帝关系很好,可是经过这一路刺杀后,陈慕沙跟皇上的关系也变得很微妙了,他不能指望老师出面替他摆平这件事。

更何况现在还不确定都是哪些人找上了他,要是护祖派有明确记载的祖派和一些民间组织都找上来,他更不可能把这些祸事带回南京去,只能在这里硬扛着。

那些人想吃他的肉,他会让他们知道,自己的肉不是那么好吃的,不仅会崩掉他们的牙,还会要了他们的老命。

"其实我也觉得回家不错,这里天气冷,空气还干燥,吃的东西没有南京多。"萧妮儿幽幽道。

"要不你跟师兄回去,我还得继续坚守一段时间。"况且明白她是想孩子了,说的那些原因不过是找理由罢了。

"不,你不回去,我就不回去。"萧妮儿坚定地说道。

"现在说什么也晚了,要是单单做张太岳的幕僚,还有抽身的可能,可现在是被皇上盯上了,想走是不可能的。"

一直没说话的周鼎成叹道。

"皇上干吗盯上你啊,我听人说他身体挺好的,干吗非得让你给他当御医?"萧妮儿问道。

"还不是因为他医术太好了,皇上想长命百岁,当然要抓住他这个能给人续命的神医了。"小王爷叹气道。

说到底还是因为况且给太夫人治疗的时候,透支了寿命,还用了画符的能量,结果太夫人不但被从鬼门关救了回来,还返老还童了。皇上知道了这个情节,如何会放了他。长生不老一直都是天下所有人的最大愿望,皇上尤甚。

或许正是因为这个原因，隆庆帝不但没有怪罪他赴京的目的，还格外施恩，给了他现在的待遇。

"皇上干吗要以京城为都城啊，南京多好啊。"萧妮儿又想到这问题了。

周鼎成笑道："仁宗皇帝时，也想还都南京的，都已经正式决定了，可惜不是件容易事，南京那里的宫殿、公廨都年久失修，需要花费的银子太多了，就没能还成，后来的皇帝就再不想这事了。"

几个人说着话，喝着酒，不知不觉到了下午。

小王爷起身回中山王府在京城的府邸，另外还要去拜会定国公府，他们两家可是兄弟门庭，一府两公，世人荣之。

武城侯爵夫人前两个月诞下一子，继承了武城侯府的另一个侯爵爵位。一府两侯，也是前所未有的事，不过这事比较隐秘，外界知道的人不多，没有引起太大的轰动。

况且把小王爷送走后，又回到书房，呆呆地坐着。

如果说他以前还不知道这些权贵们之间的争斗，今天可是见识到了，高拱是在朝堂上公然跟徐阶叫板，徐阶只有忍让，再加上张居正在车里的一番话，让他更加不安起来。

现在的他跟徐阶、张居正都有着密不可分的联系，高拱又不知因为何故，极力拉拢他，最要命的是皇上的意思还不明确，夹在这三者的关系里，比赤脚走在刀尖上还要危险得多。

"你别多想了，现在不管怎样，皇上还是要保你的，他是要保他自己的命。"周鼎成端着一壶酒进来说道。

"怎么说？"

"今上颇为看中修炼，而且听说比先帝的瘾头丝毫不差，先帝最后的结局可是前车之鉴，他自己能不警醒？虽说先帝最后没能被你救过来，可那是太多人使绊子的缘故，你的医术大家还都是相信的。"

况且以前听到过一些传闻，只是不太相信，现在周鼎成言之凿凿，由不得他不相信。

"不仅今上修炼，张太岳也修炼，这你早就知道的，高拱是否修炼我不知道，只有陈以勤不为所动，这是可以肯定的。所以你只要有医术这张王牌在，就不怕皇上和张太岳不保你。至于高拱为什么拼命拉拢你，还不清楚，估计是跟徐阶有关。"

"跟徐相有关？"

况且感觉自己脑子有些不够用了，他这时才明白周鼎成不光是喝酒玩，这些日子可能联系了京城原来的那些关系，打听到不少消息。

"本来今上登基，徐相应该引退，首辅就应该是高拱的，可是皇上不知怎么想的，又挽留了徐相。高拱跟张太岳为此有了芥蒂，并非单纯是因为徐相找张太岳草拟先帝遗诏，更多的原因是高拱认为是张居正让今上挽留了徐相来对付他，毕竟徐相和张太岳可是有师生情分的。"

"哦。"况且有些明白了，难怪张居正根本不解释，不和解，原来这里面原因太复杂，只要徐相还在位，张居正和高拱就没有和解的基础。

至于事情是不是真的这样，他根本判断不出，他现在初入仕途，还是两眼一抹黑。

况且现在发现，不要说别人，他就是跟周鼎成这位天天在酒坛子里泡着的人相比，都像一个白痴。

"张太岳这里不管可不可靠，就目前来看还是最可靠的关系，他跟陈老夫子的确是交情笃厚，只要不是自身难保，他不会真的弃你不顾，皇上那里倒是真如小王爷说的那样，天高地远的，关键时刻真的可能来不及，倒未必是不可靠。"

"真是士别三日，刮目相看啊，没想到你对这些事倒是门儿清。"况且惊笑道。

"这有什么，我可是在这块地方摸爬滚打了许多年，看到的听到的太多了。在我原来那个位置上，只要不是瞎子聋子，就都能看得清听得清。"周鼎成道。

"我看你还是继续当中书吧，这样我可以多一双耳目。"况且忽然想到。

"嗯，这一点我正在考虑，不过还是过些日子等基本情况明朗后再说，至少咱们得先确定下来不用继续逃才行。"

周鼎成的一番话让况且心里的阴霾少了一些，他拿过一个杯子，让周鼎成给他也倒一杯，然后一口喝下。

在苏州、南京，这些方面的事都是由陈慕沙、魏国公出面帮他处理好，他只管显示自己的才学，现在各方面都得自己来了。再者，南京的政治气候跟京城比，还是相差太多。

"还有一点，你得装糊涂，就是咱们来时遭到的那些刺杀，有一些可能就是出自今上的命令，你只能吃这个哑巴亏了。"周鼎成又提醒道。

"嗯，这个我早就知道。不过我现在没想明白，护祖派究竟有没有出手？"况且问道。

这一路上的攻击和刺杀很多，却没有一个能查明身份，护祖派的人有什么特殊手法他不知道，所以就无法确定护祖派有没有对付他。

要判明这一点很重要，如果护祖派开始对付他，那就说明他暴露了，如果没有，他就还能有一个缓冲期。

"我怎么能知道，那些人被你杀的那么快，我根本就没看到他们的出手。你真是个怪胎，简直是专门对付杀手的杀手，你是怎么做到的？"周鼎成苦笑道。

"哪儿是我杀的，我可没有开杀戒，这一点严重声明。都是它们做的。"况且说着，把桌子上的两幅画拿起来笑道。

"这东西真成精了？"周鼎成赫然倒吸一口冷气。

"我不知道，现在连检查都无法检查，根本不清楚里面藏着什么恶鬼妖魔，反正对我没坏处，而且它们认我为主，关键时刻还能自动护主，这就足够了。"况且道。

画符护主

这两幅画现在究竟是什么东西，况且也不知道，他根本无法打开查看。

自从上次发生变故后，画卷就跟焊死了一般，怎么也打不开，为何如此，况且自然是不知道。

"那天究竟是怎么回事，我们冲进去的时候，一个人就直挺挺地躺在地上，一点气息都没有了，究竟是谁出的手？"周鼎成问道。

那还是在他们来京城途中的一家驿站里，况且对这一切当然记得很清楚。他不可能记不清楚，那是他第一次遭到刺杀。当然许多事都是过后回忆起来的，主要是受了刺杀的刺激后，一些模糊的记忆居然清晰无比。

在他进入驿站，洗漱吃喝前，他都没有感觉到任何异常，对周边情况也没有注意，毕竟有十几个大内护卫在周围保护他和黄锦几个人，根本不会出任何差错。

他回到驿站房间后，躺在床上还在想着危险会什么时候到来，就在这时，窗户开了，等他警觉到这一点时，一点寒光已经逼近了他的眉心。他当时什么都没想，只是用尽全力把身子侧了一下，想要避开眉心要害，至于来不来得及已经没有时间想了，他甚至也没想这是什么情况，就只是一种本能的反应而已。

随后，他就听到扑通一声，声音沉闷，好像是一只硕大的鸟儿撞进来，突然坠落，莫名其妙死在地上。

就是这种感觉，他清醒过来的一瞬间，就发现是自己那两幅画自动从床上的行囊中飞出来，然后包裹在一个人身上，从窗外飞进来的那个刺客一点挣扎都没有，束手就擒，立马变成了一只死鸟。

等他再看时，两幅画又自动飞回到行囊中。

他完全懵了，根本不知道这是怎么回事，随后又是"砰砰砰"的声音，却是外面的护卫听到动静，撞开门冲进来，看到眼前的情景，他们全都懵了，完全不知道发生了什么事情。

地上的一具死尸从哪里来的？是死人自己飞进来的？居然手中还拿着一柄雪亮的长剑，这是怎么回事？

况且看了看赶来的护卫，发现周鼎成跟在这些人的后面，同样是一副发蒙状。

须臾，黄锦带着全部侍卫赶过来，连声问怎么回事，大家都你看看我，我看看你，没人能答得出来，纷纷问况且刚才发生了什么。

况且只好说他也不知道怎么回事，他正在床上躺着，就听到有东西从窗外飞进来，等他坐起来查看时，就是这样了。

侍卫们当然不相信他的话，这完全是睁着眼睛说瞎话嘛，可是现场毫无打斗的痕迹，除了那扑通一声，他们也没有听到其他任何响动。侍卫们仔细检查了这个"死鸟"的身体，竟然是毫发未损。

"是刺客，被人收买的刺客。"大内侍卫统领叹道。

"你认识他？"黄锦问道。

"不认识，可是这人从气势、手法上能看出来，应该是那种专门供人重金雇佣的刺客，只是他怎么好好的就死了，身上又一点伤都没有，也不像中毒？"这位统领看了半天，更加懵了，他根本不知道这人是怎么死的。

过后，周鼎成找个况且身边没人的时机问过他怎么回事，况且就悄悄告诉他，是那两幅画。周鼎成明白些了，就没再继续追问。

那些大内侍卫看着况且的眼神都有些晕，他们觉得是况且用什么他们不知道的方法把来人弄死了，毕竟况且是神医，谁知道他都有什么招数。

其实当时即便没有这两幅画出来救主，况且也有把握逃过一劫，他当时的确避开了头部，随后就可以把手腕上的兵符发出，他不相信刺客变招比他发出兵符还快，只是这两幅画抢先了一步，倒是节省了他的兵符，毕竟兵符是有发射数量限制的，一年只有两次。

书到用时方恨少，功夫也是一样，况且一直以为自己修炼的只是养生功，但在那个性命攸关的时刻，却显示出不下于任何功法的奇妙处，如果不是他修炼得全身上下柔若无骨，根本避不开那必杀的一剑。

"你说这东西现在能自己飞出来杀人了？"周鼎成这才知道那天的真相。

"就是，我也不知道怎么回事，好像传奇小说里那些剑客打造的飞剑有这种功能。"况且道。

"什么飞剑也没有这种功能，这可是有自主意识了。"周鼎成苦笑道。

他想起来有一次，况且打开这两幅画时，吓得他当即逃出屋去，现在他有些庆幸自己的英明了，不然估计也得变成"死鸟"。

况且摸着这两幅画，却感觉不到任何东西，就跟普通的画布一样。

他现在不知该把这东西叫作什么，肯定不是兵符，兵符既没有自动发射、反复使用的功效，更不会自动飞回，这两幅画应该是杀死了韩子平后才有的这种奇异的变化。

"你自己画的东西怎么自己都弄不明白了？"周鼎成不解道。

"我真的不知道怎么回事，我要是知道就画不出来了。"况且苦笑道。

周鼎成想想也是，真要想画出这样匪夷所思的画来，没人能做到。都说顾恺之用画龙点睛法画出一条活龙来，可那只是传说而已。

他现在看着那两幅画就觉得瘆得慌，真佩服况且天天都守着这两幅画。

况且现在看着自己画的两幅画心里也是有些不平静，这可是为自己立了大功的，第一次杀了韩子平，第二次救了自己，不管怎样也不能弃之不顾。

"这东西究竟是什么神奇之物？"周鼎成也想摸摸这两幅画，手伸到一半又缩回去了，生怕被咬一口。

况且笑了起来，究竟怎么回事，他当然是绝对不知道，等什么时候千机老人再露面时，向老神仙请教吧，不过这次他可有得意的了，他画的画可是比兵符还管用，现在就是不知道还能不能飞出几百里杀人。

"你小子既能让人返老还童，还能弄出这个怪物，我要不是认识你这么久了，都无法想象你是什么怪物，茅山道士见到你都得甘拜下风。"周鼎成感慨道。

"你说的那两种人也是听来的，又没真的见过，不过这两幅画我是准备当作自己保命的王牌了，就算是以后遭到反噬我也认了。"况且道。

"应该不会。"周鼎成只能这样说，心里一样没谱。

"哎，这画你是怎么画出来的，咱们探讨探讨，我也画一张，放在身边壮胆。"周鼎成说着又给况且倒了一碗酒。

况且这才明白他进屋来说这些话的用意，原来是想学他画这种画的技巧。

"这东西我也不知道怎么画出来的，就是那些"地狱图"，你都看过的，我画了好多张呢，只有这两幅是这样的。"

"上次你画的那幅秋香的肖像好像也有点奇怪，咱们把那张画封起来了，若是不封起来，会不会也有这种变化？"周鼎成又想到况且画的秋香那幅画上。

"不会，这完全是两种不同的画，秋香那张肖像画虽然有神韵，却不会害人，这张画可是能摄人魂魄。"几经折腾，况且心里已经很清楚是怎么回事了。

"不管是不是一类，总归已经跟画无关了，你身上是不是有些特殊的变化？"周鼎成就想弄明白这个。

况且现在心里明镜似的，原因当然就是身上画符的能量，只是他没法告诉周鼎成。

"我记得你身上有种莫名其妙的能量，专门克制外力侵扰，会不会是那种能量的事？"

"有可能，只是那种能量根本找不到，想用的时候也没法用，只有它自己愿意发挥作用的时候才行。"

"嗯，那就一定是这原因了，好可惜，要是你身上那种能量能自由使用的话，咱们可就谁都不怕了。"周鼎成向往道。

"是啊，可惜不能。"况且不想再继续这个话题了，叹息道。

"可惜秋香那幅肖像画放在南京了，没带过来，不然倒是可以好好研究研究。"周鼎成无限惋惜地走了。

况且等他走后，又拿起那两幅画，继续以各种手法尝试打开，他不可能就这么放弃，这可是关乎他小命的事，绝不是儿戏。

圣意难测

况且也是拼了，他什么办法都用尽了，甚至连传说中的滴血认主的方法都用上了。他还特意采了左手中指的血。传说人中指的血独特而又诡秘，跟其他手指的血不一样，有通灵的功能。

滴血认主的方法不灵，更诡异的是血液根本渗透不进画布里。画布又不是铁板，血液怎么会渗透不进去？

他看着自己的一滴滴血液从画布上滚落下来，身体里的血液都快凝固了，他真的不知自己究竟创造出了什么怪物？

他走到火炉旁，坐着烤了半天火，身上这才暖和过来。血液重新在血管中流淌，他甚至能听得到血液奔流的声音。

滴血认主不灵，他就改神识渗透。

他虽然练了多年静功，可是练的并不是什么仙法道诀，神识根本不能外放，还谈什么渗透？不过他想出个办法，就是在画旁凝神回想自己所画的每一笔每一画，希望能引发共鸣，这也是一种认主仪式。

最后他当然毫无意外地失败了。

"你又鼓捣那幅画啊，弄得屋子里阴森森的？"萧妮儿推门进来问道。

况且待的屋子里经常阴森森，萧妮儿早就知道，也都习惯了，一进来就知道他又鼓捣那幅画呢。

按她的想法，这种画就应该赶紧扔掉，虽说它救了况且几次命，但谁知道哪一次就会要况且的命啊。

况且不是没这样想过，他一方面觉得舍不得，一方面又觉得既然是自己创作出来的，应该不会狠心对自己下毒手，他是怀着侥幸和自我安慰的心理才这样想，可一点把握都没有。

"没事闲的，研究研究。"

况且知道萧妮儿对这两幅画有些畏惧，就暂时停手，把画锁到壁橱里。

萧妮儿知道劝不动他，也不再多言，搓着两手道："好冷啊。"

况且皱眉苦笑着看她，这大冬天的，她就穿了一身贴身的内衣就跑过来，不冷才怪。

萧妮儿这一路上就嚷着冷，而且越往北嚷的越厉害，可是叫她多加衣服却等于白说，到了京城，她穿的跟在南京时一样多。

虽说北方的屋子里都有暖炕、火墙、地炉这些保暖的东西，屋子里的确不比南京冷，可是外面就真的不一样了。

这么冷的天，她从内宅跑到外宅，只穿着单薄的内衣，没冻成人干就不错了。

况且就是既抗寒又耐热型的，却也要穿上棉夹衣才不觉得冷，只是为了不引人注意，出去时还是穿着厚厚的毛皮衣服。

"你身上倒是热乎，给我暖和暖和。"

萧妮儿毫不客气地坐在他怀里，而且把冰冷的手插到他衣服里取暖。

况且苦笑道："你把我当成暖炉了？"

"嗯，你就是肉暖炉。"萧妮儿很认真地道。

"嗯，嗯，我认命了。"

况且只好点头，这一路上他就充当肉暖炉的角色，早都习惯了，只不过今天是第一次明确下来。

他对萧妮儿还是很愧疚的，此番他赴京是怀着慨然赴死的心情来的。之所以蹈死不顾，是因为况家祖祖辈辈始终过着逃难亡命的生涯，他不想再继续下去了，他想要死中求活一次，哪怕是搭上自己的性命也在所不惜。

临行前他给老师陈慕沙留下一幅字，录的是东坡的诗："无官一身轻，有子万事足。"

这说明他的真实心理，如果没有孩子，他可能真的会逃，可是有了子女，有了后代，他真的觉得，就是死也没什么大不了的。

来京城就是进入虎口，这一点他启程时就知道，只是那时还不能确定自己是否真的能活着进入京城。

现在他已经在京城安身下来，这其实就是初步的胜利。

不过当初想杀他的人现在都在京城，这一点他知道。他现在是既置身虎口中，又在群狼环视之下，危险指数怎么估计都不为过。

他有时甚至会自嘲地想，皇上赏了一个五品锦衣卫的衔儿，是不是就是因为他明知必死却依然来到了京城。

如果是在启程时他是奉大行皇帝的旨意，后半程他可是接到了今上的圣旨，不管前皇今上，他都奉召唯谨，也许正是这态度获得了皇上的赞赏。

此事内里究竟怎么回事，皇上究竟是什么心思，连最懂皇上心思的张居正都弄糊涂了，何况别人。

张居正倒是真心实意地想帮他，通过隆庆帝身边的人打听了一下，可惜这些人也不知道皇上的心思。这一次对况且的任命就是真正的乾纲独断，隆庆帝很少这样做。一般来说，无论是政务还是官员任命，他都要先听听高拱、张居正的意见然后才决定，尤其是高拱的意见，更是隆庆帝最重视的。这次况且进京，隆庆帝做了一系列安排，却都直接跳过了高拱、张居正，只通过内监来传达命令，旨意也是直接下到吏部、兵部，高拱、张居正都是过后才知道。

况且那个御医只是个名头，并没有品阶，正式的身份就是锦衣卫指挥使。可是新朝初定，所有官员的任命都应该由大学士兼吏部尚书高拱来拟定名单，然后取得皇上批准，这才是正式的程序。

高拱对此似乎并无芥蒂，对况且也处处显示出青睐，一副刮目相看的样子，所以才有许多人认定况且就是当朝新贵，腾飞只在须臾。

况且对此认识的最清楚，别说青云直上，他日后能否保得住小命都难说。

他可以预料到，一旦自己遭殃，周鼎成和萧妮儿也一定性命不保，所以他开始时坚持要一个人来京，可惜周鼎成根本甩不掉，坚持说跟在况且身边就是他的使命。这也罢了，萧妮儿也跟牛皮糖似的缠上来，坚持跟他生死与共。

左羚和石榴并非没有跟他一起赴死的决心，只是她们更加理性些，知道一起跳进火坑并不值得，必须有人抚养孩子成人，这才是更重要的，所以她们都留在南京，可是她们心理上的折磨可能比萧妮儿更甚。

况且抱着萧妮儿烤着火，倒也惬意，不多时，萧妮儿就有些迷糊得要睡过去。

正在此时，况且身上忽然一僵，他听到了外面周鼎成的脚步声。

周鼎成的轻功练得不错，的确是迈步如猫行，脚步也轻快如猫，但毕竟没到踏雪无痕的境界，况且还是能听到他的脚步声，而且从他急促的脚步声可以察觉出一定是有什么事发生了。

他又把听觉向外扩展，却仿佛遇到一堵无形的墙，把他的听力阻住，他心中寒意更甚，这种状况说明外面真的来了高人，而且是知道他听觉出众，故意使用手段拦阻了他的听觉。

"怎么了？"萧妮儿一下子精神过来。

"没事，好像是大哥在外面巡查呢。"况且道。

"他是不是酒又喝多了，或者跟你一样闲得慌，整个家都空荡荡的，巡查什么啊。"萧妮儿不以为意，又蜷缩在况且的怀里，想要睡觉。

须臾，周鼎成来到他的窗前，只是打个响指，示意没事，可以安心睡觉。

况且心下了然：周鼎成一定是遇到谁了，而且跟那人说了几句话。至于来人是谁，他心里已经猜到了，一定是跟他始终若即若离的慕容嫣然师徒。只有遇到她们两个，周鼎成才能放心地说没事，若是遇到别人，他就会发警告了。

自从前几个月况且跟这对师徒闹僵后，再未见到过她们，却经常能感觉到她们在自己身边出没。

对此，况且假装感觉不到，也从不想去跟她们接触联系，对于内地的勤王派和海外的君王组织，他不仅是有了抵触心理，更是想跟他们彻底了断。至于父亲况钟和妹妹况毓在海外，他也想以后再想法接出来，最起码父亲和妹妹还是没有人身危险的。

他现在是泥菩萨过江，自身难保，想再多也没用，只能等自己有了足够的力量，那时候才能去想父亲和妹妹的事。

但是他有一点却是非常坚信的，那就是他绝对不能跟父亲和妹妹一起落到君王组织的手里，否则就会一起变成别人手上的傀儡。

正是出于这种清醒的认识，他才把赴京这条死路当成活路，逼迫自己死中求活，因为他已经没有别的路可走了。

第三章　初入幕府　劫杀又现

鱼刺疑云

张居正幕府里事情很多，说是日理万机一点不为过。

张居正现在虽说是礼部尚书，可是他管辖的事情远远超出了礼部的内务，诸如军务、河运、练兵、征饷、土地、田赋、治河，官员人事任免以及其他五花八门事无巨细，他都要管。况且感觉张居正的幕府简直就是一个缩微版的小朝廷，行使的是宰相府的职权。

礼部主要管理的是国家文人方面和礼仪方面的事，诸如教育、科举等等，再就是对那些所谓的贞洁妇女的旌表。况且进入张居正幕府不久，就遇到一个讨论一位妇女是否应赐予贞节牌坊的问题。这是一个致仕官员的妻子，丈夫死后如何悲伤、如何坚志守节的事当然只有纸上那些描述性的文字作证，况且对这些是不大相信的。

据此，张居正的几个幕僚间发生了激烈的争执，争执的原因是因为这个妇女在夫死后不到三年时，被鱼刺卡死了。

按照纸上的文字说明，这妇女是用鱼刺自杀的，可以称之为殉夫，以死殉夫是完全可以得到一座牌坊的。

"这样的妇人怎么可以旌表，丈夫死了她还有心思吃鱼，这可是三年守丧期间，不能吃荤腥的。"一个幕僚攮臂怒道。

"老兄，人家可不是吃鱼，是以鱼刺为自杀工具。"一个赞成旌表的幕僚争辩道。

"她如果没有吃鱼，鱼刺从何而来？"

"也许是从外面得来的，也许是家里别的人吃的，但是这位妇人并没有吃鱼。"

"这只是纸面文字说的，我严重怀疑她就是吃鱼被鱼刺卡死的。"

况且心里感觉好笑，这还用严重怀疑，分明就是。不过他没有说话。

于是，赞成旌表和反对旌表的幕僚开战了，争论了一个下午也没有定论。主要就在于这个妇人是否吃鱼了，如果是吃鱼被鱼刺卡死的，那就说明她守丧期间严重犯戒，哪里还能得到旌表。赞成的人则对此或者装作不见，或者坚持说鱼刺是这位妇人从别处得来的，而不是她自己吃鱼。反对的人提出质疑：既然是自杀殉夫，自杀的工具那么多，为何偏偏选择如此偏门的鱼刺？难道天井有盖子吗？手边没有剪刀、绳子吗？

赞成的人对此的确无言可对，他们心里也暗恨不已，为何偏偏要用鱼刺自杀，不要说工具另类，自杀时的火候也不好掌握啊，虽说每年都有被鱼刺卡死的，但想要专门用鱼刺卡死自己不是件容易事，比吞金自杀难多了。

最后他们只好咬定：虽然说不明白这位忠贞可敬的妇人为何一定要选择鱼刺自杀，但这份忠贞可对天地日月，绝对毋庸置疑。

张居正听完两方的争辩后，最后拍板：旌表可以给，不过文字上一定要处理好，不要提那个败家的鱼刺了，就简单说这个妇人以死殉夫就足够了。至于她究竟怎么死的不要多着笔，而是要着重在她守丧期间如何悲伤就足够了。

事后，张居正对况且说了自己的苦衷。今年一个够旌表的妇人都没有，这现象不好，说明天下礼仪道德有颓丧的迹象，他身居礼部尚书可谓失职，也可以说明皇上以孝治天下的力度还不够，所以亟须一个代表人物来提振道德风气。

张居正心里窝火，对着不知身在何处草拟这份旌表申请的人发了脾气："鱼刺？他以为这是科场上考《孟子》吗，还鱼刺熊掌的，这是败笔，绝对是败笔。"

显然，身为礼部尚书，张居正对此人文风的沦丧也感觉自己负有责任，所以才怒气冲冲。

初入幕府，况且作为一个旁听者、旁观者，没有加入他们的讨论中。这既是张居正的建议，也是他自己的想法，等到大致情况都了解后再发表自己的意见。

幕府里搜集了全国各地方方面面的资料，几乎所有方面的事这里都能找到相应的资料，况且最惊奇的是这里居然还有一份全国任职官员、致仕官员的档案，还有朝廷庶吉士、待选官员的档案。

况且一边翻阅资料一边想：高拱若是知道这个细节，一定会产生不满，官员档案资料铁定是吏部权力范围，不容其他部门染指。

但高拱一定会知道，张居正的幕府绝不是保密部门，这些人在这里做什么都是大张旗鼓的。别说高拱，就是朝廷一般人物都知道。

也许所有大学士的幕府都是这样运作的，况且只能做如是想。

"小伙子，人要务实些，这里可是容不得才子轻浮气的地方。"老管家看着况且一页一页不停翻阅的样子，苦口婆心劝道。

这位老管家不是无的放矢，况且这种年轻才子他见多了，京城里无论缺什么，都不缺才子，连本朝文坛盟主王世贞都被排挤出京城，这位王大盟主还是张居正的同年进士呢，又能怎样。

况且嘿嘿笑了两声，继续不停地翻阅着，他的照相式记忆早已经把所有资料都刻印在脑子里了。一般的土地田赋资料也是可以拿出去阅读的，可是官员档案不允许离开这座府邸，只能在这里阅读，所以况且过目不忘的能力派上了用场。

老管家见劝不动他，也不再多说了，他认定了况且是那种想要不鸣则己、一鸣惊人的年轻人，总想着给皇上上一道什么万年平安策，好青史留名的那类浮躁人物。

况且看到一页时忽然失声笑了，这是文坛盟主王世贞的档案资料，下面的批注是："文采有余，政事不足。"写下这批注的恰恰是张居正。

况且看到王世贞的现任官职是河南按察使，这不是以前练达宁调任的官职吗？练达宁拼命避开了，最后谋任南京按察使，没想到最后这项官帽落到了王世贞的头上。

由此事可以看出，高拱、张居正这些人对文采还真不是很看重，他们最重视的还是处理政务的能力，简单说就是务实，这跟南京截然相反。

老管家失望地走开了，脸上的神情写明了"孺子不可教也"。在他看来，况且这孩子是没救了，官员档案资料是何等严肃的事，他居然还能笑出声来，简直不可容忍。

幕府里其他幕僚对况且的态度也很矛盾，况且要进入幕府是两年前就定下的，他们都知道，可是谁也没想到的是况且一进入京城，就被皇上授予五品京衔，而且还是锦衣卫指挥使。

锦衣卫可是皇上的私人卫队，连兵部吏部都只是保存他们的档案资料，却没有权利管辖，所以况且可以说是皇上那边的人了。这些幕僚现在看况且，就像看待一个莫名闯入他们队伍中的异类分子，没法给他准确定位。

不要说他们没法定位，现在况且自己也没法给自己定位，因为谁也不知道皇上到底打的什么主意。

锦衣卫都指挥使路行人折柬相邀况且去做客，他自然没法拒绝，去那里走了几遭，每次都按常例备上一份不薄不厚的礼物，只是没有按照官场礼仪行庭参之仪。路行人待他如贵宾，一点看待下属的意思都没有，同席的同僚官阶比况且都高，可是他们待况且也如上宾一般，倒是弄得况且浑身上下不自在。

他们都认为况且在锦衣卫不过是镀金来的，况且寄禄这里自然是混个资历，一两年后就会高升，这种情况并不多见，这才看得出皇上对况且寄予之重。

"老弟啊，皇上对你的心思可不一般啊，老弟日后要是平步青云，可别忘了咱们锦衣卫这些兄弟。"

一次酒后，薄醉的路行人拍着况且的肩膀说道。

况且来了兴致："大人，皇上对我究竟什么心思啊？"

路行人酒意顿时醒了，佯怒道："老弟，做人不能不地道啊，这种事你明白我明白就行了，千万不能说出口。"

况且听他如此说，只好不问了。

这位路大人的来历他不知道，张居正自然是知道，不过他没问。

内廷十二监和锦衣卫都是皇上自己的势力范围，自然用的都是皇上自己身边的人。嘉靖年的锦衣卫都指挥使就是嘉靖帝的奶兄弟陆炳，两人虽不是一奶同胞，却是吃一个娘的奶水长大的，情感自然不同，这种关系跟康熙帝和曹雪芹的爷爷曹寅的关系一样，奶兄弟也是那个年代特有的一种关系，有时候不比亲兄弟差多少。

路行人当然跟陆炳没有任何关系，要是有的话，也不能在隆庆帝身边站牢，外廷里嘉靖朝的老臣还保留了一些，可是内宫和锦衣卫里的主要位置上，嘉靖朝的人一个不剩地被淘汰了，可谓是彻底的大换血。

致命风险

新皇登基已经两个多月了，况且依然闲得无聊，他几乎什么事都没有做，内心里却是无时无刻不紧绷着，任何的风吹草动都会让他心中一惊。

他不是自己吓唬自己，而是身处的环境几乎就是死地，即便他视死如归，却也无法不正视这种随时都可能到来的致命风险。

"你其实不用这么紧张，你现在已是锦衣卫指挥使了，算得上是朝廷大员，谁要想杀你得想想后果。动一个朝廷大员可不是小事，皇上的面子往哪里搁？"周鼎成安慰道。

"若是皇上那里出了问题呢？给你的随时都能收回去，一个指挥使算什么？"况且道。

"若是皇上对你有什么想法当然就不好说了。不过皇上真要对你有恶意，不用等到今天吧，咱们刚进都城时，随便就把咱们料理了，何必多此一举，先封你个指挥使，然后再杀掉你？

况且想想也是这个道理，但他最猜不透的就是皇上的心思。都说高拱和张居正是皇上的心腹智囊，可是这事他们两人也都是对皇上的心思感到高深莫测。

锦衣卫作为皇上的亲兵卫队，是独立于其他军队之外的，但兵部还是有一定的管辖权，任命一个指挥使这种事应该事先跟内阁打招呼，尽管内阁和兵部并不能掣肘。但此事却是皇上很少的几件独断专行的事之一。

据说开始时高拱对此事意见非常大，他以为是徐阶和张居正两人私下串通好，想在皇上身边安插自己的耳目。

不管从哪个方面看，况且都应该算是徐阶和张居正圈子里的人，况且是练达宁的门生，练达宁又是徐阶的门生，从此而论，况且得叫徐阶师祖爷了。况且又是陈慕沙的弟子，陈慕沙和张居正的关系朝廷里差不多每个人都知道，前两年张居正打算把况且招为幕僚，没人感到意外。

过后，高拱才通过宫里司礼监的关系知道这事跟徐阶和张居正一点关系都没有，完全是皇上乾纲独断，由司礼监一手操办，皇上并没有打算给徐阶和张居正留顺水人情。

"皇上想要一个真正的自己人？还是别的什么意思？"

高拱想这问题想得头发都白了好几根，却也没想明白，他不敢太往深处想，否则岂不是说皇上根本不信任自己和张居正这些人了，想要另外组建一套私人班子？这当然是不可能的。多少年来，皇上对自己都是言听计从，从没驳过自己一次建言。皇上绝对不会为一个毛头小伙子得罪众大臣。

所以高拱对况且一直非常客气，还带着明显的尊重，这种客气和尊重里却也带着明显的防范。况且对此也感觉到了，却不在意，两人间本来就等级悬殊，若是像酒肉朋友那样亲近反而不太正常了。

"你怕什么，不是有你哥我在吗？"

现在况且家里唯一的常客小君如是说。

"有你管个屁用，你是皇上肚子里的蛔虫？"况且没好气道。

"屁用管不了，不过你要是真有危险，哥可以保证你随时安全离开京城，你以为我来这里干什么来的，就是偷偷地给你打造一条安全通道。"

小君喝着况且这个指挥使名下每月能领到的美酒，跷着二郎腿道。

况且转头无视他了，这厮就是天天吹嘘他的"秘密通道"，在南京时就这样说。不过那时候他跟周鼎成两人可能真还搞出一条能通往南京城外的通道，现在嘛，这说法水分有多大只有天知道了。

"我说你要是真想知道皇上对你的心思也不难，哥教你一招。"小君诡异一笑。

"什么招儿？"况且急于求成，一时不察，还真上了钩。

就连周鼎成也很好奇，把脑袋凑过来洗耳恭听。

"你在街上随便找两个京城有名的衙内啊、青皮地痞什么的，开开杀戒，随后就看皇上如何处置你，是不是保你，一招便可看清楚皇上的心思。"小君大笑道。

"滚！有多远滚多远。"况且怒骂道。

不过滚的不是小君，而是况且，他实在受不了继续跟这家伙在一个屋子里了。

莫说况且，就连一向跟小君狼狈为奸的周鼎成都受不了了，在桌子底下给小君一记武当旋风腿，差点把小君踢飞出去。

这家伙也太坏了些吧，明知道况且不到生死关头决不会开杀戒，哪里会闲着没事杀人玩，这不是明摆着捉弄人嘛。

"你干吗呀，你属兔子的，还玩兔子蹬鹰啊？"小君是从不吃亏的主儿，马上一记幻影拳打在周鼎成右肋上。

"你属鹰吗，说我是兔子，咱俩找几个人评评，看看谁才像兔爷。"周鼎成知道打不过小君，主要是防不了他那无影无踪的幻影拳，只有况且是这种绝技的克星。

所以他接下来也不动手动脚了，而是准备来一场口舌大战，其实这方面他跟小君比也得甘拜下风，只是差距跟武功比小了些而已。

况且原先逃到隔壁，听着这两人越说越下道，赶紧逃进内宅了，耳不听为静。

"你这是怎么了，有狼狗追你啊？"萧妮儿看到他的狼狈相，笑着问道。

"真要是狼狗就好了，这厮可比狼狗凶多了。"况且苦笑道。

萧妮儿知道小君的说法后，就明白况且为何捂着耳朵逃跑了。

况且从小就接受只能救死扶伤、悬壶济世、不得开杀戒的家规，不要说开杀戒，就是听着心里都过敏，会有种犯罪感。

"小君也就是随便说说吧，他对杀戒看得不比你轻。"萧妮儿道。

况且点头，心里却明白小君早就开杀戒了，只是他杀人手法巧妙，无人知道罢了，死在他手里的都会被官府断定为自然死亡。

况且到京城这几个月，几乎断绝了跟外界的往来，除了跟张居正的那些幕僚们还有张居正的两个儿子经常来往，这些都是他身为张居正的幕僚不可避免的。

他在京城并非举目无亲，其实还不少，武城侯的岳父一家就在京城，按说跟他的关系非常近了，他到京城后，武城侯的岳父派人送过请帖，他拒收，又派他的儿子就是武城侯的小舅子来拜访他，他也拒之门外。

他这样做就是怕万一哪天他出事了，会连累武城侯岳父一家。

他孑然一身来到京城，说到底就是准备死中求活，但他心里也明白，生的面太小了。他已经做好了最坏的打算，希望能以自己的死来免除对家人、亲属乃至老师和朋友的连累，当然如果能挺过这一关，他就可以破除悬在况家历代祖先头上的无形之剑，不用再过逃亡的生活，不用活在被追捕、被追杀的阴影中。

这是他的生死关，也是打破诅咒的生死关，关乎况家的后人，也就是他的子孙的命运，所以他准备以死相搏。

南京周文宾家、凤阳左家在京城都有买卖，况且发信告诉这里的管事人，在形势没有明朗前，不要跟他接触，以免殃及池鱼。

周鼎成和萧妮儿都笑他杞人忧天，忧患意识过强了。在周鼎成看来，他们既然到了京城，危险指数已经大大降低，何况皇上还给他一顶锦衣卫指挥使的官帽，这就是保护伞啊，但况且执意置自己于薄冰之上，噤若寒蝉，他们也没办法。

他不拒绝小君来，是因为没人知道小君的身份，就算在外面有无数人监视他，小君也能神不知鬼不觉的来去自如，这一点是任何人都比不了的。

现在外面究竟有没有人监视，他不知道，连周鼎成和小君也没查出来。但况且认定有，这不是迫害恐惧症，而是他知道皇上身边高手无数，具备各种特异功能的奇人异士很多。他们很享受在皇上身边受供奉的日子，所谓学成好武艺，售与帝王家。

这些日子里，最高兴的就是萧妮儿了，因为况且每天都会带着她逛街，在京城各处溜达，这可是从来没有过的事。

这其实仍然是况且的危机意识在作祟，他想要了解京城各个区域、各条街道，为不知何时降临的危机做准备，另外他也是想要选个好地方，准备好好做买卖。

他想的就是先把药业做起来，这很简单，就是把在南京左羚的那一套原样复制过来。左家在京城的买卖很小，因为这地方龙蛇混杂，一般人想把买卖做大是不可能的，但况且现在有官方身份，相信明着敢压他的人不多，这就具备了把买卖做起来的条件。

他还想着把典当生意也做起来，既然不想在官场上混，多赚些银子还是好的。

危机可能有，也可能没有，厄运可能哪天会来，也可能根本不会来，他现在不去多想，不管怎样，银子还是要赚的。

虽然他现在已经有了很多银子，但他还是觉得不够，不是他太贪婪，而是他心里有个梦想，就是把成祖时代郑和下西洋的舰队重新建起来，这可不是一两百万两银子能做到的。

但他下定了决心，只要他不死，就一定要做到，一定要再现当年郑和下西洋的绝世风采。

杀劫初现

况且带着周鼎成和萧妮儿走了很多地方，也没有找到合适的场所。

京城虽然寸土寸金，这在他不是问题，他花得起大价钱，问题是合适的店面根本没有出售的，能够出租或出售的店面，况且又看不上眼。在他想来，他需要的是独立的场所，而且面积还要非常大，他可是要建一个药厂，还有很多药店。另外拍卖行的地点不仅要好，而且要壮观要有气派，总不能找两个低矮的房子做拍卖行，弄得跟地下赌场似的。

这些日子他了解到，大部分好的地方都被那些百年老店占据了，这些百年老店的来头大得吓人，就算来头不大，背后没有靠山，况且也不可能搞强买强卖那一套。

实在不行，只好用武城侯府在京城里的产业了，这也是况且不喜欢做的。开拍卖行的地方他也相中一处，不过那是英国公府的产业，看来还得跟英国公夫人好好商量是买下来还是用武城侯府的产业置换一下。

他之所以不喜欢这样做，就是因为他真的想把这些关系全部斩断，这样就是他哪天出事了，也不会连累到别人，不过看来暂时顾不上这些了，否则他真的没法在京城大展拳脚。

京城里最好的产业几乎都被亲王府、公侯府垄断，此外就是太监和富商，当朝虽然是文官当道，他们在京城里所置的产业却很少，大多数把钱投在了家乡。这是文官的基本共识,致仕后回乡养老,决不留恋京城的繁华。

萧妮儿开始时还不适应京城的寒冷,尤其是不时刮起的寒风,让她感到酷寒难耐。不过她适应能力极强,不到一个月,不仅适应了,而且比北方人还耐冻,穿的衣服也不比在南京时厚多少,却不再嚷嚷着冷了。

况且跟周鼎成都是抗寒暑能力超强的人,所以对南北方气候变化并不敏感,跟在况且后面的两个仆人是本地人,却穿着厚厚的棉袍子、棉帽子,还有看似笨重实则很轻巧的棉鞋。五个人似乎活在两个截然分明的季节里,看上去很滑稽。

萧妮儿像个骄傲的小凤凰似的当头走着,手里拿着一串糖葫芦,一边吃一边不解地看着况且和周鼎成,不知道他们对这等美食为何不屑一顾,难道是怕凉,还是怕咯坏了牙齿?

况且和周鼎成左右保护,一些垂涎萧妮儿美貌的恶少和地痞看到这两人的横眉冷对,还有这等阵仗,也就退避三舍了。

"你们干吗不吃,真的很好吃啊。"萧妮儿对周围垂涎的目光无感,只是不停诱惑着况且和周鼎成两人。

"你好好享用吧,多的是,小心把牙吃坏了。"况且笑道。

他向后面望了一眼,又跟周鼎成交换一下眼色,两人早都觉出后面有尾巴,已经跟了几条街了。

"自己人还是其他方面的人?"况且用眼神问道。

"都有。"周鼎成也用眼神回答。

况且看看街上熙熙攘攘的人群,实在不明白后面的人是什么意思。闹市可不是杀人的好地方,倒是跟踪的绝妙场所,在人群中很难找出后面盯梢的人,不过干吗要盯他的梢?

对方是皇上的人?民间高人?还是护祖派的人?

按理说,现在只有这三部分的人有可能对他构成威胁。

皇上不放心自己,原因何在他想不明白。按说他原来最大的威胁是能治好先皇的病,甚至有可能让先皇恢复健康,这可是对今上最大的威胁,毕竟谁也不想当百年太子。随着先皇的驾鹤西去，威胁彻底解除了，那么皇上对他的戒心又是源自何处？

这是况且这段时间百思不得其解的问题。

护祖派要抓他是因为他的身份，说他身上有建文帝当年的藏宝图，真是滑天下之大稽也。

况且对自己拥有藏宝图的传说更是滔天的愤慨，这究竟是哪个混蛋造出来的谣言？丧尽天良啊，还不是给他树敌么简单，简直就是变着法的要他的命。

如果能找到这则谣言的源头，况且真能不惜大开一次杀戒，他真是无比痛恨这个没事找抽的家伙，简直是把他放在火炉上烤。

"让让，让让，小心烫着油着。"

一个穿着酒楼店伙计服饰的人提着两个巨大的食盒在人群中横冲直撞，还大声嚷嚷着。

美食外卖这种事并不是后代发明的，唐宋时就有了，明朝外卖行业尤其发达，想要尝到各大酒楼的正宗美食，只有叫外卖，当然叫得起这种外卖的都是有钱人，想要一碗炒粉或者麻辣烫还是免谈吧。

大家纷纷躲让，烫着未必，衣服被油了就犯不上了，那些食盒看上去干净，但有油渍是免不了的。

况且一行人也都闪到一边避让。况且趁停步的机会还扫视各处，想要分辨出盯梢的人。

周鼎成也在做着同样的事，虽然没有感觉到太大的威胁，可是总被人在后面盯着，还是特别不舒服，尤其是来源不明的盯梢。

就在那个店伙计走到况且身旁时，忽然对面一个人不知是躲闪不及，还是躲的方向反了，忽然撞在那个伙计的身上，店伙计人如炮弹般向况且飞去，两个食盒则飞向萧妮儿。

况且来不及多想，身子一闪，就把两个食盒接住，倒不是这两个食盒有什么危险，完全是出于本能反应，此时他也根本没觉察到任何危险。

就在此时，他的身体忽然感觉到了威胁，霎时间一股恐怖的感觉袭上心头，他整个心都瞬间冰冷，还好他的身体完全靠本能发挥了作用，腰肢诡异的一扭，就跟耍杂耍似的，弯成一个半月形，一道寒光闪过，一柄锋利的短刀从他的肋下飞驰而过，这一刀完全是奔着他的心脏来的。

一刀落空，那个伙计模样的人也是一怔，他完全没想到会失手，在如此近的距离，速度又是那么快，怎么可能失手呢？正因如此，暗杀经验丰富无比的刺客反而一瞬间怔住了。

这跟给他的资料完全不符，说好的况且根本不会武功，顶多会点针灸什么的小伎俩，可是这哪是不会武功的人的身手？这情报假到了令人心寒啊。

他也刺杀过不少武术名家，从来没失过手，没想到竟然在一个阴沟里翻了船，一世英名毁于一旦啊。

他的刺杀经验丰富不假，架不住况且被刺杀的经验也很丰富。这还是其次，主要是况且自小修炼的五禽戏、内功还有那套说不上名字的行功都在一瞬间爆发了，这才能本能地躲过这必杀的一击。

况且练的那些功法没有技击手段，可是身体却练得轻巧无比，什么迈步如猫之类的完全不在话下，身体的强壮性和柔韧度更是一般的名家也没法相比。也就是说，他不一定打得过人家，人家要打败他就更难了。

"好狗贼。"

周鼎成反应过来了，这显然是策划好的谋杀，是一个组合拳，后面盯梢的人完全是为了扰乱他们的注意力。

他没有佩戴兵刃的习惯，此时一脚飞起，直奔刺客的胸膛，这一脚的威力绝不比那把短刀差，而且冲击力更强，只要踢中了，这刺客的心脏也就成了一团血水。

可这名刺客根本不接招，而是飞速后退，顺势还抓住身边一个惊得不会动弹的行人向周鼎成的脚上拦去。

周鼎成一叹，只好停住腿势，他不是执意要拦住这名刺客，主要还是把他逼开，况且的安全才是最重要的。

就在这名刺客飞速后退的同时，周鼎成眼角看到令他心胆俱裂的一幕：又是一柄短刀已经刺向此时提着两个食盒，身体刚刚恢复平衡的况且。

这是"双重杀劫"！

双重杀劫

当下周鼎成和况且的距离也就是两步之遥，可是那一脚他用尽了全力，本想一招让杀手毙命，不料对方给他送上了一个无辜的受害者，他为了收回刚刚踢出去的脚，身体已经失衡。若在平时，两步之遥，他只需一个侧跃就可以把第二名刺客撞飞出去，此时只能眼睁睁看着那柄短刀的刀尖触到了况且的胸口。

第二杀，依然是奔着况且的心脏，更为迅速的必杀的一击。

到了此时，萧妮儿才反应过来，明白他们是遇到刺客了，在来京城的一路上，她跟况且没有住在一个房间里，所以刺杀的场面她还是第一次见到。

此时她吓得浑身都软成一团泥，心脏更是仿佛停止了跳动，脑子里一片空白，什么都想不了，什么也都做不了，嘴巴大张着，却一丝声音都发不出来。

近旁的几个人也都成了泥塑木雕。

更远一些，却根本没人看到这一幕，几尺开外，一切照旧，只有这方圆几尺，成了一个微缩的杀戮国度。

周鼎成和况且现在才反应过来，他们都忽然产生了一个怪诞的想法，仿佛他们这几人被抽离到一个另外的世界，跟身处的世界完全平行。

况且遭受第一次刺杀时根本没有任何想法，也没意识到是怎么回事，现在他意识到了，脑子里却想不出应对的办法，根本没有办法，不过他平时练就的身法自然显现了，身体本能地向后倒仰去，来了一手标准的铁板桥。

铁板桥并非什么高明的武术，一般的武术家都能玩这一手，甚至柔韧性好的小孩子都能做到，但在此时，却成了唯一的救命招数。

短刀紧贴着况且的胸膛、咽喉划了过去，却如划在水面上，同样不可思议地落空了。

况且此时手里还握着两个食盒，这是唯一暴露出他根本不会武术的地方，他早已忘了手里还有食盒这种事，更不会想到把它扔掉。

他的姿势诡异无比，既好似高深莫测，又好像笨拙无比。

此刻，周鼎成收住身段成一个鱼跃冲过来，他是想把第二名刺客撞飞，至于是杀死还是抓住，都不是最要紧的，保住况且的命才是唯一要务。

他这一撞也落空了。

显然第二名刺客吸取了第一名刺客的经验，此时虽然也跟第一名刺客一样，感觉好像老天跟自己开了个大玩笑，居然在一个丝毫不会武功的人身上失手了，根本不可能发生的事再次重演。

他真想大喊，替自己叫屈，但多年来的经验让他避免了犯错误，一击不中，他没有再尝试，而是马上后退，他连姿势都没有变，仍然保持着向前刺杀的姿势，身子却如被一条看不见的线牵着似的，飞也似的倒退出去。

周鼎成也不追击，他看了一眼刺客后撤的身法，就知道自己就是追也追不上，更怕旁边还有刺客，他停住身子，横在况且和萧妮儿身前，警惕地扫视周围。

况且此时一个鲤鱼打挺又直立起来，这才发现自己还搞笑似的提着两个食盒呢，搞得自己跟个店小二似的。他苦笑着把食盒扔在地上，转身看向萧妮儿："怎么样，你没事吧？"

萧妮儿说不出话，此时身体才能动弹，一下子抱住况且，如同溺水的人抓住了一根稻草。她什么也不说，只是紧紧抱着况且，脑子里一片空白，已然魂不附体。

她明白那杀机都是冲着况且去的，她似乎根本不在那两个刺客眼中，也正因如此，她才后怕得厉害，要是真的想杀她，她倒未必如此害怕了。

此时周围几个人才像被解除禁锢似的，四下逃散，有人声嘶力竭地喊道："杀人啦！杀人啦！"

周鼎成看看周围已经变成一片真空，这才放心，问况且："你没事吧？"

他更是后怕不已，此时才看明白，况且这记铁板桥施展的无比玄奥，他们身后就是一家店铺，况且距离店铺只有半个身子的距离，这一记铁板桥刚好施展开来，况且那时候的姿势像足了一个横在水面上的拱桥。

他当然也能施展出来，而且毫不费力，还能施展得更好，可是适才却根本无解，因为他根本不可能那么快施展出来，原因无他，就是没时间。等你想到时，刀尖也就穿透心脏了。

他此时冷汗如雨般冒出来，心里却感到很诡异，况且对时机的把握、招式施展的快速绝伦，完美超过了他这个练了大半辈子的武当名家，这一刻他很能体会到那两个刺客的心情。

"铿"的一声传来，周鼎成向声音传出处望去，却看到对面一个二层的店铺房顶上，两队人正在厮杀，他一下子就辨认出来，其中两人正是逃走的那两个刺客，跟两个刺客对阵的正是慕容嫣然师徒。

"原来是她们。"

周鼎成早先就感觉出有自己的人跟在后面，现在才能确认是慕容嫣然师徒，难怪那气场给自己很熟悉的感觉。

"快走。"

况且看到了对面的厮杀，可是刚才有两个人大喊"杀人了"，结果大家都向他们这里涌过来，对面房顶上的厮杀反而没几个人注意。

他不想引起过多的关注，何况附近人群中有可能还隐藏着敌人，不过他有种感觉，今天针对他的刺杀计划应该画句号了。

他向对面屋顶上看去，正在激战中的慕容嫣然发现他在看着，即刻挥挥手，示意他赶紧走人。

况且和周鼎成急忙走开，况且半抱着萧妮儿，走出几步远，萧妮儿才恢复过来，虽然还是全身酸软，却能自己走路了。

后面两个仆人现在才反应过来，急忙趔趄着跟上来。

"这是哪伙人啊？"周鼎成回想着刚才的情景，却猜不出刺客的身份。

有这等水平的刺客，这个组织绝不可能是无名的，虽说刺客都比较注重个人隐私，刺客组织更是恨不得永远埋藏在阴影中，但总会有一些传闻。即便最隐秘的一向都被视作传说中的高人，也不可能完全隐身。

"不知道，反正是对头吧。"

况且低语一句。周鼎成江湖经验丰富，连他都猜不出，自己何必再白费力气去猜测。不管是哪方面的人，反正是想要他的命，或者是被想要他命的人花钱雇来的。

"你怎么会有这么多对头啊？"萧妮儿惊魂未定问道。

况且苦笑："我哪儿知道啊，反正就是有人想要我的脑袋。这叫人在家中坐，祸从天上过，拦都拦不住。"

"你说得好像是有多大福气似的，还拦都拦不住。"萧妮儿没好气道。

况且看看后面两个仆人，快被甩出一条街了，他现在也管不了他们，反正不会有人想要他这两个的性命，就停下对两个仆人道："你们先回家吧，不用跟着我了。今天这件事对任何人都不许说半句，否则我饶不了你们。"

两个仆人连连点头，如遇大赦一般，惶惶然向后走了。

这主子是真没说的，待下人就跟亲人一样，尤其还是一个无比年轻、前程无限的锦衣卫指挥使。他们平时跟着况且，都感觉无比荣耀，今天才知道，跟着这个主子，一不小心也是会掉脑袋的，江湖比他们想的复杂一万倍。

"没用的东西，难怪你不喜欢买仆人，关键时刻真的都是废物。"萧妮儿恨恨道。

"这个你真别怪他们，刚才这关节谁都没用，任何人想拦住那两个要命的祖宗都来不及，还真是多亏他自己了。"周鼎成道。

"你刚才怎么做到的？我要不是了解你，还以为你跟那两个刺客串通好了，在演一场戏，而且事先还必须经过精心排练。"周鼎成现在也不明白不懂武术的况且怎么能在根本不可能避过的情况下，化险为夷。

"什么叫怎么做到的！我练了那么多年难道白练了？跟你说吧，别看我不练你们那些招式套路，那是因为那些都是虚的，是摆在表面给人看的，我练的都是实实在在的，是精华，是内涵。大哥，懂不？"

况且很显摆地自我吹嘘道，不过经过刚才的事，他的确有吹嘘的本钱。

"狗屁。"周鼎成失笑骂了一句，不过他也承认，况且或许真的得了武术的某些真谛，不然不可能有刚才的表现，难道说况家祖传的内功五禽戏、行功真的还有他看不出来的奥秘？

况且在心里却想着别的东西：运气，也就是气运。

他身上的画符吸了不知多少能量，据那位神仙老人说，那就是天运。或许真正救了自己的就是这种运道吧。

"没人再来杀咱们了吧？"萧妮儿看着周围，依然很紧张地问道。

"你错了，不是咱们，只是他。咱们两个请人来杀都没人来。"周鼎成指着况且道。

"你个乌鸦嘴，我怕什么你说什么是不是。"萧妮儿气道。

周鼎成看看周围稀稀疏疏的行人，而且没人有意靠拢他们，估计这场危机应该过去了，毕竟要策划一场刚才那样的刺杀不是件容易事。

"走吧，找个地方喝酒，我得喝坛百年老酒压压惊。"况且道。

对这个提议，另外两人不仅赞同，而且感觉说到他们心里了，他们实在需要一坛百年美酒来压惊了。

第四章　老酒压惊　霸气侧漏

慕容师徒

没有什么事是一坛子百年老酒解决不了的,如果不行,那就两坛子。

况且他们要的不是一坛子,也不是两坛子,而是五坛百年老酒。

他们找到附近最好的一家酒楼,直接上到三层,要一间雅间。掌柜的很是作难,说是只有一个雅间是空的,而且还是被人预定的,所以请他们坐大厅,可以给他们赠送点酒水。

"这是什么屁话,我们像是没钱的人吗?"周鼎成憨的一肚子火都发泄到掌柜的头上了。

"既然有空的,我们要了,谁预定的等他们来了,让他们找我就是。"

况且说着就把腰牌拿了出来,在掌柜的眼前一晃。

这是他入宫的腰牌,一直没有用处,他还没进过皇宫呢,因为皇上一直没有召见他,没想到在这儿派上了用场。

掌柜的没看清是什么腰牌,老实说,就是再仔细看也不知道是什么。这种腰牌在京城里不多,即便内阁大学士都没有,因为凭这种腰牌可以进入到皇帝皇后的寝宫里。皇上就是召见大学士也是在外面几大殿召见,没有在寝宫召见的道理。

掌柜的知道这年轻人来头一定大得惊人，只好答应。至于那位预定的主儿，等来了再说，反正是熟客，大不了赔礼再赔礼，送上一桌丰盛的酒席什么的也能敷衍过去，眼前这位明摆着是惹不起的。

要说对人的判断，没有人比开店的掌柜更准确的了，基本一眼就能看出来人是干什么行当的、身份如何、家底如何，这都是多年熬炼出来的。

况且平时决不会做这种事，没有雅间在大厅坐也是一样。相反，他平时很喜欢在大厅里喝酒，喜欢开放的空间，而不是隔开的雅间，憋屈嘛。

但他今天实在太需要一个隐秘的地方好好喝喝酒了，于是就拿出了霸王架势。此刻他的心情无法形容。

酒搬上来后，况且和周鼎成都是大碗满上，一言不发，连喝三碗。

萧妮儿也不甘示弱，把桌子上的小碗酒杯什么的挪到一边，也是大碗喝酒，不过只喝了一碗。

况且现在身体里仿佛有一支小号在吹响。他是后怕，当时不怕，不是不怕，而是连怕的念头都吓没了，过后急着逃离现场，也没觉得怕，现在消停下来，恐惧的感觉就上来了，身体里自然出现了激昂的声音，以此对抗汹涌的恐惧感。

"别被老子查出来是谁做的，否则非灭了他满门不可。"周鼎成愤愤道。

况且没说话，又给自己满上一碗，他继续喝酒给自己的身体找平衡，不是失去重心的那种平衡，而是身体内部的平衡。

周鼎成只是说说，单看这两名刺客的身手就明白，如果是个组织，绝不是周鼎成惹得起的。他自己也清楚，如果这两名刺客是冲他来的，第一个刺客那关他就过不了，也没这顿酒了。

看起来对方对况且是足够重视的，加了双保险，却不料重视程度还是不够，依然被况且躲了过去。

躲过两招后，就算再有埋伏也没用，那时候周鼎成已经站在况且身前了，想要杀掉周鼎成再继续杀况且是不可能的，因为慕容嫣然师徒就在附近。

时间，杀劫拼的就是时间，有时候就是一秒钟！

慕容嫣然师徒是看到况且没有危险了，这才会追击刺客，如果还有别的刺客，她们决不会这样做。虽说这样做不过是亡羊补牢，可是放任刺客逃走还是太憋气窝火了。

"这都是什么人啊，锲而不舍的，都追了一道了，不是说了咱们进京城他们就能罢手的吗？"萧妮儿不解道。

"连他们的来历都不知道，当然更不知道他们的用意。兵来将挡、水来土掩吧，想多了没用，喝酒，想要我的脑袋不是那么容易的。"况且道。

他今天有两次出手的机会，完全可以留下那两个刺客，却没有出手。他在躲过必杀一击后，完全可以发出手腕上的兵符，那两个刺客功力再高，也不可能躲得过兵符。

却也正因如此，他才没有发出兵符。既然最危险的那一刻已经躲过去了，也就不用单纯为了杀人而浪费掉两个兵符，毕竟这东西还是保命的绝招，用掉了还需要金龙的能量来补充，划不来。

他现在可是隐约明白金龙的神奇了，虽说不能确定是那所谓的天运救了他，还是他多年练出的身手自救，但他觉得天运的成分还是有许多的，即便不全是。

等小二端上几盘菜来时，况且和周鼎成已经喝完两坛子酒了，小二看着两个空坛子，惊得目瞪口呆。萧妮儿喝的不多，只喝了三碗，可是小二看着她面前的大酒碗，一样惊叹，这位也是酒中巾帼吧，心里佩服无比。

不过老酒对化解恐惧这种感觉的确有效，大凡出征前，将士总要喝酒壮行，其实就是壮胆，酒劲儿上来，可以将生死置之度外。

况且只是简单地要了几样菜，对他们来说主要的是酒而不是菜，只是进了酒楼单独要酒不要菜有点说不过去，所以只是象征性地点了几样。

"如果是护祖派和空空道门的人，他们不会雇杀手吧？他们会自己出手。"周鼎成依然心有余悸道。

他的意思是问况且会不会还是皇上派出的人。况且摇头，这些事他根本判断不出来，从南京到京城的一路上，他遭遇了十多次刺杀，最后也没明白到底是什么人在背后操纵。

至于说护祖派和空空道门不会雇杀手来暗杀他,他不完全赞同,现在任何可能都有。他的处境被笼罩在一团浓浓的雾霭里,根本看不明也分辨不清。

此时,雅间的门打开了,进来的不是小二,而是慕容嫣然师徒。

两人衣衫整洁,一点也不像刚刚跟人激战过。唯一的变化是小姑娘的面纱不见了,可能激战时被人撕掉了,或者是被大风刮走了。况且心头一震,小姑娘虽然面容娇艳,表情却呆板僵硬,就像刚整完容似的。

这当然是面具无疑,而且还是很低级的面具。

"对不起,我们失手了,让他们逃走了。"慕容嫣然点点头,行了个礼,然后沮丧道。

"这没什么,他们也失手了,今天好像就是失手的日子吧。"况且笑道。

他真的没觉得有什么,虽说慕容嫣然真的很厉害,但那两名刺客也绝非等闲之辈。他倒是好奇这位小姑娘也能跟一个刺客战成平手,真不知是这小姑娘的确出奇得厉害,还是那个刺客只是精于刺杀,对格斗技击并未臻上乘,他原本还真着实为她担了一份心。

"前辈,您……请坐,我给您点几样素食。"周鼎成急忙站起来,恭敬一揖后小心说道。

"说得好,今天可能真是失手的日子。菜不用点了,没有大荤就行。"慕容嫣然说完,也不用让,就在况且身边一张空椅子上坐下,那个小姑娘先是狠狠瞪了况且一眼,好像失手全怪他似的,然后才在师傅身边坐下。

"没惊动官府中人吧?"况且问道。

"惊动了又怎么样?"

慕容嫣然还没回答,小姑娘就抢先反怼道。

"我没说怎么样啊,只是现在不好太招人注目。尤其对官府,还是避开些好。"况且苦笑道。

"不惊动是不可能的,不过他们也找不到我们。反正没出什么事,官府的人转一圈也就回去了，不会劳心费神地查什么，毕竟没出人命。"慕容嫣然端起周鼎成给她斟上的一杯酒，一口喝了下去，说道。

周鼎成急忙又给她斟满一杯，看得出来，这位前辈现在也很需要老酒抚慰。

在慕容嫣然面前，他不敢坐下，还不如那个小姑娘自然。他是真怕这位前辈，倒不是被教训过，而是这位前辈的传说太可怕了，而且地位还是跟他在武当派的师祖相当的，更不用说她在勤王派中的地位了。

"那就好。"况且干巴巴地说道，他实在也没什么好说的，小姑娘的眼神不由他分说。

慕容嫣然又喝了一杯，然后示意周鼎成坐下，这才转身对况且道："公子，您还是别跟我们怄气了，今天多危险啊。"

"师傅，你跟他说没用，他的良心都被狗吃了。"小姑娘把眼前的杯子拿走，自己换了个大碗，然后毫不客气地搬起况且的酒坛子给自己倒满一碗。

"你怎么说话呢，你家大人没教你怎么说话啊？"

况且忍着，萧妮儿却忍不了，勃然怒道。

"怎么了，你想教教我吗？"小姑娘呆板的面孔一阵颤动。

周鼎成吐吐舌头，这话也就萧妮儿敢说，他可是不敢，这可是当面说慕容嫣然没教育好徒弟。

"教你又怎么样？"萧妮儿不甘示弱。

"好了，好了，你先给我闭嘴。"慕容嫣然对徒弟斥道。

然后她歉意似的对况且道："对不起，是我太宠溺她了，冒犯了公子。"

"谈不上冒犯不冒犯的，我又不是什么了不起的角色，这位妹子倒是真性情。"况且打圆场道。

"她是真性情，我就是假的了？"萧妮儿不愿意听了，娥眉直竖道。

"好了，大敌当前，咱们就别窝里斗了，就算不合作，起码不用相斗吧。"况且安抚萧妮儿道，话中明显带刺儿。

"公子，我们之间不是合作关系，而是保护和被保护的关系。"慕容嫣然急忙更正道。

况且一阵头大。

正主儿来了

雅间里只有周鼎成沉默不语，他根本不敢说话，好像一开口必然会大祸临头。

小姑娘跟萧妮儿四目相对，谁也不退让。况且只好握着萧妮儿的手，意思是不要再起争执了，不管怎么说，至少这两师徒对自己是有善意的，至于保护不保护的，他根本不求这个，悉听尊便。

"哼哼，刚才他遇险时你们在哪里？保护？说得好听！"萧妮儿性子本就很刚烈，刚才又被吓了个半死，一肚子火爆发了出来。

"这就是我说的需要消除误会。"慕容嫣然和蔼道，跟传说中她的性情大不相符。

"公子，你现在身处险境，需要我们严加保护。如果能消除误会，我们可以提供贴身保护，把一切危险都隔离开来，这样就不会再有今天的事情发生了。"她极为诚恳地道。

她明白，像今天这样的事如果再发生，任何人都没有办法，哪怕是贴身保护也不行，对手出击的速度太快，根本来不及反应，对于况且能够躲闪开，她们也是啧啧称奇，都想不明白是什么原因。

所以最好的也是唯一的办法就是组织一队保镖，把况且跟可能存在的危险隔离开来。这件事靠她们两个当然不行，可是勤王派不乏她这样的高手，完全可以组织一队不亚于大内侍卫的保镖队伍。

"没用的，那样的话危险更大。"况且淡然道。

什么保护，不就是想把他握在手里吗？

况且心中不无恶意地猜测着，另外这办法也行不通。他不过是一个白衣秀才，现在顶个名是锦衣卫指挥使，如果真需要侍卫，也应该由锦衣卫中的人来充当，而不是身边不明不白的围着一批外人。若是由外人在京城保护一个官员，皇家的脸面往哪里搁？

再往深处说，他若是身边保镖如林，自然就会引人注目，也会引人猜疑，危险性更高，等于是告诉人家我随时会遭到刺杀。那么，你的身份是什么？人家为什么要杀你？

慕容嫣然理解他后一个意思，就是怕身份暴露，倒也赞同。

"所以您还是离开京城的好，我们可以护送您出去，随时都可以。千金之子坐不垂堂，何况公子您呢。"慕容嫣然叹息道。

"你是不是官迷心窍了，为了皇上给你的这顶分文不值的官帽子连命都不要了？"小姑娘冷哼道。

"你又在胡说。"慕容嫣然横了弟子一眼，可是显然她的徒弟并不是很怕她。

"这跟官帽没有任何关系，而是另外一码事。我转移出去只是好听的说法，其实就是逃跑，然后呢，我一辈子都要过逃亡生活，我的儿子、儿子的儿子也都要继续过这种暗无天日的生活吗？"况且说着说着，有些激动，音调不由得拔高了几分，手中的拳头也攥紧了。

慕容嫣然一叹，她不是不明白况且的心思，可惜这问题无解，除非皇上大赦建文党人，否则就真得像他说的那样，世代都得过着逃亡隐居的生活。但让皇上发布这样一道特赦旨意，显然是不现实的。

这次连小姑娘也不反驳了，显然她也觉得这样的生活太凄惨了，一个人、一代人也就罢了，世世代代如此，的确是非人的遭遇。

"可是您现在这么豁出性命坚守着，能够彻底解决问题吗？"慕容嫣然问道。

"当然能，这问题必须在我身上解决，或者光明正大地活着，或者正大光明地死去。我不会再做其他选择。"况且坚定地道。

"现在有不少人在想法解决这事，而且也不是一天两天的事了，已经进行几代人了，只是短时间内根本没法解决。依我看来，还是先保住安全为上，这件事不妨慢慢解决。公子放心，我们有人在做这件事，一直都在做。"慕容嫣然叹息道。

"你们也够辛苦了，这件事还是我自己来解决吧。"况且道。

"你说这话还有良心吗？轻轻一句话就把所有人的努力都抹除了。师傅，不用跟他多说，我都说了，他的良心喂狗了。"小姑娘又义愤填膺起来。

"你说什么？"萧妮儿也是愤然站立起来。

"怎么着，想打一架？"

"打就打，真当我怕你啊。"萧妮儿直直道，心里已经想好了怎么去挠她的那张假脸。

"得，得，两位，都坐下，不是说好了不窝里斗的吗？"况且急忙站起身摆手道。

"是她先挑头的。"萧妮儿道。

"好了，这些闲话不要说了，慕容前辈，您二位和那两个刺客交手了，能知道他们的来历吗？"况且岔开了话题。

周鼎成吓得一个趔趄，差点从椅子上滑到地上。

这哥们儿也太敢问了吧，人家要是知道能不告诉你吗，你这么问不是打人家脸吗？

慕容嫣然戴的面纱一阵飘动，然后低声道："让公子失望了，我没能查探出对手的来历。"

"来历有什么好问的，不就是刺客吗，也就是杀手，这么傻的问题你都能问出口，我真服了你了。"小姑娘冷冷道。

况且大汗，很委屈地看着这位傲骄的丫头片子，真不知道自己哪里得罪她了，而且得罪得还不轻，这小凤凰处处挤对自己，好像有八辈子不解冤仇似的。

这次连萧妮儿都不替他出头了，而是笑着看着他，想看看平常能言善辩的况且如何反怼。来呀来呀，怎么没招了呢？

慕容嫣然看着自己的徒弟，也是无可奈何，不知告诉她多少遍了，不许她这么跟况且说话。每次，小姑娘都答应得好好的，可是一看到况且，就跟遇到天敌一般，压都压不住，两人可能真的犯相。

况且讪讪笑了笑，明知小姑娘是为她师傅圆场子，说到底还是自己问得太鲁莽了，一不留神碰到人家伤口了嘛。

慕容嫣然知道况且对于江湖的事就是个白丁，若是周鼎成这样问她，她非勃然大怒不可，因为况且的问话可能含有另一个意思，你连两个刺客的老底都没摸清，拿什么来谈保护我？

正在此时，忽然外面一个声音嚷嚷起来："谁啊，哪个乌龟王八蛋敢抢爷的雅间，活的不耐烦了？"

"麻烦来了，我出去看看。"周鼎成起身就要出去。

"怎么回事？"

慕容嫣然原本没在意，酒楼有人起事吵架打架的太平常了，见周鼎成站起身，这才问道。

"这个……这个雅间是别人预定的，被我抢占了。"况且红脸嗫嚅道。

他对天发誓，真的平生第一次干这种不地道的事，不想却被慕容嫣然师徒撞到了，小姑娘恐怕又要发难了。唉，这也太点背了。

"嗯，抢占？"慕容嫣然笑了，不是笑话他，而是有点欣赏赞赏的意思。

"嗯？看不出来啊，以为你就是个穷酸文人，还有这气势。"小姑娘更是既感惊奇，又大加赞赏。

况且顿时头大好几圈，这都什么人啊，我好的地方多了，你们怎么不夸，我难得干了回缺德事，你们倒是夸奖起来了。当然，夸奖的话出自小姑娘的口，基本也就跟贬斥差不多。

"我去吧。"况且也站起身。

周鼎成现在没有官身，若是凭着三寸不烂之舌出去，肯定撞墙，然后就得绵掌、旋风腿的招呼上，估计这间酒楼至少得少一层，弄不好就成平地了。

周鼎成知道他是要仗着身上的腰牌过关，想了想觉得倒也是好办法，一般人见到况且的腰牌，也就会知难而退了，即使遇到厉害的主儿，也得想想得罪这么个人值得不值得。

况且转身出去，看到酒楼掌柜的正躬身在一个人面前左一个揖右一个揖的，赔礼没完，还给出一堆好处，白送一桌酒席，酒水也白送等等。

"你爷我缺银子吗？送我酒席，爷缺这个吗？跟你说老家伙，爷今天要请个尊贵的朋友喝酒，这才早早定下雅间，你个老不死的东西，居然敢把爷的雅间让出去？谁给你的胆子？马上给我腾出来，否则爷把你这酒楼拆成平地。"

况且看到柜台前一个身材高大的家伙，穿着熊皮大衣，扣子都解开着，露出里面的绛紫色绸缎棉袍，胸前还带着比狗链子还粗的金项链，手上更是戴了五个金戒指，两个翡翠扳指。

这家伙不会是把全部家当都戴在身上了吧？

况且如是想，他心里本来有愧，出来是想说说好话，外带赔些银两，也就把事糊弄过去了，没想到遇到这么个蛮横无理的家伙，他心里的愧疚感反而消失了，觉得自己这件事做的也不算缺德，对这种缺德的人，以缺德治之也是个好法子。

他走过去装着很潇洒的样子说道："你是谁啊，在酒楼吵吵嚷嚷的成何体统。"

"你谁啊，爷的事你也敢管？"这主儿笑了，在这条街上还有人敢管他的事，真是活的不耐烦了。

"我是谁，就是占你雅间的人，有什么话对我说吧。"况且说着，把快跪下来的掌柜拉到一边。

"敢占爷的雅间，说说你的斤两吧，若是等爷动手称你的斤两，你的骨头就成碎渣了。"

"好啊，我就站在这儿不动，等你称量，别客气。"

况且站在这人对面，身子真还矮了几分，不过他不怕，刚才两个刺客都没能奈何他，他就不信一个地痞似的家伙能称量他的斤两。

"我说两位爷，都是小老儿的不是，要怪罪就怪罪小老儿吧。还请两位爷高抬贵手，别把小店拆了。"掌柜的对着两人，又是左一个揖右一个揖的行礼没完。

"你个老东西，我先捏死你。"那人伸出蒲扇般的大手向掌柜的脖子抓去。

这一掌要是抓实了，真可能把瘦骨嶙峋的掌柜的喉头骨捏碎了。

事不宜迟，况且也出手了，他没有动手打人，而是快速向那人手上递过去一样东西。

霸道清场

那人忽然感到自己手里多了什么东西，硬邦邦、冷冰冰的。他本能地握住了，用力一捏，根本捏不动。

况且冷笑道："大个子，小心点捏，真捏坏了，你赔不起。"

"你……"那人恼羞成怒，就要把手里的东西砸向况且。

此时周鼎成听到外面的动静已经出来了，就要上前，况且急忙用眼神制止住他。

"大个子，先看清是什么你再砸，否则我让你跪着捡起来。"况且道。

那人也不是傻子，敢如此跟他叫阵，自然不会一点底气没有。他低头看看手里的东西，原来是枚铁牌，再仔细看去，两个膝盖当时就软了，差一点直接跪下来。

那是况且锦衣卫指挥使的腰牌，上面可是铭刻的很清楚：大明锦衣卫指挥使。

大个子顿时脑子里一片空白，这哪是踢到铁板上啊，分明是把脑袋伸进虎口里了。锦衣卫是什么人啊,没事还要找事欺负人呢,今天可是自己送上门了。

"大……大……大……"

他想叫大人,可是那个"人"字说什么也说不出来了,只是弯下腰,把锦衣卫腰牌双手捧过头顶,这一个简单的动作也是费尽了全力。

"大……大……大,大什么大,我不是你爹,也没你这种蠢儿子。"况且冷笑一声,把腰牌收回来,挂在腰上。

"滚吧,再让我在这里看到你,直接法办,阳光就跟你无缘了,懂吧。"况且又冷哼一声。

那人听到这话,就跟听到佛旨纶音一般,躬身道谢后转身就惶惶然逃走了,好似惊弓之鸟、漏网之鱼,他边跑边在心里庆幸,这位大人看着还面善,要不然被抓进锦衣卫,投到大牢里,不死也得残废啊。

况且心里也有点不安,以暴制暴他并不赞成,以恶制恶也未必是好办法,但有时候这办法还是最管用的,有些人你跟他好说好商量的没用,以权势暴力蹂躏他,他反而心服口服,乖得很。

酒楼这一层想好好看场热闹的人都失望了,他们都很好奇地看着况且,不知这位年轻人靠一块什么铁牌子就把这一带人人畏惧的小霸王吓得屁滚尿流。

"大人,多谢,多谢。"掌柜的忙不迭称谢,至于那个小霸王以后会不会找自己的晦气,他不知道,反正他知道说什么也不能得罪面前这位爷了。

况且正准备转身回到雅间去陪慕容嫣然,认识几年了,真还没有机会一桌吃饭喝酒。

不想楼下有人又大声嚷嚷着:"锦衣卫了不起啊,老子今天偏要看看锦衣卫有什么了不起,我就不信他们敢在光天化日下为非作歹。"

酒楼上的人兴致又上来了,敢情这世上不怕事的人真还不少啊。

他们都是看热闹不怕乱子大的人,就是把酒楼打成平地又能怎样,那等于一场狂欢，还能趁机把酒钱逃掉。掌柜的脸则又变成苦瓜了，开酒楼可不是件容易事。虽说他也有后台，可是若是什么事都要靠后面的人出来，他这个掌柜的也就甭当了。

"看来你那张牌子威力有限，这次我来吧，有时候还是拳头最直接，也最有效。"周鼎成急忙走过去。

他是怕况且吃亏，刚才是拿锦衣卫的牌子唬过去了，这次看来有不怕锦衣卫的主儿上来，还得靠拳头说话。

况且没言语。雅间的门打开了，慕容师徒看着他，显然准备一旦他遇到危险，会立马冲出来救驾。

况且心头一热，不管他对勤王派有什么成见，至少慕容师徒还是真心实意保护他的。

"锦衣卫的什么人在这儿啊，给爷瞧瞧，让爷看看真的还是假的。"

一个人大踏步走上来，双目巡视，待看到况且，忽然大笑起来："哈哈，兄弟，怎么是你啊。"

况且一怔，这人谁啊，他根本不认识啊。

其余酒客也都轰然爆笑起来，以为这人是故意装横，待见真章了就立时变了面孔，简直就是欺软怕硬的怂包一个。

"你不认识我？对了，你还真不认识我，我是赵阳啊。"这人大笑着走过来，很不见外地就要来个熊抱。

周鼎成很不客气地拦住他，刚刚被人刺杀过，他可不会让一般人靠近况且，在他看来，人人都有潜在刺客的嫌疑。

"哦，赵二哥？"况且忽然想了起来。

"是啊，是我，想起来了吧，刚才说的锦衣卫大官就是你吧，哈哈，大水冲了龙王庙了。"赵阳又上前要靠近况且。

周鼎成则握住他的一条胳膊，稍微用力握了一下。

"哎哟，你谁啊，想捏断我骨头啊，兄弟，这是你什么人啊，比熊的力气还大啊。"赵阳大叫起来。

第四章　老酒压惊　霸气侧漏 | 061

"这是赵二哥,没事的。"况且急忙说道,他还真怕周鼎成玩狠的。

赵阳者何许人也?

说来跟况且还真是关系近着呢,此人一点不外,正是武城侯的小舅子。他不惧锦衣卫似乎也在情理之中。

况且到京城几天后,武城侯的岳父先是派人送请帖来请他过府吃酒,被况且拒绝后,又派儿子赵阳来拜访,况且也推托不见,所以况且并没见过赵阳,但这名字却牢牢记住了。

不过他也有一丝疑惑,他没见过赵阳,赵阳怎么认识他?

所以周鼎成上前试探赵阳时,况且也没拦阻。

周鼎成朝况且微微点头,意思是这家伙没武功在身,不用怕。

所谓行家一伸手,就知有没有,周鼎成伸手一握,也就知道这人是否练过武功,甚至能知道练的是哪个门派的武功、功底如何等等。

"你没见过我,所以不认识我,我可是见过你,你上次上朝面圣时,我可是从不远处看到你了,是中山王府徐公子指给我看的,所以我才能记住你。那时你跟张大人在一辆车里,我也没敢上前与你相见。"

赵阳越过了周鼎成那一关,也不顾胳膊上的疼痛,上前握住况且的一只手,用力摇着,口中更是滔滔不绝。

"哦,见过二哥。"况且此时相信了这位是货真价实的赵阳,再者说冒充赵阳也没什么好处,反而会祸患无穷,他父亲可是五军都督府的中军都督,袭爵武定侯。

"别,咱们至亲兄弟,不用这么客套。"赵阳哈哈笑道。

赵阳是家里的老二,爵位得由他哥来继承,所以他也就是个公子哥儿,倒是凭借荫袭,有一个游击将军的官职,不过况且很是怀疑,这家伙究竟去没去过军营。

就像他一样,官职是锦衣卫指挥使,却连锦衣卫的大门冲哪儿开都不知道。

"今天怎么这么巧?"况且笑道。

"可不是巧了,今儿个有人请我吃酒,结果预定的雅间被你抢了,我说兄弟你行啊。"赵阳笑道。

"原来抢的是二哥的座位啊,失敬了。"况且有些不好意思了,这不跟抢自己家人一样吗。

"也不是抢我的,是别人请我,他预定的雅间。不过那家伙被你吓尿了,在酒楼门口赖着不肯上来。"赵阳道。

"这个……"况且有些为难了。

按说第一次见面,他应该好好请赵阳喝酒,可是现在他得陪慕容嫣然师徒两个,不是很方便。

"什么这个那个的,今天我可不能放过你,好几次想跟你一起喝酒都没找到机会,去你府上又见不着你,今儿个正好。"

赵阳说着,扫视周围一圈,然后大声道:"大家吃好喝好的还是没吃好喝好的都请离开吧,这一层我包了,你们的账我全包了。有不服气的尽管说话。"

酒客们不知道又来了哪路神仙,刚才听到他的那一番话不觉心惊肉跳,什么"上朝面圣""中山王府""张大人"什么的,这就说明来人势头不会小了,更何况还有况且那个锦衣卫的身份。

所有人立刻起身走人,其实有怨言的不多,有人愿意请客,一顿酒钱免了,何乐而不为?

况且心中暗笑,这就是纨绔子弟的风格吧,果然霸道,上来就是清场,不过这代价也是不小呢。

他刚才还想用什么借口支开赵阳,回去陪两位客人,现在看来是不用想了,若是再推辞,实在有些说不过去,武城侯家的二老爷不能这么不讲究。

反正不是外人,就一起坐下喝酒吧,况且这样打算。

可是他回头看向雅间时,慕容师徒已经不见了,只有萧妮儿坐在门边。

"走了,不过还在附近。"周鼎成在他耳边说道。

况且点点头,知道那二位经过今天的事,不会放心远离自己。弄不好就在楼下哪个角落坐着吃酒呢。

此时一个人逆流而上，费了半天劲，才推开蜂拥下楼的酒客，跟跟跄跄上来了，况且一看乐了，正是被他吓跑的那位。

"鲁豪，你这个瞎了眼的狗东西，还不过来见过我兄弟。"赵阳呵斥仆人一般说道。

"这个……大人，小人有眼无珠，冒犯了大人，还望大人恕罪。"鲁豪趋前而来，诚惶诚恐躬身行礼道。

"好了，你也没冒犯我什么，今天是我先做得不对。"况且笑道。

"别这样说，你要是不这样做，咱们兄弟不又错开了，你做得对，再对没有了。鲁豪，你今天立了一功。不过啊，你还算机灵，没招惹我这位兄弟，他可是专门收拾你们这种恶少街霸的。在南京城，你这样的他打残都不知多少个了。"赵阳道。

听他这样一说，鲁豪更是唬得魂不附体，壮实高大的身体已经有些瑟瑟发抖了。

"二哥，你这可是污蔑啊，没有的事。"况且急忙道。

"这可是徐公子亲口对我说的，你敢说没打残过一个大将的儿子？"

况且苦笑道："只有一位好不好，还是他逼我动的手。"

他心里暗骂，这是什么师兄啊，到处给他传谣造谣，不过是打了一个家伙，怎么就成了打了不知多少个了，让别人听到，不得以为他是南京第一祸害啊。

第五章　圣意难测　上书试探

圣上的主意

赵阳见不多时酒客都走光了，很是满意，对鲁豪道："你去安排酒席吧，只要是好的就上来，不用多问。"

鲁豪在赵阳面前就跟驯熟的哈巴狗似的，屁颠屁颠地去跟掌柜的安排酒席了，就差屁股后面插根尾巴毛了。

"这家伙跟我家有些关系，他祖父和父亲都在我家老爷子手下效过力。他倒好，既不从文，也不习武的，就是喜欢四处打架，仗着他爷爷、父亲的名声，也没人愿意跟他计较，有时候闹出事来，还得我给他擦屁股。就这么个混球，在这一带很有名，号称鲁霸王。"赵阳笑着对况且道。

"哦。"况且点点头，他对这类人实在无感。

"对了，我姐来信了，说了你那些顾虑，其实都是你太多心了，根本不用想这么多的。"赵阳道。

"哦，嫂子信里都说些什么，家里都好吧？"况且问道。

"都好啊，跟以前一样，就是全家人都想你，连仆人丫鬟都是。"

现在他跟南京那里只有书信往来了，武城侯那里不用说，左羚、石榴也是天天给他发信，他也是天天回信，就跟摆钟摆动一样报告自己每天的情况。

他跟陈慕沙的通信倒是不多，而且信里能说的更少，这是怕半途上被人截留，把信里的一些话当作罪证。

陈慕沙的信里更多的是谈论理学，讲自己多年研究理学的诸多感悟。他希望况且能跟王阳明一样，守住本心。

在陈慕沙看来，况且的处境就跟王阳明当年在赣南一样，四面都是敌营，所能仗恃的不过是一颗心而已。所谓运用之妙，存乎一心，无论任何时候都要镇定如恒，这样才能完全发挥出心的妙用，才能在重重敌围中不但保住自己，还能反败为胜。

这些话虽没有明说，况且却能从字里行间领悟到。老师的一番苦心，也只有他能领会。

南京的情况跟以前一样，只是少了一个况且，其他一切照旧。

"还请二哥回去多多拜上老大人吧，暂时实在不宜见面，更不宜多来往，等以后再到府上谢罪。"况且拱手道。

"言重了，老爷子知道你的苦衷，是为了我们着想，不过老爷子在宫里也有路子，私下打听了不少人，你想的那些危险基本都不存在。不过你坚持这样，也只好先依从你。"赵阳笑道。

况且不以为然，他相信武定侯在宫里一定有关系，可是跟皇上关系再近也比不过高拱、张居正吧，这两人对皇上的心思都发蒙着呢，遑论别人。

他曾一度认为进了京城后，不会再遭到刺杀了，尤其是皇上给了锦衣卫指挥使的官衔，那等于是护身符啊，可是今天就遭遇了策划完美的双重杀劫，差点命丧刀下。

危机往往就是在你的防御心态最松懈的时候猝然降临。

况且把萧妮儿给赵阳介绍了一下，赵阳满口"弟妹、弟妹"的叫，无比亲热。

萧妮儿对他也很热情，因为萧妮儿在南京跟武城侯夫人，也就是赵阳的姐姐关系很不错，见到侯爵夫人的弟弟自然热情几分。

赵阳也知道萧妮儿，况且的情况侯爵夫人经常给家里寄信提及，他知道萧妮儿虽说是妾的身份，可在况且的心里比正式夫人还重几分呢，尤其武城侯太夫人最喜欢她。武城侯府里，连他姐姐姐夫都要让着这位老太太喜欢的二夫人三分。

周鼎成跟赵阳正式见过，赵阳听说他是原来宫里有名的周中书，也就对上号了。

周鼎成在京城权贵圈里非常有名，因为这些家族里一般都有大量的字画需要鉴定，周鼎成原来就是干这行当的不二人选。

此时，鲁豪点好酒席过来，恭恭敬敬地站在赵阳身后，不敢坐下。

几个人不去雅间了，随意拣张桌子坐下，现在第三层已经清场，变成一个大大的雅间。

三轮接风酒过后，大家开始随意吃喝，只有鲁豪坐在赵阳身边就跟屁股下面坐着钉毯似的，好不难受。

况且看着发笑，就这样子干吗请赵阳喝酒啊，不是找不自在吗？

"兄弟，依我看咱俩到那张桌子上坐吧，你不自在我也不自在。"周鼎成指着鲁豪道。

鲁豪连连点头，又看向赵阳，赵阳挥挥手道："去吧，离得远些，我要跟我兄弟说说体己话。不许偷听啊。"

鲁豪巴不得听到这一句，连忙跟周鼎成挪到很远的一张桌子上，他们也不要酒席了，拣自己喜欢吃的菜要了几样。

况且和赵阳说了些南京武城侯府的一些事，侯爵夫人的家信里虽然经常提到，可是不可能这样详细。

"兄弟，我姐姐姐夫现在还觉得欠你一个还不完的人情呢，当初老太太可是把一个侯爵的爵位给你了，你却没要。老实说，天底下放弃侯爵爵位的真还没几个人。"赵阳笑道。

"不是我的我自然不要。"况且简单答一句，不想继续这话题。

"对了，我姐说你喜欢做买卖，还特别会做买卖，还有海外关系是不是？"赵阳道。

海外关系？

他点点头，不做解释，不知赵阳这么说是什么意思。

"我家老爷子说啊……"他边说着边看看左右，这是习惯性动作。

"老爷子说皇上对你可能有特别的用意……"赵阳说完，来了一个意味深长的微笑。

况且不答，听他继续说下去。

"朝廷现在虽说气象万千，一副蒸蒸日上的样子，其实皇上很愁，这日子还比不上当太子爷的时候舒坦呢。"赵阳突出惊人之语。

"怎么说？"况且失声问道。

"愁钱吧，皇上没银子用。原来当太子爷的时候，只管一家事，钱自然不成问题，可是现在得管一国的事了，才发现这银子缺的不是一丁半点，海了去了。银子这东西从哪儿来，还不是海外来的？咱们这地面上最缺的就是银矿。"赵阳说完自己干了一杯。

"这跟我有什么关系？"况且诧异。

"跟你有什么关系？关系大了。老爷子说啊，皇上很可能看中你会做买卖，还有海外关系这一点。嘿嘿。"赵阳意味深长地笑道。

况且瞬间感觉脊背发冷，差点僵住了。

什么海外关系，不就是君王组织吗？可这是他最怕暴露的事，难道皇上全都知道了？若是这样说，皇上迟迟不召见他就不难理解了，可能是还没想好怎么处理他吧。

可是当初为何又给自己封官？做给别人看的吗？

"这不仅是老爷子的猜测，我也是打听了许多人的口风，才这样想的。老爷子对你的事上心着呢。若不是你有张大人罩着，说什么也要把你接回家里照顾的。据说皇上有意开海禁，朝廷自己跟海外做买卖，这样每年就有海量的金银进来了，而不是现在买卖全都被一些大家族、行商霸占着，朝廷得到的只是很小的一部分。"

"开海禁？"况且哑然，这脑洞开的有些大吧。

海禁令可是太祖皇上颁布的，若是开海禁岂不是违背了太祖遗训？太祖朱元璋可是宣布过，他制定的法律禁令后世子孙不得改动一条。

"是啊，皇上也很头疼这事，开海禁能得到海量的银子，朝廷银子短缺的情况就会得到大大的缓解，问题是这事在外廷肯定会遭到强烈抵制，那些大臣们可是把太祖遗训背得滚瓜烂熟，张口就来啊。"

况且点点头，他现在对朝廷的情势还不是很明白，主要是不想去关心那些事情。

"不过皇上既然有意，那就会这样做，不管大臣们如何反对。只是这事一下子办不成，得慢慢来，得先把内阁摆平了，现在内阁里虽说差不多都是皇上原来的班底，可真到开海禁这事上，是不是都能赞同，我看未必。内阁摆平之后，还有六部三省寺，都得一一摆平了才行。"

"可是这个跟我有什么关系啊？"

"你就是皇上要开海禁的人选呀？"赵阳哈哈笑道。

"什么？"况且失声，这玩笑开的有些过大吧。

"你想啊，朝廷要开海禁的话，就需要设立一个部门，不可能设立在户部、工部之下，这部门规格也不能太小，既不能跟六部平行，又不能太低，所以你再想想，你这个锦衣卫指挥使的头衔，不正好比六部尚书低半级吗？皇上也是煞费苦心啊。"赵阳得意道。

况且虽然没觉得他说的多么有道理，不过指挥使这官衔挂在他头上，的确有些怪怪的。

锦衣卫指挥使是三品官，一般六部尚书也就是正二品甚至也可能是副二品，这跟官员的资历有关系，官职可以提上去，可是资历却得慢慢熬，品阶就是资历，跟正式官职既有关系，又不是完全吻合。

皇上来了个缓手，封他锦衣卫指挥使，品阶只给五品。若是一介白衣骤升三品大员，肯定会引起朝堂热议，反而把事情搞砸了。

皇上为何要这样做？在这之前他一直没想明白，即便张居正和高拱两人也是一脑袋糨糊。

试探圣意

赵阳继续道:"你想啊,皇上一见面就封你锦衣卫指挥使意下何为?若是没有特别原因,只是寄禄,大可以给你个锦衣百户千户的,还不会引人注意,就是因为皇上想让你做这个生意,才给你这个合适的职位。至于说你现在才五品,这没办法,资历有限,一步到位恐怕会引起别人的嫉妒,反而适得其反,等有了政绩、熬够了年头,一切就顺其自然了。你想,若是海禁开了,生意做得好,每年朝廷都有海量金银进账,那时候就是封你正一品也不会有人反对了。"

况且听着,表面上没有什么反应,心里却是波涛汹涌。

赵阳这番分析不管靠不靠谱,至少可以解释得通皇上的做法。他原来就纳闷只是五品的职级为何封了指挥使,给个锦衣卫百户不正好么?可真要设立一个赵阳说的朝廷直接跟海外做生意的部门,锦衣百户的官职显然太不相称了。

况且与海外君王组织说不清道不明的关系,在坊间早有传闻,可是想靠他这层关系做生意的只有扬州盐帮,他们用进贡的方式直接明确地表达了意愿,争取他将来帮着建立一条海外贸易通道。难道皇上也打这主意了?

"这些啊,都是我家老爷子动用很多关系,打听了很多人,才慢慢捋顺想明白的,我当然不知道。不过兄弟,真要有那么一天,可别忘了你二哥我啊。"赵阳道。

"怎么着,二哥也想做海外贸易?"况且笑道。

"赚银子的事谁不愿意干啊,这还是其次吧,要是海禁开了,朝廷跟海外做生意,第一件事是什么?就是打击海盗啊。你二哥我可是想着去海外立功,再弄个侯爵当当,嘿嘿。"赵阳笑了起来。

况且心里高兴起来,不管赵阳说的跟实际情况相不相符,但确实是条好路子。

他一直考虑自己想办法一点点积攒金钱，以后再招揽人手，最后把郑和舰队重新打造起来，扬威海外，如果皇上真有这心思，自己背靠朝廷岂不是更加顺理成章吗。

不仅顺理成章，而且事半功倍。

当然，事情没那么简单，即便借助朝廷的力量，若想实现心中的梦想也不容易。原因无他，建立一支舰队太费钱了，朝廷现在可是银子缺得狠，不可能拿出大笔的金银建立舰队。

当年郑和的舰队早就片甲不留，连军舰的图纸都毁掉了，因为朝廷不想在这方面花费银子。郑和下西洋虽说功威赫赫，支出却是大得惊人，在永乐年间还能勉强支撑，后来朝廷再也担负不起如此庞大的经费了。

想到这里，况且一阵头痛，他现在是堪称富豪了，囊中有一百多万两银子，若是过过日子，足够子孙后代几辈子潇潇洒洒，若是善于经营，可能子子孙孙都无穷匮之忧，但若是用来打造一支舰队，能造几条船？

不过他也有现成的力量可以使用，就是海外的君王组织，前提是他得收服这个组织，而不是被他们握在手里当傀儡，这几乎是不可能完成的任务。

皇上如果真的有这心思，打的一定就是这主意。至于他跟君王组织的关系，连中山王府魏国公都猜到了几分，皇上更不会一点不知道。说不定就是魏国公把他的老底交给皇上的。如此说来，皇上这是要探他的底啊。

况且思绪纷纭，好半天才感觉萧妮儿在桌子底下踢他。

"怎么了？"他惊问道。

"怎么了，二哥跟你说话呢，你发的哪门子的呆啊。"萧妮儿掩嘴笑道。

"哦，不好意思，走神了，二哥说什么了？"况且道。

"没什么，就是这事你得答应我啊，我现在可是闲的浑身发痒，到时候给我个大展拳脚的机会，来个封侯万里。"赵阳握握拳头道。

"好，真要有这么一天，我第一个找二哥。"况且笑道。

"记住这话，弟妹给我当证人，他以后要是忘了，你可得给我作证。"

赵阳说着举杯一饮而尽。

况且和萧妮儿都陪着干了一杯。

随后，大家就是随意聊着，况且也问了许多武定侯家的事，他没想到武定侯如此上心自己的事，倒觉得欠下了大哥一份人情。

现在形势不明，一般人都不会在这个时候向他靠拢拉关系叙交情的，这倒见得出武定侯的真心来。

饭后，赵阳去结账，况且抢着要付却没抢上，赵阳说这是给他的接风酒，必须他请，况且就不再坚持了。

算上刚才那拨人的所有账目，这顿饭花费了二百四十四两银子，赵阳拿出一张二百五十两银子的银票付了，剩下的算赏钱。

"这个……二老爷，明明该小人请您和这位大人的。"鲁豪搓着手局促不安道。

"本来我今天是要给你这个面子的，可是遇到我兄弟了，这顿饭我必须请，你那顿改天吧。对了，你以后经常去我兄弟府上看看，有什么情况回来告诉我。"

赵阳吩咐鲁豪几句后又对况且道："这混球的确混，还经常惹是生非，不过就有一点好处，赤胆忠心，要不然我也不会一直罩着他。"

况且点点头道："嗯，以后常来玩吧。"

"多谢大人。"鲁豪有些被况且吓着了，对况且比对赵阳还恭敬。

况且笑了，这人其实也就是个破落军户。人只要忠心，有些毛病也不打紧，而朝秦暮楚的人，即便满身优点也用不得。

回去时况且没有走路，而是坐车，今天风波未定，他不敢随便在街上溜达了，焉知对手还有没有安排刺客在街上等着他。

"赵阳的推测靠谱吗？"回到家后，周鼎成就问道。

"你是说皇上要开海禁的事？"

"就是，还有皇上可能启用你来当海外贸易的领头人。"

"我不知道，这不是赵阳说的，是武定侯打听出来的，他们公侯世家能量很大，许多朝廷内幕，外面大臣们未必知道，他们就有路子能打听出来。"

这也是人之常情，皇上跟这些功臣勋旧家族还是比跟文官大臣们要近得多，毕竟大学士、六部尚书的都是经常换人，这些功臣世家却是铁打的营盘。皇室跟这些世家一般都有联姻，多少代下来，各种亲戚关系也就复杂难明了。

"若真是这样，倒也不错，真就是天遂人愿了。"

"现在难说，皇上意向难明，无人能揣测出，不过……"他忽然拍一下脑袋，顿觉茅塞顿开。

"怎么了？"周鼎成不知他发什么疯了，急忙问道。

"皇上心思既然揣测不出，就出手试探一下。"况且顿悟一般道。

"怎么试探啊，不会像小君说的那样，出手杀两个泼皮无赖试探吧？"周鼎成笑了起来。

"小君的话也就是听听罢了，还能当真？不过我可以给皇上上书，要求解除海禁，皇上要是真有这意思，就会赞成，即便皇上没有这意思，也可以从他的应对中知道他对我究竟是什么用意。"

"投石问路？"

"对。"

"这倒是一步好棋，不过有些冒险了吧？"

"冒险？"

"是啊，海禁可是太祖亲自定下的，凡是倡议更改太祖遗训的人可都是以谋反论处的。你还是好好想一想。"周鼎成给他泼了一盆冷水。

"是有些冒险，可也没这么严重吧？多少代来，暗中更改太祖遗训的多了，建文帝当年更是几乎全盘推翻，也没见大臣们怎么哭丧反对。"况且道。

"可是建文帝还是失败了。"周鼎成叹息道。

况且坐在椅子上想了好久，最后还是毅然道："这个险值得冒，现在毕竟张大人还是能保我的，高拱未必会害我，徐大人那里更不用说，现在内阁里至少有两个半人是能帮我的，皇上如果对我有恶意，万事休提，如果皇上没有恶意，甚至有善意，也就不会真的拿我开刀。或许皇上开不了开海禁这个口，我提出来，也等于解了皇上的忧。"

"嗯，你分析得有道理，不过最坏的打算也得有，你上书前，必须先把逃走的路线安排好，还有人手什么的都得到位，万一皇上真的有意拿你开刀，还是赶紧跑路的好。"周鼎成道。

况且并没有想逃走的事，不过这事也劝不动周鼎成，毕竟周鼎成在他身边就是为了保护他的安全，那是他的责任。

"好吧，这些事你去办，我好好想想怎么给皇上上这份奏折。"

说干就干，晚上，况且就在灯下开始写奏折，他先打好腹稿，然后用工楷写在纸上。

在奏折里，他列举了目前朝廷所面临的各种财政窘境，这些数据他在张居正府里早就看到了，列举起来容易得很，又列举了每年全国租赋收入，根本就是入不敷出，其实主要困境还是在于银子短缺，铜也同样不宽裕。能用作货币使用的金银铜产量有限，只能靠海外输入，所以只有开海禁才能缓解朝廷财政困境。

当然，他没有主动请缨要求担任朝廷海外贸易的领头人，若是这样启奏圣上，前提再对，也得被定罪。任何官位必须得是皇上觉得你适合，封给你，才是正道。毛遂自荐，官位未到，只怕人头先掉了。

捡了个便宜

况且并没有马上上书朝廷，而是压了几天，他得等周鼎成把事情安排好，不能枉费了人家的一片忠心。

周鼎成先联系了慕容嫣然，他跟勤王派只有单线联系，勤王派的事况且知道得很少，他也不想多管。周鼎成同样所知甚少，控制他的信息量，估计也是为了控制况且的信息量吧。

为了确保无误，周鼎成又找到小君，玩了把双保险，让他把那条秘密通道贡献出来。

"用什么秘密通道，到时候我带他出去就是了，跟玩儿似的。"小君这时候才说了实话。

"我就知道你不靠谱，却没想到你如此不靠谱！"周鼎成很失望，也很愤怒。

"怎么不靠谱了，跟你说，你们那些做法都没用，计划不如变化快，安排好的通道有可能根本不管用，还不如随机应变，到时候看情况再说，反正我能安全把你们带出去。老子当年从长白山逃到广州，后面上百的绝顶高手跟着屁股追，老子也活到今天了，还不是没事？"小君喝得有些醉醺醺地说。

周鼎成无奈，这家伙自从上演一出万里大逃亡后，反正是有得吹了，倒也没办法反驳他，不要说一般人做不到，能做到的在海内找不出十个人。

"怎么想到逃走了？"小君又问。

周鼎成就把那天况且被刺杀的事说了一遍，况且要上书皇上请求开海禁的事没说，怕走漏风声。小君是自己人不假，可是谁知道他嘴上有没有把门的？他又好酒，得多防着点儿。

"有这事？"小君啧啧称奇。

"你给我仔细说说当时的情况，况且是怎么躲过去的，这小子一天武功也没练过啊，他练的都是花拳绣腿，怎么比真材实料的武功还管用？"小君听后也是疑惑。

"他的事说不清楚。你们组织里有几个人能抵挡住？偏偏他却是你们的克星。"周鼎成道。

"这是两回事，五行生克，一物降一物，克制一种招法是一回事，能在那种情况下躲过必杀一击是另一回事。按你的说法，我也只能躲过第一次刺杀，第二次起码得挂彩。这小子却连汗毛都没掉一根。"

"可不是，当时凶险着呢，刀锋贴着他的胸膛，面孔划过去，可是他的衣服都没绽线，脸上一道印都没有。"

重新回想这件事，周鼎成也感到有太多的不可思议。

"他真的没练过武功？不会偷着练什么家传神功吧？"小君有些怀疑。

"胡说，我一天从早到晚跟着他，他做什么我还能不知道？哪里有什么家传神功。"

"好吧，你放心吧，真有那一天，你来找我就是，有我托着，保证他掉不到地上就是。"小君拍着胸脯保证道。

周鼎成满腹狐疑地走了，他原本还真的寄予很大希望在小君身上，不承想这哥们儿已经不靠谱到了满嘴说胡话的地步。

当初在南京，他们两个真的是脚踏实地，走街串巷，把每一个房屋、每一条街道都考察得一清二楚，研究官府和中山王府在城里的势力分布、人员配置，从而找出一条安全通道，至于出城，则是先挖掘了一条通过城墙和护城河的地下通道，现在还保留着呢，只是出口和入口都暂时堵住了。

周鼎成原以为小君在京城做的也是同样的事，不曾想他什么都没做，真是没救了。

他回来后跟况且汇报了情况，一脸愧疚地说："我大意了，没想到小君这次如此不靠谱。"

"没事，慕容前辈怎么说？"况且笑了笑，不以为然。

"他们倒是准备得很充分，说任何时候任何情况下都可以动身。慕容前辈说了，咱们还保留着密布全国的地下安全网络，安全不是问题，主要看你什么时候下定决心。"

"嗯，知道了。"

况且并没有做逃走的打算，他这样做，只是为了让周鼎成心安。他真正的打算是在京城里死磕当前的局势，要么拼出一个朗朗乾坤，要么以血祭之。

鲁豪每天都过来请安，况且只见了他一面，其余都由周鼎成接待。

以周鼎成的说法，这家伙还是可以收为己用的，火暴脾气，耿直性子，不过没有坏心肠，最主要的是他崇拜况且崇拜得五体投地，可能赵阳把况且的一些事对他说了，而且进行了浓墨重彩的渲染。这家伙也简单，直接就当况且是神了，二老爷赵阳都崇拜的人，还有错吗？必须是神。

二老爷？况且笑了，他在南京武城侯府里不也是二老爷嘛。不过现在他的仆人们都叫他公子。只有鲁豪还是大人大人的叫个不停。

现在鲁豪就是他跟武定侯府之间的信使，况且和赵阳沟通消息都是让鲁豪口传，就算被人抓住逼供出来，只要不落在纸面上，就不算铁证。

"你打算哪天上书？"周鼎成见他一直没动静，先沉不住气了。

"过两天，张大人要上奏一些事情，我也正好搭一次顺风车。"况且道。

他现在是指挥使了，可以专折上奏，不过所有奏折都必须由通政司送到宫里。况且寻思，自己如果单独上书，会不会被通政司直接扣下，如果和张居正的奏章一起呈上，这种可能性就不存在了。

按照锦衣卫的传统，他是可以直接上奏皇上的，不用通过常规程序。况且却不想走这条路，他对自己这个锦衣卫的身份还是不能认同，总觉得别别扭扭。

他现在认同的身份是张居正府幕僚，御医也勉强算是吧，无论如何他也不想当个武官，他可是江南四大才子之一啊，怎么莫名其妙走到武官路线上去了呢？

"我还以为你在权衡其中的风险呢。"周鼎成叹道。

他一直不赞成况且这样做，风险太大，按照他的想法，这种事应该由别人先来试水，而不是他去把脑袋伸进虎口里。枪打出头鸟，第一个出头的往往都没有好果子吃。

慕容嫣然本来也没觉得有什么，她不懂朝廷政治，可是她把情况反映上去后，就有人联系她，告诉她想法劝阻况且不要这样做。

慕容嫣然没有直接面见况且，在非必要的情况下，接触是要尽量避免的。她传了话给周鼎成，就没有再问，她觉得况且是能够处理好这件事情的，不至于翻船。

况且并不是不听劝的人，只是他实在忍受不了整天猜测皇上的心思，外加防范周围局势，他感觉自己就像守着个定时炸弹，却还不知道什么时候爆炸，结果整天都得提心吊胆。这样还不如索性大胆引爆一次，看看这炸弹是真的还是假的。

他这些天去张居正府里再次查阅了以前看到的各种资料，上奏折不是小事，千万别在数字上闹出笑话，结果分毫不差，再次证明他过目不忘。况且笑得很惬意！

又过了几天，他把自己的奏折跟张居正的奏折放到一起。

"嗯，你也有事要上奏，怎么不由锦衣卫使司上奏？"张居正好奇地问道。

锦衣卫指挥使可以专折上奏，可是张居正的幕僚却没有上奏权，所以他才这么问。

"我想试探下皇上对我究竟什么用意，您若是觉得不妥就算了。"况且笑道。

"哦，皇上对你肯定有大用，你也不用急于一时，我现在还都没急着用你呢。允明，在朝廷做事，第一要有耐心，第二要有毅力，无论什么事不可急于求成，更不可一蹴而就。"张居正以为他是整天没事闲的发慌了，也没往深处想，更不知他是要捅一个天下最大的马蜂窝。

张居正没看他的奏折里写了些什么，这是对况且的尊重。

看到张居正带着奏折上朝了，况且松了一口气，却有种末日将要来临的紧张，不过既然已经想到了最坏的可能，而且做好了充分的思想准备，就没什么可怕的了。

"允明老弟，不愧是指挥使啊，也开始上奏议政了。"张居正的一个中年幕僚调侃他。

在这些成了精的幕僚眼中，况且还是个不谙世事的孩子，有才气、有才学、有锐气都是好的，但是阅历的匮乏却是况且的最大缺点，更不用说他一天官场都没混过。

在京城，所有人都以字称呼况且，就是允明，不像南京那里，都是以名称呼他。

"允明老弟上邀圣眷，此次上书皇上一定会龙颜大悦吧。"另一个幕僚也笑道。

至于况且上奏的内容，这些人都没问，一个小孩子能有什么经国济事的学问？估计就是些小孩子的把戏吧，若能博得皇上一笑也不错。

况且只是呵呵笑着应对，他对张府幕僚很尊重，这些人都是真有学问，不像一般的官员，除了诗词歌赋其他一概不懂，施政完全靠师爷和幕僚。这些人可以说是每个领域的专家，否则也不会在张居正的幕府中只是储备人才，占据一席之地。

至于他自己，他有自知之明，他现在就像进士科的庶吉士一样，属于第二梯队。

他笑着回说几句后，就回家了。

第六章　一鸣惊人　朝堂混乱

风雨欲来

况且上书后心里反而坦然了，前几天他虽说下定了决心，有时候还是不免思前想后，一旦递出去，反而轻松了，因为想什么都没用了，不管好坏，只能等待结果。

他每天一切照常，早晨起来修炼五禽戏和行功。被刺杀多次后，他觉出自己所修炼的这些功法并不简单，静功和行功没有可对比的，可是五禽戏却跟流行的功法大不相同，这还只是表面的练法，内里的修炼秘诀差别可能就更大了。

早饭后，他就开始练习书法，现在反而没有南京时那样忙碌了，花在书法上的时间自然更多了。相比较而言，他还是更喜欢书法而不是绘画。

午饭过后他开始静坐，不是修炼静功，而是于静中默思理学中的种种理论，感悟陈慕沙所感悟到的那些玄奥的东西，这样感悟当然比自己感悟出的要差一截，却也比什么都感悟不出来好许多，禅宗和理学各大宗派都有传灯录之类的传世，道理正在于此。

现在他比较注重理学修习了，毕竟自己还是老师的衣钵传人，在理学上迟迟不入门也太不像话了。

晚饭后，他常常是和周鼎成闲聊，或者跟萧妮儿耳鬓厮磨，有时会画画。他现在对画画有些顾忌，唯恐什么时候又画出什么怪胎来，就像他锁在书橱里的那两幅怪画。

对这两幅画，他也失去了继续研究的动力，根本打不开，还有什么可研究的？

快到子时，他就开始正式修炼静功了，静功一旦入静，什么也不用管，连感悟都不需要，只管入静就是，这种状态非言语能够描述，只是一种状态而已，他所需要的就是完全融入这种状态。

每当这个时候，他体内就开始吸收星光，仿佛满天的星光都被他一个人吸到身体里了，他有时真想停下来出去看看，外面的星星是不是都失去了光芒。

这当然只是种错觉，实际上不可能，星空无垠，星光无限，莫说是他，没有任何物体能把宇宙间的星光全部吸光。

现在他静功修炼时间加长，一直练到早上四点多才会停止，虽然一个晚上不睡觉，但是没有丝毫困倦之意。

修行入定时，脑神经虽然不能说完全处于静止状态，却保持在非常非常低的活动状态，几乎可以忽略不计。这正是入定比睡眠更好，而且完全可以替代睡眠的原理，并非什么神话传说。

况且还没有达到入定的最高境界，他也不敢，想要入定需要找非常僻静的山谷，环境要求也非常苛刻，没有人声嘈杂，没有鸡鸣犬吠，狼嚎虎啸当然更要不得，这样才能入定，否则被外界噪音打扰，极有可能走火入魔。

况且现在就是勉强可以用入静而不是入定来代替睡眠，却不能达到修行者在入定时的深刻体悟，修行者入定可不是图省事，为了不睡觉，而是为了感悟人生，体会世界终极大道。

"你这两天怎么了，静得出奇，真想学苦行僧了？"周鼎成天天为他提心吊胆，不想况且没事人似的，反而加劲儿在修行。

"那你说我能做什么？"况且反问道。

周鼎成想了想，说不出话来，况且真还没什么可做的，除了逃亡，但现在跑太早吧，朝廷一点动静还没有呢。

"怎么一点动静都没有啊，要不你去张大人府上打听一下？"周鼎成心里还是有些发毛。

"要是有动静，张大人早就来找我了，还容得了我在家修行？估计奏折被皇上留住不发了。"

况且估计，可能是皇上看后，觉得没有价值下发群臣讨论，或者奏折跟皇上意见相差太大，干脆就扣下或者直接扔了，这样的奏折当然就不会有什么动静了。

当然，大臣们上奏的奏折在通政司都是有记录的，皇上有没有批复、有没有原样退回，都一一记录在簿子上。对那些皇上既没有批复，也没有发回来的奏折，就注明"留中不发"。

历朝历代御批里，很多处都有"留中不发"这四个字，可见这一招是老传统了。

况且最怕的就是这个，如果真是这样，说明他的投石问路失败了，投出去的石子不是落在路上，而是掉进水潭里了，而且听不到回音。

这样一来，他想试探皇上心思的打算就落空了。

"你又做什么祸了吧，这么老实？"

晚上他回房时，萧妮儿问他。

"这是什么话，我不做祸时也没上房揭瓦啊。"况且苦笑道。

"不对，这几日你不对劲儿，一定是闯祸了，而且也知道自己闯祸了，现在就等着这结果来找你。"

萧妮儿对况且的事有过人的敏锐洞察力，往往况且心中稍起波澜，她就感知到了，只是感知不到究竟发生了什么事，这就叫知其然而不知其所以然。

"没事，我就是给皇上上了一道奏折，要求朝廷放开海禁，允许民间跟海外做生意。"况且道。

"那也没什么啊,做买卖是好事啊,皇上一定会答应吧,赵二哥不是说皇上家也缺银子用吗?"萧妮儿全然不懂放开海禁的意义,只是觉得做买卖总归没错,比如说周文宾家,还有左羚不都是做买卖发财了吗?

"皇上家不缺银子用,是国家需要银子用。"况且更正道。

"国家不就是皇上家吗,有什么不一样的?"萧妮儿倒纳闷了。

"皇上家指的是皇宫里皇上的家人,包括宦官宫女什么的,国家是整个国家,这两者不一样。皇上那个小家怎么都不会缺银子,可是国家这个大家却缺银子缺得厉害。"况且闲着没事,决定给她上上课。

"哦,是这么回事啊,我还一直以为国家就是皇上家的呢。"萧妮儿应了一声,也不在意,她哪里有心思理会什么大家小家的关系。

第五天傍晚,况且刚刚吃完饭,张居正的一个幕僚飞奔进来,看到况且后摘下头上的皮帽子,擦了把额上的汗,这才开口道:"小兄弟,你都干什么好事了,赶紧的,跟我走,大人要见你。"

"要见我?"况且站起身道。

"不见你见谁,兄弟,我先跟你说一声,有点心理准备,大人可是气坏了,我在大人幕府干了几年了,从没见大人发过这么大的火。"幕僚气喘吁吁道。

"知道了。"况且麻利地穿好衣服,就跟着幕僚急急向外走去。

周鼎成也穿好衣服跟着,萧妮儿有些吓着了,也跟在后面跑。

"你不用去,不用担心,我是去张大人那里,不会有事的,一会就回来了。"况且急忙拦住萧妮儿。

"大事是没有,等着挨骂吧。"幕僚恨恨道。

况且吐了吐舌头,全然不当回事。

出门后,况且和周鼎成坐上马车,幕僚是坐轿子来的,三人一起匆匆赶往张居正府邸。

两家相距不远,况且平时去张府都是走着来回,根本不坐车,可眼下幕僚既然是坐着轿子来的,他也没有步行的道理。

来到张府，幕僚带着他来到张居正的书房，然后止步道："你自己进去吧，小心点，大人骂你你就听着，大人今天好像在朝廷上因为你也挨骂了。"

"大人也挨骂了？谁骂的？"况且一怔，这事怎么牵扯到张居正头上了，这可不是好现象。

"去吧，赶紧去吧，大人等着呢。"幕僚在后面推了他一把。

况且迈步上了台阶，几步就走进房里，见张居正正在一张铺着貂皮的太师椅上端坐着，面色果然铁青。

"晚生见过大人。"况且上前作揖相见。

"嗯，允明啊，你本事不小啊，老夫我看走眼了？"张居正看着他，面色阴沉道。

况且心里咯噔一下，忙道："不敢，请大人赐教。"

"赐教？我也不敢当啊。"

张居正加重了语气，腾地站起身来，在地上来回踱了几步。

掀起千尺浪

况且微微一笑，也不答话了，不就是挨骂吗，好好听着就是，皇上有了态度，总归是好事。

"你真是不鸣则已，一鸣惊人啊。你是想让我对你刮目相看，还是想让皇上对你刮目相看？不管你怎么想，反正目的达到了，今天朝廷上都翻了天了，你知道吗？"张居正有些愠怒道。

"不知道，晚生没得到通知，没上朝。"

况且作为锦衣卫指挥使，按说必须参加朝会的，而且要担负警戒保卫之责。

只是况且这个指挥使是寄禄，不是正式的，没人要求他上朝，也没人通知他，他索性就不去了。

"你说你上什么奏折不好，偏偏要跟皇上申请放开海禁，你难道不知道海禁是太祖高皇帝定下的，载在《明太祖宝训》里，万世不得更改一字的？"

"大人，莫怪晚生大胆，其实《明太祖宝训》多年以来，已经修改了许多了，且不说三宝太监下西洋是不是开破坏海禁之先，就现在而言，滨海地区何尝有海禁存在？海禁禁的不过是小民，保护的却是滨海乃至江南许多大家族的利益，朝廷的银子每年海量流进来，大部分都流入他们的库房里了。"

"嗯，你说得不错，所以你知道你捅了什么马蜂窝了吧？你说的那些大家族已经经营海外贸易不知多少代了，根深蒂固，他们的势力遍布朝野，更跟朝廷里的许多大佬有不可分割的联系，你这可是想要断他们的财路，人家不跟你拼命啊？"

"他们有什么了不起，如果皇上有决心，徐相、高相还有大人联合起来，还怕不能扫平他们？"

"你这是小孩的话。事情复杂着呢，不是三言两语能说清的，更不是你想用权力就能扫平的。若是如此简单，就不用等到现在了。"

太祖朱元璋登基当上皇帝后，三十二年间耗费毕生精力，兢兢业业编纂了一套《明太祖宝训》，定下后代子孙必须遵照执行的法规，而且写明后世子孙敢改动者为逆子，臣子胆敢非议改动者，即以谋反大逆论处。

说是这么说，其实从建文帝开始《明太祖宝训》就已经改动了许多。永乐夺权后，号称是"尽复太祖旧章"，打着拨乱反正的旗号，其实他破坏太祖规矩也不少，只是当时皇权强、臣权弱，下面的臣民们也就少有反对者。

其后，皇权一代代削弱，随着文官的地位和权力一步步提高，对《明太祖宝训》反而拼命捍卫起来。就连当今皇上也不能随意行之。

可是具体情况很复杂。所谓的海禁是禁止民间跟海外做生意，但民间非但没有禁止住，反而有许多大家族联合海外势力进行走私，牟取海量金银财富，即便官方与海外的商业贸易也被广东一带的三大行商垄断了，这些行商形成了巨大的联合体。

"皇上和大人要是信得过，我可以跟他们斗一斗。"况且拍拍胸膛，主动请缨道。

张居正看了看他，忽然大笑起来。他一半是气的，一半是被况且逗笑的，然后苦笑着摇摇头，真是个孩子，不知天高地厚，说的都是三岁小孩子才能冒出的胡话。

"真的，大人，我不怕他们，在江南我就跟福州的郑氏家族斗过，他们不但没占着便宜，反而差点全灭。"况且郑重道。

此时他把在南京跟福州郑家的事提出来，不是给自己脸上贴金，而是想鉴定张居正的信心，是不是有可能放手让他跟那些沿海大家族角逐。他若想实现自己的目标，在海外发展势力，打击这些沿海大族乃至海盗是必须迈的坎儿。

"你的光辉事迹我早知道了，那是魏国公的手笔，跟你有关系吗？"张居正冷笑道。

"那是我被国公大人软禁了，不然不用中山王府的人，我一样打得他们落荒而逃。"况且其实想说如果放手让他干，郑家人一个都别想活着回去，可惜这话不能说。

张居正听他话说得很满，感觉很诧异，他这些日子里也了解况且绝不是仰着脖子吹喇叭的人，反而十分低调，从多方了解掌握的信息分析，况且的一大缺点就是太低调，甚至有些缺乏自信，而不是高傲无知。

张居正心里忽然翻涌一阵："难道那些说法是真的，他身后真有一股非常强大的势力？"

对况且的这些事，张居正了解并不多，他没有心思去查探这种事。但是他也听说了一些传言，说况且身后有一股非常强大的势力，好像是江湖势力，难道江湖又有新生力量了？

张居正不相信。他对此只能这么想，况家世代都是名医，几代人下来，可能治好了无数江湖中的人，这些人感激况家名医救命之恩，所以都罩着况且。不过，这些力量也就是些泛泛之力而已。

从另一个角度看，皇家无亲，官场无情，若想找到亲情、恩情、友情，还得在民间尤其是在江湖中找，这个道理张居正当然知道。

"你给皇上上书就存了这心思？"张居正心中怒气稍减。

他今天发怒不止是因为况且捅了天字第一号的马蜂窝，更是因为在朝廷上被高拱奚落了一顿，心里窝火。

今天上朝时，皇上突然把况且的奏折发下来，让各部讨论。

讨论就是看看有没有执行的价值，乃至如何执行等等。一般而言，什么事都可以划归具体部门，比如六部中的某部去议处，研究意见呈到内阁，由内阁几位大学士研究是否可行，然后给皇上写出自己的意见，再代皇上写明处理意见，转送到宫里。宫里则由秉笔司礼两个太监主持研究，如果内阁意见很好，就跟皇上说一声，画押盖印，然后把内阁拟的圣旨交给中书誊抄，下发给具体部门执行就行了，这就是明代朝廷运作的一般流程。

然而况且的这份奏折不是下发到某个部门，而是所有部门一起参与讨论，这表明了皇上对况且的奏章特别重视。然而，皇上为何重视这份奏章，大臣们到现在也没能弄明白。

况且所呈奏折的中心思想自然就是放开海禁，收回把持在沿海行商和大家族的贸易特权，由朝廷建立一个特别贸易部门来跟海外进行贸易，这样不但国税不会大量流失，收入更会直线上升，朝廷历朝历代的银荒、钱荒也会因此得到缓解。

这想法非常好，其实许多大臣心里都赞成，可是谁都明白，这么好的想法怎么会由一个二十岁的新贵提出来？他这是想干吗？

老实说，这里的任何一个人都可以提出更详尽更完善的策略，毕竟况且了解的还不够多，官场经验几乎为零，许多提法就显得稚嫩可笑，但是基本观点和论据却是不可辩驳的。只有一点，也是最致命的，就是违背了《明太祖宝训》。

然而问题又来了，况且是皇上亲自提拔的，而且从默默无闻的一个白衣秀才一下子提拔到锦衣卫指挥使，现在这是怎么回事，还没有一个人能弄明白其中的奥妙。

所以顿时一阵沉默，不知这放开海禁究竟是谁的意思。有可能是皇上的意思，授意况且提出来，抑或是张居正的意思，借况且之手上了这道奏章。总之，众大臣在心里一致认为，况且不过是杆枪，问题是握枪的人究竟是皇上还是张居正，反正没人相信是况且这小子。他没事干吃饱了撑的，他哪里有这个能量？

但实际情况正好与他们的想法相反。

不要说各部的谏官们，就是各部的尚书、侍郎，还有内阁大学士们都一下子蒙了。

大家都看着高阶上端坐不语的皇上，圣意无喜怒，脸上没什么表情。大家看着他，他也看着大家，一时僵持住了。

高拱首先想明白了这绝不是皇上的意思，如果皇上有这心思，就算不跟任何人说，也会先跟他私下商量，他有这个底气。然而，高拱近来底气也不是很足，因为皇上提拔况且就没跟他商量，这让他感觉严重受挫，好在况且跟他的弟子关系特别好，他对况且也很有好感，所以这事慢慢也就过去了。

"陛下，这件事关联太大，可否容臣等退朝后仔细商量再行定夺。"高拱率先发言道。

"可以。"隆庆帝微微点头，依然面无表情，他倒不是装，而是他无为而治，他心中的偶像是孝宗皇上，而不是他父亲嘉靖帝。

在他看来先皇不相信任何臣下，事事亲为，反而把朝政弄得窳劣百出，所以他决心什么事都放权给他信得过的高拱、张居正这些大学士来掌握，国家就会蒸蒸日上，很有可能尽复开国时的荣光。

"此事断断行不得，陛下，这是公然违背《明太祖宝训》，倡议者乃乱臣贼子，其罪可诛，若此事可议，何事不可议，高大人此言大大不妥。"就在此时一个谏官突然走出朝列，跪在地上叩了一个头，然后仰望殿堂上的隆庆帝嘶声大叫起来。

同人不同命

"乱臣贼子!"

况且吓得一个趔趄,这是哪个缺了八辈子德的谏官啊,怎么上来就把自己定性为乱臣贼子了?

其实还真不算冤枉,太祖朱元璋明文定律:凡倡议更改《明太祖宝训》者,一律以谋反论处,若是谋反还不算乱臣贼子,什么人才算得?

"哼哼,你也怕了?难道你上书前就没想过后果?别告诉我你不懂。"张居正冷哼道。

"这个当然想过,不过晚生觉得徐相和大人您一定可以保我,高相至少不会主张处置我吧,这样看来就算有风波我也能过得去,不会掉进河里。"况且嘻嘻笑道。

"原来你打好了主意啊,皇上那里你也是这样想的吧?"张居正被他气得差点笑出声来。

况且没说错,有他和徐阶主持内阁,怎么着也不会把刀架到况且脖子上。徐阶现在还是首辅,高拱从今天朝廷上的表现看,也是想要息事宁人。

但是,皇上究竟是什么意思?这才是关键。皇上没有态度,不置可否,张居正的心一直还悬着。

按说,皇上明白况且的奏折下发朝堂后应有的反应,然则皇上为何坚决下发,此事为何不先和他们几个内阁大学士商议一下?内阁大学士是皇上名正言顺的私人秘书,他们的职责就是在事情公开前为皇上出谋划策。

就像况且,虽说是挂名锦衣卫指挥使,实际上的职务还是御医。至少在皇上另外正式委派他别的职务之前是这样。

皇上究竟是想用这道折子测试群臣,还是想借群臣的口和笔来给况且定罪？这两种可能都存在。

给况且定罪甚至诛杀他不是不可能，尽管现在朝廷上下都认为况且是新贵，是皇上要提拔的自己人，有时连张居正也不免这样想。然而，事情的内幕究竟是什么，皇上是什么用心，他不开口，最好也别去猜测。

况且可是前司礼太监黄锦接回来的，黄锦一进京城就被关押起来，然后被罢免一切职务，派去一个偏远的地方当镇守太监，实则就是流放。这一切绝不是偶然，背后一定大有文章。

张居正当时替况且捏了把汗，准备着随时伸手救他一次，不想皇上在况且这儿来了个大转弯，不但没有丝毫怪罪，反而给他封了锦衣卫指挥使的高官。

张居正认同况且这样做是在测试皇上的心思，只是觉得这办法太蠢了，等于把自己的脑袋放在铡刀下面试试舒服不舒服，然后抬眼看皇上救不救他，这不是拿自己的脑袋开玩笑吗？皇上如果觉得这是在逼宫，他的下场也好不到哪里去。

况且挠挠头道："大人，晚生不是鲁莽，也不是单纯想要试探皇上，真的是觉得现在开海禁恰逢其时。至于《明太祖宝训》，多少年来改动过的不计其数，只不过上下都装着看不见就是了。海禁为何就不能放开？这可是关乎国计民生的大事啊。"

张居正叹道："不是现在正逢其时，是早就该这样做，关键是朝廷大臣小臣们并不关心这个，只要他们不缺银子，他们哪管国库缺不缺银子，更不会关心民间有没有足够的银子用。尤其是那些谏官，他们没事还要找事找人骂几句，奏上一章，你现在可是给他们立了一个又圆又亮堂的靶子，他们不射你射谁？"

"那皇上是什么意思？"况且问道。谏官的反应他早就预料到了，只是没想到第一个出头的谏官如此毒舌。

"皇上没意思，什么意思都没有。我愁的也是这个啊。"张居正一叹道。

"仅仅如此，大人也不至于生如此大的气吧，还发生了什么？"况且追问道。

"有人出头后，又有十多位谏官附议，说的都差不多，最后都说你是恃宠而骄，目无太祖遗训，此风绝不可长，应当杀之以儆效尤。"

"看来这些谏官都想杀我啊，我哪儿得罪他们了？"况且叫屈道。

"他们就是干这个的，不是得不得罪的问题。几位内阁大学士也没得罪过他们，还经常为他们向皇上讨情分，不是一样挨他们的骂吗。谏官的话倒是不必太在意，好在大臣们还在观望，没有出头开口的。"张居正道。

"那大人您气什么啊？"况且倒是纳闷了。

"我气的是高相，我和他出来后，这家伙居然以为是我怂恿你上书试探皇上和朝廷的反应，说了好多讥讽的话，我和他相交多少年，他竟然如此看待我。我难道不知道此事的利害关系？难道我会害你不成？"张居正气得须髯飘拂，两手都有些发颤。

"不是晚生多嘴，高相其实太过强势，总愿意说些伤人的话，大人不必太在意。"况且能想象得出两人在宫外的情景，看来这两人的芥蒂是愈来愈深了。

"不过今天一件事可以看出些皇上的心思，谏官们群情激昂时，皇上却不耐烦了，直接起身退朝，这是皇上即位以来第一次。要不然，今天还不知如何收场呢。"

"那就是说皇上不反对我的奏折？"况且急忙问道。

"现在还说不好，总感觉皇上是有深意的。"张居正道。

"你先回去吧，好好睡个觉，这事一时半会儿完不了，估计今天许多人都要睡不着了，要揣摩皇上的心思，然后琢磨好明天该怎样上书表明态度。"张居正的火慢慢消了。

他今天如此动怒，一则是因为此事惹出的麻烦的确太大了，连他也不知道会发展到何等地步，最后如何收场。他隐隐有种担忧，害怕最后失控，不可收拾。其二就是被高拱呛的，高拱讥笑他拿况且当枪使，过后还得皇上跟他高拱来保况且，最让他生气的就是这个。

"高相是不是误会了，因为我的奏折跟大人的放一起了，当初要是走锦衣卫使司那里上奏或许他就没这些话了。"况且现在有些后悔搭张居正的顺风车了，如此上奏的确方便快捷，却给张居正惹来了麻烦。

虽说高拱现在不是首辅，但谁都明白，在皇上的心里，高拱才是第一人，随后才是张居正、陈以勤，其他人都得往后站。

"那也没用，你是我的幕僚，不管你有什么事，我都脱不了干系，不过这也没什么可怕的，我还不至于连这点事都担不起。只是今后遇到这种大事，一定先跟我商量一下，不要再自作主张。"

"晚生记住了。"况且应道。

"回去吧，我也得休息了。这几天你每天晚上过来一趟，有什么情况我好告诉你。"张居正挥挥手道。

"多谢大人，晚生告辞。"况且躬身一礼后退出。

庭院里站着十几个幕僚，有替况且担心的，也有想看热闹的，还有十多个仆人在外面候着，等候老爷的传唤。

"小子，过关了？"一个老幕僚有些诧异地看着况且走出来，没听到摔茶碗砸椅子的响动，这可不像大人的风格啊。

"嗯。"况且点点头，却有点纳闷，这些人大冷天的看什么风景啊。

"大人……没骂你？"幕僚问道。

"骂了几句。"况且老实承认。

"然后呢？"

"然后大人就笑了。"况且笑道。

"笑了？"幕僚们都呆住了。

"然后大人跟我说了些话，就让我出来了，大人想要休息了。"况且道。

"这……"幕僚们你看看我，我看看你的，都不明白张居正叫况且来前的滔天怒火究竟哪儿去了，按理说都应该发泄到况且身上才对啊。

"这就叫同人不同命啊，虽说都是幕僚，咱们这辈子是比不上小兄弟了，要是咱们捅出这么大娄子，后果怎么样，想都不用想，直接卷铺盖走人吧。小兄弟呢，只是轻轻骂了几句，说不定还怕骂重了，又给补两颗甜枣吃吃。"一个幕僚阴阳怪气道。

"允明现在不仅仅是幕僚，还是锦衣卫指挥使，是皇上的人，大人当然要另眼相看。"又一位幕僚不无酸意地道。

他们深谙朝廷典章制度，更富有官场经验，许多人还出任过知县、知府的职务，当然知道今天这个娄子捅的有多大，说把天捅个窟窿都不为过。

原以为张居正就算不把况且逐出去，也会痛骂他半个晚上，让他这辈子都不会忘记，孰料他们听了半天也没听到张居正的痛骂声，里面的气氛一直很缓和。这不能不让他们感到节奏乱了，大人的行为异常。

至于况且那个锦衣卫指挥使的身份，他们还真都没当回事，不就是皇上想寄禄吗？像这种突然拔擢过高的人，一般都有个专有名词：佞人。

历代皇上身边都有几个这样的佞人，一般都是和尚道士异人之类的，会封他们个礼部侍郎、工部尚书之类，但也只是应名而已，并没有实际职务。

所以对于此事，他们倒是很同情况且，觉得一个非常有才华的江南才子，前途无限，却在步入官场的第一步就走岔道了，这事不但对他将来没有好处，反而很可能成为终身之玷。

不管这些人如何想，况且不奉陪了，他走了出去，一直等在车里，紧张地听着动静的周鼎成过来接上他，然后上车回府。

"怎么样？"周鼎成紧张得大气都不敢出。

"什么事都没有，不过今天只是开始，以后如何发展还不好说。"况且心里并不轻松，至少皇上态度没有亮明前，一切都是未知数。

第七章　京城博弈　势单力薄

谁连累了谁

况且回到家，萧妮儿正穿着皮衣在院子里等着他呢，一见到他就扑上来抱住他。

"我没事，不都跟你说好了吗，你一直在这儿傻等着啊。"况且道。

"嗯，嗯。"萧妮儿一个劲儿点头。

"真傻，我跟你说没事就是没事，你还不相信我。"况且赶紧拉着她进了屋。

"你还是别闯祸了，咱们好生过日子不好吗？"萧妮儿还是有些害怕。

她并不了解这件事情的严重性，但隐约感觉出况且这次闯的祸不小，从周鼎成的态度上更是看出有些不妙。

"我不想闯祸，也想好生过日子，若依照我的意思，根本不会来京城，咱们在南京多好，当然苏州更好，每天读读书、写写字、画几笔画，神仙都比不上。现在呢，我抛家弃子的被迫来到这里，却不知道究竟是怎么回事。"况且叹息道。

萧妮儿默然，前前后后她是全都知道的，她所谓的好生过日子，就是指朝夕相处，太平无事。况且却不愿意如此。

"现在的情况就好比身体上生了个毒疖子，里面早已化脓了，与其每天提心吊胆地想着将来疖子破裂后会不会要命，还不如干脆挑开，把脓都放出来，或者全好了，或者直接赴黄泉。"况且解释道。

"不能慢慢来吗？"萧妮儿显然不赞成他这种激进的做法。

"不行啊，慢慢来疖子里的毒就会越来越多，到最后，即使疖子要不了命，人天天担惊受怕的，也可能会被吓死。"

况且只是借用这个比喻，他是神医嘛，当然在行医上不会如此激烈，遇到有人生疖子毒疮，只会用药化去其中的毒素，而不会干脆挑开。

萧妮儿被他说服了，两人很少有争执，即便有了，况且总有办法说服她。

萧妮儿又问了些张居正如何对待他的事，况且拣些轻松的说了，然后笑道："没事，至少有徐相和大人保着我呢，高相也会向着我，那些谏官们吃不了我。"

"那就好。"萧妮儿这才安心。

况且搂着萧妮儿，直到她睡熟了，这才悄悄起身，然后到另一个屋子里静坐。

正如他对周鼎成所说，现在只是破局的开始，以后如何发展还不知道，他现在必须随时保持心境的空明，这样才能不走错招、昏招。现在他就是在过一条湿漉漉的独木桥，稍有不慎，就可能跌个粉身碎骨，提议修改《明太祖宝训》可是实打实的谋反大逆之罪，真要被坐实了罪名，就是内阁全体也保不住他。

况且静坐感悟了一个时辰，既像有所得，却又什么也没得到。心之感悟就是如此，大都是潜移默化，需要一段时期的积累，然后才能得到突破，达到顿悟。

这还是顿悟吗？顿悟不应该是豁然开朗吗？非也。没有点点滴滴的积累，绝不可能顿悟。

第二天上午，赵阳带着鲁豪来了，一见面就嚷嚷着："兄弟，你也别怕连累我了，我都已经把你连累成这样了，还怕你连累？"

况且笑了："二哥，没你说得这么严重吧？"

"还不严重？兄弟，这事大发了，你可能真的要摊上大事了。"

周鼎成把鲁豪请到另一个房间去坐着闲聊一些江湖中事。鲁豪知道周鼎成是武当派嫡系弟子，而且武功也很高，对周鼎成极为恭敬，没事就向他请教一些拳法脚法，周鼎成就随口指点他几句。

况且跟赵阳单独待在一个房间里，仆人上茶后也退了出去。

况且倒没赵阳这样悲观，对他来说，最危险的是在从南京到京城的途中，还有就是前些天被刺杀时，那才叫生死系于一线，他现在都很迷糊，想着自己怎么就恰好躲过去了，只能说命不该绝。

"跟你说，我家老爷子回家后，问出是我跟你说了皇上想要放开海禁的事，差点把我的皮剥了，要不是我大哥替我说情，今儿个可能就见不到你了。"赵阳哭丧着脸道。

"老大人这是过虑了，事情没这么严重。"

"兄弟，还不严重？跟你说吧，现在外面文官们气势汹汹，都想剥你的皮吃你的肉呢。修改《明太祖宝训》不是闹着玩儿的，你怎么这么冲动？这事肯定是要做的，却不能这样做，得慢慢地巧立名目来做。"

"我也不是冲动，我这样做自有我的道理，你放心就是了。"况且喝口茶道。

"但愿你有你的道理吧。张大人那里怎么说，他会不会死保你？"赵阳问道。

"张大人当然会保我，可也有限度，这事还得看皇上的态度。"况且笑道。

"我家老爷子连夜拜访了一些公侯家，联合他们一起来保你，他们当然没法公开保你，只能走宫中路线，让里面的人尽量为你说好话。对了，你跟英国公夫人很熟的吧？"赵阳道。

"英国公夫人？很熟啊，非常熟。"况且笑了。

他跟英国公夫人可是在凤阳共过生死的，这交情还真是不一般。

"英国公夫人说她要进宫去找几位娘娘，吹吹皇上的枕边风。英国公夫人肯为你这样做，真的说明你们交情不浅。"

"这样不好吧，声势是否太大了些。"况且皱眉道。

"有什么不好的，你现在也是咱们功臣家的一员，当然不会看着你被那些文官们随意踩躏。"赵阳理直气壮道。

况且这才想起自己也是武城侯府的二老爷，当初还差点弄个侯爵当当，只是他经常意识不到这个身份。

"咱们功臣家平时也经常斗个不休，可真要有人敢于挑衅，欺负咱们，大家还是会团结一致对外的。对了，你们府里可是有两张免死金牌的。"

"没用，免死金牌不能免除谋反大逆之罪。不过不用忧虑这个，皇上真想杀我也不用费什么事，皇上若是不想杀我，别人也动不了我。"况且道。

赵阳这才宽心些，他着实为况且担心不小。

"老爷子回来说当时皇上把你的奏折发下来后，朝廷上那个好玩啊，徐相、高相、张相都是大眼瞪小眼，都以为是对方怂恿你干的，他们恐怕还不知道始作俑者就是我赵二爷呢。哈哈。"赵阳说着又哈哈大笑起来。

况且这只是宽赵阳的心，他知道现在权力不都在皇上手里，内阁六部的权力还是非常大的，皇上想死保谁都未必能保得住。

前朝时，嘉靖帝曾经死保过宠臣仇鸾、陆柄和平定倭寇的功臣胡宗宪，结果仇鸾伏诛、陆柄下狱，胡宗宪在刑部监狱中瘐死。所谓瘐死就是犯人在长期监狱生活中，因忍受不住长久的酷刑折磨而死，当然也有饿死的、冻死的等等，统称之为瘐死，状况可想而知。

况且并没有特别担心这些事，他倚仗的还是徐阶、张居正，老师也会在幕后运作一些事，这些事他并不知道，但他知道老师绝不会坐视不管，而且老师的能量究竟有多大，他还真估算不出。

皇上那里他也有筹码，毕竟他是皇上以后保命的王牌，皇上难道愿意毁掉自己保命的法宝？他是神医，这就是他最大的法宝。

中午，况且请赵阳在附近的一家酒楼里喝酒，算是答谢他上次的接风宴。

既然已经开始要破局了，避嫌什么的也不是很重要了。过于避嫌，反而显得自己太小气，甚至还会引发不必要的误会。

他忽然想到一点，皇上封自己为锦衣卫指挥使，依据是不是武城侯历代的祖荫，毕竟功臣家除了可以嫡长子继承爵位外，其他的子孙也是有荫袭的。

那些谏官们没有在这件事上对他发难，难道也是考虑到了这一点？

他以前还真没想过这个，现在想起来，自己还是太嫩了些，一个标准的官场白丁，连这显而易见的事都没想过。

多了个跟班

况且经常忘了自己是武城侯家的一员，也是功臣世家的一分子。说起来也是可笑，他现在还是以一介白衣秀才自居，除此，对别的身份都没有认同感。江南四大才子的身份也算一个，起码在他内心是觉得很自豪的。

"兄弟，你这可是冒险的一击。不过老爷子也说了，若是你挺过这一关，真的有可能提前促成我跟你说的那件大事。"赵阳喝了几杯酒，然后说道。

"但愿有可能。"况且举杯浅饮。

"你不会就是冲着这个来的吧？"赵阳怀疑地看他一眼。

况且笑而不答。

"你……你这也太大胆了，我姐跟我说过，你一般时候没动静，一旦有了动静，就能捅破半边天，我现在真的信了。兄弟，你是做大事的主儿。"赵阳很崇拜地看着他。

"我是初生牛犊不怕虎！"况且谦虚地道。

"得了，你就甭谦虚了，咱们又不是外人。听说你率领家里还有中山王府的骑兵一夜间急行二百多里，攻打凤阳城，兄弟，我太崇拜你了，开国以来，还没人敢干过这等大事。"赵阳满脸仰慕之色。

"都是胡说，我哪里是想要攻打凤阳城，你借我一万个胆子也不敢，我那是去救人。"

"英雄救美是吧，救的还是江南一枝花。鲁豪，我跟你说，我这兄弟的眼福是天底下一等一的，江南最美的淑女，凤阳最美的一枝花，还有苏州第一名妓，可都被他娶到家里了。"赵阳炫耀地对鲁豪道。

鲁豪张大嘴巴说不出话来了，对况且的敬畏又加深了几分。

况且急了："二哥，你给我拉仇恨是不是，也不看看场合。"

赵阳笑道："没事，我姐说了，这位弟妹是天底下最不嫉妒的美人。弟妹，我就不夸你了，反正我姐每次信里都把你夸成一枝花。"

萧妮儿只是拿着一个小杯慢慢喝酒，听赵阳如此说，只是笑笑，却不搭话。

"大人，您真的攻打过凤阳城？"鲁豪感觉自己的耳朵是不是出问题了。

"不是这回事，我那是带着人去凤阳救人，我要真是攻打凤阳城，那不成反贼了，早被朝廷斩首示众了。"

尽管他如此说，而且也是实情，鲁豪依然感到难以置信，仅仅带着一队骑兵一夜间奔袭二百多里，那是多大的气派，惊世骇俗之举啊。

他起身躬身道："大人，小人以后就跟着您混了，只要您一声召唤，指哪打哪，鲁豪的命就是您的了。"

况且有些吃惊，看着赵阳，鲁豪犯什么毛病了，当场反水，这不是打赵阳的脸吗？

赵阳笑道："兄弟，你收下他吧，反正我看你比他还能惹事，我也甩掉一个惹祸精，省得天天给他擦屁股收拾烂摊子，关键是，这厮祖上可是跟着三宝太监下过西洋的。"

况且还真不想收这么个小霸王似的浑人，听到最后一句立即改变主意了，笑道："好吧，你要是不怕跟着我受连累，就跟我一起混吧。"

况且问了些鲁豪的情况，才知道他父母都亡故了，有一个哥哥现在还在都督府效力，官不大，倒是正经做事的，他哥哥看不上鲁豪的不务正业，兄弟间慢慢联系也就少了。

鲁豪每天最喜欢的就是四处找人舞枪弄棒，哪儿热闹往哪儿钻，家里守着父母留下的几间房子过日，兄弟分家后得到的财产也基本都败光了。这些年还是靠着赵阳不时接济他，出了事还得给他摆平，他才平安活到现在，不然早就吃牢饭去了。

鲁豪想给况且效力，还有另一个小心思，就是跟着周鼎成学拳脚，周鼎成可是正宗武当派弟子，虽然不能把武当派的真传教给他，却能点拨他的武功，武当派传授外门弟子的功夫也可以教他，只是他如果不在况且门下效力，这事就甭想了。

"鲁豪，你祖上当年就没留下些笔札什么的，日记也行啊，就是跟着三宝太监下西洋的记载？"况且问道。

他最关心的就是这个，既然想要重新打造郑和舰队，就要最大限度地收集当时的资料。官方的资料已经全部销毁了，包括打造船舰的图纸、各种水文资料等等。

"这个，家里发霉的书本都在老宅里堆着呢，谁有功夫看那个。"鲁豪有些难为情地道。

他倒是识字，只是根本读不进书去，一看就发困，读不上十行就睡着了。

"嗯，那我哪天去瞧瞧。"况且道。

"好啊，大人哪天去，小人过来伺候着就是。"鲁豪依然大人不离口。

"你既然跟着我了，就别叫大人了，叫公子吧。"况且道。

"好的，大人……公子。"

鲁豪还是先叫出了大人，然后才是公子，结果成了大人公子，众人都笑了起来。

"说到这个，我回去问问老爷子去，我祖上也跟着三宝太监下过三次西洋的。家里应该还有些当时的笔札什么的。"赵阳说。

"麻烦二哥了。"况且大喜道。

"这叫什么话,兄弟事成了,我也要重现祖上的荣光,再次下西洋,来个封侯万里。"赵阳握紧拳头道。

况且击掌喝彩,心里却在想:看来这家伙没能继承爵位,受的刺激太大了,想要凭自己的功绩封侯,不过太平时期想要封侯比登天还难。

"二哥,那个侯爵有那么重要吗,你念念不忘的?"萧妮儿倒是纳闷了。

"弟妹,你们府里是一府二侯,我姐姐天天就拿这个显摆,气的我们兄弟干瞪眼,怎么也得努把力,再搏个侯爵爵位来。"

"二老爷这叫有志气。"鲁豪赶紧拍马屁。

"是啊,整天像你似的除了吃酒就是打架,能成什么事,最后还不是得死在大牢里啊。以后跟我兄弟好好学着,将来就是封不了侯至少也能弄个将军当当。"赵阳一脸的嘚瑟,似乎侯爵金印就在某处等着他去拿似的。

况且笑了:"二哥,你们兄弟姐妹的说说闲话也值得这么认真,还真要把脑袋别在裤腰带上,到海外吃苦受罪去?"

"兄弟,这你就不知道了,我们祖上最荣耀的时候不是跟成祖靖难,而是跟随三宝太监下西洋。据说那时候整个船队就几千人,却扫平整个西洋,把一些番王、酋长什么的都抓来京城了。成祖爷心里一高兴,来了一次大朝会,把这些番王、酋长的都聚在一起观看,把他们看得眼睛都直了,从那时起,再没有人敢不归顺王化。成祖的大手笔那才叫王道,而不是霸道,能实现王道靠的就是三宝太监那支舰队啊。"赵阳说着说着,又兴奋起来,自己干了一大杯。

况且对郑和下西洋的事迹基本就是靠史料上的记载,然而却是寥寥几笔,那时候的史学家对地理知识研究得不深,海外风土人情更是了解不多,倒是记载了许多荒诞不稽的传说。

郑和舰队沿途所经过的岛屿和国家的风土地貌、人情世故,海洋上的水文情况等等,这些都应该写成文献保留下来,当然也可能有,怕是在宣宗时期一起烧毁了，后世也就看不到了。其实这些才是最珍贵的。

至于成祖的王道教化，功绩的确伟大，这一点不比太祖开国的功绩小，大明之所以跟周边国家保持了良好关系，跟郑和舰队的远航有密切的关系。

京城大雪

晚上，况且又去了张居正府上。

张居正给他说了些当日朝会时的情况，现在八成的谏官里都开始弹劾况且，极力要求皇上严办况且，按书面文字就是"亟赐诛殛"，明正典刑，以儆后世胆大妄为者。

"你跟都察院有仇啊，看样子还不小。"张居正纳闷了。

谏官们虽然有御史，有六科给事中，但基本属于都察院系统，现在全面开炮，显然是都察院里上层人物有了授意。

"没仇啊，我根本就不认识他们那里的人。"况且很无辜地道。

"那他们缘何一致对外似的对你开炮？真是奇了怪了。你老师跟他们更没有瓜葛，这仇是从何而起的呢？"

"有可能是这样，前几年我在凤阳待过一段时期，恰好刑部的人也在凤阳办什么案子，后来失踪不见了，都察院的人当时想要在苏州把我抓到京城来审讯，被魏国公和我老师拦住了，我跟都察院的接触仅此而已。"

况且现在怀疑都察院里是不是盘踞着大量的护祖派的人，要说有仇，他跟护祖派的人是无解的冤仇，不然也就没法解释这件事。

"刑部的人在凤阳失踪了，这我知道，可是都察院的人跟着忙乎什么，刑部跟都察院可不是什么友好部门，说他们是天敌还差不多。"张居正越听越糊涂了。

"不知道，大人都不明白，晚生更是糊涂了。"况且双手一摊道。

张居正想想也只好不问了，这事的确怪异，其中一定隐藏着不为人知的秘密，他心里打定主意，要找人好好打听一下。

"刑部的人给我安了什么罪名吗？"况且问道。

"暂时还没有，各部的堂官现在都在观望，没有出头，目前依旧只是言官在咆哮。"张居正笑了。

"那，皇上今天有没有什么表示？"况且不免心虚。

"没有，皇上只是静静地听，后来不耐烦了，就让近侍传旨，所有弹劾的人都在奏折里言明吧，不得在朝堂上喧哗，这才稳住了局面，不然朝堂上就是一锅粥了。"

况且有些失望，他最想知道的就是皇上的态度，可是皇上根本不表态。皇上把他的奏折下发给群臣讨论，这当然也是一种态度，但是这种态度指向不确定，随时有可能出现变数。

"对了，我怎么隐约听说前几天你遭人刺杀了，据说很凶险，有这事吗？"张居正忽然问道。

况且吓了一跳，急忙摆手道："没有，没有这回事。大人从哪儿听来的？"

"没有？是我下面的一个人从顺天府老乡那里听来的，他们好像在查这件事。而且明确说当时的刺客要杀的人就是你，真的没这回事吗？"张居正盯着况且的眼睛问道。

"没有的事，他们可能认错人了。"

况且很是纳闷了，那件事动静很大，不惊动顺天府是不可能的，可是刺客早就不知跑到哪儿去了，当时街道上没有人认识他，就算看到他的相貌，也不可能顺藤摸瓜确认是他。难道当时顺天府有人在场？即便如此，他从未和顺天府的人打过交道，他们也弄不清谁是谁。

不过，那天有人一直在暗中盯梢，难道是顺天府的人？可是顺天府的人干吗管他的闲事，他和顺天府往日无怨近日无仇，根本扯不到一起去。

"你在来京的路上遭遇过好几次刺杀吧？那又是怎么回事？"张居正

严肃问道。

况且心里又是一惊，张居正怎么问这个问题，他还以为张居正永远不会这样问。从南京来京城的路途中，他遭遇了十几次刺杀，尽管无法确定幕后主使是谁，但总有几次是当时的太子、现在的皇上派来的吧，张居正身为皇上的智囊，难道真的丝毫不知？

"这个我也不知道，连黄大人都说不清楚，而且当时是针对所有人，并非我一人，我可能是遭了池鱼之殃了。"况且道。

"我听人说你有许多身怀绝技的江湖中朋友，难道不会因此惹祸上身？"

况且笑道："大人，不是我有许多江湖朋友，而是一直跟在我身边的周鼎成有许多江湖朋友，我根本不认识他那些朋友。"

况且不是故意要骗张居正，而是这事他说不明白，真的都说开了，反而可能会连累张居正，现在张居正也是身处风口浪尖，政敌众多，危机四伏。

张居正意味深长地一笑，就没有再问了。而是继续道："顺天府的人可能要在这件事上找你的麻烦，你刚才不是问刑部的人有没有给你安什么罪名吗，这可能就是他们要找的突破口。"

况且恍然，张居正一再追问他是不是有江湖上的麻烦，可能是想确认这次顺天府会不会借机挑起事端。张居正显然是在提醒他未雨绸缪，先做些准备，可惜他实在没法在这件事上开诚布公。

"皇上那里暂时还是没有动静，徐相和高相都等着皇上单独召见，或者集体召见我们内阁的人时，为你说话，可惜皇上始终没有召见你的意思。听说高相请求单独召见，也被皇上婉拒了。不管皇上意向如何，看来在你这件事上是态度坚定，不想听别人的意见了。"张居正长叹道。

况且心中一惊又一喜，这就是他想要的皇上的态度，尽管还不知什么，可是皇上这是摆明了要自己处理这件事，而不是由内阁或者大臣们来决定。

大臣们一言不发，态度暧昧，唯有言官咆哮不止，这个场面不禁让人捧腹。可能大臣们已经猜到了皇上的心思，只是无法确定皇上用什么手段行事，所以只能暂时沉默，以不变应万变。

六科给事中除了一些依附都察院的人外，其余的还是会找一些大臣做靠山，内阁大学士、六部堂官一般都有跟自己亲厚的言官，这样有人攻击自己时，自己不用反击，就有人替自己发言反驳。

言官的话语权很大，怎么说话都可以，受到律法的保护，可是别的权利就微不足道了。他们也不想一辈子做言官，当言官只是为自己的仕途增加声望和资历，将来条件成熟了还是要做大臣。在官场上能否上升到高层，关键看有没有人提携，那些掌握官员提升大权的内阁大学士、吏部尚书才是真正的实权人物。

况且告辞出来，他是从一个角门出来的，却看到张府正门外灯笼通明，等候觐见张居正的官员们已经排满了整个巷子。

他来时天上只是下着稀疏的小雪，现在却是漫天大雪，整个世界一片雪白。

他伸出手，让鹅毛般的雪片落到手掌上，然后看着雪片一点点融化，最后化成一点水迹。

他进去说话的这会儿工夫，外面落的雪已经没脚踝了，看上去这场大雪不会很快停下来，很有下一夜的劲头，明天早上所有上朝的人怕是要无路可走了。

"你在这儿发什么愣啊？"周鼎成远远望见他了，却看他一直立在雪地里发呆，急忙过来找他。

"赏雪。"况且答道。

"兴致不错啊，怎么样，有好消息？"周鼎成问道。

"没有。"

"要赏雪还是回家赏吧，家里有池子，有园子，有的是雪让你赏，别傻呵呵地杵在这儿，过一会儿别人就把你当雪人了。"周鼎成笑道。

马车在雪地里艰难跋涉，况且却在马车里陷入沉思。

今天情况虽没有什么不同，他却有一种恍惚的感觉。他有些局促不安起来，怀疑自己这一步是不是走错了，玩了一局无法掌控的棋局。

他精于围棋，讲究的是每落一子必须算尽这一块的所有应对可能，他把上奏之后可能出现的情况都算了一遍，现在却发现棋局的变化还是超出了他的计划。

这种变化是无形的，而不是具体体现在棋盘上。

他明白，虽说人生如棋，但任何一个人也无法算尽人生这一局大棋，能把这些都算尽的只有造物主吧。

他看不清人生这一大的棋局，却渐渐能看清了自己的处境。

原来他一无所知，无忧无虑，渐渐地知道得多了，才发现自己不过是一张巨大蛛网上的虫子，早已被人掌控，可是他却不知道掌控者是什么人，也不知道他们的目的是什么。

在苏州南京的日子他可谓是春风得意，没有什么坎坷，现在看来是一种悲哀，这种春风得意不过就是在一片狭小空间里的适意，严格来说是一种假象。

虽说人生可能就是如此，得意也罢，失意也罢，不过是一时的境遇，最后终将归于虚无，可是他却不甘心命运被人掌控，想要破局而出，想要拿到自己人生命运的掌控权。

"怎么了？"周鼎成坐在他旁边，感觉到他情绪低落。

"没什么。对了，刺客出现那天，可能有人认出咱们了，顺天府的人正在查。"况且道。

"怎么可能？那天附近的人我都看过了，没有认识的人。"周鼎成也是一惊。

"估计他们隐藏在某个地方，咱们没有注意到吧。"

在簇拥的人群中，想要藏个人，就像在树林里藏一棵树一样，很难辨明。

"查到又如何，咱们可是受害者，再者说了，先前咱们遭到的那些刺杀知道的人多了去了，有谁查过？"

"一码归一码,也许有人想借这次刺杀做文章。"

况且心里明白,假如有人想对付你,你的受害者身份也是理由。他在苏州时,都察院的人坚持要把他带回京城审讯,那时候他也是受害者的身份。

翻手为云,覆手为雨,正是那些手握大权的人的拿手好戏。

他现在真正地感到孤单无助,在苏州、在南京,有人真心护着他,无论是老师陈慕沙还是魏国公,甚至还有老师练达宁。现在从表面看,他的助力更多,有两位大学士徐阶、张居正都会帮着他说话,可是陈慕沙在他来京前,就对他说过一句话:到了京城,任何人都不要相信,任何人都不可依赖,能依仗的只有你自己。

情况还真的和老师说的一样,京城是皇城,除了皇帝,谁都不敢包打天下。如果在南京发生这样的事,老师和魏国公早就发声出手了,可现在连张居正都保持沉默,或许他也害怕受到莫名的连累。

这当然是人之常情,这些一人之下万人之上的人不可能把自己的仕途名声压在一个后生晚辈手上。

在这个世界上,能够真心爱护他,任何时候都会不惜自己的一切来保护他的,恐怕只有老师陈慕沙了。

他忽然很想念老师,甚至萌生出一个念头,何不写信请老师到京城来?他这么想,并不是希望老师帮他解决问题,而是可以随时见到老师,只要老师在身边,遇到再大的事情,他心里都不会发慌。

陈慕沙其实就是他的岳父大人,可是在他的心里,始终还是他的老师,而不是其他别的身份。

第八章　身负大义　雪后散心

大义是什么

"实在不行，咱们撤吧。"回到府里，坐在况且的书房里，周鼎成注视着况且，不忍地说道。

他还是第一次看到况且脸上现出那种不堪负荷的表情，仿佛被一座大山压弯了腰。

"撤？绝对不行。没事，我只是忽然感觉有点累，我还很少有累的感觉呢。"况且苦笑道。

他平时几乎没有累的时候，毕竟不干什么体力活，每天只是悠闲度日。曾经感到疲惫不堪，还是被意外传送到萧妮儿老家的那一次，那也是他第一次感觉到了什么叫筋疲力尽。

他给左羚研究药方的那一年，倒是每天都非常繁忙，但只是大脑似乎不够用的感觉，睡上一觉或者静坐一两个时辰就又充满活力了，而不是现在这种全身心的疲乏。

"这当然，习武的人很少有到极限的时候。你虽然不习武，可是你练的那些功法在耐力上可能更佳。"周鼎成傲然道。

很久不在江湖行走，他是很多年不知道自己力量的极限，也没尝到累的感觉了。

"说实在的,不行还是撤吧,留得青山在不怕没柴烧。以目前的情况,坚持下去未必就能有好结果。"周鼎成又劝道。

他明白况且的心思,留在京城,无非是想拼出最后的结果,拿到皇上对建文帝当年追随诸臣宽大处理的待遇。但这几乎是不可能的,从成祖的儿子仁宗时,大臣和皇上都有这个意思,但不过是浅尝辄止,没人敢越成祖划定的红线一步。其后英宗更是赦免了建文帝两个被软禁几十年的儿子,却也没敢大赦追随建文帝的诸臣,更别提昭雪了,这是永远不可能实现的梦想。

他心里认为况且向皇上上奏放开海禁,实则就是打破成祖遗诏的先声,既然《明太祖宝训》都可以更改,那么成祖的遗诏也就并非神圣不可侵的天条。只是这一步走的还是太急,太冒险了,如同是把自己脑袋放在铡刀下的赌局,一旦输了就再也无法挽回。

周鼎成的言下之意是,在形势未见明朗时,溜之大吉就是上上策,这也是趋吉避凶的不二法门。

"到了那一步再说吧,现在还不到谈撤的时候。"况且还是摇头,他有他的底线,只要刀没架在脖子上,他就不会后退,即便真的有这一天,他也会再看看有没有翻盘的机会,不到山穷水尽,他是绝不甘心放弃一切,远走海外的。

"你知道我最生气的是什么吗?总有种虎落平原被犬欺的感觉,咱们在南京那时候,苏州府不用说了,就算是应天府吧,什么时候来找过麻烦?到了京城,却被顺天府盯上了,我哪里得罪他们了?!我就是不信这个邪!"况且一拍桌子怒道。

"这个你就说错了,南京跟京城能一样吗?不一样啊。在南京,中山王府能主宰一切,实则就是陈老夫子和魏国公说了算,应天府当然不会找你的麻烦。不过中山王府也就是对南京、凤阳两京以及苏州这一带能完全掌控,对杭州府只能掌控一多半吧,至于两广、福建,那就鞭长莫及了。云南那是沐家的天下，比中山王府还霸道呢，朝廷都得借沐王府来行使权力。北方就不一样了，是被朝廷完全掌控在手里的。可是朝廷的事谁来掌控，没人能完全掌控，强势如先皇，也只能勉强掌控着，许多事也不能完全做主，现在更不是皇上或者哪个大学士能掌控得了的。另外，顺天府也不同于应天府，地位要高一格，别说你只是张居正的幕僚，就是他儿子犯事，顺天府一样有权查，有权抓。"

周鼎成做过多年朝廷中书，官虽不大，却对朝廷上层生态环境比一些知府、布政使了解得还多，看得更透。

况且想了想，失笑道："也是，我可能在苏州、南京霸道惯了，忘了这里的环境了。你说我是不是有些窝内气了？"

"要说窝内，你算是吧，陈老夫子的弟子、女婿，怎么也算得上窝内了，这是一方面；另一方面，你可是老夫子的衣钵传人，是理学陈派的少宗师，这个地位可比窝内高多了。我想皇上给你个锦衣卫指挥使当，也许在宫里还偷着乐哪，这可是把一个理学少宗师抓来给他当警卫了。要知道，当初先皇可是许给老夫子大学士高位的，老夫子竟然没有理会。"周鼎成笑道。

况且一摸脑袋，自言自语道："这么说我被皇上骗了？"

"也谈不上骗吧，毕竟你刚起步，跟老夫子当年的身份和身价都不一样，但你将来真的成了理学大宗师后，皇上睡梦里都会笑醒的，你那是自投罗网。"周鼎成又笑了。

"拿酒来，听你这一说，我倒是有些兴致了。"

况且想起自己在南京时的几件荒唐事，现在觉得有些可笑，先是为了左羚把一个将二代打得差点不能自理，更把几个恶仆打残了。这倒不是他心狠手辣，而是他不懂技法，出手不知轻重，一怒之下未免就下手狠些，过后不但什么事没有，那个将二代的老爹还得去中山王府求情，害怕算后账，因为这个将一代是武城侯的手下。

这事过后一点风波都没有，南京也是有言官的，却没人说一句话。

随后一件事还是为了左羚,他带兵一夜间奔袭二百多里,到了凤阳。这事按说不算什么,因为他这次可是一个人都没打,也没闹什么乱子,可私自调遣将兵是大事,军队没有兵部命令,是不可以擅离防区的,否则就是违纪,要受军法处置。更别说他一个白衣秀才私自带兵了,若说他想造反那是冤枉,但按照军法来说,造反这一条完全符合。

过后,还是魏国公跟陈慕沙两人一番操作,才为这件事降了温。魏国公坚持说这是他在练兵,收到陈慕沙信件的嘉靖帝则顺势给了魏国公一番嘉勉,结果把况且完全摘除在外了。

况且霸道的事就这么两件,平时还是温良恭俭让的君子风度。

周鼎成巴不得这一句话,他肚子里的酒虫早就闹开了,只是看到况且刚才痛苦的脸色,有些不好意思提喝酒两个字。

周鼎成没去厨房拿酒菜,而是起身回自己屋里提了一坛酒过来,倒在两个大碗里,两个人就开始喝了起来。

"以前的事说也没用了,现在咱们只能靠自己,不过你其实手上的力量也不小,真要运用好了,不比中山王府的力量差多少,还有可能更强呢。"周鼎成喝了一碗酒后说道。

"你是说勤王派吗?"况且低声道。

虽说两人都能探察周围有没有人偷听,但在说起这些秘密时,还是不由自主地压低了声音。

"不止勤王派,还有君王组织,你现在可以不动用,可是如果将来要去海外发展,君王组织是你无法越过的一道关口,是收服他们为己用,还是逼得他们与咱们为敌,这可是决定你能不能走出去的关键。"周鼎成道。

况且凝神看看周鼎成,真是什么人都有值得刮目相看的时候,他真没想过周鼎成也能认真思考这些问题,他还以为周鼎成的兴致全在绘画书法和喝酒上呢。

"想收复他们怕是不可能吧,他们连海盗联盟都能分庭抗礼,我人单势孤,拿什么去收服他们?"

"当然不能靠蛮力,需要用大义。"

"大义?"况且没听明白。

"对啊,君王组织只是勤王派在海外的分支,只是这些年规模大了,有独立成一派的迹象,或者也可以说已经独立成一派了,可是当初的宗旨还是没人敢更改。不然这个组织名不正言不顺,一旦师出无名,内部就可能要乱。他们派人来跟你联系,无非就是想从勤王派这里把这个大义拿走,然后君王组织就可以独立了,甚至能压勤王派一头。"

"这两个组织本来是一家?"况且朦朦胧胧知道一些,但都不确切。

"当然是一家,关于这个组织的来历有两种说法,一种说法是当年他们随先帝出走海外,最后先帝不知所终,他们就在海外建立根基,成立了这么个组织。另外一种说法是,先帝不想跟成祖争天下,闹得华夏内战不休、血流成河,于是派他们出海寻找新的立足之地。后来先帝去没去海外不清楚,不过这些去海外的人倒是在外面发展成一股非常强大的势力,在根本上,他们还是勤王派的人,说他们是勤王派的分支当然不算错。"

"那么,勤王派究竟是怎么建立起来的?究竟是当初国师道衍建立起来的,还是先帝的部下建立起来的?"况且问道。

问出口后,他自己都觉得可笑,这个组织上下都称他为公子,表面上也对他非常尊重,他却不知道这个组织的来历。

"这个我也不清楚,你也知道,我在这个组织里属于外围人员,慕容前辈也只知道个大概吧,哪天再遇到慕容前辈时,你自己问问就是了。"周鼎成苦笑一声道。

"那么我就代表你所说的这个大义吗?"况且又问道。

"应该是吧,不然的话,慕容前辈他们不会拼死保护你,君王组织也不会费尽心机想要争夺你。这只是我的猜测,具体怎么回事我还真不清楚。"周鼎成道。

大义?

大义是什么意思?

南京来信

大义之所在,虽蹈死而不顾。这就是孟子舍生取义的精髓。

但什么是义,却是人见人殊的,不同的人、不同的阶层、不同的团体,对此都有不同的定义。

况且倒是没想到,自己竟也有代表大义的殊荣。这却是没法谦虚的事情啊。

是不是殊荣不重要,相反,自己变成了一张蛛网上的虫子,这是关键!或许对编织蛛网的蜘蛛来说,捕食也是一种大义,而且相当凛然,虽死也得去搏一搏。

况且知道这样想未免太偏激,太愤世嫉俗,别人可以装着无事,他却无法回避这个残酷的现实。

此时,门开了,萧妮儿带着一身寒气进来,张牙舞爪道:"好啊,你们两个偷着喝酒不叫我,好有良心啊。我带着丫鬟们把里面的雪都打扫干净,等着你们呢。你们倒好,自己偷着喝起来了。"

况且扮了个鬼脸:糟了,回来忘了向萧妮儿报到了。

他是在路上跟周鼎成没有说完话,回来就继续说,全然忘了萧妮儿在等他去张居正府里打听来的消息。

"这个嘛,我们是路上太冷了,就先喝几口,准备一会儿找你的,这不我们连菜都没拿,就是先喝两口,暖暖身子。"周鼎成急忙为况且开脱。

"雪还没停,干吗现在扫雪,等雪停了再扫也不迟啊。"况且赶紧岔开话头。

"等雪停了,门就得堵死了,出都出不去。家里这么多人,闲着也是闲着,干吗不让他们扫。"

"嗯嗯,妹子说得对,我去叫他们出来扫雪。"周鼎成赶紧出去,把仆人都叫出来开始扫雪。

"怎么样，今天张大人说什么了？"萧妮儿见周鼎成出去叫人扫雪，遂了她的愿，气立刻就消了，急忙问况且，这才是她最关心的事情。

"还是老样子，大人物装哑巴，皇上不发话，只有那些言官在攻击我。"

"那要不要紧啊。"萧妮儿心里突突的。

"不要紧，只要皇上不开口，下面那些人拿我没办法。"况且坦然道。

"你觉得皇上会保你？我看有点悬。"

"你还不相信我啊？"况且有些诧异。

"不是不信你，刚刚接到左姐姐的来信，她在信中说南京那边对这件事看得很重，左姐姐还问我究竟是谁让你上的这道奏折，她知道你一向稳重，不是那种容易冲动的人，更不是那种不经过思考就行动的人，南京那边不知道这件事的起因，都在担心你呢。"萧妮儿解释道。

"哦，这事跟别人没关系，是我自己要做的，我也是经过仔细考量才做出的决定，你尽管放心。这件事可能会有曲折，不过最后嘛，嘿嘿。"况且打了个响指，表情很是得意。

"我信你就是了，反正咱们一路上那么多险关都闯过来了，总是能逢凶化吉，是吧？"萧妮儿点头道。

她的确并不担心况且上书的事，是因为她真的不明白这事的真正意义所在。她之所以惊慌是被左羚在信中的恐慌传染了。不过她倒是为况且担心那些隐藏在暗处的敌人，比如前些天遭遇的那次刺杀，现在她还常常后怕得睡不着觉，床头一直备着一壶酒，实在睡不着就喝一口助眠。

"对了，中山王府也来了一封信，我没拆，你自己拆开看吧。"萧妮儿从袖子里取出一封信，递给况且。

"师兄来的信？"况且笑了，这家伙可是懒虫，让他提笔写信那是天大的事情。

不过他一看信封就知道猜错了，信封上用的泥封是魏国公的印鉴，师兄绝不会这样做。也就是说，这封信是魏国公亲自发出的。

他诧异了，魏国公怎么会给他写信？即便有事，完全可以让师兄出面写信，为什么亲自上阵？

他拆开信封，取出信来，上下浏览一遍，果然是魏国公的亲笔，内容却是寥寥。

魏国公在信中只是说皇上把况且的奏折抄本给了他，让他做评价。魏国公却略过了开放海禁这事，只是在奏折中奏明："况且心地澄澈如赤子，保无二心。圣上明察。"

况且如入五里雾中，魏国公特地奏本保他绝无二心？这是什么意思？

不论这些言官如何攻击他，也不过说他胆大妄为，或者恃宠而骄，或者目无祖训国法等等，喊杀声固然一片，却没有一人说他有无二心之事。

二心？这是何意？这可是把问题升格了啊。

皇上究竟向魏国公询问了什么，魏国公才保他无二心？

况且有些头大了，有没有二心这可是大问题，一般而言，对臣子来说不存在有没有二心的问题。因为有没有二心一般来说是指这个人有没有投降外敌的异心，或者特指谋反的野心。

在当时而言，无论塞外还是藩属各国都不存在跟朝廷分庭抗礼的敌国，皇上究竟在疑心什么？

"怎么了？坏消息？"萧妮儿看着况且沉思不语，又紧张起来。

"没有，只是没想到皇上在把我的奏折下发大臣们讨论前就先发给魏国公了，魏国公还在奏折里保我了。"况且道。

"这不是好事吗？魏国公保你应该比张大人分量更重吧？"

在萧妮儿的心里，中山王府肯定比张居正更有势力，这当然是平民的想法，实际上内阁大学士的权力远高于国公侯爵。太祖定下的勋臣武将不得与闻国事，这一条就把这些功臣世家干政的路封死了。

当然这只是封死了大路，小道还是很多的。太祖不允许太监干政，结果现在宫里的太监们实际上就是一套完整的行政系统，再加上各地的镇守太监，已经形成另一套行政体系，这套体系只是暗中起决定作用，却不露出表面。

宫里的司礼秉笔太监就是内宰相，这一点已经是不争的事实，没有这个内宰相点头，内阁大学士只能束手无策，难有任何作为。

也许有人会问，那皇上哪里去了？皇上发话不就行了吗？

皇上是至尊，如果他勤勉的话，完全可以把内相、外相都废掉，自己领导六部统驭全国，太祖朱元璋就是这么干的，而且干了一辈子。制度也是这么定的，可惜他的儿孙们不如他能干，也不如他勤勉，大事小事都得借助左右手来实施，这左右手就是内外宰相们。

"对了，左姐姐说她要过来。"萧妮儿又道。

"什么？这时候她不应该来。不是说了等局势稳定下来，再把她们都接过来吗？"况且有些焦躁了。

"你说有什么用，左姐姐的脾气你还不知道？不过人家说了，不是为你来的，是要在京城开药铺，发展她的买卖。你不要太拿自己当回事。"萧妮儿笑了起来。

况且急道："那也不行，至少等春暖花开，冰雪融化了，路上才好走。现在大雪漫天的，怎么走啊。我一会儿给她写信，告诉她一定得再等一段时间。不，我马上就写。"

况且真急了，他可是知道这一路多么艰辛，就是没有任何风险，在冬天的北方赶路绝不是件容易事，更何况她一个女子。

她要是出门，太夫人一定会派卫士护送，但即便如此况且也不放心。这可是千里迢迢啊，不是闹着玩的事情。

"你给她写信也没用，以前是太夫人强拦着她，她才没能跟着咱们一起走。这次据说太夫人都要来，还是左姐姐说她先过来看看你的情况再说，太夫人才没有上路。"

况且心里又是咯噔一下，他给家里的信中可是从不提这些麻烦事的，显然太夫人全都知道了，消息的来源一定是武定侯府。再联想到赵阳说的几个公爵侯爵都联合起来要去宫里为他说情，他明白这次真的有些玩大发了。

"你们两个吵什么呢，我在外面都听到了。"周鼎成进来问道。

"你怎么不在外面监工，又跑进来做什么？"萧妮儿笑道。

"我听你们吵得热闹，就进来听听究竟怎么回事。你放心，外面那些人不敢偷懒，不然我让他们都爬冰卧雪一个晚上。"周鼎成笑道。

况且有些心烦意乱，气呼呼地把左羚要来的事说了。

周鼎成笑道："这什么大事，来就来呗，当初不让她们来是对的，想想咱们一路上遇到的麻烦事儿。可是现在也没有什么危险了，晚来不如早来，反正都是要来的。"

况且倒是不担心左羚在路上有什么风险，主要是不想让她陷进麻烦事里，只要皇上一天不表态，警报就一天不能消除。

周鼎成明白他的心事，笑道："你以为她们在南京就没有麻烦了？安全不安全都在你身上，你安全，别人就都安全，你要是出事了，她们在南京难道能置身事外？是祸是福还不是一道旨令的事。"

况且明白这个道理，可还是不希望他出事时一家老小都在京城待着，在南京毕竟还有个缓冲吧。

"你放心吧，她若是上路了，咱们的人会做出安排的。人到了京城，保住你们的安全也没有任何问题，主要看你下一步打算怎么走。"

况且知道周鼎成指的是勤王派那里，现在慕容嫣然师徒两人就在另一条街上租了房子住，索性也不避开他了，原来是暗中保护，现在基本是公开了。

况且搁笔叹息，他所做的一切都只是要保护家人平安，现在冒险一搏也是为了自己的子孙着想。

身份捅破天

况且速速写好信，第二天一早就发走了。

吃过早饭后，况且静极思动，想要出去走走，萧妮儿当然巴不得，她最不愿意在家里憋着了。虽说她有了孩子当了妈，可是身上的孩子性仍然健在，喜欢热闹不喜欢清静。

"走走也好，这满地大雪的，那些跟踪你的人也该歇歇了吧。"周鼎成赞同道，他觉得况且也应该出去透透气。

况且带着萧妮儿和周鼎成出去了，这次没带仆人，上次两个仆人看到况且被刺杀的情景后，回来就病倒了，天天发高烧、做噩梦，况且算是神医了，却也只能缓解，无法治愈。这种精神上的疾病只有慢慢养着，很难用药彻底治好。

况且对两个仆人感到有点愧疚，若不是他的缘故，人家一辈子也不会遇到那种场面，那种惊险、刺激的确不是一般人能够承受的。其实当时惊悚的场面时间很短，估计就几分钟，也没有残肢横飞、人头高高冲起、血柱击空这等骇人。可是，在无声无息中，那两柄毒蛇似的短刀的刀光一晃而过的瞬间，却比血腥场面更具震撼力。

况且是经历过几次后，被吓得有些麻木了，但这并不能说他已经过了这关。不过他的确已经有些习惯了，而且他过后疏解得还不错，每天静坐悟道对于疏解恐惧更是大有裨益，所以不会留下什么后遗症。

也正因如此，他才极力反对左羚、石榴她们来京城跟他会合。只要大事没有彻底解决好，一天都不能放松。

这些天，况且一是因为上书的事，二也是因为上次在街上被刺杀的事，很少上街溜达了。今天心情不错，他想出去踏雪，看看银装素裹的冬景，疏散一下心情

一路走来，街道上都是扫雪的人，最欢快的就是小孩子了，滚雪球、堆雪人、打雪仗，一个个玩得不亦乐乎。

况且看着这些孩子们，大都是清寒人家的，身上的棉衣打着不少补丁，可是脸上那种纯真的欢笑却是那么真实和自然，他心头不由微颤，眼睛也有些湿润。他不禁遐想自己的孩子这么大的时候，是不是也能够如此嬉戏，自由自在地放纵天性。

几个雪球飞来，都被周鼎成抓在手里，然后扔到一边的雪堆里。虽说已经看清楚是几个孩子扔来的雪球，周鼎成还是不放心，不能任由这些雪球落到况且身上。

"公子，对不起啊，小孩子们不懂事。"一个孩子的大人看到况且三人衣着气度俱是不凡，急忙过来道歉。

萧妮儿大大咧咧摆手道："这有什么可道歉的，孩子们都很好玩啊。"她说完，天性大发，居然也握着两团雪球向孩子们扔去。

这一下像是捅了马蜂窝，十几个孩子都开始握着雪团向她打来，况且也觉得好玩，就加入战斗，只有周鼎成站在旁边警戒周围。

结果两个大人和十几个孩子混战成一片，空中雪团飞舞，白茫茫一片，过来道歉的人看得目瞪口呆，只能叹息这富家少爷少奶奶就是晚熟，这么大的人还跟孩子们一起打雪仗。

结果一顿饭工夫不到，况且两人就落荒而逃。没办法，他们不可能跟孩子们玩真的，结果身上都是雪，连脖子里都灌进不少，只好逃跑了。

"哈哈哈，有能耐别跑啊。"后面传来几个孩子的嬉笑声、叫板声。

"哎呀，真痛快，回家也这么玩去。"萧妮儿涨红着脸道，觉得还不够尽兴。

"算了，回家只有你打别人的份儿，谁敢打你啊。"况且抖落身上的雪，拿出手帕把脖子里的水渍擦干净。

"公子好兴致啊。"一个清冷的声音从后面传来。

况且回头看去，却是慕容嫣然师徒走过来，一柄拂尘在手，更显得慕容嫣然身上有一股萧然出尘的气质。

"什么兴致，就是两个长不大的孩子。"徒弟冷笑一声。

况且对这个小姑娘的话自动过滤，只当作没听见，然后笑道："前辈也出来赏雪？"

慕容嫣然还没回答，她的徒弟冷笑道："我们可没这兴致，是被有兴致的人给逼出门的。"

况且当下明白了，这两人看来还是为了保护自己才出来的。

他笑道："两位费心了，不过雪过天晴，这种天气应该没事。"

他的意思是这种天气里，上街的人不多，就是有人想要害他，也很难轻易接近他，不像平常日子里，可以藏在拥挤的人群中不易被发现。

"不怕一万就怕万一，什么事还是小心些好。不过您出来走走也好，有益于身心。"慕容嫣然道。

"那咱们就一起走走吧。"况且笑道。

慕容嫣然点头，没有反对。

按规矩，她们应该是暗中保护况且，不能明着接触，不过这种天气里，两个女人保持一定的距离跟着况且他们，不用明眼人，就是一般人也能明白其中的蹊跷，还不如聚在一起方便。保持距离，本来是为了便于保护，但也有不利之处，上次刺杀发生时，她们根本反应不过来。

几个人一起走着，慕容嫣然师徒还是落后况且他们一步，周鼎成打头阵，他是见着慕容嫣然就发憷，连他自己也不知为何如此惧怕这个女人。

"妹子穿的可是有些少啊。"况且回头看看那个小姑娘笑着说。

慕容嫣然师徒都是只穿一件薄薄的棉袍，外面是宽大的披风，不像况且三人都是一身的皮毛。

"要你管，跟你说过多少次了，别叫我妹子，你妹子在海外呢。"小姑娘又发飙起来。

况且吐吐舌头，只好转头过来看着萧妮儿苦笑，他是不知什么地方得罪她了，只要跟她说话，回报的肯定是一口火药味。

不过她说的那句话倒是让他想起自己的妹妹况毓来了，可是有几年没见了，不知妹妹现在长成什么样了，十五六岁，也该是个大姑娘的模样了吧。

慕容嫣然苦笑着白了弟子一眼，笑道："公子不用担心，他们父女两个在海外没有任何危险，可以说是尽享尊荣了。"

况且没有回答，他知道父亲秉性淡然，妹妹也不是那种喜欢富贵的性格，所谓尽享尊荣无非是表面吧，但内心呢，他们过得开心吗？

不过，他一点也不怀疑慕容嫣然所言。他们一家人在勤王派和君王组织里的地位绝对超然，至于这背后究竟还有什么文章，他心里只是明白一半，糊涂一半。

"这位姐姐，你可得把你男人看紧些，他不是什么好货色，一个大色狼。"小姑娘走到萧妮儿身边，愤愤然小声道。

萧妮儿瞠目，然后点头忍笑道："嗯，我一定看好他。你放心，他只是把你当小妹妹，没有任何别的意思。"

"别的意思？他也得敢。"小姑娘傲然道。

萧妮儿实在绷不住，大笑起来，连周鼎成也在前面暗中偷笑。

"不得无礼。"慕容嫣然有些吃不住劲了，出声呵斥道。

此时，周鼎成走在前面，然后是萧妮儿跟那个小姑娘，略显尴尬的况且只好跟慕容嫣然走在一起，好在他不怕这位前辈，也没有周鼎成那种芒刺在背的感觉。

"公子，据我所知，你闹的事朝廷里一时半会儿平息不了，不过我们已经做好了各种应对之策，你尽管放心。"慕容嫣然看看周围无人，这才小声道。

况且点点头，他明白这是说的他上书放开海禁的事，触犯了《明太祖宝训》，当然动静不会小。麻烦的是，他没能试探出皇上的心思，更不知道现在是该进还是该退。

"宫里咱们也有路子吧？"况且试探着问了一句。

慕容嫣然只是点点头，没有多说话。

在凤阳的时候，况且知道不但武当派是自家人，连天师教都帮着他。天师教教主可是随时能进宫见到皇上的人，当今道教领袖，这样的人物对皇上的影响力可能比张居正还要大些。

只是他一时无法理解，看起来跟他没什么关联的民间教派，都在保护他，而且从不对他提任何要求。

"那这条途径能不能试探出皇上的真正意图？"况且又问道。

"不能,皇上凡事都听几个老师的,尤其是高相的话。可是在你这件事上,皇上似乎一个人都不信,全部由他自己做决定,身边的人都不明白皇上的用意。现在大家都在观望风向,咱们也不能妄动,只能在关键时刻出手,影响皇上,扭转对你的不利之处。"慕容嫣然平淡道。

况且"哦"了一声,很是失望。

"现在上层最担心一件事。"慕容嫣然又道。

"什么事?"

"皇上可能已经知道了你的真实身份,如果是这样,就得做最坏的打算。"慕容嫣然叹息道。

"我的真实身份?对了,我的真实身份是什么,您能告诉我吗?"况且很有诚意地看着慕容嫣然。

自己的真实身份是什么,跟建文帝有关是一定的,但到底是什么,没有任何证据,只有猜测和臆想。

"这个我也说不清楚,只知道你的真实身份一旦暴露,那就会捅破天。"慕容嫣然话中有话,就是不肯捅破那张窗户纸。

"为什么?"况且假装愕然问道。

慕容嫣然苦笑着摊摊手,然后竖起右手食指指了指天。

第九章　况且被冤　师徒鉴画

比窦娥还冤

况且不再追问了,他从慕容嫣然诚挚的语调中听得出来,她说的是实话,她知道的都已经说了。当然,她是如何看待这件事的,又是怎么想的,未必会说出来,别人也没有权力干涉。

萧妮儿和那个小姑娘走在他们前面几步远的地方,两人却悄声叽叽喳喳了起来,显然这一会儿的工夫,两人就熟络了。

况且自然能听清她们说什么,居然是在讨论京城的各种小吃,这也是萧妮儿的最爱,没想到小姑娘居然也是个吃货。

慕容嫣然对况且笑了笑:"这孩子就是喜欢各种小吃。"

"她叫什么?"况且小声问道。

"不许告诉他,师傅,绝对不能告诉他。"小姑娘耳朵尖,马上回头尖叫起来。

"好,好,不说就是,干吗这么紧张。"慕容嫣然苦笑道。

"名字都成忌讳了,至于吗?"况且皱眉苦笑。

"不是忌讳,可就是不能告诉你。"

"为什么?"况且倒是诧异了。

"第一你是个大坏蛋、大色狼,告诉你了谁知道你会起什么坏心思。"小姑娘一本正经道。

况且指着自己的鼻子惊诧:"我?你给我戴的这帽子也太大了吧,退一万步说,我就算是你说的这种人,敢对你有什么坏心思?我还想多活几十年呢。"

"这个嘛,算你识相。"小姑娘果敢道。

"这不是识相不识相的问题,我可是亲眼见过你……"况且忽然闭上了嘴巴,然后看看周围没人,这才放下心来。

"你见过我什么?怎么不说了?你倒是说啊。"小姑娘一头的雾水,她没明白过来况且说的是她在凤阳杀人时的风采,还以为他抓住自己什么小辫子了。

"没什么,没什么,对了,你刚才说了第一,那么第二条呢,继续说。"况且赶紧转移话题。

"不,你先把刚才的话儿说完。"小姑娘有些急了。

"没什么,我就是亲眼见过你的狠劲,做什么都不眨眼的样子,谁还敢招惹你?"况且模糊道。

"嗯哼,你知道就好。"

"我当然知道,那第二条呢?"况且紧追不放。

"你还真想听啊,你自己都做过哪些缺德事自己不知道?"小姑娘斜视他道。

"缺德事?"这次轮到况且糊涂了,他也是自信虽然做过一些荒唐事,但绝对没做过任何缺德事,好歹他也是理学弟子好不好,而且是陈氏理学的衣钵传人。

"不说了,那些缺德事你能做出来,我却说不出口。"小姑娘忽然一跺脚,不理况且了,拉着萧妮儿就向前走。

"有什么说不出口……"况且看着慕容嫣然,还是满头雾水。

慕容嫣然笑道:"她就这小孩性格,口无遮拦,你认真就输了,永远搅不清的事情。"

慕容嫣然知道小姑娘说的缺德事指的是什么，就是李香君那桩事。小姑娘一直以为况且是使用诡计把李香君骗到手的，而且连带着把人家丫鬟和宅子一起骗到手。

那个雨夜，她们负责况且的安全，结果况且跟李香君的风流韵事就被她们无意中感知到了，以她们精神透视的功力，那才叫真正的脑补，跟亲眼看到的无任何区别。

虽说当时她们立马放弃了继续感知，况且跟李香君两个人的香艳已经是板上钉钉的事实，接下来的事还用想吗？

小姑娘就是从那件事起对况且的印象坏到了极点，认为他就是个大色狼、大骗子，仗着自己有才有貌又有钱，专门欺骗漂亮女孩子，而且道貌岸然，满嘴文雅。

如果况且不是她们的特殊保护对象，小姑娘即便不找他的麻烦，估计早就弃他而去了，保不齐还会给他身体某个部位留下永久的记号。问题是她加入了这个组织，承担了终极使命，那就得保护况且的安全。这就叫上了贼船啊。

几个人继续走着，只是况且再也没有那种松散的心境了，看着小姑娘的背影，总觉得心里有点发虚，他在回想自己的所作所为，可是真没想起来哪件事值得一个小姑娘如此鄙视。

"是那位苏州头牌的事。"慕容嫣然见他双眉紧锁费力思索的样子，实在不忍心，只好提醒一句。

"香君？香君怎么了，我对香君很好啊，从没做任何缺德事啊？"况且更糊涂了。

"还没做缺德事，自己假装伤心，鼻涕一把泪一把的，骗的那位姐姐动了芳心，结果你就把人家骗到手了，这还不缺德？"小姑娘回头怒目道。

"还有这事？好妹妹，赶紧跟我说说，一句都别漏。"萧妮儿来了兴致，拉着小姑娘的手热切地道。她当然知道况且跟李香君的事，也知道他们的真正关系,可是两人怎么走到一起的,她却不知道。

"姐姐,这事你打听干什么啊,我说了都怕脏了自己的嘴,你听了也就是伤心罢了。"小姑娘深表同情地看着萧妮儿,为她的遇人不淑感到无比凄凉和悲哀。

"别啊,我就喜欢听这个,说给我听,我一点都不伤心,真的,好玩呢。"萧妮儿没心没肺地笑道。

"我说两位,这可是大道上,人来人往的,你们还是回去后找个没人的地方说吧。"周鼎成回头笑道。

"人来人往的?这路上并没有什么人啊。"小姑娘看着静悄悄的街道,一脸的迷惑。

"隔墙有耳,这两边都是墙啊。"周鼎成指着街道两旁人家的围墙说道。

"哦,那就回去再说。"

小姑娘其实并没有告诉萧妮儿的打算,她一个女孩子家,每每想到那天夜里的事都会羞得面颊发烫,好像自己做过什么亏心事似的,哪里好意思原原本本地说出来?周鼎成的话恰好给她解了围。

"哦,某人在外面好像秘密挺多的啊,回去仔细翻翻箱底吧。"萧妮儿走过来,笑眯眯地看着况且。

"这……这也不算什么秘密吧,你不是都知道的吗?"况且摸摸脸颊道。

"我是知道,可是知道的是结果,不是过程,我要的是过程、是细节。"萧妮儿来劲儿了。

"嗯,好,好,好,细节,细节,慢慢说。"况且推搪道。

"嗯,一听就是糊弄,没有真心实意。大哥,你可是天天跟着他的,说说吧,他瞒了我们姐妹多少事?"

"我天天跟着他?那是现在,以前在苏州我从来不跟着他,我什么都不知道。"周鼎成急忙撇清自己,两边他哪头都不好得罪,不然绝没有好果子吃。

"算了，以前的既往不咎，以后咱们两个可得看紧点儿。"萧妮儿很大方地甩了下手，好像真的一下子把过去都甩掉了。

"姐姐，你不能这么饶过他，这种人啊，得勒住他。"小姑娘急忙拉着萧妮儿的手捏了一下。

慕容嫣然苦笑摇头，这孩子就是实心眼，人家夫妻打情骂俏的，你跟着掺和什么啊，还当真了，丫头就是丫头。

她对况且的事最清楚，知道李香君那一家人都是盐帮打包送给况且的，不接受还不行，因为这个，况且差点跟盐帮翻脸。后来况且提出为盐帮开辟一条海外通商渠道的要求，这事儿必须由他们向海外君王组织通报情况，自然也就查明了事情的来由。

君王组织包括勤王派里一些人对此事有些不满，觉得况且痴迷女色，为了自己逍遥快活，竟然做这种亏掉血本的生意，却根本不知道一条海外安全通商路线意味着什么。

不满也罢，冷嘲热讽也罢，却不能把况且的话儿当耳旁风，最后君王组织还是答应了这个要求，只是有个前提条件，等况且亲自到了海外，这条约定立即启动生效。这等于也是一条反制约。

况且并不知道事情的后续，他也不关心，当时他只关心李香君和那三个丫鬟的安危，至于海外贸易生意，他根本就不知怎么回事，也没去多想。

盐帮也很满意，毕竟这是以最小的代价赢得最大筹码的交易，虽说兑现是在以后，可是他们押注的也是将来，根本没想过马上能实现。

以几个女人换取一条海外贸易安全通道，天下哪里有这么美的事情。盐帮明白得很，这只不过是跟况且达成了一个意向，他们许诺的丰厚的保护费同样也是在约定实现以后才会兑现，退一步说，哪怕最后根本不能实现，他们交好况且，傍上他身后的势力，那就赢大发了。

至于勤王派和君王组织，都是各自心里都有一笔账，觉得怎么样都不算亏，这还是次要的，最主要的是他们受制于上几代传承下来的约定，必须接受况且的指令。这就是一盘相互制约的棋，你走一步，我才能走一步。

对于这件事，况且是满意的，至少李香君她们得到了完全的自由，而且安全也得到了充分保证，这就是他想要的结果。

这样一笔三方面都糊涂的账，居然是皆大欢喜，每一方都认为达到了自己的目的。所以一切相安无事，唯独小姑娘始终耿耿于怀，却又不知道其中的奥妙。

"我说在苏州你没做过太多欺骗她们的事吧？"周鼎成偷偷溜到况且身边，心虚地问道。

"你胡说什么啊，我是那种人吗？你居然也这么看我？"况且义愤填膺。

"这个……谁敢保证啊。"周鼎成两手一摊。

"你……叛徒。"况且马上找到了自己鄙视的目标。

"我不是背叛你，而是觉得这事没法保证啊，毕竟你不是我。"周鼎成咧嘴笑道。

冤啊，简直比窦娥还冤。

况且不说话了，直接越过萧妮儿和小姑娘，大步走在前面，瞬间觉得这世上再无可以完全相信的人了。

回府看画

中午，一行人在一家酒馆落座，饭店伙计用讶异的目光打量着来客，心里止不住开始八卦起来。不过，他们的行头在一般人看来的确有些奇怪，慕容师徒完全是出家人打扮，还带着面纱，况且几个完全是俗人，如何就混在一起了呢。

看不顺眼是一回事，可是看到这几人的气势，敢上来惹事的还真没有，大不了就是好奇看几眼，然后背后议论几句。

况且自然不理会这种事，而慕容嫣然师徒，对一般人几乎是视而不见，若不是随着况且，这种乌七八糟的地方她们根本不会驻足，吃饭就更别提了。

"公子，饭后还是赶紧回去吧，大街上人杂不安全。"慕容嫣然目光扫了扫四周劝道。

"师父怕什么，不是有我们在吗？"小姑娘不以为然道。

这一路上小姑娘一直和萧妮儿叽叽喳喳说话，也不知怎么两个人一下子就热乎上了，先是并肩走，过后就是手拉手，到了饭点，两个人还是腻歪在一起，嘀嘀咕咕，把况且看得张着口说不出话来，都是一样的人，这人缘差别怎么就这么大呢。

"上次的事是意外，不会经常发生的，这不是天子脚下嘛。"萧妮儿跟小姑娘似乎还有很多话要说，也帮腔道。

慕容嫣然看看况且，归根结底最后还得况且发话，她只能劝说。

况且点头笑道："没事，是福不是祸，是祸躲不过。有些事越是怕，越是找上门来，在家里待着也未必就保险了。"

他如此一说，慕容嫣然只好闷头不语，目光扫了一下周鼎成。

周鼎成立即露出嘿嘿一笑的神情。

"嗯，你这几句话说的还算像点样子，有一点男子汉的气魄。"小姑娘罕见地赞许道。

况且笑道："多谢夸奖。"

况且和周鼎成陪着慕容嫣然喝酒吃菜，她并不是出家人，却不食荤腥，只是吃素菜，酒倒是喝，只是喝得不多。

慕容嫣然话很少，弄得况且也不好说什么，周鼎成更是不敢乱说话，每说一句都要掂量半天才敢开口。桌子上，就萧妮儿和小姑娘两人虽然近似耳语，却能畅所欲言。

况且听着两人的对话，突然就想到了自己的妹妹……在女人的世界里，无非是脂粉、女红、各地的零食美食如何如何，这小姑娘可是一代女侠啊，也不过如此。

"你甭看我,她跟着我只是修行,并没有出家,生活习惯和你们是一样的。"慕容嫣然感觉到了况且的不解,立刻回答道。

"前辈也不是出家人吧?"况且问道。

"我不是,当初像她似的跟着我师父修行,我师父也不是出家人。"慕容嫣然道。

"那您这是什么门派?峨眉派还是金顶派?"

"哪里有什么峨眉派,无稽之谈,我只是住在峨眉山金顶上,无庙无观,只是一个人修行罢了。"慕容嫣然坦然道。

"就这么简单?"况且有些不敢相信,也难以想象一个人怎么能在峨眉金顶上修行,别说修行,就是生存都很难吧。

"那有什么复杂的,其实修行是最简单的事,俗世的事才最复杂,最麻烦。"慕容嫣然淡淡道。

"前辈虽说只是一个人,却比得上任何门派。"周鼎成适时恭维一句,也许说的是实话。

"怎么是一个人,还有我呢。"小姑娘听到这话不愿意了,转头插了一句。

"对,对,是您两位堪比任何大门派。"周鼎成急忙改口。

"峨眉金顶是什么地方?"萧妮儿不解地问道。

"就是峨眉山的山顶啊。"小姑娘答道。

"那为啥叫金顶,是金子铺的?"萧妮儿继续问。

"哪里有什么金子,就是这么个叫法。不过,早上日出时还有黄昏落日时,山顶的确是一片金光,看上去整个地方都金灿灿的。"小姑娘不无自豪地解释道。

"哦,原来是这样。你们在山顶上怎么过日子啊,吃什么啊?"萧妮儿丝毫不羡慕山顶上的生活,她可是山镇上的人,知道一个人在山里过日子是怎么回事。

"有人送粮食啊,山顶有菜地,可以种菜,山里也有各种野味。"小姑娘乐滋滋地道。

"听上去是不错，可还是不如在城里过日子方便吧。"萧妮儿皱眉说道。

"他们是修行，不讲究过舒服日子，要的就是简单朴素。"况且笑道。

况且心里有些羡慕，若不是俗事缠身，他也想找个清静的地方静修一年半载，起码试试入定的滋味，城里的生活固然舒服惬意，但心不静。

"想过舒服豪华日子，可以去他们武当山啊，他们的日子跟帝王差不多，住的都是宫殿。"小姑娘指指周鼎成，话语中略微有不屑的意思，显然对武当派的豪奢不满意。

"那个，我们武当派也不算什么的，要论这个，还是天师教他们，那才叫堪比帝王。"周鼎成真不愧是武当派的高手，一个四两拨千斤，就把矛头转移到天师教那儿去了。

"各家有各家的修行法，最好不要乱比。"慕容嫣然显然不想徒弟抨击别的门派，敷衍了一句。

"对了，天师教的人前辈认识吧？"况且忽然想到一件事，问道。

他不知道天师教算不算勤王派的人，不过凤阳那场混战他们站在了他这一边，跟慕容嫣然并肩作战。

"天师教的人？当然认识，你要找天师教的什么人？"慕容嫣然反问道。

"嗯，我有一样奇怪的东西，想找他们的高手鉴定一下。"况且道。

他是忽然想到自己那幅怪异的图画，现在根本打不开，所以想找天师教的高手看看究竟是怎么回事。要说天下各门派中，对异象研究最深入的别无他人，唯有天师教。

当然天师教里的派别也很多，精于内功的、精于符箓的、精于驱鬼禳灾的，况且也不是特别明白其中的奥妙。

"好吧，哪天我请一位天师教高手过来，有什么问题你直接跟他说。"慕容嫣然答应道。

"多谢！"况且微微拱手。

他现在根本不敢把那幅地狱图带在身上了，可是扔掉又舍不得，毕竟是救过他多次命的东西，如果不是无意中把那幅画卷带在身旁，他可能根本到不了京城，在路上就死过几回了。

虽说这是件护身的大杀器，他却也不由得担心，怕这东西有一天噬主，这种东西哪里有什么道理好说，聊斋里的鬼都通人性，决不能完全相信。

周鼎成不由缓缓摇头，他明白况且的意思，却不支持况且的想法。且不说天师教的人能不能解开谜团，弄清楚画卷究竟变成了什么东西，而是根本就不应该让任何人知道有这个东西存在。

"你们两个搞什么鬼啊，神神秘秘的，难道有什么见不得人的事情？"小姑娘看着两人的神情，不禁起疑道。

慕容嫣然瞪了小姑娘一眼。

"他有两幅自己画的画，也不知怎么搞的，每次一挂出来屋子里就阴森森的，他觉得可能是闹鬼，就想找个明白人看看。"萧妮儿全然不忌讳地说道。

"还有这事？"小姑娘倒是诧异了。

"哦。"慕容嫣然应了一声，明白了。她的确是多次感觉到况且的住宅里阴森森，以前还没怎么在意，只是以为老房子了，可能年代久远，再加上况且家里人实在少，所以才会这样，此时才明白居然是这两幅八卦的画闹的。

"可不是吗，每次他一挂上画，我们都不敢进他的书房，就他一个人敢在里面待着。"萧妮儿神情紧张地道。

"那我要看看，我还没见过能闹鬼的画呢。"小姑娘倒是兴奋起来了。

"其实不用天师教的人，前辈看看就能明白了。"周鼎成急忙道，听他的话，似乎对天师教的人还不是很放心。

"这也好。"况且点头。

慕容嫣然没推辞，她倒不是自负，而是感觉到了威胁，如果况且家里真有闹鬼的画，对况且岂不是最大的威胁，而且近在肘腋，她根本防护不了。

"这是什么时候的事？没有伤人的事发生吧？"慕容嫣然真的有些不放心了。

"没有，是我自己画的，至于为什么会阴气森森的我也不清楚。不过我倒是不受影响，就是别人受不了。"况且解释道。

他心里暗想，伤人不伤人？都吞噬了好几个高手的魂魄了，还敢说不伤人？若真是不伤人，他就不用伤脑筋了。

他当然不能把两幅图画的战绩说出来，这里面有太多的秘密，只能烂在肚子里。两幅画引发的一连串事件，萧妮儿和周鼎成也不是全知道。

"事不宜迟，吃完饭咱们赶紧回去看看。"慕容嫣然的心猛然抽紧了。

大家也不多说话，吃完饭后就赶回况且府上，到了书房里，萧妮儿去安排丫鬟们烧水烹茶，周鼎成和况且陪着慕容嫣然师徒落座。

"会闹鬼的画呢，快拿出来给我们看看。"小姑娘是急性子，坐也坐不住，一边东张西望，一边叫嚷道。

况且打开锁着的书橱，拿出那两幅图画，递给慕容嫣然。

小姑娘抢先接过去，想要展开画轴，可是用尽力气也打不开。

"咦，这是什么鬼东西，怎么粘在一起了，还这么牢固，你用的什么糨糊啊？"小姑娘累得手都软了，还是没打开。

画轴如魔

"真是怪事，不知怎么就粘到一起了。"况且解释道。

"气死我了！"小姑娘撕扯着画卷，脸都憋红了，还是不见一点动静。

"嗯，这倒是有些意思了。"

慕容嫣然也慎重起来，她可是知道自己的弟子虽然年纪小，力气可是比壮汉还大太多，练武的人力气跟一般人的力气本来就有质的区别。

她接到手里，先不忙打开，而是抚摸画卷，试着去感应，结果感应不出任何东西，手感就是画布，没有任何异样。

"你没粘？它怎么合在一起了，你这人真是好奇怪。"小姑娘根本没想到自己打不开一个看似普通的卷轴，感觉脸上大大的无光，以为况且故意坑她呢。

"我就是蒙了嘛，才找你们这些高人鉴别的嘛。"况且叫屈道。

"世上有什么糨糊牛胶能让你打不开的？绝对不是粘的。"周鼎成为况且作证，还不忘隐含着恭维小姑娘一句。

"你们是一伙的，你们两个都不是好人。"小姑娘这才觉得颜面好看些，依然悻悻道。

慕容嫣然暗自发力试了试，也是没能打开。她暗地里心惊，别说一个卷轴，就是一口锁着的铁箱子，她也能掰开，可是这卷轴却如焊死了一般纹丝不动。

况且和周鼎成巴巴的凝视慕容嫣然的动作，心里也是忐忑，既希望她能打开，又有点恐惧，天知道打开后里面冒出什么鬼东西来，不错，里面如果有东西冒出，一定是鬼东西。

"师父，你也打不开？"小姑娘错愕道。

"我再试试。"

慕容嫣然把卷轴放在桌子上，然后双手十指在卷轴上弹动着，犹如弹琴一般。

况且看不懂，周鼎成却能看明白，慕容嫣然用的是她本门有名的金刚指，那可是江湖传说中最负盛名的几套武功之一。

看似轻轻的弹指，实际上，就是金石在她的指下立马就会化成齑粉，周鼎成看得心惊肉跳，以为卷轴要成碎片了。

事实却让人大跌眼镜，一切如常，卷轴依然毫无任何变化，一点凹凸都没有出现。

慕容嫣然更是吃惊，她能感到她指上的力道全部被画布吸收了，就像把石头扔进水里一般，甚至还不如，石头入水还有涟漪，这卷轴一点反应没有。这说明了什么呢？这水太深太广了。

"公子，这画是你画的吗？"慕容嫣然问道。

"嗯，是我画的，开始时没有什么诡异的现象，后来不知怎么就这样了。对了，画完的那一天，忽然间暴雨雷霆的，然后这画就自己飞走了。"况且第一次说出这真相。

"自己飞走了？果真如此？"慕容嫣然有些不信了。

"吹牛吧你，不是画飞走了，是天上的牛在飞，都是被你吹死的。你怎么现在不飞到天上去呢！"小姑娘嘲讽道。

"暴雨雷霆？是你跟李香君第一次那个晚上？"

慕容嫣然忽然想了起来，她那天的确感觉到天象有些怪异，却不知怎么回事，况且居然说跟这幅画卷有关，她一时间也不敢相信。

在她的眼里，况且还是个孩子，不过比她的弟子大两三岁，年轻人说话有些不靠谱是正常的，嘴上没毛，办事不牢嘛，吹嘘一下也是有可能的。

"您……您怎么知道？"况且惊愕的差点站起来，他心思百转，难道她一直在监视自己？

"跟李香君第一次？是哪个晚上啊，妹妹知道吧。"

这时萧妮儿正好端着茶进来，一边将茶杯放到四个人跟前，一边有些醋意地问小姑娘。

"知道啊，就是前年的一个晚上。"小姑娘此时也有些心虚地说，她不是心虚监视况且，而是觉得那天看到了让自己羞羞的事。

她虽然是用神念感知到的，可是这种感知大多时候比亲眼看到的还要清晰。她在这方面有天赋，如果说别的功法只能算登堂入室的话，她这方面的能力却已经不亚于她师父了。

"你们一直监视我？"况且还是有些不敢相信。

被监视在况且是家常便饭，在苏州时他就被苏州府和中山王府的人同时监视着，不过也是为了保护他的安全，这种过度保护他一向不赞成，却也没办法。不过这种监视好歹还是停留在他的大门外吧，大门里面的事，监视的人根本看不到。

可是现在慕容嫣然给他的感觉却是自己的任何情况都在她们的掌控中，睡觉穿衣吃饭，甚至跟自己女人的事一件不落，吃喝拉撒完全透明，他实在是接受不了。

"这……"慕容嫣然也有些感觉不好解释了，监视况且当然完全是好意，为了保护他。可是他不知情，跟个愚人似的，一旦知道了，愚人当然就不干了。

"什么叫监视啊，我们是在保护你好不好。你以为好玩啊，整天紧张兮兮地盯着你，就怕有人突然间加害你，多累人啊，你真是不知好歹。"小姑娘爆发了。

她说的是实情。这种监视是最费神念的，就像你一直用眼睛盯着一个地方看，一看大半天，眼睛会累成什么样？同理。

她们虽说都是专门修炼出的能力，却也不代表不累人。所以小姑娘丝毫不觉得有什么可愧疚的，倒是很想让况且付出相应的报酬，只是这话说不出口。

"其实我们也感知不到太具体的东西，就是感知一下你周围的气氛有没有异样的风吹草动。"慕容嫣然说道。

这话当然是假话，况且也明白太多水分在里面，不过他倒是情愿如此，不然真是太尴尬了。

"妹妹，那一天怎么回事？咱们到别屋喝茶去。"

萧妮儿倒是起了好奇心，拉着小姑娘的衣袖就要出去"密谈"。

小姑娘看看卷轴，摇头道："改天吧，我还要看师父怎么打开这个鬼东西呢。"

说到鬼东西，忽然间屋里的人都感觉到了一股阴森的气息在弥漫，不禁打了个寒战。

"还真是鬼东西啊，闹鬼啊。"小姑娘张大了小嘴，小声嚷道，她心里也有些打鼓了。

活人她不怕，不管什么人她都不怕，可是鬼呢，她还真是有些畏惧的。

"还是锁起来吧，别真放出一个活鬼来，那样的话，恐怕天师教主来了都没救了。"周鼎成也忐忑不安起来。

"没事，我就是想要看看它究竟能闹出什么鬼来，现在的问题是根本感应不到里面有任何存在。"慕容嫣然一脸凛然，丝毫不惧，她相信天师教主能做到的事情，她一样能做到。

虽说她对鬼物毫无研究，而且一向不相信天师教那一套，认为那都是故弄玄虚、诓骗哄人的勾当。她自信自己有这个能力，不会有任何她对付不了的东西，无论是人还是鬼物。

"你们还是先出去吧，这里的阴森气对你们不利。"她顿了一下，对大家说道。

"姐姐，那咱们别的屋喝茶吧，我把你这个坏男人的事跟你好好说说。"小姑娘找个借口起身拉着萧妮儿走了。

周鼎成还强撑着，况且倒是不惧这个。

现在的阴森气说起来还不算浓重，他曾经把里面的所有画卷都挂起来，那时候的阴森气绝对比得上十八层地狱，不过也许是出自他的手笔，对他并无什么影响。

慕容嫣然又开始在画卷上抚琴一样弹弄着，这一次不是金刚指，而是琵琶手。

周鼎成看着她的手势流动，如同波涛涌动，这才是慕容嫣然的绝技之一，不要说落到人的身上，就是隔着三尺远，也能把一个人体内的骨骼筋肉化成血泥，比他的武当绵掌威力大太多了。

慕容嫣然施展琵琶手，把一套琵琶手的招式都施展出来后，画卷还是丝毫动静没有，唯一的变化就是屋里的阴森气愈发浓重，如同雾气弥漫一般。

周鼎成再也支撑不住，就悄悄溜走了，不过这番观摩不是毫无所得，他从慕容嫣然一整套的琵琶手上还是有所悟，所以见好就收，不敢再逞强待下去了。

"公子不怕这种阴森气？"这是慕容嫣然没想到的，不免有几分惊愕。

"嗯，我也不知怎么回事，可能是我自己画的画吧，对别人有影响，对我倒是没有任何影响。"况且苦笑道。

"对了，你说过这幅画自己飞走了，是怎么回事？你后来又怎么得到它的？"慕容嫣然暂时罢手，她虽然还有一些绝技没有施展出来，不过她估计就是把全部绝技都施出来，打开这幅卷轴的可能性也不大。

尤其令她骇异的是，她可是一点点从柔到刚，再到刚柔相济，试过各种力道，这卷轴即使是精钢铸就而成，也早该化成碎片了，可是这区区画布竟然毫无损伤。她想不出世上真有能抵御她琵琶手的物质。

在放出招式的同时，她能感知到这卷轴就像是一块无比硕大的海绵，而她的力气就像水，无论花费多大力道，瞬间就被卷轴吸收了，涓滴不留。

她的能量都去了哪里？这才是最让人骇异的地方。这些能量一旦反制，那将会是什么灾难的场面？实在是令人难以想象。

"那天的确它自己飞走了，后来是在那个恶贼韩子平的身上找到的。这中间有什么事我也不知道了。"况且老实回答道。

"就是韩子平毙命的那天？"慕容嫣然愈加骇异起来。

况且点点头，韩子平正是这画卷的起源，一切怪异也因自韩子平而起。

相邀同住

韩子平本是武林高手，因为突染重疾退出江湖，随后变成一个空前恐怖的杀手，况且的一系列地狱图直接呈现了发案现场的真相。

最后完成的两幅地狱图不知怎么起了变故，在一个狂风暴雨的夜晚飞走，然后在几百里外杀死了韩子平。

这虽然符合兵符的一些特征，不过况且现在还不敢确定这就是兵符，因为兵符都是一次性的，可是这两幅画却多次救过他，有点像兵符他爹了。

现在，况且开始对这两幅画产生了恐惧心理，这玩意儿根本不受掌控，谁也指挥不了它。虽说噬主的可能性不大，但万一伤害了其他人，尤其是自己的亲人、朋友，那也是大麻烦，还是把它锁在橱柜里安稳些。

对此事的始末，慕容嫣然不清楚，那天晚上她只是察觉到了气象异常，并没有意识到是这两幅画在作怪，后来韩子平究竟如何在数百里之外被杀死，也是个不解之谜。

况且进京一路上遭遇刺杀，都能化险为夷，她一直以为是大内高手保护有力，根本没想到跟这两幅画有什么关系。

此时屋子里的阴森气越发浓重，两人真就是如同置身迷雾中了。

慕容嫣然皱眉沉思，她虽然很想继续试下去，却觉得把握不大，说道："公子还是先把画收起来，改天我再找几个朋友一起过来参详。"

况且点头道："也好。"

他把画放进橱柜锁好，那些浓雾状的阴森气一点点消退了。慕容嫣然见到这些变化，不由大为惊叹，苦笑道："两幅画一直都有如此诡异的现象吗？"

况且想想道："差不多，只是现在比以前散发出的阴森气重了些，速度也快了些，画卷粘在一起也比以前更牢固了。"

"真是世界之大无奇不有，我今天倒是见到了这桩奇事，要不是亲眼所见，说什么都不能相信。"

"前辈，咱们还是换个屋子吧，这里待着实在不舒服。"况且起身道。

慕容嫣然虽然没有感觉到这阴森气有什么威胁性，但不舒服是肯定的，而且费了好大力气打不开画，心里也堵得慌，于是起身笑道："好吧，其实我们该走了。"

"何必急着走，我还有事请教呢。"况且道。

两人出来后，却见萧妮儿和那个小姑娘都等在外面。

"师父，你打开那个鬼东西没有？"小姑娘抢先问道。

第九章　况且被冤　师徒鉴画 | 141

"没有。"慕容嫣然摇头道。

"若不是萧姐姐说真是你画的画,我绝对不会相信。你究竟画的是什么鬼东西啊?"她继续问道。

"我的话就这么不可信?"况且笑道。

"那是当然,尤其是女孩子,谁信你谁上当。"小姑娘仍然不客气。

慕容嫣然道:"这孩子真是越来越过分了,不得对公子无礼。"

"没事,我倒是喜欢她这样说话,简单、直率。"

"听到没有,一个愿打一个愿挨,这是两相情愿的事。"小姑娘一说完,蓦然捂住嘴,觉得自己说得有些不对。

况且和慕容嫣然、萧妮儿都笑了,她带着面纱里面还有面具,况且虽然看不见她的表情,却也能感受到那种女孩子的娇憨。

"师父,那画呢?咱们何不带回去研究研究?"小姑娘转移话题道。

"这个……不好吧。"慕容嫣然迟疑道。

她也曾动过念头,想把画带回去研究,但一看况且的神态就明白了,因此没有开口。

"还是放在这里吧,有我在,还能有些保障,要是离开我,就怕有怪事发生。"况且委婉道。

这两幅画虽然吞噬过一些人的魂灵,却一直在保护他,每当他受到致命威胁时,这两幅画便会自动感应,除此之外,就跟无识无灵的一般画没有任何区别。

"说得像你真有什么能耐似的,你能保障什么啊。"小姑娘不满意地哼道,或许她只是感觉怼况且很有意思。

"这孩子。"慕容嫣然瞪她一眼,小姑娘这才闭嘴了。

"公子刚才说还有事要说?"慕容嫣然又问道。

"嗯,是这样,我觉得您两位在外面租房住还不如这里方便,何不就住进来,我这里就是人气太少了。"况且道。

"这个不行。老实说,今天这样接触已经是触犯规矩了,在一起住更是不妥。"慕容嫣然道。

"为什么？"况且和萧妮儿一起问，显然萧妮儿也有此意。

以前，况且只知道她们两人经常跟在自己身后，却不知她们住在哪里，现在知道她们就住在附近，那又何必，还不如干脆住进来，像一家人似的，安全性岂不是更高。

慕容嫣然连忙摇头，她心里明白，今天已经逾矩，也就是她，在勤王派中的地位很高，若是换一个人，哪里敢如此接触况家公子？

为什么？不要问为什么！这是几辈人传下来的规矩，必须遵守，没得商量。

勤王派表面上看是非常松散的组织，一般都是纵向联系，没有横向接触，所以派里的大多数人都不知道究竟哪些人是自己一伙的，只知道敌人是谁。

慕容嫣然也是到了北方后，才有人跟她接触，因为她要近身保护况且，就有一些特权，知道许多联络地点和联络人，先前她只是知道北方这里的规模，却不知道具体的人物。

"规矩，又是规矩。"小姑娘撅嘴道。

"规矩究竟是谁定的？"况且也略感不满。

"老辈的规矩，违背不得。"慕容嫣然苦笑道。

她倒是愿意依从况且，住进来就省了很多力气，不用经常用神念监视况且周围的动静，一旦有事发生，保护也更及时。可是规矩就是规矩，自然有它的道理。

"这规矩不妨改改，《明太祖宝训》我已经触犯了一条，我不是也没事吗？咱们这儿的规矩，我也触犯一条看看，是不是有什么后果。"况且道。

"这个……我还是要商量一下，再给你回话。"慕容嫣然想了想道。

"好吧。"况且也不便强求。

两人把慕容嫣然师徒送出府去，周鼎成没有出来，况且回去后才发现他居然罕见地在打坐静悟，似乎已魂游物外。

第九章　况且被冤　师徒鉴画

"你是不是就想看看那位小妹妹长什么样啊,拼命地拉人家住在家里。"萧妮儿笑道。

"这是什么话,我是那种人吗?"况且反驳道。

"你当然不是那种人,不过我可是知道你最好奇了,一直以来你不就想知道这位小妹妹的姓名跟长相吗?慢慢来,等我给你打听出来。"萧妮儿笑道。

"嗯,这一点你说对了,我就是奇怪她的身份。"

况且对小姑娘好奇纯属被她引起的,姓名坚决保密,这就奇怪得很,另外他也非常想知道她究竟戴几层面具,这比她长得什么样更重要。

"有她们保护,咱们是不是就能经常出去溜达了?"萧妮儿问道。

"嗯,没她们保护也一样,我最近不怎么出去,是心里有事,不是怕什么。"况且道。

"你不怕我还怕呢,上次的事我现在还经常做噩梦。我不是怕自己怎么着,就是怕你出事。"萧妮儿说着,身子靠向了况且。

"知道。"况且也顺势搂住她,然后回屋等待周鼎成悟道完毕。

第十章　各方筹划　应对危机

神识较量

慕容嫣然师徒刚刚转过街角，还没走到自己的住处，一辆车忽然疾驰而来，在她们面前骤然停住。

车夫下车后躬身道："慕容前辈，请上车，有人请二位说话。"

慕容嫣然苦笑一声，看来今天公然跟况且的接触还是被人发现了，这就有人请喝茶了，别说还真及时呢。

"什么意思？我们要是不想去呢？"小姑娘脸一侧，不看对方，冷冷地反问道。

"这个，两位还是上车的好，不然会有更多的人来请。"车夫也是冷冷的态度。

"上车吧，看他们有什么要说。不过我们离开了，这里怎么办？"慕容嫣然指了指况且的住宅。

"您放心就是，我们有人暂时接手。"车夫道。

"那就好。"慕容嫣然挥手制止弟子继续说话，拉着她进了车里。

等她们刚坐稳，车子马上启动，快速在大道上奔驰起来。

此时还未到黄昏，天上却已铅云密布，又飘起一阵阵的雪花，看样子不等到晚上,就可能又要有大雪降临。

"师父,他们什么意思啊,这不是逼迫咱们吗?"小姑娘坐在车里愤懑道。

"今天咱们触犯规矩了,自然要有个说法,不过也没什么大不了的。"慕容嫣然淡淡道。

她倒是不怕有什么处罚,勤王派南方北方本来就是两大块,要处罚什么的也得南方那面的人发话,她相信,凭自己在派里的地位还有这些年的功劳,不至于受到处罚,估计就是京城的人想给她们一个下马威吧。

"据我所知,请您去跟今天的事没有关系,而是更重要的事。"车夫在前面说道。

车夫的声音并不大,隔着厚厚的车门还有里面包着的毯子,他的话却是如在对面所说,慕容嫣然心头微惊,看来倒是蛮重视她的,派来的车夫都是高手。

经过况且住宅时,慕容嫣然感应到了附近有几个气场格外强大的人,应该就是派来接替她们的人,只是她不知道这是暂时接替,还是要把她们踢走,心下不免有一丝忐忑。

她们师徒可是从苏州起,就一直暗中保护况且几年了,慕容嫣然对况且已经萌生了护犊之情,总是怕自己不在,况且会出什么问题。

虽说北方这边不会玩忽职守,派来的人应该也不比她差,可是保护这种事,还是对保护目标了解得越细致越好,这样才能准确判断哪里有潜在的危险,也便于在最佳时机出击。

小姑娘气得撅着嘴,不停地玩着手指,一道细丝出现在她青葱般的手指上,正是慕容嫣然传给她的绝门武器:断情丝。这是她脾气上升,想要大杀四方的前兆。

慕容嫣然握住徒弟的手,传过一道心意:少安毋躁。

感受到师父的心意后,小姑娘手指间的细丝一隐就不见了。

车子在大街小巷中穿行,过了半个时辰,才在一个胡同里停下,车夫打开门，站立在一边。

慕容嫣然带着弟子下车，眼前是一座在京城很普通的住宅，看样子像是商人住的，两座擦得铮亮的石狮子，红漆朱钉大门，一股暴发户的味道。

慕容嫣然心里明白，这里是一个精心掩饰的联络点，里面的主人估计也就是组织里地位很低的人，专事联络接洽事宜。

像这样的联络点她知道的已经有十几处了，都是紧急联络点，当然也只有十万火急时才可以去见的联络人。

这样的联络点在京城有多少？在北方有多少？她不清楚，但她相信绝对比南方的规模还要大一倍，北方是皇权掌控最严密的地方，应对的手段必须比南方多很多才行。

蓦地，她心中有一丝迷惘，南北方如此庞大的规模，如此庞大的组织，连她都不清楚究竟有多少人，有多大的能量，这一切的一切不过都围绕着一家人甚至一个人在运行。这究竟是为保护一个人打造的组织，抑或是纯粹变成了一个另外的强大的组织，这还不算海外的君王组织。

"两位请进吧，里面有接待的人。"车夫见慕容嫣然踌躇不前，以为她心里有顾虑，就说了一句。

慕容嫣然携手弟子走了进去。

她们走到大门前，大门上的一个小门打开了，她走了进去，并没有受到轻视的感觉。官场中人讲究大开中门迎接的场面和派头，江湖中人不在意这些。

里面两个穿着仆役服饰的人对她们躬身行礼，然后转身在前面带路，一句话也没说。

慕容嫣然还好，小姑娘却不高兴了，在南京，她们无论走到哪里，都是备受尊重，要么就是对她们畏惧如虎，现在却给她们一个冷遇。

她气得鼻子哼哼，脚下的雪块石子踢得飞舞。

穿过一条两旁都是花池的小路，来到正房前，一个人从里面走出来，拱手笑道："有劳前辈大驾，实在是有急事相商。里面请。"

慕容嫣然回了一礼，小姑娘却冷哼道："什么急事，我们看是神经病发作，不就是跟他接触一次吗，有什么要紧？"

那人听见这话，略微一怔，然后打个哈哈："不是，不是这事，今天是另有要事相商。"

"到底是我八卦，还是你们八卦，怎么就这么巧，我们前脚刚从他家出来，后脚就被你们截住了？"小姑娘怒气不减道。

"好了，别多说了，究竟怎么回事，进去就知道了。"慕容嫣然淡淡道。

她们刚要进去，那人却又笑着躬身一礼："前辈，多有得罪，您请进去，这位姑娘暂时到别的屋里等一会儿吧。"

"这是什么意思，想要分开软禁吗？"慕容嫣然也动气了，而且还感受到一丝威胁。

"不是，绝对不是。前辈不要激动。"那人急忙举双手辩白。

"这是什么意思，我跟师父从没分开过。"小姑娘手中又出现了那根细丝。

"慕容大姐不要动怒。"闻声从屋里走出一个中年人，穿着一身轻裘，头上戴着一顶貂帽，人也算得上倜傥风流，若是手中再多一柄折扇，就可以算是才子标配了。

"是你？你怎么在这里？这一切是你在搞鬼？"慕容嫣然一见到这人，心里怒气陡然剧增。

小姑娘立即配合，在一旁做出心头升起一股熊熊怒火的样子。

此人正是海外君王组织派来的代表秦士宁，据说在海外组织里也算是一号人物，究竟是否真的如此，她掌握的情报里并没有此人的资料。

慕容嫣然一直对秦士宁耿耿于怀，当初他们在况且归向何方一事上发生过争执，结果惹得况且大怒，从此跟两个组织都疏远了。这给她带来了许多麻烦。

她不惜触犯规矩接触况且，也是想要消除上次的不良影响，眼见着目的差不多达到了，此人突然间又冒了出来，简直是个丧门星。

"慕容大姐想多了，我胆子再大，也不敢在你们的地盘上撒野，这可跟我无关。"

"慕容，此事是我决定的，跟别人无关，你要出气就进来说吧。今天有要事商议，你的弟子不便参与进来，她的等级不够。"里面传出一个苍老却中气十足的声音。

慕容嫣然冷静下来了。

她听得出这是十万火急时才会出现的联络人之一，也是她在北方的上司。

"姑娘，先委屈你到厢房等一会儿，会有人陪你，不会无聊的。"最先迎出来的人赔着笑脸道。

他可是久闻这师徒二人的手段，还真怕激怒了她们，给自己来两手，自己恐怕一手都接不住。

"你先等等我吧，没事的，一会儿谈完了就出来找你。"慕容嫣然也没招了，她心里既无奈又愤懑，在江南无论何时也没受过这等歧视。

她明白人在屋檐下，不得不低头的真理，如秦士宁所说，这里不是她的地盘，强龙不压地头蛇，何况对方是比自己强大太多的猛龙。

"好吧。"小姑娘咬着嘴唇应道。

"大姐里面请。"秦士宁躬身摆手，很绅士的派头。

"一起走吧，免得回头说我欺负你。"慕容嫣然冷笑道。

说完，她就走了进去，秦士宁则错开半步走在后面，小姑娘被迎接的人请到一间厢房里，里面有五个丫鬟正等着，一见到小姑娘就迎上来伺候着，好像见到了回家的主子。

"一边儿去，我不用你们伺候。"小姑娘怒气冲冲道，然后走到一张八仙桌前坐下，开始静心感应师父那里的动静。

她的神识感应能力不下于师父，只要展开神识，不要说这座宅子，就是整个街区的风吹草动都会感应到，清晰如在面前。

小姑娘展开神识，她不是想要偷窥偷听什么的，只是想知道师父处境如何，万一情况不好，两人合在一起，并肩杀出去。

她对北方这边的人一向反感，虽说都是一个组织的，却坐不到一块儿甚至还带有些敌意。

她的神识清晰感应到了周围，只是在慕容嫣然进入的房间碰了壁，这不是比喻，而是实实在在的铜墙铁壁，她能感知出这道铜墙铁壁也是神识铸成的。有一位比她的神识强大太多的高手阻挡住了她的进入。

小姑娘大吃一惊，她最为自豪的就是神识感应力，这方面她师父都经常赞叹有加，多年来很少遇到对手，今天这是有麻烦了。

她不甘心就此罢手，加强神识力冲击那道铜墙铁壁，她的神识就像一股水流撞在坚固的堤岸上，只能反激而回。

"哼。"

她不服气，再次集聚所有的神识力集中攻击一点，好比打不过人家，就上去咬一口一样，想要在这面铜墙铁壁上钻出一个洞来。发力半天，却依然无果。

"好个倔强的小丫头。"她感应到一个人的声音，只是这声音是神识发出的，而不是真实的声音。

"哼，欺负小孩子，你就这点出息。"小姑娘也用神识冷嘲道。

"小孩子的确是，不过你的神识倒是出奇的强大，天底下这样的小孩子也是绝无仅有了。"那个神识赞赏道。

"知道就好，有本事跟我师父较量。"小姑娘激将道。

"孩子，别试了，我们没有恶意，咱们都是一家人，也不用较量。这样做不是防备你，而是今天的事只能保留在那间屋子里，屋子外的人一概不能得知。"

"装神弄鬼。"小姑娘冷哼道。

不过她也的确从那道神识感应出足够的善意，就像一个和蔼的长者在笑呵呵地看着自己，心中的敌意顿时减了大半。

此时屋子里慕容嫣然的神识传出一道意念："我们在商量事情，你好好等着就是,不要惹事。"

感应到师父的话,她心里才安然,逐渐把全部神识收回。

收回神识的瞬间,她才感觉周身疲乏,浑身都是汗水,她吓了一跳,仔细一想才明白,在刚才的神识"大战"中,对方虽然只是纯粹的防守,还是让她的神识损耗太多了。

她心中不免有些后怕,要是真正较量的话,她恐怕接不住对手的一招吧。

大狱将兴

傍晚,小雪变成大雪,不仅不亚于昨天的雪,而且似乎更大了。

况且和萧妮儿站在屋廊下赏雪,看着周围一片纯白,心境似乎也清净起来。

一个仆人拿着一张名帖过来,到了况且跟前躬身道:"少爷,有人来拜访您,见还是不见?"

况且心中纳闷,这是什么人啊,大雪天访客,也是够执着的。这大半年来况且不知拒绝了多少人拜访,奉行低调为上原则,能躲则躲能拒则拒。

京城和其他地方不一样,不管怎么说,他现在好歹是有官职的人,有些规矩也得遵从,一些礼仪更得有讲究些。安排个接待客人的门房是最要紧的,看似礼貌,实则是一道防风墙。

罩着少年才子的头衔,以名士猖狂为自己的古怪行为遮掩,这一切在江南好使,到了京城恐怕是行不通了。

萧妮儿也是纳闷:"赶紧看看是谁啊,这大雪天的一定有要事。你还是见见吧,起码让人家进来暖和暖和再走。"

他接过名帖一看,笑道:"是赵二哥,他怎么也跟我假客气起来了,直接进来就是了。"

他把名帖塞到袖子里，然后走到大门处迎接。

来到门房，果然看见赵阳和鲁豪二人在那里搓手跺脚，旁边还站着几个赵阳的仆人。

"二哥，你怎么也学会装了，直接进来就是了嘛。"况且笑道。

"我是想啊，可是你这位门房太尽职了，非让我拿出名帖，说是看你在不在家，有没有空。我也得守规矩啊。"赵阳苦着脸道。

况且奇怪道："那你上次来，他怎么没拦着？"

赵阳笑道："上次我来时，你的门房不在，我就直接进来了。"

门房听了这话，心里恨得想咬赵阳几口，这不是在况且跟前告他的状吗？

况且对门房道："这是赵二老爷，以后只要我在家，赵二老爷登门，不用禀告我，直接进来就行。"

门房唯唯诺诺，回到门前的小房子里去了。

"大人，小人这两天没来，是跟二老爷办正经事去了。"鲁豪上前拱手施礼道。

"嗯，既然是二哥使唤你，不用跟我说。"况且摆摆手。

"我没事使唤他干啥？就是想起来一件事，让他给我跑腿找一些东西，还算是命好，真找到了。"

赵阳和况且一边走着一边说道，鲁豪一个粗豪的汉子小狗似的跟在后面，就像一个打手。

"二哥来了，怎么不直接进来？"萧妮儿迎过来笑道。

"被你们的门房拦住了，没能进来。"赵阳道。

况且把刚才的事说了，几个人又笑了一回。

况且的生活现在是回到极简模式了，其实他在南京两个家里，上下规矩都是很严格的，尤其是在武城侯府，等级森严、规矩严明，只是他平时不管事，对这些也就不太在意。

听到赵阳的声音，一直打坐静悟的周鼎成这才出来，跟两人见过后，大家都在大厅里落座。仆人端上茶后，萧妮儿就去厨房安排宴客的酒菜去了。

况且眯起眼睛道："这大雪天二哥不好好在家喝酒赏雪，怎么有兴致跑我这儿来了。"

"当然是有事。你说过不想让人看到我来你这儿，今天这雪大的邪乎，我估计不会有人来找你，对我来讲正好就是机会。"

"要紧事？"况且皱着眉头问道，他从赵阳的语气里感觉到一丝不妙的味道。

"哈哈，这个待会儿再说。这大雪天的你总得招待我们一顿美酒吧，我听说你藏了不少百年以上的陈酿。"

"百年以上？一瓶两瓶倒还可能，多了也没有，二十年以上是有保证的。"

况且并不好酒，不过周鼎成喜欢，所以平常总是通过各种关系搜罗美酒，反正花况且的银子他一点都不心疼。况且在锦衣卫的职务每月有美酒茶叶的配给，这些酒基本都是周鼎成一个人包了。小君有时候会过来大喝一顿，却不常来，尤其是这些日子，这家伙也不知道忙什么去了，根本不露面。

不多时，酒菜上来，赵阳给鲁豪使个眼色，鲁豪就笑道："周大人，咱们还是去别的房间边喝酒边向您讨教些拳法真经吧，我知道您那些事儿都是法不传六耳的。"

周鼎成明白了赵阳的意思，搓搓手带着鲁豪去了别的房间，赵阳带来的仆人早就有人安排着在一间厢房喝酒去了。

"二哥，干吗把他打发走，我看鲁豪还是挺可靠的。"况且问道。

"嗯，有些事宁可小心过头些，也别大意。"赵阳收起脸上一贯性的嬉皮笑脸，正色道。

"究竟出了什么事？宫里传出不好的消息了？"况且有些心急。

张居正这里没有派人来找他，也没有任何消息传来，莫不是武定侯那里有了消息？这些功臣世家在消息灵通这一点上倒是比一般的大臣强很多，因为他们普遍在宫里有内线。

"没有消息，就是这一点才可怕。家父说了，像你这种情况，皇上早就应该表态了，可是皇上却像忘了这件事似的。所以……"赵阳忧虑重重道。

"所以什么？皇上没有表态起码比他要处罚况且强吧。"萧妮儿正好过来，说道。

"弟妹有所不知，据皇上身边的人察言观色，最近这些日子，皇上少言寡语，似乎有什么心思，又似乎要做什么决断。要知道，这些人可以说是皇上肚子里的蛔虫，皇上想干什么他们一打眼就会明白。"赵阳道。

"我相信，宫里的人个个是人精。"况且神色郑重起来，这是生死攸关的事，而且关系到家人的安危。

"那几个人对家父说，你这次可能真的要有大麻烦了，所以最好事先做好退步。"

"退步？什么意思？"

在况且的理解中，退步可以有好几种解释，一是提前安排好保自己的人，比如徐阶、张居正，甚至高拱，按说只要这三个人愿意保自己，甚至只要徐阶、张居正肯保自己，皇上也不能把自己怎么样，毕竟徐阶还是首辅。

可是，目前他是锦衣卫的官员，属于皇上的私人队伍，皇上可以越过六部、内阁安置一个人，当然也可以越过外廷这些大臣机构惩罚一个人。关键在于皇上为什么要这样做？

皇上若要惩罚他，一定另有原因，绝不会是因为一道请求开放海禁的奏疏。张居正曾经说过，皇上对开放海禁有自己的打算，只是碍于祖训，无法提出来。现在况且做了出头鸟，遭到言官弹劾，六部甚至内阁中的某位大学士请求严惩，也都在预料中。

况且在上书前已经想好了，而且他甘愿冒这个险，他赌的就是皇上的心机。

但他唯一没有预料到的是皇上出现了反复，而且举棋不定，这难免就夜长梦多了啊。

按照他的构想，皇上要么想借此机会联合徐阶、高拱、张居正这些内阁大学士，强行推行海禁开放，要么为平息言官乃至一些大臣们的怒火，采取周瑜打黄盖的方法惩罚他，应该不会出现其他情况。

赵阳似乎看出些况且的心思，笑道："你们这些文人就是喜欢瞎想，我说的退步只有一个意思，就是赶紧走吧。"

"逃跑？"况且吃惊道。

"当然，不逃跑还等着被皇上整死啊。"赵阳做了一个捏蚂蚁的动作。

"整死？凭什么，就因为他给皇上上了一道什么……什么来着……"萧妮儿一下子想不起来奏疏这个词儿了。

"奏疏。"赵阳提醒道。

"对，奏疏，就因为他上了那么个劳什子，皇上就要往死里整他，凭什么？"萧妮儿叫了起来。

"弟妹，皇上做事没人敢问凭什么，他想做什么就做什么，不需要理由的。"赵阳笑道。

"皇上就能不讲理啊？"萧妮儿叫道。

"这个……皇上还真能，还没人能怎么样。"赵阳笑了，他对萧妮儿的反应倒是毫不奇怪，毕竟知道皇上如何做事的人还真不多。

况且笑了笑，在给张居正做见习幕僚的这些日子里，他深刻理解到了，皇上也不能为所欲为，大多数时候、大多数事也都得遵从规矩，得听从大臣们的决议，尤其是内阁大学士们集体通过的决议，皇上一般都不会驳回。

相反，大多数时候，皇上做事比外廷大臣们受拘束更多，也就是说，他得比大臣们更讲规矩。唯一例外的就是内廷和锦衣卫，这属于皇上的私人事务，可以随意处置，任何人不得干预。

况且想到这里，不禁脊背冒凉气，皇上任命自己为锦衣卫指挥使，不会是故意把自己调到皇家范围内，好任意处置吧？

倘若真是如此，这岂止是不妙，而且是大大的不妙，说明他真的可能要性命不保了。

第十章　各方筹划　应对危机

"可是我还是不明白，皇上不表态为什么比表态还严重？"萧妮儿听了半天，还是没能明白这里面的道理。

"皇上不表态有两种可能，一是没把这件事当回事，就这么压下了，另外一种可能就很不妙了。"

"什么可能？"况且、萧妮儿一齐问道。

"皇上可能要兴大狱。"

"什么？"萧妮儿还是没听明白，却被"大狱"这两个字吓得差点晕倒。

"不可能！"这是况且叫出来的。

秘密通道

"不可能？我也是这么想的，可是我家老爷子却不这样想。据他老人家说，给他消息的那几位的预感是最准的，比国师预测天下大势准确多了。"

"可是没道理啊。皇上要兴大狱，这是要整我？太小题大做了吧？"况且大叫，不可能就是因为这个，皇上真想把他怎么样，也就是传道旨意的事，没必要这么折腾。

"你想啊，这次你上书，大家都认为是别人指使你做的，你就是别人手里的枪，有人说指使你的是张大人，也有说是徐相，也有说是你师傅和魏国公，反正说什么的都有。这是大小臣工们想的，可是皇上会怎么想？我看皇上不会把矛头对准你，要整也是整那个指使你的人，这叫隔墙打牛。"赵阳慢条斯理道。

"可是，并没有这个人啊？"况且急了，他最怕的就是会牵连到别人，而且如果牵连，就一定是对他最亲近最重要的人。

至于张居正和徐阶，他一点都不担心，一个是帝师，一个是成了精的老狐狸，他们想要脱身，比抖落身上一片落叶都容易，不管怎样的境况都无法困住他们。

高拱至今也没表态，的确是修炼到了片叶不沾身的境界。

"二哥，那你说的退步，是怎么个退法啊，除了逃跑就没别的办法了？"萧妮儿也不管听懂听不懂了，反正她感觉得出来况且有危险，这就是了不得的大事。

萧妮儿明白，跑路这事在况且这儿根本行不通，哪怕到了山穷水尽的地步，他也不会走这条路，除非被人绑架。

"还真没有别的办法，这里不是南京，想躲是躲不了的。"赵阳无奈地摆了摆手。

"你说的皇上身边的人是指在司礼监里的人吗？"况且追问道，他得考虑这情报来源的可靠性。

"不是，是伺候皇上穿衣吃饭的宦官和宫女，别看他们没有司礼、秉笔太监尊贵权力大，要论对皇上心思的了解，他们可是更胜一筹。"赵阳说道。

况且心中烦乱，他也不知该怎么辨别这条消息，不过武定侯让儿子大雪天来通知他，一定是有道理的。他不了解宫廷内部结构，所以也难以分清哪些人的消息最可靠。

按道理来说，皇上不至于因此大兴冤狱。况且对这条消息还是持怀疑态度，觉得可能性不大。

"逃跑？怎么跑啊，他现在根本逃不出京城。我早就劝他离开这里，他不听啊。"

按萧妮儿的想法，况且早就不应该继续留在京城当官了，这哪是当官啊，纯粹就是被软禁在这里，哪里有回到江南当个自由自在的才子舒服。当武城侯府的二老爷那就更别说了。

但是况且告诉她，自从跨进京城那一天起，各种利害关系都像一根根蛛丝般把他牢牢困住了，他哪里也去不了。

赵阳笑道："所以啊，我这几天忙得不亦乐乎，忙什么？就是给他找一条出路。"

"那你找到了吗？"萧妮儿急不可耐地问道。

"当然，这就是，请上眼。"

赵阳说着，解开外面的皮袍，又解开里面的小衣，然后珍而重之地拿出一个紧贴在胸前的锦囊。

"哈哈，二哥，你这里面有什么锦囊妙计啊？"况且被他逗乐了。

"是什么？让你猜三遍，若是能猜到我就拿出来，若是猜不到，就等着受罚吧。"赵阳得意洋洋道。

"二哥，你就别卖关子好不好。"萧妮儿真急了。

"弟妹，你们拿出点诚意好不好，你们根本不知道我为了里面的东西费了多大的劲，这还算是命好，找到了，哪能就这么容易拿出来。"赵阳邀功道。

"好，那我就猜上一猜。你策划的逃跑路线。"况且笑道。

"这人吧太聪明了就没劲了，你就不能故意不猜中吗？也能让我有点成就感。"赵阳气道。

"那你也弄点难猜的啊，这三岁小孩子都能一下子猜到。"况且无可奈何道。

"就是，在我家况且面前卖弄小聪明，二哥，你这可是关公门前耍大刀啊。"萧妮儿得意洋洋道。

"得，得，你们两一个敲锣一个打鼓的，还让人活不活了？"赵阳一副糗大了的表情。

"怎么样，拿出来吧，你的锦囊妙计。"况且勾了勾手指头。

赵阳打开锦囊，从里面拿出一张纸来。

况且接过来打开看看，却没看明白，这是一幅粗糙的画，不仅如此，这张纸年代也不短了，况且凭着他粗浅的鉴定纸张知识，初步判断这绝对是百年故物。

"二哥，这是什么啊？"况且看了半天，上面只是画着一条条管状的线条。如果说这就是逃跑路线，他可看不出怎么个跑法。

"怎么样，也有你看不懂的东西吧。"赵阳得意了，总算扳回点颜面。

"的确是看不懂，承蒙二哥指教。"

况且虽说根本没打算跑路，却也不好拂赵阳的盛情，再者说来，万一真的大祸临头，他没打算让萧妮儿跟周鼎成一起给自己陪葬，有条出路对他们或许还是有用的。

"说起来也简单，地下通道，而且可以直接穿过护城河到京城城外。"赵阳道。

"什么？二哥，你没弄错？从内宫通向城外的通道是在南京皇宫，不是京城，你是不是弄糊涂了。"

况且这样说当然有道理，据说建文帝当初就是通过皇宫里的秘密通道潜出南京城，然后一去无踪。

"南京皇宫里那条通道究竟有没有还是传说，至少没人亲眼见到。这个嘛……哼哼。"赵阳哼哼两声，又卖起关子来了。

"你接着说，这条通道你亲眼见到了？"况且有些糊涂了，难不成京城也有一条通道不成？

"那是当然，我昨天就从这条通道出的京城，然后又回来了，这才确定这条通道的可靠性。"赵阳怕况且不信，信誓旦旦道。

"可是京城怎么会有这样的通道，难道没人发现？"

况且脑子有些转不过来了，建立城池就是为了管理城里城外的出入，官府绝对不会允许有这样的通道存在，难道是私盐贩子偷挖而成？

那时候所谓走私基本就是走私食盐，米面布帛朝廷没有实行专卖，自然不用走私。海上贸易货物运往内陆的很少，即便有，不是朝廷所需就是有势力的大人物的专用品，可以冠冕堂皇地运输，根本不怕查。

"这条通道我根本不知道，也没听说过。不知我家老爷子开了哪门子脑洞，忽然想到他小时候听祖爷爷给他讲过的一个故事。"

"什么故事，二哥快说。"萧妮儿最喜欢听人讲故事了，况且给她讲的故事也不知有多少了，但她还是喜欢听。

"是这样，我家老祖宗当初是跟着成祖起兵的，永乐爷被困在京城时，府里只有后来的英国公张英、荣国公姚广孝，另外就是秘密召集来的八百壮士，当时这八百壮士已经准备跟北平守军拼死一搏。"赵阳说道。

"嗯，这个我知道，那时候永乐帝还是燕王，他的三个亲兵卫全都被建文帝裁撤掉了，而且调离了京城，燕王手上只这八百壮士。他还在燕王府里练兵，铸造兵器等，为了怕练兵和铸造兵器的声音传出去，他还叫人养了许多鸡鸭，每天弄得鸡飞狗跳的，来掩饰这些声音。"

况且熟知历史，当然知道燕王上位前的各种桥段，比这更稀奇的事情还有不少呢。可是，这跟那条通道有什么关系？

"按说通道这事还是英国公张英提出来的，按照荣国公的意思根本不用准备什么，永乐爷天命在身，怎么着都能夺取天下。当时的永乐爷跟英国公其实都不怎么相信荣国公的话，所以一直在暗中做准备，从当时的燕王府挖掘一条通道，通到了京城外。当时的打算是万一被守军堵住府门，就用八百壮士抵抗，然后永乐爷就带着家眷逃到京城外，在外面召集旧部。"

"还有这一条？可是《永乐实录》里没有这些记载啊。"况且诧异道。

"这是永乐爷脸上无光的事，哪能落在纸面上，当时知道的人也不多，我家老祖宗是当时八百卫士里的一个头领，亲自监督挖掘了这条通道，这件事也就在我家一代代传了下来，大家都不当回事，以为是哄小孩子的故事。"

"既然通道在皇宫内，可你是怎么进入皇宫的？"况且疑惑道。

"我当然进不去皇宫，告诉你吧，这条通道的起点也不在皇宫里。"赵阳得意洋洋道。

"你不是说当初是在燕王府里挖掘的通道吗，起点一定在燕王府内，现在的皇宫可是在燕王府的基础上扩建的。"况且还是有些糊涂。

"这你就是只知其一不知其二了，皇宫的确是以燕王府为基础扩建的，不过不代表就把燕王府都包括进去。当初永乐爷练兵的那地方就在皇城外，只是这些事现在已经没人知道了。"

"对对对，老祖宗比咱聪明呢。"萧妮儿开心得像个孩子似的。

"我这几天忙得不亦乐乎，忙什么？我翻遍了家中老祖宗留下来的东西。功夫不负有心人，居然找到了这张图纸，这可是我家老祖宗亲笔画的呢。"赵阳言毕站了起来，摆出一副志得意满的架势。

天命有乎

况且有些惊呆了。

他实在没想到京城居然也有一条秘密通道，难道朱家子孙都有这爱好，无论在哪里，都要设置一条秘密逃生的通道？

不过想想当时身为燕王的朱棣，危机重重，这样做也是万不得已。

说白了，朱棣当时其实是被软禁在燕王府中，如同瓮中之鳖。北平的守军都是建文帝派来的，城里的士兵们没事喝醉了酒就在街头磨刀霍霍，还大嚷着要"杀王"。

若不是官军里的一位张姓首领叛变，突然向朱棣倒戈，朱棣能不能逃生都是个问题，所以朱棣"靖难"成功后，终身称这位张姓首领为"恩张"，从不叫他的名字，而且封之为侯爵。

此人倒戈的原因也很奇怪，是因为他母亲相信朱棣是有天命的人，决不能以戈相向，所以她逼着儿子叛变朝廷，这位首领又是个大孝子，听从了母亲的话，这或许就是天意吧。

当时燕王府外层层叠叠都是官军，此人居然换上妇人衣服，坐着一顶轿子进了燕王府，向朱棣输诚，朱棣由此人相助，这才能绝境反击成功，居然以八百壮士打败数万北平守军，夺取了北平城。

朱棣一生功过且不论，他的成功充满了神奇，其中原因只能归之为天命，这种成功案例在中国历史上绝无仅有，无法复制。

赵阳把这张图纸放在桌上，然后给况且讲解通道的起点，中间的路线，还有终点所在。

起点就在皇城外的一片空地上，而且有一棵老槐树做标志，老槐树已有两百多年历史，应该是大明朝诞生之前就存在了。

通道里面弯弯曲曲，算是一个不太复杂的小型迷宫，这是为了防范万一有追兵，如果不知道路径，就算不会困死在里面，至少也很难快速找到正确的路径。

通道的终点则是在护城河外的一片小树林里，到了这里，就可以鱼游大海般逃之夭夭了。

讲解完毕，赵阳把图纸放到锦囊里递给况且。

"兄弟，贴身收好，关键时刻就是救命法宝。我在里面放置了一些油灯、粮食和清水，就算在里面待上些日子都没问题。"赵阳说道。

"多谢二哥。"况且诚挚地道谢。

虽说他没想到逃跑，可由此看得出赵阳的心意，若不是诚心诚意想帮他，绝不会把一个家庭传说当成真实存在，然后花费九牛二虎之力找到这张图纸，还冒险去亲身体验。

"这件事是我害了你，我当然得负责，你若出了事，我姐那边先不说，光我家老爷子就能把我的皮扒下来。"赵阳苦着脸道。

"这事真跟二哥没有关系，前前后后我都想过了才做的。完全是我自己的主意。"

"是啊，我姐来信也说她不敢相信，你聪明绝顶，怎么会做这种傻事，还问我们你是不是另有深意。兄弟，你是不是有别的意思我不知道，也猜不出来，反正在我看来，这件事你办的傻透了。"

"嗯，我赞成。"萧妮儿拍着雪白的小手附和道。

她是不理解，本来处境就够危险的，况且干吗还要火上浇油，做这种根本没有胜算的事情。这就如同一个人被吊在空中，性命系于一线，竟然自己拿刀把这"一线"割断了。

"弟妹，咱们这是英雄所见略同啊。"赵阳哈哈笑着干了一杯酒。

"我就是要把自己置于死地，然后看会不会有人救我，都是谁会来救我。"况且自嘲道。

"你就认定会有人救你？当然，会救你的人很多，现在几个国公侯爵还在想办法，毕竟你也是咱们功臣世家的一分子，说什么也不能轻易就让朝廷给办了。关键是能不能救得了你，你这次闯的祸太大了。跟你说先皇当年也有放开海禁的年头，先皇手腕够强硬吧，可思量再三，还是没敢提出来。当今皇上更有这心思，谁不喜欢白花花的银子啊，皇上缺钱缺得厉害呢。可是问题是阻力太大了，这阻力可能连朝廷都没法解决。"

"你放心吧，二哥，这次我不会有事的。"况且很肯定地道。

"是吗？你是不是真有什么保命秘诀啊，说来听听。"赵阳道。

"没有，不过我跟成祖他老人家一样，身上有天命。"况且大笑起来。

"鬼话。你这是自我安慰吧。"赵阳也跟着傻呵呵地笑了起来。

况且还真不是瞎说，他身上的画符里好像承载着天运，这个只有他心里明白。

天运是什么他不懂，估计也就是天命吧。他是这样理解的。所以他把自己置之死地，只要画符在身，他相信自己最终会化险为夷的。

敢于将自己的性命和一家人的安危系之于虚无缥缈的天运，这人不是白痴就是疯子，况且下定决心做一回白痴或疯子。不过，他也是没办法，唯有如此才有可能破局，不然的话，皇上很可能会不咸不淡地晾他个十年八年，他只能始终活在心惊肉跳之中。冥冥之中，他有这种感觉。

赵阳、鲁豪走后，况且把这件事告诉了周鼎成。

"还有这事？真的假的？"周鼎成叫了起来。

"你也没听说过吧。"况且笑了。

"真没听人说过，我在宫里也混过几年的，认识的人也不少，从没有听人说过这事。"周鼎成一脸傻愣。

"要知道真假也好办，哪天咱们按照这图走一遭就是。"况且道。

"嗯，小君前些日子还说想要挖条通道呢，可惜天寒地冻的，根本没法挖，他还后悔的了不得，后悔没在秋天时动手。这倒真是及时雨啊，缺什么来什么。"周鼎成喜出望外道。

"真到了那一步，逃出去有什么用，朝廷会通缉你，除了落草为寇，没地方可以存身。"况且苦笑道。

"也未必，像岭南、云南这种地方朝廷就鞭长莫及。当然海外是最安全的地方，可惜你不愿意去。"

况且不言语了。

"就算他愿意，左姐姐、石榴姐还有孩子们怎么办，这才是他不愿意走的原因吧。"萧妮儿道。

"那都不是问题，别说一家子，真要想走，就算几百号人也能安全出去。当然，不愿意到海外，在内地也一样可以找到安全的地方落脚。"周鼎成道。

况且倒是相信勤王派有这个能力，哪怕他不走，勤王派估计也能把他藏在一个安全地方，一辈子都不会被人发现，但这不是他想要的，他想要的是正大光明地生活在阳光下。

晚上睡觉时，萧妮儿想劝劝他，但看看他的脸色又摇摇头，打消了主意，她知道在这件事上况且是铁了心的，宁死不悔。

对于这条秘密通道，况且只是觉得好奇，却并不是很在意，慕容嫣然曾经当面向他做出过保证，不管怎么说，勤王派还是比单单一条通道可靠多了。

通过一条通道也就是逃到城外，之后怎么逃亡还是个难题，勤王派可是有遍布全国的地下网络，而且成熟可靠。

"你不愿意走就算了，不管怎么样，我都陪着你，不过是不是先让家里人躲到安全的地方去？"躺在床上半天，萧妮儿还是忍不住开口说道。

"你放心吧，事情还没到那一步。我心里有数。"况且道。

"你心里有数就好。"萧妮儿叹息一声，侧身睡了。

第十一章　天降喜事　福兮祸兮

实职指挥使

第二天早上,他正吃早餐时,忽然门房慌慌张张地跑进来,叫道:"少爷,大事不好了。"

况且心头一沉:"怎么了?"

门房上气不接下气道:"少爷,好几十号官府的人,好像是捕快,在外面嚷嚷着让少爷去见他们。"

萧妮儿蓦地起身,差点撞翻桌子:"他们是来抓你的吧,你还是快逃吧。"

周鼎成也站了起来,杀气腾腾道:"你们两人跟我来,我给你们杀出条血路,只要冲出去,外面会有人接应。"

况且两手握拳,心思百转,低声喝道:"镇静,还是先弄明白怎么回事再做决定。"

此时庭院中喧哗声一片,大叫着请况大人出来。

"不好,他们打进来了。"萧妮儿脸上顿时变得毫无血色。

"我出去见见他们。"况且毅然道。

"不行,太危险了,让我出去问问他们怎么回事。"萧妮儿突然间坚定起来，横身拦住况且。

"没事，他们好像不是来抓人的，我能听出来。"

虽然况且没有慕容嫣然师徒那种神念感应能力，耳力却是惊人，他能听得出来这些人的声音里和呼吸中没有肃杀的气流，所以想先出去看看是怎么回事。

况且心里早有准备，即便真的是来抓捕他，他也不会逃，关于被抓这一点他已做了最坏的打算。

"也行，外面好像只有二十几个人，就是有事，我也能把他们杀光。"周鼎成脸上显露出了一股杀气，浑身筋骨立了起来，瞬间好像换了一个人。

况且走出去，看着房门前一个身穿锦衣卫服饰的头领领着二十几个人站在台阶下，人人都佩带腰刀，不过从神色上看倒是没有抓人的气势。

锦衣卫的？难道皇上要下手了，可是这光景又不像啊。

"你们擅闯私人府邸，究竟为了何事，不知道我是什么人吗？"况且大声喝道，把官架子摆得十足，倒也是威风凛凛。

不知是他神威过人，还是以德服人，那些人听到他的喝声，齐刷刷都单膝点地，双手抱拳举过头顶，大声唱和："我等见过指挥使大人。"

况且一下子愣了，这是什么阵势，自己真有这等风采，能把这些人慑服？

"大人，我们是被调遣来担任大人的护卫的。"当头那个首领起身道。

"担任我的护卫？"况且愣了。

此时周鼎成和萧妮儿也出来了，周鼎成还顺手把况且配的腰刀提了出来，随时准备大杀四方，看到这光景，两人也都愣住了。

那个首领从胸前掏出一个牛皮信封，双手呈给况且："大人，这里面是兵部文书，末将也是早上才接到的。"

况且拆开信封上的火漆封印，这是兵部文书特有的封印，其他部门的文书都不会用这种封印。只要封印被破坏，里面的文书就会作废。

圣旨或者密旨一般都是用特殊编织的锦囊，这种锦囊织线紧密不说，还有特殊的手段防止私自拆启。

况且拿出文书，上面的确盖着兵部大印，上面只有几行字："奉圣命，着授寄禄锦衣卫指挥使况且转为实职，即时生效，每日须至锦衣卫指挥使都司当差。"

文书尾部由兵部尚书签署，不是画押，而是实名亲笔签署。

皇上把我转实职了？我真的成武官了？

况且饶是聪明绝顶，一下子也没反应过来，这是他根本没想到过的事。皇上此举是什么意思，难道果真让周鼎成猜中了，皇上想让将来的理学宗师给他当警卫？一介书生去舞枪弄棒？

皇上不会好面子到如此境地吧？

"恭喜大人，这位是夫人吧，末将等见过夫人。"那个首领又向萧妮儿抱拳行礼道。

"见过夫人。"下面单腿跪着的人也一齐喝道，然后站起来伸出手张着："请夫人打赏。"

况且笑了："你们这些人要点脸面好不好，这才见面就要赏钱。"

首领笑道："大人转实职，这可是天大的喜事，末将等当然得讨喜钱。另外啊，大人手面豪阔可是名声在外，末将就等着跟着大人发财了。"

萧妮儿此时真是喜出望外，她原本以为末日降临了，没想到居然是大喜事，当下喜笑颜开："好，好，当然要打赏，当然要打赏，喜钱每人都有份啊。"

那个首领笑道："夫人说好的，外面还有几十号人呢。"

"还有？没事儿，多少人都有。"萧妮儿此时哪里还把钱放在心里，喜事哪里还有怕大的。

寄禄指挥使是一回事，实职指挥使又是一回事，二者可是天壤之别。

按说这的确是天降喜事，可是况且却高兴不起来，他不知道这里面是怎么回事，但他相信这里面一定有猫腻，有他料想不到的事将要发生。

当下这些人都自报家门，那个首领是锦衣卫百户，名纪昌，后面都是总旗、小旗、校尉等人，大致相当于伍什长、什长、伍长，外面候着的当然就是普通的锦衣卫人员，也称为力士，都是从民间精挑细选出来的勇猛健壮、擅长格斗的人员。

况且来不及多想什么，就把外面的人都叫进来，纪昌又率领这些人集体参见况且。

这是一个一百多人的精兵护卫队，况且看着这些健壮的汉子，不管他们会不会武功，这身体的确都是力士级的。

纪昌和总旗、小旗都身着飞鱼服，那些校尉则是斗牛服，力士的服装没有特殊标志，但也非常漂亮，每人都佩戴锦衣卫特有的腰刀，也就是被人羡慕的绣春刀。

况且看着这些人的服装，也是暗暗讶异，按说以这些人的品阶，服装有些僭越了吧。飞鱼服一般只有武官一二品大员才能穿，文官也就是大学士、尚书侍郎才有份，还得皇上特赐，因为这是武将服。

况且以前虽然只是五品官，但因为寄禄是指挥使的空衔，锦衣卫的人员比一般朝廷编制要高一二级，所以得赐飞鱼服是正常的，没想到这百户、总旗、小旗的也都有，斗牛服也是高级武将的官服，却被锦衣卫普及到一般的校尉级了。

当然锦衣卫的编制比常规官军要高一些，就是那些力士都是军官级的，而不是士兵，但即便这样，所着服装也有些过奢了。

锦衣百户是正六品，总旗、小旗、校尉逐级递降，力士则是副九品，属于最底层，却比士兵高许多，更不用说锦衣卫的诸多特权加身，就算是朝廷大员对锦衣卫的人员也是敬而远之。刑部、都察院、大理寺三法司对锦衣卫的特权都是恨之入骨，连带着对锦衣卫人员也没有好印象。

萧妮儿在家里总是预备着一些银子，可是今天还是不够发，就让仆人拿着银票去附近的银庄兑换了一张银票，运回来半车银子。

她和况且简单商量了一下，决定力士一百人，每人赏五十两银子，就是五千两，校尉十人，每人赏百两，小旗五人，每人赏二百两，总旗两人，每人赏五百两，百户只有纪昌一个，赏一千两，一下子就扔出九千两银子。

银子取回来的当口，况且和纪昌正在安置这些人马，每个人都是骑着马来的，而且马匹跟况且在武城侯府里的那些护卫的马匹一样精良。另外，锦衣卫卫士每人还有一匹马，全都养在自己的马场里，有事出京时才能领取。

况且买的房子里有很大的马厩，但放进一百多匹马显然就不够用了，商量后，在这里留下二十匹，其余的还是放到锦衣卫马场里饲养，有事时再去取。

这些人以后就要在这里驻留了，还得安排他们的住宿，好在他们一切都有官家配给，这个倒是不用况且出钱养着。他们不但自己带来了被褥衣装，连厨师厨具都带来了，另外还有专门照料马匹的马夫等等，总而言之，就是一支精简过的小型军队。

况且还是有些心神不宁，他弄不明白这一切是怎么回事，问这些人当然没有答案，他们只是奉命行事，兵部的文书只是正常调遣所需，实则他们是奉锦衣卫都指挥使路行人的命令而来，而且言明是皇上特旨。

"这是怎么回事？"

况且和周鼎成都一副惊呆了的样子，彼此用眼神询问着对方。

周鼎成更是发呆，他也混过内廷，熟知朝廷典故，从来没见过锦衣卫寄禄人员转授实职，更何况是指挥使。锦衣卫一共只有四个指挥使的位置，况且转为实职指挥使，是朝廷增加编制了，还是准备撤换掉哪个指挥使？

在锦衣卫弄个百户千户什么的并不难，只要祖上有功，或者一二品武将大员积累功勋、资历，都有可能让子孙荫袭个锦衣百户。

以况且为例，他是武城侯府的人，武城侯府历代单传，只有袭爵的，没有承继荫袭的，所以几代的荫袭下来，况且当个锦衣千户完全正常，但指挥使还是过高了。

也就是说锦衣百户这类官光靠祖上的荫袭就能得到，千户也不难，可是再想向上一步，熬到指挥使、镇抚使、都指挥使，不是说有多难，而是根本不可能。因为这些人就像宫里的十二监的太监一样，必须是皇上的心腹，不可能凭资历、军功获得。

"别多想了，反正是好事，至少表面看是这样吧。"周鼎成苦笑道。

"表面看是好事，万一隐藏着更大的祸事呢？"况且笑不出来。

"还能有多坏？你想想啊，今天若是皇上派锦衣卫的人来抓捕你，又是什么情况，现在不是天差地别的好事吗？"

"不对，若皇上真派人来抓捕我，还在我的预料之中，可是这件事不对劲儿，完全超出了我的预料。"况且浑身不自在，急得直挠头。

"你还预料自己被抓？"周鼎成倒是惊诧了。

"当然，这是我能料想到的十几种可能之一，可是就是没有预料到今天这种情况发生。"

况且就像跟人对弈一样，穷尽分析对手的一切可能招法，甚至还分析到种种变量，但皇上这一招真如天马行空一般，直接落到棋盘上了。

让对手无招可出，这就是最强大的招数！

这只能说他原来对皇上的分析判断有误，回去后得重新做出分析判断，不然问题会愈发严重，直至失控。

当然，他知道自己无法掌控局势，但是他可以借势，而且有多种势力可以让他借助，这才是他敢于冒险的倚仗。现在，很显然事情的进程提速了，已经进入关键阶段，若想实现愿望，一定不能按部就班，必须出奇制胜。

在他的细致分析里，当今皇上只想当个垂拱而治的圣君，讲究的应该是无为而治，把治理国家的事务都交给高拱、张居正他们来处理，别看徐阶现在还是首辅，实则已经过气，就是个牌位。皇上为何需要这么个牌位，应该是给高拱上位做铺垫吧，将来高拱为首辅，张居正为次辅是铁定的，若不是陈以勤急流勇退，退出这个圈子，三足鼎立的格局就在眼前了。当然陈以勤究竟是真退，还是以退为进，现在无法定论，说不定哪天皇上一份特旨传到内阁，陈以勤即刻上位大学士，完全有可能。

收买人心

嘉靖朝以来,内阁大学士的产生需要六部尚书侍郎公推,再由皇上批准,皇上不直接任命大学士。

看到院子里堆积如小山的银封,还有况且拿出的赏银名单,纪昌等人被吓了一跳,以为自己看错了。

"大人,这个太多了,使不得的。"纪昌连连摆手。

开玩笑,京城上等至中等富裕的家庭,全部家产顶多一万两银子。如果买房置地,用这笔钱投资,足以让一家人舒舒服服过一辈子。

况且现在领的是锦衣卫指挥使正三品的俸禄,细算起来,他全年的俸禄还不够这赏钱的一半。

况且每月领到的俸禄都交给萧妮儿做家用了,虽说俸禄少,但做家用还是绰绰有余的,况且家里人口少,又经常在外面应酬吃饭,所以家里的花费就少了。

三品大员的另外一个好处就是实物配给,上自酒肉牛羊粮食,下至油盐酱醋都有配给,这是明朝实行的官员福利制度,用来补偿过低的官员俸禄。

官员低俸禄是朱元璋开国时期定下来的规矩,从仁宗时代官员纷纷叹息俸禄太薄,可是没人敢修改太祖的章程,一代代继续沿袭这种不合理的制度。

纪昌他们早就听说况且的为人,少年多金,出手豪阔,而且是武城侯的弟弟。不过就算是贵族子弟,这出手也太豪阔了,弄得他们反倒不敢收了。

他们所想的也就是一般的力士每人赏个几百文酒钱,总旗、小旗的每人赏个十两八两的零花钱,纪昌本人没想要赏钱,他身为锦衣百户,而且是一个将二代,也不缺这点银子。

"怎么了,怕有言官弹劾我收买你们?你们现在开始就是我的部下了,我不用贿赂你们吧?"况且淡淡道。

"当然不是，哪有大人贿赂小人的道理，末将的意思是不好让大人这样破费。"

"就是。"总旗、小旗们也有些不安了，见面就给他们这么大的见面礼，这位大人不会想让自己做什么要命的事吧？

"好，咱们说句实在话，你们既然当上我的护卫了，以后咱们可就是祸福与共了，我走鸿运时你们跟着沾光，我哪天要是倒霉了，你们也跟着受罪。是这么回事吧？"况且虽然是文人，可是武城侯是武将，家里住的都是这样的护卫，这些护卫跟主将的关系他可是知道的。

明朝军制，凡主将阵亡，护卫亲兵一律斩首，以免临战时护卫们不战而逃，抛下主将不管。结果造成了另外一种后果，就是临战时，一旦战势稍有不利，亲兵护卫就会把主将拉着甚至绑上马背，逃之夭夭。主将一逃，军心涣散，官兵必然大败。

锦衣卫并非一般的官军，但是这种主将跟亲兵护卫的关系也差不多，一旦主将出了事，护卫们没人能得好。

况且对着一百多号护卫大声道："大家也知道，我来到京城不久，可以说立足未稳，今天这道封命我没料到，而且我在京城没有什么靠山，以后是祸是福我不知道，所以现在不妨说明白了，想退出这个护卫队的人马上提出来，我保证向都指挥使路大人禀明，是我拒绝这人担任我的护卫，责任我来担当。"

"大人既然这样说，我们还是收下吧。"纪昌第一个表态。

没有靠山？立足未稳？骗小孩的吧。

纪昌可是对况且有过了解的，也不是他预料到自己会成为况且的护卫队长，而是因为况且一个秀才，一入京门就被皇上赏了一个锦衣卫指挥使，这事整个朝廷都轰动了，而且极为罕见的是那些没事都要上书的言官们没有一个对此有异议。

所以锦衣卫这些将领们没事就谈论这件新鲜事，他们跟宫里的关系深厚，很容易就打听到，原来况且是武城侯家的二公子，凭借武城侯的历代功勋资历，况且当个指挥使虽然太高了些，不过考虑只是寄禄，也算正常。

过后不久，他们又知道，况且是张居正的幕僚，老师是当代理学大宗师陈慕沙，而且被指定为衣钵传人，也就是说若干年后，况且就是名正言顺的一代理学宗师。

既是功臣子弟，又跟大学士张居正关系紧密，而且还是未来的理学宗师，有这等背景的人在京城恐怕都找不出来，谁能凑齐这几样？当然，亲王郡王的子弟可能比他体面，但实际上那些王爷们的子婿羡慕况且都来不及呢，因为他们的一举一动都处于官府的监视中，稍有异动就会引来皇上的斥责，连出城都必须请示皇上，简直过的是富贵囚徒的日子。

这一路上，纪昌跟手下人介绍了况且的背景，所以这些人对况且现在说的话一句都不相信，还以为况且是试探他们。

况且是真心的，他实在不愿意接收什么护卫亲兵，可是这是实职指挥使的配置，也是武将的特权。文臣就是一二品大员，也没有亲兵护卫，只能自己用仆役来充当，当然他们都有衙门的差役可供差遣，但这些人跟锦衣卫的精兵自然无法相比。

况且不愿意接收这些人，是因为他还是不明白朝廷的意图，这些人究竟是来保护自己还是监视自己的，一旦有事他们会不会成为自己的敌人？按照军制当然不会有这种事，他要倒霉，亲兵护卫也得入狱，可是如果他们奉有皇上的密旨那又是另外一回事了。

但他相信即便有皇上的密旨，知道的估计也只有纪昌一个人，连两个总旗都未必知道，所以他想试试这些人的真心。

在纪昌和两个总旗的带头下，所有人都接受了赏银，这手笔太大了，几乎相当于他们半年的俸禄。

"我等愿誓死追随大人。"

既然接受了赏银，刚才况且又把话挑明了，这些人也瞬间了然，在纪昌的带领下，都单膝点地，大声说道，如同宣誓一般。

况且很满意，一万两银子对他不是小数目，他买这座豪宅不过一万两银子出头。他点头道:"很好,以后大家就是一条船上的人,祸福与共。"

众人的表情并不完全相同,尤其是总旗、小旗等人,第一天见到况且就得当面宣誓,心里不是滋味,倒是那些校尉、力士,一个个都激情奋发,声音震天响。

他们一是被况且的手笔有些吓着了,二是况且先表明心意,让他们有些小感动。至于况且年轻,他们倒是没觉得有什么,贵胄子弟十几岁就当官的多了去了,当然做到指挥使的还没见过,这才见出况且的不凡。

纪昌率先明白过来,这就是政坛上的站队。不管他们愿意不愿意,现在都归到某个人的名下了,也就形成了一个小团体,首领青云直上,他们就跟着攀龙附凤,首领要是被打入地狱,他们也得跟着一起赴汤蹈火。

以前没想到这个,主要是锦衣卫多少年来虽然是清水衙门,却是风平浪静,没有朝廷政坛上那些波谲云诡,但这并不表明锦衣卫能置身政治斗争之外,恰恰相反,内廷、锦衣卫这些皇上私人势力之间的斗争远比外廷文臣之间的斗争激烈无数倍。

大臣们都有各自的小团体,这是每个朝代都无法避免的,比如徐阶、高拱、张居正,现在在朝廷上就已经有了比较明确的团体,哪些人属于某个团体,已经是公开的秘密。

这次况且上书,被人指责为受张居正指使,就是大家认为况且是张居正团体的核心力量之一。

"大人看来是生财有道啊。"领完银子后,纪昌走到况且跟前笑道。

"嗯,我原来在江南做些买卖,还算赚钱。以后我在京城也会做些买卖,只要大家跟着出力,保证每个人都有银子拿。"况且点头道。

"这还用说,出力是应该的,只要大人一句话。"纪昌笑道。

他没太当回事,公侯伯这些世家都做买卖,在各地都有产业,朝廷并不禁止,你剥夺了人家参政议政的权利,还不让人家做买卖发点财?

所以纪昌以为况且说的做买卖,就是武城侯府的买卖。

两人正闲聊着,周鼎成走过来,小声道:"你进来一下,有话对你说。"

况且走进去，却见萧妮儿正捂着心口，一副痛苦的神色，吓了一跳："你怎么了？心里不舒服吗？"

"我心痛得要命，心里发慌。"萧妮儿哭着脸说道。

打造班底

况且吓了一跳，不知萧妮儿得了什么病："心痛？赶紧过来，我给你查查。"

周鼎成笑道："不用查，她是心疼那些银子，我劝了她半天了，没用。"

周鼎成并没有参与商量赏银的事，过后虽然觉得多了些，却还是觉得物有所值，这可是一支精兵卫队，有了这支卫队保护，况且的安全可保无虞。

另外，况且转授实职，身份不同了，变成了真正的朝廷大员，可以说除了皇上，一般人想要动他是很难做到的。

先前他们还对顺天府要借上次的刺杀事件来对付况且有些忧虑，现在估计顺天府彻底偃旗息鼓了，他们没权力动一个锦衣卫指挥使。

"我知道银子不重要，可是一万两银子一下子没了，还是心里难受。这可是一万两银子，左姐姐做生意要赚这么一大笔银子也得不少时间，我这是不是败家啊。"萧妮儿捂着胸口道。

"你也真是的。"况且笑了。他没想到萧妮儿是心疼银子的缘故。

"银子是多了些，就算是扔了也比被抓到诏狱里强吧，另外有这些人看门护院，咱们出来进去的也放心了。"况且道。

"我是这么说的，她就是不听。"周鼎成附和道。

"嗯，听你们这么一说我心里好受多了。对了，我没有动用你的银票，是我自己这两年攒的银子一下子都扬出去了。"萧妮儿道。

况且笑了："原来是花了自己银子的缘故啊，难怪心疼。"

"才不是呢，我不是因为这个。"萧妮儿急忙辩白道。

"你哪来这么多银子啊？哦，是武城侯府给你们夫妻俩的月钱吧。"

"是啊，现在每个月都给的，我一直攒着没用。"

况且和萧妮儿在武城侯府每个月都有月钱，两人加起来每年也有八千两银子左右，比况且这个指挥使的月薪高多了，这些银子况且都让萧妮儿收着，在南京没有花的地方，到了京城也没用，现在倒是派上用场了。

况且给了萧妮儿五万两银子的银票以备急用，早上就是让她动用这笔银子的，没想到萧妮儿把自己的体己银子都拿出来，还心疼成这样。

周鼎成正色道："叫你进来不是说这些，而是我想不明白，皇上究竟是因为武城侯府的缘故这样做，还是另有深意？另外现在外面风声正起，也不是给你加官晋爵的时机，皇上应该知道，为何刻意为之？"

况且想了想道："皇上可能不想这件事进程太慢，我感觉他有个大的布局，而这件事太慢了会影响大局。"

对这次转授实职，况且并不惊喜，相反，他感到的是忧虑。对皇上的真正用意更加警惕。

"若要加快速度，你有好办法吗？你不会忙中出错吧？"萧妮儿又恐慌了。

"放心吧，这事我早有考虑。"况且简单答道。这事一两句说不明白的，而且也根本没法彻底说明白。

"对了，那么多人，中午怎么吃饭啊，咱们是不是还得雇几个厨师再雇些仆人的？"萧妮儿想到这个又头大了。

"不用管他们，他们的事自己都能料理，吃喝拉撒都是自己带来的。吃饭也是他们自己做，不过要占用咱们一些房子，反正空房子很多，足够他们安营扎寨的。"况且道。

"那还好，只是一下子多了这么多人，有些怪怪的。"萧妮儿苦笑道。

"这也是好事，以后咱们出门，有这些锦衣卫的人在周围护着，一般人接近不了咱们了。"周鼎成道。

"那倒是，都吓跑了，哪里还有人。"萧妮儿想到自己最愿意逛街了，再想想一群虎狼似的卫士簇拥在前后，那场面想想就知道有多美了，威武倒是威武，估计不要说路人绝迹，就是店家都得关门，这街还怎么逛啊？

"你说皇上会不会有这个心思？"周鼎成一直皱眉思索着，忽然问道。

"什么心思？"

况且知道周鼎成是内廷事务的行家里手，所以对他的想法一直非常重视。

"皇上是不是清理完内廷了，现在想要加强锦衣卫，然后对外廷来个大清洗？毕竟先前外廷大部分还是先朝的盘底。"周鼎成道。

况且皱眉想了一会，摇头道："不可能，皇上若真这么想也就是想想而已，内廷和锦衣卫的事，皇上怎么想怎么做都可以，外廷就不是皇上一人说了算的地方了。若是原来的三足鼎立不散架，高、张、陈三个人还能像以前对付严嵩那样同心同德，估计还有一线可能，现在三足鼎立散架了，高相、张相都离心离德的，皇上还能靠谁清理外廷？再者说外廷这些人绝不是好惹的，也不是一两个大学士就能搞定的。"

"那皇上此举到底是因为什么？"周鼎成陷入苦苦思索中。

他一向不是干脑力活的人，可是现在他必须得干了，一是对宫廷斗争没有人比他更了解，二是这事可能关系到况且和他的身家性命，不能就这么随波逐流，那样最后怎么死的都不知道。

"难道……赵二哥真的说对了？"况且不是现在思索，而是从他决定要上书前，就一直在思索各种可能。

他把整个局势当成一盘棋，那就是他跟皇上之间的对弈。

跟皇上下对手棋当然过于狂妄，可是况且这么研究不是真的想赢棋，而是想研究出皇上的真正用意，那样他才知道何时能进，如何能退，怎样才能借助各种势力来达成自己的目的。

他曾经用纳甲系统来隔空诊断嘉靖帝的病情，证明的确有效，然而用来推演局势却不行，因为他对政坛局势的了解太少，根本不像他对人体了解得那样周详。对人体，他只凭脉息，甚至脸色声音就能准确判断，最后他甚至能用字迹来推演对方的身体状况，准确率也高得惊人。

不是京房的纳甲系统不适用，而是他不是官家出身，对政坛缺乏全面系统的了解，当然无法把整个政坛代入到纳甲系统里，也就无法推算。

周鼎成一惊道："赵阳？你是说……"

他没有接着说下去，怕隔墙有耳，现在院子里可是一堆锦衣卫的人，谁知道里面有没有具有特异功能的人，锦衣卫本来就是奇人异士集聚的地方。

"对，有可能皇上真是为那件事做准备。"况且点头道。

两人说的就是赵阳第一次见到况且给他透露的关于皇上想要设立一个机构，全面负责朝廷的海外贸易，这个机构要低于六部一阶，却又不能太低，锦衣卫指挥使的级别恰好。皇上真的因此授予况且锦衣卫指挥使一职吗？

况且上书后，皇上迟迟不表态，他对赵阳这番话的可信度产生了怀疑，不过从今天这件事来看，似乎又有了些可能。

既然要建立一个机构，当然就要打造班底，现在皇上可能就是先送他第一个班底，以私人护卫的名义。

"你知道，指挥使可是要轮值内廷的，也就是说能够贴身接近皇上，这样的人都要历史清白，查明祖上八代的。皇上现在给你转实职，不可能不详查你的身世，这就说明皇上对你的事可能你比自己知道的都多了。"周鼎成又想到一个不妙的地方。

如果严查况且的祖上几代，况家跟勤王派的关系不可能藏得住。如果查明了这些还重用况且，这个重用是不是致命的陷阱真就难说了。

"你们都说的是什么啊？我怎么一句也听不懂啊。"萧妮儿听得满头雾水。

"不管怎么样，咱们恐怕真的要做两手准备了。"周鼎成忧虑道。

"什么时候都得做两手准备。对了，小君这王八蛋哪儿去了，不会冰天雪地的真的去挖洞了吧？"况且忽然想到小君了。

小君一直后悔没有在秋天开挖一条秘密通道通到城外，况且和周鼎成都没当回事，反正这家伙说的远比做的多，不过这么多天没见他的影子，倒是有些奇怪了。

"我明天去看看他，弄明白他在瞎忙什么。"周鼎成笑道。

正说到这里，忽然外面传来一片大喝声："什么人？"

"大胆，居然敢乱闯私宅？"

随之又传来"哎哟""扑通"等物体落地的声音。

"怎么了，出什么事了？"萧妮儿霎时手脚冰凉，脸上血色全无，手捂着心脏，差点倒下。

也不是说她胆小，这半天时间发生的都是想不到的事，心再大、神经再大条也有些受不了。

"没事，不会有事的。"

况且也不知道外面出了什么事，好像是有人硬闯他的府邸，难道刺客又来了，可是刺客不应该是这种作风啊？

"我出去看看，你们先别出去。要不你们先去内宅躲一躲。"周鼎成急忙道。

此时外面又传来两声娇叱声，随之，更多的扑通声传来，听上去好像一排排的物体被推倒在地上。

"是她们？"况且三人齐声惊喜叫道。

第十二章　打脸护卫　立威收心

严重打脸

"坏了！"况且大呼一声一头冲了出去，大声喊着："别打呀，住手住手，都是自己人。"

"大水冲了龙王庙了，都是自己人。"周鼎成也跟着箭射般冲出去。

况且冲到门外，还是迟到了，那场面实在没法看。

院子里躺满了刚给他配发的私人护卫，就在他大喊的当口，慕容师徒两人犹如虎荡羊群一般，把最后几个力士如稻草人似的撂倒了。

小姑娘看见况且无恙，神气活现地道："你没事啊，那就好。"

况且捂着脸，指间露条缝道："我能有什么事啊。"

慕容嫣然没能完全明白状况，出于本能，大喊一声："保护公子！"

小姑娘这时候也听话，冲上台阶，站在况且身边。

躺在地上的纪昌等人急了，他们以为这两个中青结合的女子是杀手，欲来刺杀况且，刚才的对话他们根本没听到，已经被打傻了。

"保护大人。"纪昌拼尽全身力气，居然站了起来，趔趔趄趄向况且冲来。

周鼎成急忙冲过去扶住他："纪将军，别急，是自己人，自己人，自己人啊。"

纪昌不顾一切冲到况且身边，突然发现自己身上飞鱼服的两只袖子不见了，他转身一看，跟在身后的总旗、小旗跟他一样，凡是穿飞鱼服的两只袖子都没了。

你别说，飞鱼服卸了两只袖子，还真有点像乌龟服呢。见此情景，跟在况且身后的萧妮儿忍不住哈哈大笑起来。

还锦衣卫呢，今儿这脸给打的，简直不成样子了！

慕容嫣然仔细看了看况且，一根汗毛都没掉，就住了手。

"自己人，都给我听明白了，院子里的人都是自己人，赶紧停下来。"况且大声喊着。

况且也是欲哭无泪，这是什么事啊，皇上刚给自己配了一支精兵卫队，还没派上用场呢，就全被撂倒了，飞鱼服全都变成了乌龟服。假如真的是敌人冲进来，这卫队有什么用啊。

他终于明白周鼎成惧怕慕容嫣然的原因了，实在是太剽悍了。

其实慕容嫣然已经是手下留情了，在没弄清状况前，她并不想在京城大开杀戒，尤其是在况且住处，血流成河不是什么好事。若是在野外，这些人现在就不是躺在地上，而是统统魂赴冥府了。

"怎么回事，他们是干吗的？是不是他们把你的家给强行占了？"小姑娘还是转不过这个弯儿来。

况且府上一向清净，突然多出一百多名锦衣卫的人，还会有什么好事？何况这些人平素飞扬跋扈、无恶不作。

"自己人？"躺在地上的卫士一个个都站了起来，他们只是被一股冲力撂倒，伤的并不重。听到况且这话，真的有大哭一场的心。

"慕容前辈，这些人是朝廷派给我的卫队，他们以后负责我的安全。纪昌，这两位也是保护我的，我家里怕我一个人在京城不安全，所以请她们二位保护我。这位是慕容前辈，这位是我妹子。"况且给纪昌还有其他人简单介绍了一下。

慕容嫣然木然点点头，她对锦衣卫的人一向厌恶，此刻也不便说什么。小姑娘则气冲冲怼了况且一句："谁是你妹子，我就是保你的命而已。"

况且苦笑道："对对，两位先请进屋吧。"

慕容嫣然也不说话，带着徒弟进屋了。

况且走下台阶，看看纪昌等人，一摊双手苦笑道："都怪我晚了一步，你们还都好吧，没伤到哪吧，用不用我给你们瞧瞧？"

"不用，我们给大人丢脸了。"纪昌强忍住泪水，这个脸丢大了，一百多号人被两个女人轻松撂倒，这要是传出去，锦衣卫的脸往哪里搁，他们会成为整个京城的笑料。

"这不算丢脸，老实跟你们说，别说你们这些人，就是再加上十倍，只要不动用火枪火炮，都不是这两位的对手，一样都得躺地上。"周鼎成笑道。

"这么厉害？"纪昌等人瞠目结舌。

况且看看这些人身上并没有伤势，知道慕容嫣然手下留情了，也就放下心，笑道："你们继续，回头我找个机会，大家一起坐下喝杯酒就过去了，今天这事谁也不许传出去。"

一个总旗苦笑道："大人，这事谁会传出去啊，太丢脸了。"

周鼎成笑道："嘿嘿，兄弟们千万别这样想啊，用不着想不开，大内那些侍卫大家都知道吧，随便挑一个，单挑你们这些人也没问题。"

纪昌等人点头，这倒是真的，皇上身边有一些大内高手，究竟有多少人他们不知道，只知道都是些异人，打人根本不用靠近你，隔堵墙就能把你震死，所谓隔山打牛，可不是传说。

刚才他们彻底被打蒙了，怎么被撂倒的到现在都没回过味来，摸摸这摸摸那，感觉不是被拳脚撂倒的。这样一想，心里更怕了。

"你们先收拾一下，继续做你们的事，我得回去跟那二位说明一下情况，以免以后发生误会。"况且道。

"大人请吧。"纪昌躬身道。

况且给周鼎成使个眼色，让他继续安抚这些如梦初醒的人。

屋里，萧妮儿正陪着慕容嫣然师徒说话，尤其是小姑娘跟萧妮儿并肩坐着，手都挽在一起了，像姐妹花似的。

"这是怎么回事，皇上怎么突然要给你转实职了？"慕容嫣然听萧妮儿说了些情况，一时间还无法消化。

"我也不知道怎么回事，早上他们带来兵部文书，说这是皇上的旨意，应该不会有错。皇上这样安排的目的是什么？恐怕真的只有天知道。"

按说一个新晋锦衣卫指挥使转授实职，消息一旦传出去，应该宾客盈门才对，谁不想巴结巴结新贵。可是现在况府门可罗雀，这就说明大家还处在震惊中，没弄明白怎么回事，没人敢贸然登门拜访。

文官们对锦衣卫又恨又怕，但并不妨碍他们跟锦衣卫私下结交。文官集团整体上与宦官集团也是水火不容，可是私下里，能巴结上宦官的都是六部以上的大臣，小官们根本巴结不上。

况且把兵部文书递给慕容嫣然。

慕容嫣然看过之后，满脸愁绪，勤王派在宫廷里密布耳目，还有几个能接近龙榻的人，可是居然一点消息都未能得到，足见皇上对此事谨慎到了何等地步。

况且无话可说了，自己不知道内情也就罢了，就连张居正张大人也没有得到任何信息，不然他不会一声不吭。

"皇上派来卫士到底是保护你还是软禁你？"慕容嫣然沉吟道。

"皇上若是想惩罚我，直接下旨抓捕就行了，我的罪名是现成的。何至于绕这个圈子？"况且分析道。

"嗯，你的分析有道理，不过防人之心不可无，看来我们必须在你这儿安营扎寨了。"慕容嫣然苦笑道。

"欢迎之至。"况且躬身道。

"师父，咱们真要在这儿住下啊，我可不愿意跟一个色鬼……"小姑娘不愿意了。

"胡说。"慕容嫣然斥道。

"好了，妹子，你跟姐姐住一起吧，让他住外面，不许到里面来。"萧妮儿笑道。

"嗯，那还行。"小姑娘想了想，勉强答应了。

况且心里连连叫苦，这三两句话就把内宅给占了，自己被禁足主卧室，也太霸道了吧。

"外面光一个人不行，必须再找几个人贴身保护你，对皇上的人还是不要太相信。"慕容嫣然一点也不敢松懈，说道。

"就是，这些菜鸟还保护别人？我一个人就统统把他们灭掉了。"小姑娘挺挺胸脯哼道。

"他们只是一般的护卫，哪里能跟二位相比，像贵师徒这样的高手，天下也找不出多少吧。"况且说道，这话也不纯粹是恭维，绝顶高手绝对不会太多，皇上身边估计也不超过十个吧。

锦衣卫如果都是她们这样的高手，就不用数十万大军镇守边关了，几百个就能把塞外的游牧民族赶回去了。

"这话还中听。"小姑娘满意地点点头，好像况且是她的小跟班。

萧妮儿给况且使眼色，意思让他先忍着，小姑娘的工作她慢慢来做。况且心领神会，他不忍着怎么办，总不能摆出什么公子的身段吧，何况他还不知道这"公子"能值几何。

"先不用找人，我看有二位就足够了。这些人虽然武功不怎么样，至少可以在外围形成拦截，再有二位贴身保护，应该没问题。"况且道。

况且只是顺着慕容嫣然的话说，他认为不会真有狗血剧情发生，什么人疯了，敢公开刺杀锦衣卫的新晋指挥使，那会遭到朝廷不死不休的追击。

若按况且的心意，所有的保护都没有必要，真要有人处心积虑地想置他于死地，这些保护措施可能都会落空。

俗话说：有千日做贼的，没有千日防贼的，任何防守都有松懈的时候，而且也都有漏洞可钻，这世上就没有天衣无缝这回事儿。

"先听你的安排，不过这件事我得马上报上去，这不是一件小事，谁知道背后有没有阴谋。"慕容嫣然沉思道。

外锦与内锦

慕容嫣然匆匆离开，去找最近的联络点汇报情况。

小姑娘留了下来，防止再有意外发生。

"你们放心吧，有我在，天塌下来都不怕。"小姑娘自信满满道。

况且和萧妮儿不仅连连点头，而且挤出了满脸笑容，以示热烈赞同。

况且心里可不这么认为，当初在凤阳，他、周鼎成还有这位小姑娘遭到护祖派一个绝顶高手攻击，那时候也就是等死的份儿，若不是有意外的助力，他活不到现在。

他当然不会揭这个短，否则以后永无宁日。退一步说，那也不是小姑娘的错，实在是实力悬殊。

况且之所以对小姑娘格外容忍，首先是她保护过自己，而且两人有过共生死的剧情，这份情谊难能可贵，其次她的性格爱憎分明，与自己的心性十分吻合。

想到这里，他不禁推想，当初的那几个护祖派的高手究竟高超到了何等境界，自己面对强大的敌人，前景也不是很妙啊。好在他们后来去向不明，再也没有现身，但是这两个门派不会只有那几个高手，该来的还会再来。

"妹妹，走，咱们里面去，我可是有不少好吃的。"萧妮儿拉着小姑娘向里面走。

小姑娘听说有好吃的，两眼放光，顿时把况且的安全扔到一边了，跟着萧妮儿快步走进内宅。

况且出来察看纪昌等将士的安置情况，却见一个个坐在厢房的大厅里，都跟霜打的茄子似的，低着头不说话。

"这是怎么了，又没死人，怎么都这个德行？"况且冷冷道。

"大人，我们实在是感到羞愧难当，抬不起头来啊，这辈子还没这么丢脸过。"纪昌见况且进来，急忙起身，拱手苦笑道。

其他人也都站起身，躬身道："见过大人。"

"诸位在家里不用多礼。大家都听好了，今天这事谁也不许再提，就当没发生过。我告诉你们，这世上奇人异士多的是，你们今天遇到了也算是一种福分，开了眼了。你们是锦衣卫，不是大内侍卫，职责不同，薪水也不一样啊。"况且淡淡道。

"大人，您是说那二位是大内侍卫那个级别的？"纪昌听到这话，简直就跟听到喜讯一般。

若是输在高于大内侍卫的人手下，就不是耻辱，简直是荣耀了。

他们在宫门外值班，有时会遇到大内侍卫，不过却没有机会接触，那些人高高在上，比皇上的威严差不了多少，看他们的眼神就跟看一群小老鼠似的，他们并不气恼，毕竟真的不是一类人。

"这两位，与大内侍卫应该是不分高下吧。"况且含糊其词道。

"那不得而知，大人，您在哪里请来的这等高人啊？"一个总旗跟着惊叹道。

况且摊摊手，摆出一副无奈的架势道："还不是家里的老娘不放心，非得找两个高手来保护我，你们说我能有什么事，根本用不着这个，可是也没办法。"

"嗯嗯，这是当然，大人清名在外，谁能昧着良心害大人啊，不过嘛，有人保护更安心些。"纪昌道。

听了况且的解释，这些人又跟打了鸡血似的兴奋起来，刚才居然被两个天下绝顶高手打了，简直是想不到的好事啊，至少有的吹牛了。

不过他们马上就想到了况且的嘱咐：今天的事不许传扬出去。

算了，不吹牛就不吹吧，反正怎么说也是挨打的事，还是不说为妙。

心情平复后众人继续干活，虽说房舍马厩都是现成的，可是一下子进来这么多人，还都是军士，无法马上搞定，马厩得扩大，食堂得先弄一个，原

第十二章 打脸护卫 立威收心

来的太小了，两排厢房都腾给了他们，况且的几个仆人都被挤到一个耳房住大通铺了。

院子里划出一个练武场，卫士每天必须打熬气力，拳脚刀枪的功夫不能撂下。

况且不管这里了，回去跟周鼎成继续商议内宅如何安置慕容师徒的事宜，不知这两人有没有什么怪癖，都需要安排些什么。

周鼎成对慕容师徒的生活习惯一无所知，只好等慕容嫣然回来再做安排，至于那个小姑娘，况且是想想就头疼，还是别去触霉头的好。

午饭时，护卫在厢房里就餐，况且让他们从库房里搬了十几坛子好酒，一头白条猪，一头白条羊还有米面油盐这些物事算是犒赏。

开饭时，况且和周鼎成都过来，陪大家喝了几杯酒，说了些闲话。

"对了，路大人还让末将给大人捎个话儿呢，说是衙门那儿您想哪天去报到都行，不急，反正现在也没有事做。"纪昌这才想起这件要紧的事。

上午连忙活带被打，他晕头转向的就把这事忘了。

"嗯。"况且答应了。

不过他心里疑云更多了几朵，既然锦衣卫衙门里无事可做，何必增添他这么个样子货的指挥使？

"大人，您每天去衙门或者出行时，我会派二十个人跟着您，另外还有二十人休息，第二天轮班保护您。府里面，每天也是二十人值班巡逻，另外二十人跟他们轮换值班，剩下的二十人，就是把守内外门户，还有在府邸里巡逻。您看这样是否可以。"纪昌说出了自己的初步安排。

"你怎么安排都行，这事不用请示我，另外内宅你们坚决不能踏入一步，那两位高人就在里面静修，若是打扰了她们，我也保不了你们。"况且道。

"一定，大人放心，给我们多少胆子，也没人敢进内宅一步。"纪昌笑道。

这倒不是因为他们惧怕慕容师徒，在值守宫门时就有这个规矩，锦衣卫只能值守宫廷里的外围，里面有嫔妃宫女住的地方，相当于一般人家的内宅，锦衣卫不得踏入一步，否则立斩无赦。

宫廷里也有内外之别，内宫的防守全部由宦官担任，当然还有一些特殊人员可以进入，比如皇上身边的侍卫、御医，一些术士奇人等等。

也就是说宫廷里面还有一个内锦衣卫，这是明朝特有的"厂"的来源，东厂西厂是由宦官组成的"内"锦衣卫，他们的地位比"外"锦衣卫要高很多。

"我看大人拉车的马很一般，所以留下了十匹好马专门给大人拉车。"纪昌讨好道。

"这个……好吗？"

况且心道，自己那几匹马可是花了高价买的，哪儿不好了？不过他得承认，跟军马尤其是锦衣卫人员配置的马匹比，自己在马市买的那些马的确差了很多，可是他又不是田忌，不搞赛马赛车，要这么好、这么快的马有什么用？

纪昌笑道："这有什么不好的，这些马就是配发给咱们用的，老实说，运到马场里人家还不高兴呢，不光得费草料养着，还得有人专门每天骑着溜，他们巴不得每一匹马都由咱们自己照料。"

况且点头，既然不违规就行，他可不想还没上任几天就被人告发自己滥用公权。

"唉，你们都有配马，我怎么没有啊？"况且忽然想到这一点。

"大人，您得配车，文官是配发轿子，武官自然是配马车了，可能还没配发给您呢。"纪昌道。

"对了，大人，您会骑马吗？"一个力士大胆问道。

"骑过一次，总算没摔下来。"况且笑道。

"那就不错了，第一次骑马，基本都得摔下来，没摔过上百次就不算会骑马。"一个校尉也大胆笑道。

"周大人会骑马吧？"又有人问周鼎成。

周鼎成在宫廷圈子里还是很有名的，锦衣卫中有不少人知道他，至今还是很有名号，主要是因为他是武当派的杰出弟子，还在宫廷出入多年，被这些人认为是自己人。

第十二章　打脸护卫　立威收心

"我也会,不过很少骑,我倒宁愿它骑我,我扛着一匹马跑也比骑着马跑得快。"周鼎成道。

"真的?"纪昌有些不敢相信。

"怎么不信?要不哪天咱们去郊外试试,五十里路,你们随便选好马,我扛着一匹马跟你们比。"周鼎成道。

众人你看看我,我看看你,有些不相信,却又不敢质疑。先前那两个看似弱不禁风的女人,竟然秋风扫落叶般把他们这些"勇士""力士"稻草人似的撂倒。想到这些,一个个都闭嘴不说话了。

武当派最出名的绝技有两个,一个是四两拨千斤,另一个就是轻功。至于太极拳,跟武当派真的没有关系,或许是跟戚继光的戚家拳法有很大关联。

"大人是不是也有绝技啊?"

气氛活跃起来后,这些人的惧怕心理也减轻很多,一个力士问况且。

"有啊,写字背书。谁想跟我比都行。"况且笑道。

这些人霎时间都蔫了,谁跟他比这个,他们都知道况且不但是贵胄子弟,还是江南四大才子之一,跟他比写字背书,简直是自讨没趣。

"这个难度太大了?要不咱们比喝酒。"况且又提出一个选项。

"喝酒?"这些人顿时跃跃欲试了。

拼酒立威

周鼎成笑道:"你们这些傻小子别被他骗了,跟你们实话说吧,别说你们,就是你们的马也喝不过他,他是真正的千杯不醉。"

纪昌笑道:"嚯嚯,周大人,您小瞧我们了吧,千杯不醉的锦衣卫里也有。孙武,该你显能耐了。"

"大人,孙武在此。"一个校尉站了出来。

"上，你陪大人尽尽兴。"纪昌终于露出了得意的神色。

"得令！"

孙武走到况且跟前，躬身道："大人，卑职奉命陪大人尽兴。"

况且笑道："免礼，要比酒就是对手，把心态先放平，没有大人和属下这一说，只有对手。纪昌，今天他就不用值班了。"

"是，大人。"纪昌躬身道。

一看这架势众人全都兴奋起来了。况且的小身板怎么看也不像能喝酒的人，锦衣卫的人心理上占了优势，但他们也知道人不可貌相，酒量这东西更是不好说。

一般来讲，拼酒拼的还是身体，首先拼的是胃，第一要能装得下，第二要能耐得住酒精，这就需要强壮的身体来进行快速新陈代谢，年轻人代谢快，酒量自然就大一些，除非是对酒精过敏的人。

"一碗一碗的量没趣，你就说吧，最多能喝几坛子。"况且指指酒坛子。

周鼎成急忙道："别，这可都是美酒，不能让你们糟蹋了，要拼酒就用一般市面上的酒。这可都是二十年以上的陈酿，还是留着慢慢品吧。"

"二十年以上的？"

纪昌等人眼睛都直了，他们都是好酒之徒，只要不值班，不在宫内值宿，总是聚在一起喝酒。十年陈酿一年也就喝个十次八次，还得有人请，不然喝不起。

这二十年以上的陈酿得多少银子一坛啊，酒徒们一个个眼睛发亮，开始流哈喇子了。

大明朝有民间酿酒的习俗，陈酿并不算太稀罕，可是民间小作坊酿出的酒数量有限，一般是自产自销，很少流到市面上，市面上流通的都是大酒坊酿制的酒，存量不会很多。

"纪昌，这两坛是五十年的陈酿，况大人有心特地留给你的。"周鼎成指着其中两个颜色特别深的酒坛子道。

"多谢大人。"

纪昌很想把这酒搬回家去，一坛子和家人慢慢品尝，另外一坛子得请一些亲朋好友尽兴，也算是一种夸耀吧，可惜不行，名义上是送给他的，得跟手下弟兄们分享。

锦衣卫的配给里也有酒，这是冬天的配给，别的季节就没了。不像况且四季都有美酒配给。

十几个力士搬来六坛子配给的酒，都是市面上买来的普通老酒。

况且拍开一个酒坛子的泥封，然后捧起酒坛子就开始喝了起来。

所有人眼睛瞪圆了憋着一口气，静悄悄地看着他，喝酒饮大碗的不少见，直接吹坛子的还真没见过。

况且一口气把一坛子酒喝干，然后把坛口倒过来，果然一滴酒都没有淌出来，然后他把酒坛子轻轻放在桌上，笑道："孙武，该你了。"

孙武有些傻了，他的确比别人能喝，在整个锦衣卫也算名气不小，可从没这样喝过。况且招呼他，他竟然有点畏惧了。

"孙武，你看什么，喝啊，大人都喝完了。"纪昌感觉不妙，可是不能直接认输啊。

"就是，孙武，别装孙子，赶紧喝，这是军令。"旁边的人也开始催促，都是看热闹不怕乱子大的心态。

孙武无奈，只好捧起酒坛子开始喝，他的喝相就没有况且那样潇洒干净了，喝得嘴边淌酒，把衣襟都湿透了。

"唉，糟蹋了糟蹋了。"周鼎成皱眉咂嘴道。

纪昌等人觉得脸上讪讪的，这也没办法，用坛子喝酒，还像用碗喝那样干净不淌酒，真的做不到。

"大人能喝多少，您给透个底儿。"一个总旗溜到周鼎成跟前，小声道。

周鼎成道："多少？没底。明白了吧。"

"没底？"

听到这话，所有人都傻眼了。酒量没底儿这还怎么比啊。

"傻小子们，跟你们说你们不信，现在知道厉害了吧？"周鼎成得意地笑道。

孙武换了十多口气才把一坛子酒喝完,然后身体有些发软晃荡,脖子渐渐渗出粉红色。

"这就是你们说的千杯不醉?"况且有些怀疑地看着纪昌。

"这个……大人,那个只是比喻,他平时真能喝这么一坛子的。"纪昌有些难为情道。

众人不由泄气了,拼酒也没这么拼的,上来就是吹坛子,别说酒,就是凉水也喝不下啊。

"大人,我还没输。"孙武挺了挺身子说道。

"好,那就继续。"

况且又拿过一个酒坛子,拍开泥封,像上次一样一口气喝光了。

"孙武,认输吧。"纪昌急忙叫道。

"不,大人,我还想试试。"

孙武性子很倔强,他先扶着桌子站稳了,然后想法调匀呼吸,跟况且似的拍开泥封,捧起酒坛子开始喝,这次还不如上次,喝到一半的时候手一软,酒坛子"砰"的一声掉到地上,摔成碎片,孙武本人也一下子趴在了桌子上。

两个力士上来扶住孙武,再看孙武两眼发直,人已经醉死过去。

况且过来把两个药丸塞进孙武嘴里,然后道:"扶他回屋睡觉吧,两个时辰后他就能完全醒酒了。这是我自己研制的解酒药。"

"大人还有解酒药?"一个总旗叫道。

"是啊。我本来就是个大夫,现在还兼着御医呢,你们不会不知道吧。"

纪昌等人面面相觑,他们还真不知道。

况且来到京城,起点太高了,一下子就是寄禄指挥使,又是张居正的幕僚,一般人的目光都盯着这两个身份,御医反而很少有人知道。

"大人还会医道?"一个小旗惊道。

"他会医道?这么说吧,京城里所有御医来个排名,他总能进去前三就是,这还是谦虚的说法。"周鼎成撇嘴道。

"大人,您既是才子,还是御医,您还有什么不会的吗?"纪昌苦笑起来。

"有啊,骑马我就不行,不过哪天我练练,然后再跟你们比试比试。"况且道。

"得,大人,您不能全占了啊。"一个小旗叫道。

"怎么着,怕我抢了你们的饭碗?"况且道。

众人哄堂大笑,不过他们现在对况且也是服了。在他们心目中,况且是个神秘的角色,一接触觉得挺随和,再接触发现不对,神秘感更强了。

第一特别富有,而且大方,一万两银子玩似的就拿出来赏,京城里能随手拿出一万两银子的人家很多,可是随便这样赏的却不多。

第二身边居然还有大内侍卫级的高手做保镖,还是女人!现在又发现他酒量没底,居然还有另外一个身份——御医。

御医是什么,那是给皇上、娘娘们治病的,御医品级并不高,可是地位优越,谁也不敢得罪。话说人吃五谷杂粮,谁没有个病痛?得了病要是能请到御医给治病,那就是天大的福分,可惜他们都没这个福分,给他们治病的是军医,医术也很高明,可跟御医还是没得比啊。

现在的御医不像国初时那样了,弄不好就被皇上砍头,现在连皇上和娘娘们对御医都很敬重,病治好了重赏,治不好只能怨自己的命不好,却不能治御医的罪,毕竟皇上也讲究文明治国啊。

"大人,您已经是御医了,怎么还当我们的指挥使啊?"纪昌笑着问道。

"我哪儿知道,你问皇上去。"况且一摊双手道。

"这个……末将实在做不到。"纪昌苦笑起来,他问皇上?连内廷的门他都进不去。

众人又是哄堂大笑。

"闲话少叙,我现在喝了两坛子了,还有没有人想要接着拼酒?"况且大声道。

众人你看看我我看看你,没人应声,这个便宜谁都不敢占。

拼酒没这么拼的,这就是车轮战了,可是车轮战能赢吗?要是一百多人分别上来车轮战,或许还有赢的可能,可是那样还要不要脸了?那还叫拼酒吗?

"大人,还是别拼了,我们认输。"纪昌爽快认输。

"那就好,你们继续慢慢喝,初来乍到的,不用急着当班,我这儿一向风平浪静,不会有什么事。"况且说完就跟周鼎成出去了。

"你这个下马威不错,既立了威又不伤和气。"回到正房大厅里,周鼎成笑道。

"这是一群刺头,能收服他们的心,就能为己所用,若是不能收服他们的心,光靠军法立威早晚都是个麻烦。"况且坐在椅子上道。

他是存心的,既然皇上送给他一个班底,如果他不能彻底收服,那就说明他无能,就不堪大任,他也就输了。

他把这一切看成是在跟皇上下对手棋,不是想赢,是因为根本赢不了,但他必须自己做活,不能莫名其妙地被吃掉。

对他而言,能够继续在京城存活下来,不用逃亡海外,他就算赢家。

其时虽不是明朝鼎盛时期,但是承平已久,没有荒涝灾旱。对普通人而言,生存虽然也不容易,却总能活下来,对他却是截然相反,灾难随时有可能发生。

第十三章　身份之谜　谋反之忧

文人将兵

况且蓦然一拍桌子，愤然道："岂有此理，这算怎么回事，本公子居然还带上兵，当上武官了？"

他真的很愤懑，一向以文人自居，应该过才子风流的逍遥日子，怎么会跟军人武夫扯上关系？现在他的家竟然成了军营，他还成了锦衣卫的上层人物。就是做二十年的梦，他也不会梦到有这一天！

他对锦衣卫并无偏见，就像他对宦官没有偏见一样，严嵩是文人领袖，可是他对国家造成的危害不比刘瑾、魏忠贤少，危害或许还更大。

锦衣卫跟刑部、各省衙门的捕快差役也没有好坏之分，好坏都是相对的。另外锦衣卫人员特别干练，地位超然，特权很大，这些确是实情，但究其实质，只是执法内涵不一样罢了。锦衣卫可以说上通下达，既保护皇室的安全，又拥有对天下民众的执法权，权力似乎是没什么限制。

因此，加入锦衣卫是一种荣耀，作为国家级卫队的锦衣卫，社会地位是相当高的，后世对锦衣卫的看法很糟糕，主要是受文人笔墨的影响。

多少代下来，锦衣卫机构有些臃肿了，主要是公侯伯贵族，还有各个时期达官显宦的弟子荫袭的缘故，官多兵少，不过荫袭的官员大多是闲职，没有实际职务，介于寄禄和实职之间，很多人占着锦衣卫的编制，却没有实职所享有的权利和职能。

周鼎成笑道："你本来就应该带兵的，尤其是你想去海外开拓一片乐土，没有兵没有将哪来的乐土？那不是给海盗和倭寇送钱送人头吗？再者说海外那些人本来也是你的，可惜他们是听调不听宣，只是保护你，却不肯效忠你。"

"海外那些人有多少，势力究竟有多大？"况且问道。

"具体的我也不知道，听说势力很大，你想啊，敢跟沿海八大海盗家族硬拼，势力小的话早就被吞掉了。听说他们有二十几条船，上万人马，还占了不少地盘，他们要是肯忠于你，人员、地盘都是现成的，乐土马上就成了家园。"周鼎成道。

况且摇头，心里想着：人家拼死拼活打拼几十年创下的基业，凭什么拱手让给你？就为了一个所谓的大义名分？

大义是什么？况且不知道，那些人估计也不清楚，就是清楚也未必肯忠于这个虚无的大义。他还是得从头做起，一点一滴的积累。

"你说皇上给我转实职是不是已经摸清我的底细了？"况且幽幽地道。

"那是当然，宫廷内职必须摸清祖上八代，这是规矩。但你不一样，可能连爷爷辈的事你都不知道，再上几代连名讳都弄不清，按说这履历没法写啊？皇上怎么可能授你实职指挥使？"周鼎成想到这个问题也有些迷糊了。

在给兵部的履历中，他只是写了父亲、祖父的名讳，职业都是医生，籍贯就是苏州，当时也就是随便一写，因为上几代的事他不知道。他还问过张居正，张居正说不要紧，随便填上就是了，兵部那里他会去说一声。

本以为履历不清，肯定不会过关，他巴不得如此，那样的话，就可以直接退回南京了。没想到竟然顺利通过，皇上还直接给他封了寄禄指挥使，现在又转成了实职。况且感觉自己身不由己地进了一个套子，一个光辉灿烂的套子。

"或许是有老夫子、张大人给你背书吧。"周鼎成排解道。

陈慕沙跟嘉靖、隆庆父子两个都有很深的交情,书信往返一直没有断过,况且是陈慕沙的衣钵传人,皇上能信得过他应该就是因为这个,另外他是张居正的幕僚,张居正当然会给他背书。

"还有魏国公。"况且道。

"魏国公?"周鼎成倒是没想到这个。

况且告诉周鼎成,魏国公在给皇上的奏章中有这么一句:"况且忠诚如赤子,保无异心。"他当时还奇怪呢,现在想来魏国公的这句话,应该是对皇上垂询时做出的答复。

但皇上也有可能就是用这些来麻痹对手。这是况且暗自的想法。

周鼎成思忖道:"我想啊,主要是你有武城侯府二公子的身份,魏国公担保一个功臣子弟,一点也不奇怪。"

"国公大人的担保事出有因,老师和他的关系是关键,主要还是皇上向他垂询了。"

况且苦笑起来,他一直疑惑不解,皇上为何要拉他这个文人加御医进锦衣卫?这恐怕就和他武城侯府二公子的身份有关了,功臣子弟带兵每朝都如此。

"这些问题还是别去想了,我的脑子已经成糨糊桶了。"周鼎成叹道。

况且点点头。他和皇上下棋,那边有正式的非正式的各种信息来源,他这里啥都没有,信息严重不对称。

这盘棋太难下了。

皇上有遍布全国的政府衙门,有各地的镇守太监,更有其他一些非正式办事人员,比如江南织造、各地皇商等等,这是他没法比的,他现在最重要的信息来源只有张居正那里。

张居正的信息对他是完全公开,没有任何保留,不过那里的信息量不大,最重要的部分应该掌握在高拱手里。自己是不是应该去高拱、徐阶那里串串门,趁机多弄到一些各地的信息?他如此想着。

锦衣卫也有一套自己的信息网络，他既然成了指挥使大人了，应该可以接触到一些，但锦衣卫的信息网络主要是针对京城和直隶辖区，其他省份的信息微乎其微。

他正想着这些，慕容嫣然回来了。

"前辈回来了。"况且和周鼎成上前迎接。尽管慕容嫣然一向非常尊重况且，况且却从不敢以公子自居，那样的话，慕容嫣然就会不爽了，估计他离掉脑袋也就不远了。

"嗯，上面传下话来，皇上心意还是难测，咱们还得做最坏的打算。"慕容嫣然神色比较沉重。

"上面是哪些人，是天师教主这个级别的吗？"况且问道。

慕容嫣然苦笑道："公子，你就别套话了，我真的不知道。上次我被召去，见到了上面几个人，却只是见到他们的影子，根本不知是谁。"

"影子？"况且和周鼎成都是大惊。

以慕容嫣然的功力，就是隔着一条街，也能清晰察知一个人的相貌，在一个屋子里聚集居然看不清那些人的面目，难道世上真有影子人不成。

"他们不会是特殊生物影子人吧？"况且问道。

慕容嫣然失笑道："公子想象力太丰富了，这世上哪里有影子人。"

况且可不这么认为，既然千机老人能把影像和声音侵入到他脑子里，这世上出现任何怪事他都相信。

"那次会议都商议了什么事？"况且问道。

"是非常重要的事，不过现在还只能对公子保密，没到说的时候。"慕容嫣然歉然道。

"为什么？是因为我级别太低，还是我不值得信任？"况且觉得受到了轻视。开口闭口公子公子的叫着，还不如叫愚人更准确一点。

"不是，我们所做的一切都是为了公子您的安全，不告诉您实情，也是为了保护您。"

"保护我？什么都不让我知道就是为了保护我？有这么个保护法

吗？真当我是三岁小孩子不成？现在皇上对我的情况可能都比我自己还清楚，我却一切都蒙在鼓里，这就是你们所说的保护？"况且爆发了。

他一直以来都克制着、忍受着这一切，今天实在是忍不了了。欺人太甚了！

周鼎成吓得不敢说话，只是低着头扳弄手指。

"请公子相信我，我不告诉你，是因为我没有这个权利。"慕容嫣然也很无奈。

"那究竟谁有这个权利，给我和他安排一次会见吧。"况且道。

"我可以汇报上去，能不能见就不知道了，我估计那个人是不会见您的，现在时机还不成熟。"慕容嫣然解释道。

"为什么？什么时候时机才算成熟？等皇上惩罚了我之后吗？"况且瞪大了眼睛问道。

"我做什么事都是奉命，从来不问为什么，我只能做自己权力范围之内的事。对我来说，所有的为什么加起来最后还是一个原因，那就是奉命行事。"慕容嫣然叹道。

她心里同样有怨气，自从到了北方，她就觉得受到了排挤、压迫，远不如在南方那样自如，甚至感觉北方这些人把她当作外人来对待。

她的怨气一直积压在心里，无处消解，若不是使命在身，不是保护况且这几年有了些感情因素，她早就抬腿回江南了。

况且叹了口气，说来说去都是白说，只要他无法见到最顶层的人，永远无法知道事情的根由，也就无法揭晓他的身世之谜。

一直猜下去，一直等下去，人会终老的呀，真的要千年等一回吗？

"不过上面对你这次的任命也有一种猜测。"慕容嫣然突然道。

"是什么？"况且问道。

"驱、虎、吞、狼。"慕容嫣然一字一顿说出这四个字。

话说宁王

"驱虎吞狼？"

况且听着这四个很霸道的字从慕容嫣然嘴里说出，却是充满了阴谋的气息。

"谁是虎？谁又是狼啊？"他问道。

"这只是个比喻，就是让咱们和护祖派斗个你死我活，然后朝廷坐收渔翁之利。"慕容嫣然道。

"这个？前辈想象力也太丰富了吧，勤王派和护祖派都是江湖门派，皇上没必要插手江湖事务吧？"况且哑然失笑道。

"公子有所不知，许多年来，咱们和护祖派同样是朝廷的眼中钉肉中刺，咱们和护祖派一直死磕，而且相争不下，谁也灭不了谁，朝廷乐得装着看不见，让你们玩。其实呢，朝廷想管也管不了。"

"朝廷管不了？"况且听不懂慕容嫣然的话，也不相信有朝廷管不了的事儿。

"这里不是说话的地方，咱们进里面谈吧。"慕容嫣然听听周围的动静道。

周鼎成道："前辈放心，外面那些人虽然有几个练家子，可功力有限，听不到咱们的动静。"

"我不是防着屋外的人，是防着大门外有人偷听。"慕容嫣然道。

"怎么，周围有人监视我？"况且讶然。

"我还没有发现，不过没发现不能说没有，皇上既然把你转为实职，事情就变得更复杂了，还是小心为妙。"慕容嫣然道。

况且心里暗笑，他自己本就是阴谋论者，凡事凡人都往坏处想，没想到慕容嫣然比他还要偏执，起码可以加上一个狂字。

几个人进入内宅，在内宅和外宅之间的大门口，已经有两个锦衣卫护卫在站岗。

"给大人请安。"

"不必多礼,你们干你们的。"况且挥挥手就进去了。

他没说不用他们站岗,既然来了这么多人,不用白不用,如果拦着他们什么都不让干,反而会引人怀疑。

"目前宅子里面的人应该没有问题。"进入内宅后,慕容嫣然忽然说出这么一句。

"哪些人?"况且一下子没反应过来。

"就是皇上给你派来的护卫队啊。"慕容嫣然淡然道。

"前辈怎么知道他们没问题?"况且纳闷了。

"他们若是有问题,就会有动作,然后统统变成了死人。"慕容嫣然冷峻道。

况且和周鼎成相互看了一眼,四目中流动着酸楚。心道:难道两位把纪昌百十号人打倒在地的时候,还趁机查明了他们的内心?不然何以保证里面没有异心者。

"前辈会读心术啊?"况且忍不住问道。

"没有,若要查明一个人心向着哪一边并不难。"慕容嫣然道。

况且不再问了,再问下去脑筋就要抽筋了。

"这些人的底细很快会查清楚,公子暂时可以大胆用着他们,这些小鱼小虾翻不起大浪。"慕容嫣然道。

况且点点头,不再问了。

他忽然明白了慕容嫣然的意思,可以肯定,这些人里面没有护祖派的奸细。他们既然是皇上派来的,当然都是皇上的人,不过他们还是会听命于况且,除非皇上另外还有交代。

"师父回来啦。"听到慕容嫣然的声音,小姑娘和萧妮儿两人迎了出来。

"回来了。"慕容嫣然道。

"师父吃饭了吗,我们可是吃完了。"小姑娘嘻嘻笑道。

"你们吃什么了？"况且凑上前问道。

"要你管。"小姑娘给他一个大白眼。

况且冲萧妮儿做个鬼脸，讪讪笑笑，看来萧妮儿给小姑娘做工作的成绩实在不怎么样，小姑娘对他还是一脸的不屑。

来到内宅中间的一个厢房里，慕容嫣然这才坐下，显然她认为这里足够安全，能够避开外面可能存在的耳目。

"前辈吃饭了吗？要不要我让他们安排一下。"况且问道。

"不用，我一天不吃饭也没事，再说也没心思吃饭。我要跟你说的都是绝密，决不能出这个屋子，甚至尊夫人也不能知道。"慕容嫣然正色道。

"好吧。"况且没有心理压力，他的事没告诉萧妮儿的多了去了，有的事他即使说出来也没人相信。

"在正德年间，我们曾经有一个最好的机会，那就是宁王造反的时候。"慕容嫣然抚弄着桌上的空茶杯，想了一会才慢慢说道。

"什么最好的机会？宁王造反跟咱们有关系么？"况且问道。

"如果没有咱们，宁王根本不敢造反，就凭他三个卫的亲兵，连中山王府都打不过，还想对抗朝廷？也可以说咱们才是宁王造反的最大推动力。"慕容嫣然苦笑道。

这段历史有记载，宁王是贿赂太监刘瑾和锦衣卫都指挥使钱能，才得以恢复亲王三个卫的护卫亲军，他起家也是靠这三个卫的兵力。慕容嫣然的话有道理，就凭三个卫的人马起兵造反，的确是很不靠谱的行为。

明代军制实行卫所制，以卫为单位，一个卫的兵力大约五千五百人上下，也就是一个旅的兵力，三个卫一万五六千人马想要造反，太自信了也太自不量力了。朝廷果真要用兵的话，可以聚集百万大军，仅京城的御林军、禁军就有七八万人，更不用说各地精锐剽悍的边军。

然而宁王起兵后，却如秋风扫落叶般，几天间就占据了江南数省，一时间朝廷上下人心惶惶，都以为成祖"靖难"一幕又重演了。

这段历史在勤王派里也是绝密，慕容嫣然能知道这个是因为她是勤王派江南组织的重要人物，不过这也是勤王派历史上的一个污点，所以很少有人提起。

"宁王起兵后，很快就扫荡了江南数省，这些地区一直是由咱们勤王派掌控的。"慕容嫣然接着道。

"咱们还掌控了一些府县？"况且惊讶地叫道。

"公子，你不知道的事多了，你根本不知道咱们的力量究竟有多大，这么说吧，只要下定决心，就凭咱们勤王派，现在也能拿下江南。"慕容嫣然很骄傲地道。

况且震惊得说不出话来，能拿下江南，那就是半壁河山，而且是最富庶的地区。朝廷每年的收入大部分来自江南……粮食、食盐、绸缎和瓷器等物品。

"这个……"站在门边负责警戒的周鼎成也被震的浑身发麻。

他是勤王派的人，对勤王派这段历史却一无所知，对勤王派的家底更是根本不清楚。

"那时候朝廷已经慌了手脚，做好丢掉整个江南的打算，南京城戒严，不许任何人出入。尽管地动山摇，中山王府却一兵不发，全力戒备，因为王府知道无法抗衡咱们和宁王的合力打击，已经做好固守南京待援的准备。"

况且听得热血沸腾，他倒是没想到勤王派还有这么大的能量。

明武宗年纪小，又受了刘瑾等人的教唆，做出太多荒唐事，比如因为自己姓朱，所以天下不许杀猪，没事就领着一支部队到塞外跟鞑靼大战几百回合，等等。至于修建豹房，荒淫无度，事情当然有，但也不乏文人夸大其词。

不过当时朝政废弛，丑类盈朝，民怨沸腾，这些倒是真的。尤其他归还宁王三个卫的亲兵建制。宁王拿到这三个卫的亲兵后，就发力"起义"了。

文献上看到的都是表面文章，今天他才知道里面还有暗黑内幕，勤王派居然是宁王的最大靠山。

"后来呢。"况且知道宁王最终还是失败了,叹口气问道。

"本来这计划是非常好的,有把握助宁王夺取江山,我们跟宁王有盟约在先,最重要的一条就是他登基后全面废除永乐帝对建文诸臣宣判的罪状。咱们就不用再潜伏在地下了,可以光明正大地浮出水面,效力于朝廷。"

"真的吗?我从未听闻过此事。"况且道。

"盟约具体内容我不知道,这些是听我师父讲的,毕竟是五十年前的事了,我还没那么老嘛。"慕容嫣然笑道。

况且乐起来道:"您当然不老,我要是有姐姐,一定像您这样。"

慕容嫣然笑了,要是别人敢这样说,下一刻就是人头落地,不过况且这么说,她倒是觉得很受用。

"公子说笑了,要是令堂还活着,倒是可以跟我姐妹相称。"慕容嫣然道。

况且的记忆里已经没有母亲的印象,他对此很是疑惑,按说当时他的记忆应该能保存下来,儿童只有四岁以前的记忆可能随着长大慢慢消失,母亲去世时他至少应该五六岁了。

不过他记忆里有一大块被禁封住了,他能感觉到那块记忆,却无法打开,就像一个密封的盒子。

"后来怎么样?"况且收拾起黯然的心情,继续问道。

"后来这计划突然被叫停了。"慕容嫣然道。

"叫停了,被谁叫停了?"况且讶然。

"这我就不知道了,能叫停这计划的人当然是握有最高权力的人。"

"可是,这计划难道不是那个人谋划的吗?起码也是他批准的吧。难道是他反悔了?"况且不解。

"公子还记得咱们当时对郑家的追杀吧?"慕容嫣然话头一转,忽然说起这个来了。

"当然记得。"况且永远不会忘记那段日子。

"我当时奉命杀掉郑家所有兄弟,这命令就是他传达的。"慕容嫣然指着坐在门口的周鼎成道。

"的确,是我的话。"况且谨慎,没有用"命令"这个敏感词。

"然后,也是突然被叫停了。这两件事大小虽然不成比例,在意义上却是一样的。"慕容嫣然饶有深意道。

谋逆之罪

况且呆住了,他听得出慕容嫣然的意思,辅助宁王造反的计划是他祖上叫停的。按年代来算,应该是他祖父或者曾祖父。

拥有最高权力的人?

他不解,他的祖上难道也拥有过最高权力,还有慕容嫣然的话中之意是他也一样拥有最高权力,可是他有什么权力啊,连个知情权都没有,还枉谈什么权力,简直是笑话!

况且心里咒骂一声。不过,这是慕容嫣然出生前发生的事,她也是听师父或者师父的师父说的,可靠性不是很大。

"前辈为什么跟我说这件事,这事跟今天的事有关系吗?"

况且是绝顶聪明的人,一下子就抓住了其中的要害。

"公子果然英明,这件往事跟皇上对你的任命没有太大关系,但跟我昨天被召去参加的一个绝密会议有关。"慕容嫣然道。

"难道咱们的人又准备帮着哪位亲王造反?"

况且想了想,现在也没有哪个亲王有造反的资格,再者说如果真是如此,历史岂不是被重写了?大明历史清清楚楚,宁王之后再无亲王造反。

当然历史也有断片的地方,史料记载只不过是真实历史的万万分之一,只能大致勾画出历史发展的轨迹,还有附着在这些轨迹上的人物和事件。他无论读过多少当朝史料,也不会知道还有勤王派助宁王造反这码事,因为根本就没有记载。

"不是，因人成事的教训已经足够了，咱们不能再依靠别人了。"慕容嫣然道。

"那这次是咱们自己动手造反？"况且的心一下子沉到底了，瞬间浑身冰凉。

这可不是闹着玩，一旦起兵造反，必然生灵涂炭，赤地千里，天下人都要遭受灾难。

勤王派有造反的实力，这个不假。因为组织里的人大多是道教和佛教信徒，宗教的力量是非常强人的，比如天师教在江南就有最广泛的教众，武当派在两湖拥有上百万的忠实教民，南京大相国寺更是江南丛林领袖，教众有多少几乎无可计数。如果这些力量整合在一起，可能就是数百万的造反大军，攻城略地自然不在话下。

说实话，朝廷也没办法，治理偌大的国家要花费巨大的人力财力，大明朝的治理也就到县一级，乡镇以下没有设立官制，百姓只要按时完粮纳税，一切自便。

"不行，这绝对不行。"况且站了起来，头晕目眩的差点晕倒。

"公子小心。"慕容嫣然赶紧伸手扶住他。

"这些人都是什么人，他们在哪里，我要去找他们当面谈，一定要阻止这计划。"况且急了。

他不可能不急，这已经不是关乎他个人和一个家庭的事，而是天下众生的祸福。心怀天下也许不敢自夸，但战乱意味着什么？那是比十八层地狱还要惨烈的情景。

"公子莫急，这计划还没有成型，不过您刚才的话很重要，我会传给上面的人。"慕容嫣然道。

"只是传给他们，不能直接阻止吗？"况且叫道。

"不能，这里的事很复杂，我没法跟您说清楚，不过只要您坚决反对，这事成的希望就不大。"慕容嫣然道。

况且苦笑，他快被憋死了，他真的受不了慕容嫣然这种大喘气的说话方式，总是吞吞吐吐，既让他知道一点，又不让他完全知道，这不是卡脖子憋死人的节奏吗！

"希望不大，就是说还是有可能成？"况且焦虑万分，心头燃起了熊熊的怒火。

"有可能，不过等计划完全成型，要启动的时候，您随时可以下令阻止。"慕容嫣然道。

"现在不可以阻止吗？"

"现在只是初步意向，并没有计划。"

"那就把这个意向完全杀死，急刹车！"况且凶狠地道。

"没那么简单的，这里面……"慕容嫣然又吞吞吐吐起来。

"很复杂，是吧。"况且接了半句。

听慕容嫣然说习惯了，他都能猜出她要说什么了。

"哈哈，的确如此。公子英明。"慕容嫣然被他逗乐了。

"您别捧我了，赶紧跟我说说，我怎么才能把这个意向或者计划完全杀死。"况且急不可耐。

他不想做忠臣烈士，也不想做谋反叛逆的人。可以说，这是关乎天下民众生死祸福的大事，说是关乎国家民族气运的大事也不为过。

况且突然怪笑了一声。他想到了自己给皇上上书这件事。

言官们弹劾他是乱臣贼子，是大逆不道，那不过是文人伎俩，蓄意上纲上线。谁也想不到，他背后还真的有人想要谋反。

坐在门口的周鼎成听着听着，人已经傻了，身上冷汗直流，他自命是江湖中人，在江湖中打打杀杀那是本分事，可是要公然起兵造反，那就是另外一回事了。

他这才明白慕容嫣然为何小心又小心，不敢在外面谈，一定要在内宅深处谈的原因，这些对话要是被外人得知，不出两个时辰，外面就得被御林军箍水桶了。

"这些话本来一个字都不能让您知道的，我这已经是违规了。"慕容嫣然道。

"您放心，除了我们三个人，再不会有人知道一个字。"况且道。

开玩笑，这种事一旦外露，那是真正的抄家灭门的大罪，到时候就连武城侯府、老师，甚至魏国公、张居正都会有脱不了的干系。

况且此时被吓得有些魂不附体，相比之下，皇上对他用意如何已经不重要了。在他完全不知情的情况下，一项谋反计划已经在悄悄酝酿，关键是，他还是什么最高权力者！这都是什么事啊！

"这些人是怎么想的，他们的脑子进水了吧！"况且气急败坏道。

"哦，不是，他们的脑子聪明着呢，或许比公子您就差那么一点吧，至少比我聪明多了。"慕容嫣然道。

况且苦笑。他想象不出这群人造反的景象，但他知道这是极有可能发生的。陈友谅、朱元璋也都是打着明教的旗号来招聚民众，只是最后太祖朱元璋收获了全部果实，并且反手把明教打翻在地。

过后，开始大肆屠戮功臣，未必没有根除明教影响的原因，否则如此大规模屠戮功臣毫无道理可言。这些功臣，如常遇春、徐达、蓝玉等人都是明教上层人物，朱元璋还是徐达拉进明教的，由此可见朱元璋心事之一二。

他不想当另一个朱元璋，他梦想的只是将来有一天到海外开拓一些无人的岛屿，然后把这些岛屿打造成人间乐土，在这个过程中，不会有太多人受到伤害，却也可以让更多的人收获幸福。

他也知道这梦想近乎虚幻，完全实现的可能性不大，但这的确是他真实的梦想，人人都有梦，这就是他的梦。

"前辈，既然您被他们请去参与了此事，就一定要想办法把这事扼杀在萌芽状态，不，绝对不许露出地面，连萌芽也不许有。晚辈代表天下生民拜托了。"况且站直了身子，然后肃容向慕容嫣然行礼。

"别这样，我绝不敢受公子大礼。"慕容嫣然急忙扶住他。

"公子宽厚仁义，我早就知道，如若不然，也不会甘愿在您身边几年。这事并不要紧，现在最要紧的还是公子的安全问题。"她又说道。

"我的安全没有问题啊。"况且道。

"不是没有问题，而且必须确保没有任何问题。您不是挂念天下苍生吗？那就好好保护自己，有您在，一切还都可控，如果您有个三长两短，这天下就要大乱，一切都将失控。"慕容嫣然忧虑重重道，她似乎看到了什么可怕的场景，语音有些发颤，脸色更是蓦然间有些苍白。

"我？我，不在了，天下就要大乱？"况且指指自己的鼻子。

"对，您就是关乎天下大治还是大乱的人，如果有一天您真的出了事，天下就要大乱，沿海倭寇骚扰、塞外鞑靼南侵等等，百姓如何安生？"慕容嫣然沉重地道。

"为什么？我怎么会有这么重要？我怎么就不知道呢。"况且直接蒙了。

周鼎成此时走过来说道："前辈，以前我听说他若真的出了事，江南会大乱，怎么现在连北方也要大乱吗？"

慕容嫣然苦笑道："那是在江南时说的，其实意思就是天下大乱。魏国公为什么保护您，他也感觉到了，所以不敢让您受到伤害。"

况且脑子里一团乱麻，彻底迷失了自我，他此时真的不知道自己究竟是什么人了。

难道自己是金娃娃？

就是金娃娃也关乎不到天下的大治与大乱吧。

驱虎吞狼

况且彻底迷失了自我。他从来不知道，也不相信一个人会如此重要，竟然会关系天下兴衰，而且这个人还是他自己。

还有还有，千机老人为何主动找上他，为何在凤阳显露神迹，把护祖派和阻碍他的高手一网打尽，然后挪移到了九霄云外，而且还在他手腕上留下两道兵符，身上留下画符。难道也是"关系天下兴衰"这个原因？

他还记得千机老人说帮助他是因为可以借机窃取天运，他当时不明白，现在也不明白，为何帮助他能窃取天运，而且想到这些虚无缥缈的事情，他的脑袋就更大了。

"您也不必多想，只是记住一点，任何时候都要记住，您的性命是最要紧的。"慕容嫣然道。

况且明白，这是慕容嫣然对他的委婉规劝，显然她上面的人对他一头闯进京师这个死地是有意见的。他父亲当年也说过，不希望他走科举之路，不希望他做大官，现在想来，好像也暗含着不让他到京城的意思。

"前辈放心，晚辈虽然不是惜命的人，却也不想随随便便丢了这条命。"他笑道。

他想起当初被挪移到凤阳时，他的父亲和妹妹连夜就被绑架似的转移走了，也许有一天，这一幕会在他身上重演，那时候可能就不是他愿意不愿意的事了，既然他的命如此重要，那些人岂能让他自己选择生死，就是绑架也要把他绑架走吧。

此刻，他脑子里乱成了一锅粥，根本想不清楚任何事。

"对了，前辈说的皇上用的是驱虎吞狼招数，这是怎么回事？"况且重新回到这个具体的问题上。

"这只是上面的人的初步分析，也不知是不是这样，不过朝廷对咱们始终不放心也是有道理的，现在对朝廷构成威胁的就数咱们了。"慕容嫣然道。

"护祖派不是也很强大吗？"况且问道。

"那是假象。近百年来，护祖派之所以能跟咱们分庭抗礼，是因为咱们的人必须隐藏在地下，不能公开活动。他们手中有成祖遗诏，不仅可以公开活动，而且有时还能借助官方力量。如果大家都掀翻桌子，他们根本不够分量。"慕容嫣然道。

"咱们真有这么厉害？会不会是自我感觉啊。"况且讶然道。

"若不是这样，岂敢有谋反之心？"慕容嫣然饶有深意地一笑。

"有多大的力量也不能谋反，现在的朝政说不上多好，至少不是很差吧？乱世民不如太平犬，这个道理谁都懂的吧。"况且说道。

"您既然这样想，那就好好活着。"慕容嫣然笑道。

"我当然会好好活着，谁不想好好活着？只是万一哪一天我真的出了事，也决不能让您说的那些事发生，我能不能做点预防工作？"

"预防工作？"慕容嫣然没有听懂。

"就是我写下点什么，就当是命令吧，哪怕有一天我出了事，不许咱们的人生事造反，我现在也是有儿女的人，我不想他们活在战乱的年代里。"况且道。

"这个就由不得您了，您得活着才有可能掌控这一切，若是您真的出了事，就会陷入全面失控的混乱状态。"慕容嫣然道。

况且颓然坐下，不再言语了。

自打进入京城，他已经把自己置于死地，他是想置之死地而后生，可是他从没想过自己的生死还关乎天下治与乱，关乎万兆生民的祸福。这如何是好，难道他要为了保命，必须逃跑不成。

一时间，他失去了对自己、对周围乃至对整个世界的真实感，觉得自己活在梦里。在真实世界里，这一切都不会发生，不要说别人，就是历代皇上驾崩了，朝廷还是朝廷，只是换一个皇帝继位而已，不会有太大的震动。

他感觉自己面对着一个无底的黑洞！不过听了慕容嫣然的话儿，他倒是隐约感觉出勤王派这个组织的庞大与隐秘了。

"皇上现在重用你，目的是一石二鸟，想要你站在明面上，这样护祖派就会疯狂攻击你，我们只好跟护祖派全面开战。这样的话，朝廷一是可以观察到我们的动向，二是可以趁机查明我们潜藏暗中的人员和组织结构，最后在我们灭掉护祖派的时候，再下重手对付我们。这就是咱们的人分析出的皇上的驱虎吞狼计。"慕容嫣然道。

"难道就没有别的可能了吗？"况且虽然无法察觉皇上的用意，却感觉不会是这样。

另外他脑子里一片混乱的同时，心里却还保留着一块清明之地，这块清明之地在帮他保持清醒的理智，判断是非。

"的确是有别的可能性，这是咱们的人做的比较坏的分析，这个分析的前提是皇上已经洞察到你的背景来历。另外一种分析就比较简单，也比较乐观了。"慕容嫣然道。

"什么分析？快说说。"况且终于盼来了轻松的时刻。

"这一切也有可能是武城侯府的意图。武城侯府并非一般的侯爵府，武城侯祖上是立过大功的，当初本来应该封国公，可是第一代武城侯用国公的爵位换来两个侯爵的爵位，而且都是世袭罔替的。你不是推掉一个侯爵的爵位吗，那么这个指挥使有可能是武城侯府背后运动的结果，可能用什么给你换来的吧。"

"你是说，这是我大哥帮我换来的位置？"况且再次蒙了，豪门怎么就这么多事的呢。

"锦衣卫指挥使必须是皇上的亲信，这个……可能用什么都换不了吧？"周鼎成此时大胆建言道。

他对宫廷锦衣卫的官制比较熟，也有发言权，不像况且，对什么事都是发蒙。

"武城侯就不是皇上的亲信了？知道他们为什么在南京吗，就是为皇上看住魏国公的，或者也可以说是牵制中山王府的一支力量。"慕容嫣然道。

"皇上用武城侯府牵制中山王府？"况且有些不敢相信了，这两家和他关系非同一般，他却从来没有这个感觉。

"那是当然，中山王府坐镇江南，皇上真的就那么放心吗？我看不见得，至少有个牵制力量存在，皇上才能睡着觉。这就是帝王用心，深不可测。而且，武城侯府跟皇上的关系也不像表面那样简单。"

况且在苏州、南京看到的只是中山王府一家独大，真还没看出有任何的牵制力量，不过武城侯是南京五军都督府的左军都督，的确有相当大的军权，中山王府也不可能全无顾忌。当然这只是一种特别的防范，对于中山王府来说，无论爵位、富贵都达到了巅峰，就是造反也没有太大的意义，龙椅并不是每个人都渴望坐上去。

但从帝王管理天下的角度来讲，达到了巅峰决不能放任某一方、某一势力坐大到令朝廷鞭长莫及的地步，有所防范也是应该的，帝王术规则的第一条就是不相信任何人。

"今天说得太多了，这些也未必准确，还是看今后事态如何发展吧。不过他们已经同意我住在这里贴身保护你了。"慕容嫣然道。

"劳驾前辈了。"况且欠身道。

"劳驾谈不上，只要公子愿意接受我的保护就行。"

况且和周鼎成退了出来，让慕容嫣然自己静修。

第十四章　雪人点睛　上司登门

东窗事发

来到院子里，却看到萧妮儿、小姑娘和几个丫鬟正在堆雪人尽兴。

她们堆的雪人可就高级了，雪人的脸上都用口红、腮红化妆，身上还披着她们找来的旧衣服，眼睛处也勾画得栩栩如生。

"妹妹，好兴致。"况且看着她们，心里感到一种说不出的轻松，于是走过去搭讪道。

"谁是你妹妹。"小姑娘又呛他一句。

况且也不恼，一个原则，反正脸皮厚点、再厚点，你看着办吧。

"妹妹，你这个眼睛画得不像，我帮你修改一下。"况且过去要她的画笔。

"谁要你帮我修改，你不要自作多情！"小姑娘尽管这样说，还是把画笔递给了他，然后后退了半步，那意思是给况且让位。

况且上前运用点睛之术，几笔就勾画出一对漂亮的眼睛。

"这这这……"小姑娘愣住了，这双眼睛好熟悉啊，那么好看，却不好意思开口夸赞。

"哈哈，妹妹，这不是你吗，你还别说，他画得真像！"萧妮儿大叫起来。

小姑娘突然有点不自在了。其他几个丫鬟都在一旁憨厚地笑着，捂着嘴，不敢作声。

小姑娘到了室内就摘下面纱，不过脸上依然罩着面具，这是非常高级的面具，除了表情有些呆板，一般人真还发现不了那是面具。

不过不管怎么遮掩，那双眼睛还是藏不住的，况且就以这一双美目勾画出了她全部的精气神，所以整个雪人都跟她相像起来。

雪人原是毫无生气的，现在有了这一双眼睛，顿时有了生气，真有如活人一般。

小姑娘原想骂况且几句的，可是她也看呆了，怎么也骂不出口。

"公子号称诗书画三绝，果然画技了得。"慕容嫣然的声音在背后响起。

"师父，他笑话我。"小姑娘听到师父的声音，回头对师父娇嗔道。

"这怎么是笑话你，你也知道的，能让公子亲自画肖像画的很少啊，可惜这是雪人，没法保存下来，要不然也是艺术品。"慕容嫣然道。

"师父，您还向着他说话，我不依。"小姑娘撒娇道。

"好了，好了，哪天你让他好好给你画幅肖像画做赔偿就是了。"慕容嫣然哄孩子似的道。

"我才不让他画，他打着画画的旗号接近李香君，结果把人家骗到手了。他是大坏蛋。"小姑娘跺脚道。

"这个，妹妹是误会了吧，香君不是我骗到手的，是别人主动送给我的。"况且急呼呼解释道。

"送给你你就要啊，你都有妻有妾了，还要别的女人，就是贪得无厌，登徒子。"小姑娘激愤道。

登徒子？几个丫鬟懵了，怎么还有这个说法。

她们的印象里况且可是不苟言笑的，比道学家还死板，也就是见到夫人才有说有笑，对她们很客气，却没有年轻公子喜欢勾引丫鬟的毛病，她们还巴不得况且真是登徒子呢，至少自己地位能提高些吧。

况且给萧妮儿使个眼色，就是请她解围。

萧妮儿冷哼一声，却还是跑过去拉起小姑娘的手笑道："妹妹，他还有这个手段啊，来，咱们到屋里喝着香茶，嗑着瓜子，你慢慢说给我听。"

况且对慕容嫣然一抱拳道："前辈自己随意找地方安歇，房子多得是，我去前面看看那帮护卫们。"

说完，他逃跑似的飞快溜出内宅。

慕容嫣然蔼然一笑，然后却注目看着况且画的那个雪人的眼睛，她也说不上，这里面有什么东西竟然打动了她。

公子还真是个性情之人！

况且买的住宅是三进的格局，第一个大门进来的一进已经被亲兵卫队占据了，那里的正房是他待客的地方，他日常起居只能在二进了，但也还是外宅，三进才是内宅。

一出内宅，况且就整整衣衫，故作严肃问两个站在门口的护卫："外面没什么事吧？"

"没事，大人。"

"大人安心，什么事都没有。"

况且"嗯"了一声，继续迈步向前。

"兄弟，你东窗事发了，看来那个小姑娘是揪着李香君那事不放了。"周鼎成跟在他后面，幸灾乐祸道。

"这算什么东窗事发，不过我倒是纳闷，她们怎么知道的那么清楚？"况且想不明白。

"她们的手段多了，这一点并不难做到，就像你不是能听到整个府邸的动静吗，她们是把这种听力转化为视力了，不仅能听到，还能看到。当然这跟耳力没有关系，是另一种能力。"周鼎成解释道。

来到他在外宅的书房坐下，况且先拿起一壶酒，对着嘴喝起来。他现在需要这东西镇静一下，慕容嫣然刚才的一番话几乎掀翻了他的世界观和人生观，价值观都在摇摇欲坠。他依然处在一种眩晕状态里，心绪杂乱。

"你不用太忧心，前辈那句话是对的，你必须好好活着。别的走一步算一步，见招拆招吧。"周鼎成劝道。

他对这里的内幕也是丝毫不知，拿不出什么主意来帮况且解心疑，只好这样劝说。

况且点头，这里面太多事他都想不明白，只能以后慢慢找机会弄明白，他也没法向别人请教，这些事都是绝密，连对陈慕沙都不能说，否则就是害了别人。

"对了，你还没吃饭，我去给你弄点吃的。"周鼎成道。

"不用了，你去看看那些人安置得怎么样了，我静一会儿。晚上去张大人那里拜访一下，听听张大人对这件事的分析。"况且道。

周鼎成点头出去了，况且已经交代他看紧这些亲兵护卫，防止他们关键时刻闹什么幺蛾子。现在有了慕容嫣然坐镇，倒是不怕这些人搞什么鬼。

老实说，他对这些人还是不能完全放心，在没有摸清皇上的用意前，这些人他也得防一手。

不一会儿，周鼎成又折回来了，小声道："有人来登门拜访了。"

"谁？"况且笑了，看来有人不再观望风色了。

"你的顶头上司，锦衣卫都指挥使路行人。"周鼎成笑道。

"哦，开中门迎接。"

况且急忙换上官服、官靴，戴上官帽，然后出去到大门外迎接。

他走出去的时候，纪昌等人正在列队准备迎接客人，这是锦衣卫特有的风格，两排护卫，一色的制服、一色的绣春刀，作为仪仗队的确威武，难怪皇上喜欢锦衣卫在宫门前当仪仗。

大门打开后，路行人不等况且出去，就大踏步走进来，拱手笑道："允明老弟，恭喜，恭喜啊。"

况且急忙上前，躬身道："不敢当，大人亲自登门，这里安顿好了，我本该先去拜访大人的。"

路行人是坐马车来的，带了一队护卫，这些人不用况且招呼，纪昌已经安排人去招待了。他们原本也都认识，很多人都有交情，相互打着哈哈，说些趣事，倒是没有丝毫的拘谨。

路行人和况且并肩走到台阶上，向后看了一眼，然后大声道："你们这些小兔崽子以后要尽心伺候好况大人，有你们荣华富贵的那一天，要是伺候不好，就等着军法处置吧。"

纪昌在台阶下躬身道："谨记大人嘱咐，绝不敢不尽心公事。"

"嗯，知道就好。"路行人说完，这才跟况且进入正房大厅。

"我说老弟，你这里气氛不对啊。"他看着空荡荡的待客大厅说道。

"怎么了？"况且吓了一跳。

"你现在可是京城最瞩目的新贵了，早就应该宾客盈门，怎么如此冷清啊？"路行人问道。

况且嘿嘿一笑，也不说话，心里明白这等老狐狸什么事看不明白，他这样是明知故问。

"哼，一群王八蛋，平日里自诩铁骨铮铮，关键时候都当墙头草，这时候了还看什么风向，难道皇上的意思还不明朗吗？"路行人忿忿然道，似乎在为况且抱不平。

"皇上什么用意，请大人指教，老实说我也还蒙在鼓里呢。"况且诚恳请教道。

"老弟，你这就是揣着明白装糊涂了，皇上一下子就把你转为实职指挥使，将来要擢拔的话怎么做，当然是接替我这个都指挥使啊。"路行人哈哈笑道。

"不会吧，大人，我可以发誓，绝没有觊觎大人之位的意思。"况且急忙表白。

"老弟，这不是你想不想的事，也不是我想不想的问题，这个位置太重要了，只能由皇上来定夺。你不用多心，我占着这个位置时，皇上就跟我交代了，只是个过渡，将来另有任用，这位子终究会是别人的。"

况且一惊，周鼎成给他说过一些锦衣卫的事，锦衣卫有都指挥使、南北两大镇抚司镇抚使，这三个最重要的职位必须是皇上真正的心腹才能当，而且一般来说除非病故或者实在不能胜任，不会中途换人，也就是说不存在被人顶下去的可能，除非皇上想换人。

他倒是没想到皇上任命路行人只是暂时执掌锦衣卫，今天还明确了这一点。

"我来了，算是给你带来个开门红，你就准备招待客人吧，这几天估计你得被客人烦死。"路行人笑道。

况且一笑，请路行人上坐，然后叫人上茶。

他给周鼎成使个眼色，周鼎成明白了，这是得出去准备操办酒席了。

周鼎成偷偷溜了出去，带了几个锦衣卫的校尉力士，来到附近一家最好的酒楼。他的办法简单粗暴却也极为有效，找到掌柜的扔下二百两银子做定金，然后直接到后厨把最好的厨师抓上几个，再带着可能用的食材、锅碗瓢盆等物件，然后再坐车回来，至于酒楼接下来如何做生意，他就不管了。

酒楼掌柜的自然不愿意，可是他知道周鼎成跟着的是什么人，据说是张居正大人跟前的红人，现在还有锦衣卫的人跟着，他还敢说什么呢，连一句反抗的话都没敢说出口。酒楼的生意怎么办？只好想办法到别的酒楼借几个厨师过来，花点高价也不算难事，食材可以再派人采购。

况且还在陪着路行人喝茶、聊天。

"老弟，刚才说你揣着明白装糊涂也许说错了，看样子你跟我一样糊涂着呢。"路行人察言观色，此时已经肯定况且对今天的事根本不知情。

"就是，大人，您在这点上可是冤枉我了。"

"那我就先给老弟赔礼道歉，这是一张礼单，不成敬意。"路行人说着，从袖子里拿出一张礼单。

"大人，这可使不得，下官怎敢让大人破费？"况且急忙推辞道。

高贵的身份

路行人脸一板，佯怒道："怎么不给我面子啊，是不是觉得自己成了新贵，看不起我了？"

况且心头一惊，急忙道："大人这是哪里话，我怎么敢？现在您可是我的顶头上司！"

"这个我不敢自居，跟你说吧，你的顶头上司是皇上，跟北镇抚司是一样的规格。" 路行人道。

"什么？大人不会是拿我取乐吧。"况且震惊了，不敢相信对方的话。

他今天震惊次数过多，觉得身体都要散架了，小心肝更是感觉快要受不了了。

"你的新衙门不在我的都指挥使司里，而是在北镇抚司旁边。老弟啊，我上次就跟你说了，你要发达了。" 路行人不由分说，把那份礼单塞进况且手中，笑眯眯道。

"啊？皇上究竟想让我做什么？"况且问道。

"不知道，你现在就等皇上的旨意吧。"

"可是，兵部给我的公文上说让我去您那里办公啊？"

"兵部行文就是一道例行文书，该怎么办还得听皇上的不是。老实说我现在也不知道皇上是不是要另建一个锦衣卫，或者是为了你以后接替我做准备。" 路行人道。

况且知道锦衣卫原本只有一个镇抚司，掌管本司刑名，后来又增设了一个镇抚司，原来的那个就是南镇抚司，增设的是北镇抚司。

镇抚司相当于锦衣卫内部军法处，专门审讯锦衣卫的不法人员，当然也兼管天下刑名。南镇抚司是属于锦衣卫都指挥使司管辖，接受都指挥使的管理。北镇抚司却是独立部门，也就是明史上的所谓诏狱，直接由皇上本人管理，锦衣卫都指挥使无权过问，北镇抚司使也是都指挥使衔。

况且心里顿生疑惑，难道皇上真的要再建一个锦衣卫，来一个南北锦衣卫，相互制衡，有这个必要吗？

他不再推让礼单的事了，反正路行人送他什么，他以后找机会再送回去就行，同在锦衣卫共事，人情应酬必定是层出不穷的。

两人说了番话，路行人假装要走，况且哪里肯放他，好说歹说把他硬留下吃酒。

"这群混账还没有人露面？一个个把狐狸尾巴夹那么紧干吗。"路行人在这里待了半天，还是没人登门拜访况且，便又开口大骂起来。

况且笑道："大人有所不知，我是最不喜欢迎来送往的，我在这里大半年时间，拒客名声在外，也许是因为这个缘故吧。"

"两回事，他们就是墙头草，在观望风向，一旦确定了，你别说拒客，就是在外面布满卫队，都拦不住那些人。老弟，你现在可是正式步入官场了，入乡随俗，不能再像以前那样，才子的狂傲与锋锐得收收了。"路行人劝道。

"狂傲和锋锐？我哪里有这些毛病，我的毛病就是太懒散嫌麻烦，不喜欢穿着官服迎客送客。"况且道。

"也是啊，咱们接触不多，不过我见过太多少年进士，甚至少年状元，他们初入官场，大多受挫于原来的才子气，你呢，是江南四大才子之一，所以我才这样提醒你。不过，老弟是陈老夫子的传人，应该没这些毛病。"路行人道。

周鼎成进来了一次，和路行人攀谈几句，就下去督办酒席了。

此时外面布满了锦衣卫的护卫，有十几个人想要拜访况且的，见到这些如狼似虎的锦衣卫护卫，吓得赶紧走了。

邻人都在远处观看，还交头接耳私语着，跟况且做了大半年邻居，却没见过他几回。况且一般都是闭门不出，跟外人没有任何交往，邻居们只是知道这里住了个有钱的主儿，还是张居正大人身边的红人。

上午纪昌他们来时，这些人都吓得要命，以为是锦衣卫上门来抓人了，一般官僚犯事，都是锦衣卫上门抓人。但抓走后不一定送锦衣卫去，大部分会丢到刑部大狱，只有皇上亲自点名的人，才会抓到北镇抚司也就是诏狱里。

奇怪的是，锦衣卫的人进了况府后就没再出来，然后还发出叮叮当当的声音，有几个胆大的从门前经过偷窥了一下，发现锦衣卫人员在里面安营扎寨，后来他们从两个出采购的仆人口中得知，这家主人升官了，是新任的锦衣卫指挥使。

众人一听这个既紧张又兴奋，没想到自己跟锦衣卫的大官攀上邻居了，于是紧急商量，是来拜访这位大人搞好关系，还是趁早赶紧搬走的好。

邻居看了半天，感觉有点奇怪，况府似乎并无升官人家的气象。一般来说，一个人升官了，来贺喜拜访的人一定特别多，可是他们等了半天，只看到路行人前来拜访，这可是能让人吓得从梦里醒过来的人啊。

并不是路行人可怕，而是这个职位太可怕了。

"我怎么听着不对啊，我才听我一个小舅子二表姐夫说的，这位少年大人是个才子，是张大人的幕僚，怎么会加入锦衣卫了，而且一下子当上指挥使？"一个人身穿着皮袍子，说话还在打哆嗦。

"你一定是听错了，才子怎么能加入锦衣卫？还直接当上锦衣卫指挥使？不可能。老夫虽然没有当过锦衣卫的官，好歹也做过司官的，这一点还是知道的。锦衣卫的官都是从底层一点点爬上来的。"一个五十多岁的人捋着领下胡须说道。

"也是，有可能听错了。"有人附和道。

"什么听错了，跟你说吧，我那个小舅子二表姐夫的小姨子的大舅妈就是张大人府上的厨娘，她亲口说的，怎么会错？"那人不服气道。

众人一阵白眼，就冲他转了十八道弯的关系，这消息肯定不靠谱。

况且住的这条街上都是有钱人，不是商人就是赋闲的京藉官员，要不然也买不起这条街上的房子。

正因为他们有钱所以才害怕，锦衣卫的人敲诈官员、商人的手段可是出名的，赋闲官员如同没了爪牙的老虎，若是被盯上了，只能给人吃肉。

他们忍冻站在街上，也不是八卦，而是真的有些担忧。

况且还不知道外面的情况，他现在正陪着路行人赏画，都是从南京带过来的唐伯虎、沈周的画，还有文徵明的书法。

"大人看着有喜欢的吗，挑几幅带回去。"况且笑道。

"这个使不得，饱饱眼福就行啦，君子不夺人所好嘛。" 路行人道。

"没什么，他们都是我的朋友，他们的字画对别人难得，对我还是很容易的。"况且笑道。

"嗯嗯。"路行人也不说要，也不说不要，只是一幅幅看着，然后有的说好，有的看过不言语。

况且记住他说好的那些，大抵是雅俗共赏的作品，至于三个人曲高和寡的作品，这位大人估计看不懂其中的妙处，也就不发言了。

正看得差不多时，周鼎成进来，告诉况且酒席已经置办好了，随时可以开席。

况且点头，告诉周鼎成马上上菜，他要陪路大人来个不醉不归。

路行人走到一边，况且就把他说好的十几幅字画放在一起，卷起来，准备送给路行人。

不管怎么说，路行人现在还是他的顶头上司，尤其在风向未定之际，他还是想跟他搞好关系。何况路行人还有一句意味深长的话：皇上是不是想让况且做他路行人的接班人？这话可以正面理解，也可以反面解释。

隐隐约约，路行人让况且感觉到一丝威胁。表面上看，路行人和蔼可亲，在他面前一点上司的架子都没有，好像心胸敞亮、胸无城府似的，况且心里的警钟却响了，越是这种表面上看人畜无害的，越可能是最危险的。像鲁豪那种街头小霸王似的，况且倒是觉得真正有些可爱。

况且并没有文徵明、唐伯虎他们那样洁身自好，他倒是向晋朝的杜预学习。对于权贵，杜预总是没事就送礼，也不是有所求，而是宁愿交好也不得罪。

多个朋友多条路，多个仇人多堵墙，况且倒是相信这个。

酒席办得极为丰盛，不过两人意都不在酒席上，而是各怀心事。

酒过三巡，路行人忽然捧杯在手，然后对况且小声道："老弟，我有句话想问你很久了，你要是方便就老实回答我，要是不方便就算了。"

况且身子一紧，不知道他要问什么。

不过路行人是锦衣卫都指挥使，应该是天底下消息最灵通的几个人之一，难道他知道自己的真实身份？

"大人请问，自当知无不言。"况且镇静道。

"不过老弟一定要答应我，这话决不能让任何人知道，要发誓保密。"路行人非常神秘地道。

"好吧，我发誓保密。"况且举右手发誓，心里却在怦怦乱跳，路行人使的这是什么套路，想要敲诈？

路行人见他郑重发誓了，这才放心，然后看看周围无人，这才在况且耳边耳语道："老弟，你是皇上的私生子吗？"

骗术顶峰

况且今天在慕容嫣然那里已经受到了足够的震骇，本以为天下间再也没有什么事能让他更震惊的了，哪怕路行人刚才跟他说天马上要塌了，地马上要陷了，他也不会怎么惊讶，可是路行人居然问他是不是皇上私生子！

面对如此强大的询问，任何人都得张口结舌。

况且喝进嘴里的一大口酒呛住了，然后一口喷了出来，好在他及时一偏头，没有喷在路行人身上，也没有喷到酒席上。

他指着路行人，半天才说出话来："路大人，你要杀我也不必用这办法，直接给我一刀就是了，这不是存心想让我被酒呛死吗？"

路行人也有些发窘，听他嚷嚷着，急忙小声道："别嚷，要是被别人听到，咱俩都得死。"

况且坐直了身子，又喝了几大口酒，这才喘过气来，然后摇头："路大人，你想象力太丰富了，这是哪来的念头啊，真的是要掉脑袋的啊。"

路行人皱着眉头想了想，然后笑道："老弟，不是我瞎想啊，是你这发迹史起点也太高了，起步就是指挥使，比我也就差一级了。可是你不像我，我是没有多少年干头了，你的路还远着呢，现在只是第一步，那么将来皇上怎么擢拔你啊，顶上天也就是我这个职位，再往上，当然就是封伯、封侯，然后封国公了。可是公侯伯哪是那么容易封的，除非……除非你是……"路行人这次没有说出"皇上私生子"那五个字。

"您就别瞎猜了，喝酒喝酒。"况且无奈苦笑道。

"那就打住，咱们做臣子的背后议论君上本来就是不敬的大罪，这事就算过去了。不过老弟，你信我这句话，你前程无量，将来公侯伯等着你呢。"路行人端起酒杯高高举起。

况且跟着高高举起酒杯，笑道："借大人吉言吧。"

酒席时间并不长，路行人似乎心里还有事，两人喝了一坛子酒后，随便吃些菜肴，他就告辞了，并且告诉况且先忙家里的事，不用急着去，哪天把家里的事办完了，再去衙门找他，他会领着况且去新的衙门。

况且送他出去的时候，把他看好的字画都打包包好，然后交给路行人的卫队长。路行人见此也不再谦让，道谢过后就收下走了。

况且回到屋子里却感觉身上出了一身冷汗，跟路行人这种人打交道，就跟旁边有一条嘶嘶吐舌的眼镜蛇盯着你要下口差不多，必须时刻戒备，观察对方每个动作、每个表情，不放过对方眼睛里的任何神色，说话思考必须再三才能出口。

在无人来拜访的情况下，他率先登门，一定是奉皇上的旨意来试探查看，况且心里很清楚这一点。当然路行人的确有自己的小算盘，在他面前也做出一副交心的样子，但他毕竟是皇上的心腹，不然也坐不到都指挥使的位置上，所以况且防他就跟防着皇上是一样的。

以前他不知道勤王派的秘密还好些，现在知道多了，苦恼也多了，压力更大，难怪有人说无知是福，有些事尤其是一些秘密还是不知道为好。勤王派始终只是保护他而不告诉他任何情况，看来是有一定道理的。

"这家伙很危险。"周鼎成在他身边悄悄说了一句。

"我知道，心里有数。你说他危险是指哪个方面？"况且应道。

"他身上始终有一股锋锐之气，从进门到出门，都没有松懈过，也不知他是防着你还是针对你。我对他了解不多，不知道他身上是不是一直有这样的气势，如果不是，他今天来未必是好意。"周鼎成道。

"锋锐之气，难道他还是武功高手不成？"

况且倒是没从路行人身上感觉出这个，只是本能地觉得这人相当危险，危险到让人粉身碎骨的地步。

"公子，此人身上的确有种特别的气息，但他没有练过武功。"房门打开，慕容嫣然走了过来。

"前辈，您也在附近？"况且讶然道。

"当然，你和别人独处一室，我当然要防着，万一是刺客怎么办？"

"刺客？天底下还没有级别这么高的刺客吧。"况且笑道。

"不怕一万就怕万一，万一他是一个刺客易容的呢？"慕容嫣然道。

况且耸耸肩，不言语了，这方面他只能听慕容嫣然的，而且她说的也有道理，毕竟他跟路行人只有一面之缘，要是有人易容成路行人，真可能瞒过他。至于外面那些锦衣卫护卫，更有可能瞒过，这些人是不敢仔细检查自己的主子的。但这只是一种可能而已，基本上不大可能发生，假如发生，那也是自寻死路，绝对不会有好下场。

周鼎成笑道："说到易容术，我倒是想起一个笑话来，说是十几年前，在京城就有一群骗子，居然假冒皇上、公主身份，结果一位急于复职的将军上当了，被骗了几万两银子。现在的骗子真是可怕。前辈您说这皇上能假冒，可是那些宫殿怎么假冒出来的？给一个人易容容易，可是把一座房子易容成宫殿不可能吧？"

"这有什么不可能的，根本没有宫殿，就是一种遮眼法。我不会这种邪术，不过天师教他们有更高的手段，那些骗子可能是从天师教哪个弃徒那里学来的，这件事在京城还传扬得沸沸扬扬，天师教对此事讳莫如深，慢慢就没人提了。"

况且频频点头，他想起在凤阳时，几个天师教的人愣是把一座府邸给挪移没了，外面的人根本看不到府邸，他记得是通过一种法阵变没的，他当时在里面被惊得目瞪口呆，现在想起来还恍如在眼前。

况且倒是没听说过假冒皇上、公主的事，就来了兴致："这是怎么回事，说来我听听。"

他叫人撤去桌上的菜肴，重新上菜，然后和慕容嫣然、周鼎成一起坐下吃饭。

萧妮儿和小姑娘那里已经派人送去了饭菜。

"先不说这个，我说咱们是不是也得请个好的大厨了，最近你可能要经常宴客，总这么出去抓也不是事。"周鼎成道。

"还有，丫鬟婆子的你也得再买些，内宅太空旷了，生气不足。"慕容嫣然提出一条。

"好，大哥，你去办这些事，哪个大厨最好，重金挖过来，挖不过来就抢一个。"况且霸气道。

"你这刚上任就有锦衣卫的风格了，连抢的手段都用上了。"慕容嫣然笑道。

"没办法，现在好的大厨比状元还少，出来一个就被人请去了，不抢也请不来。我现在不在乎别人说我怎么样了，皇上不是用我当指挥使吗，我就做几件霸道的事给他看。"况且也笑了。

"丫鬟也抢？"周鼎成道。

"这个不用吧，花钱买就行了，咱们怎么也不能欺男霸女，这是底线。"况且知道周鼎成是说笑，回了一句。

"咱们当初把侯爵府里的那些人马带过来，现在就不用着急了。对了，左羚不是要来吗，让她来时都带过来不行吗？"周鼎成道。

"我让她别来了,咱们这里的人还是越精简越好,跑路时也少些累赘。"况且现在已经不再坚持在京城拼死一战了,尽管不完全相信慕容嫣然的话,却也没必要以身试法。

"公子能这样想是最好了。"慕容嫣然言简意赅。

第十五章　谜团未解　圣命独断

勤王派的由来

重整杯盘后，况且笑道："一直没能好好请前辈喝酒，拖到了今天。多谢前辈多年来的保护。"

"不用言谢，今天虽是你的好日子，我却不想恭喜你。"慕容嫣然道。

"有什么可恭喜的，这怎么看都不像是好事。"

喝了几杯酒后，况且就催周鼎成给他讲那个骗子的故事。

周鼎成笑道："我也是听人说的，说是一个将军离职后，在家住了几年，然后带着重金来到京城想要谋取复职，你要知道，武官虽说没有文官有权，可是有钱捞啊。"

况且道："这个我知道。"他想到武城侯他们的捞钱手段，连他都觉得是太狠了些。

"这位将军在京城里住了几个月，也没找到好的门路，武官复职是兵部说了算，可是兵部他找不到可靠的人。有一天，一个穿着一身华服、风度翩翩的年轻人主动找到他，说是在公主府里当差的，有门路可以让他复职，只是需要四万两银子。"

"这一听就是骗子的套路，那位将军会看不出来？"况且一听就笑了，这个伎俩也太拙劣了吧。

"将军当然是老狐狸了，各种骗术套路他都知道，所以并不相信，可是人家说了，这笔钱不用先拿，得到皇上文书前一文钱都不要，拿到皇上御批的文书后，他再交钱。这位将军一听，这绝对不会是骗子，骗子可弄不来皇上的文书。"

"嗯，后来怎样。"况且问道。

"后来嘛，精彩节目就来了，且听我下回分解。"

周鼎成喝了一杯酒，然后夹着一个大对虾慢慢吃着，一副讲完了的架势。

"然后呢，精彩节目哪儿去了？"

况且已经猜到了后面的大致套路，可还是想听他讲下去。

"然后嘛，某一天，那个年轻人又来了，而且很急的样子，说是公主好不容易抓到皇上空闲的时候，他得马上觐见。皇上要当面任命他为某边关的将军，不是复职，而是升了一级。"

"这位将军大喜，又有些害怕，他还没觐见过皇上呢，赶紧穿着武官服就跟着那人走了。他们先到了一个府邸，在门外候着，然后一大群人出来，簇拥着一个年轻漂亮的女人，带他来的年轻人就给他介绍，说是某公主，皇上最爱的女儿。然后这人就到那位公主跟前，说了几句话，还指点着这位将军说些什么，那位公主只是点点头，什么也没说，就上车带着一大群扈从走了。"

"那个年轻人又走过来，带着这位将军跟在大队伍的后边，走了不知多远，来到御街，进了宫门，在一座宫殿外候着。不多时就有一个内监出来传话，说是皇上召见某某将军觐见。这位将军此时才完全相信了，他进去后匍匐在地，三呼万岁。只见龙椅上坐着一个黄袍人，是不是皇上他不认得，宫门、宫殿他可是都认得的，那位公主坐在皇上身边，还指着下面的将军说些什么。"

"皇上说话了没有？"况且问道。

"皇上当然说话了，大致是说，这位将军先前在边关杀敌有功，简在帝心云云，然后说任命他为宣府总兵官，这位将军听了，更是叩头不止，连呼万岁。然后就有内监把他拉出去，在外面等候，不多时，又有内监出来，捧着皇上御批的任命文书出来，让他接旨。"

"等他捧着圣旨出宫门后，那个年轻人正在等着他，两个人一同回到居所，将军此时再也没有可怀疑的，皇上的御批他可是认得的，任命文书也是正式规格，绝对不会有假。也就爽快地把银子兑现了。"

"骗术到这种境界，真不是骗了，简直就是艺术了。"

况且笑了，老实说如果他不是先前知道这是骗术，连他都会相信。

"随后就是可乐的了，这位将军当天晚上请客喝酒，然后在客栈里等候兵部的文书，可是等了一个月，却听到宣府总兵官已经有了新的任命，根本不是他。他大怒，拿着皇上的任命就去兵部大闹，说这个总兵官是皇上任命他的，兵部无权任命他人。兵部的人哪里见过如此跋扈的将军，就把他抓起来审问，他拿出皇上的任命后，兵部也是大惊，随后问宫里的人，可是宫里根本不知道这回事，还有他说的某公主根本不在京城，而是在江南。"

"可见漏洞还是有的，但人有痴心，宁可信其有，这就没办法了。"况且自言自语道。

"嗯，兵部的人仔细审讯后，知道这里面有问题，就让这位将军带着他们去那座公主府邸，结果他凭着记忆带着人去了地头，看到的却只是一座空房子，打听邻居才知道，说是半年前一大家子人租下了这座府邸，一个月前就搬走了。这位将军此时才知道被骗了，可是他又咬定他是真见到皇上了，把宫殿里面的情形说得一清二楚，兵部的人也弄不清了，也不敢跟皇上对质去，就把他关押在刑部大狱里，准备问他个假造皇上御笔的大罪，最后这位将军又花了一万多两银子，才打通了关系，总算免去了牢狱之灾，灰溜溜回老家了。"周鼎成讲完哈哈笑个不停。

"精彩，的确是精彩。不过如此大费周章，只是骗四万两银子，太小题大做了吧？"况且倒是替那些"兢兢业业"骗人的骗子感到有些不值。如此大手笔，怎么也得做些惊天动地的大事啊。

"你以为都像小君似的，伸伸手银子就到手了，四万两银子不少了。不过这些人也是奇怪，只骗了这一次，以后就再没动静了。按理说四万两银子虽多，也用不了几年，这些人的衣着服饰和排场就得花费一万多两银子，还有那么多人呢。"周鼎成也是百思不得其解。

"据我推测，极有可能是天师教里的某人急缺银子用，才施展的这骗术，渡过难关后就罢手了，只有他们有这等手段。不过这种话没人敢说，谁也不愿意得罪天师教。"慕容嫣然笑道。

"我得看看我的兵部文书是不是假的，千万别有人明天来抓我，说我假造兵部文书。"况且急忙拿出今天接到的兵部文书仔细查看。

慕容嫣然笑了："你放心吧，兵部文书不会有假，咱们的人早都查过了，这次是司礼监的人直接出来督办的，宫里的内线也证实了，的确是皇上的御笔下到兵部的。"

况且道："咱们在六部都有眼线？"

"当然有，而且还有在六部里做官的，朝廷为何忌惮咱们，就是因为咱们把朝廷从里到外、从上到下都渗透了。"慕容嫣然道。

况且苦笑道："这就难怪朝廷忌惮咱们了，宋太祖说卧榻之侧，岂容他人酣睡，咱们这不是睡在卧榻之侧，而是直接睡在皇上的御榻上了。"

慕容嫣然笑道："公子不用多虑，咱们知道这些，外面的人可是不知道，朝廷顶多是怀疑，却找不到任何证据，甚至证明不了咱们勤王派的存在。就像咱们知道护祖派，可是官方案卷中，根本没有护祖派这一说。"

况且都替朝廷感到忧虑了，有两个庞大的秘密组织私下运行，无声无息地把朝廷上下都渗透了，皇上的龙椅直接就安放在一口随时可能喷发的火山口上，这还怎么治理国家啊。

"咱们为什么要这样做？难道真是想颠覆朝廷？"况且倒是不解了。

"这个绝对不存在，原来咱们勤王派是荣国公道衍祖师为了保护建文帝而建立，本没有勤王派这个名目，后来建文帝的一些旧臣和各地基于忠义自发加入进来很多人，是他们打起了勤王的招牌。道衍祖师驾鹤西行后，这些人就聚拢在一起，也就成了正式的勤王派，至于那时候建文帝在哪里，甚至是否还在世，很少有人知道，至少连绝密资料上都没有记载。后来一代代，这个组织以保护建文帝和追随他出走的大臣的亲人家属为宗旨，建起了遍布全国的地下网络。随着发展，这才有了现在的规模。至于渗透朝廷上下内外的，并非有意为之，而是不知不觉间就达成了。"慕容嫣然解释道，显然她觉得应该让况且知道一些勤王派的由来。

"那么我的祖上是追随建文帝出走的那些大臣之一？"况且问道，这是他的身世之谜，也是他最关切的。

"应该是吧，不然大家不会如此尊重您和您的祖上。"

"可是当时追随建文帝出走的大臣应该有不少，他们的家人难道都不在世了，只有我们一家还在？"况且又问道。

"具体的我真的不知道，自我加入组织，就知道您一家，那时候的公子是您父亲，现在是您。"

"公子只是一种尊称，还是另有含义？"况且又问道。

"公子只有一个，也是名义上拥有最高权力的人，自从您成年后，就自动成为公子了，您父亲只能被称为老爷子。"

"就像皇上跟太上皇？"周鼎成脱口道。

"大哥你又胡说了。"况且笑着斥道。

"比喻可能不当，倒也是这回事。"慕容嫣然道。

"那么我只是名义上拥有最高权力，实际上并没有什么权利，若是按照刚才的比喻，我岂不就是汉献帝了？"况且苦笑道。

"也不能这么说，咱们组织里没有曹操，也不会有王莽，我们有完善的制度来防范这些。这一点您尽可放心。对您的种种安排，您可能感到不满，其实真的就是为了最大限度保护您，您的安全就是组织存在的前提。"

况且摇摇头，不想再听下去了，绕来绕去无外乎还是他的安全问题，剥夺他的知情权、统治权以及其他一切权利，只是为了保护他的安全。这不是架空是什么？

他依稀想起小时候，父亲赶着一辆马车带着他和妹妹逃亡的事。那时候并没有见到任何人搭救，估计父亲也是厌倦了和这些人为伍，受够了他们的保护，所以才逃亡，有可能不仅是躲避护祖派的追杀，也是在躲避勤王派的保护。

现在他也有相同的感受，宁愿抛弃这一切，回到江南，过一个白衣秀才的普通生活，写字画画，喝喝小酒，远离复杂的政治中心。

可惜，他根本做不到，自他一出生，就必然要遭遇这些经历，可能这就是命运吧。

此时，外面有人禀道："大人，内阁大学士张大人莅临。"

"什么？"

况且来不及回答，从椅子上跳起来，飞奔出去迎接张居正。

张居正来访

张居正曾来过他的府邸一次，那是来察看他的安置情况，过后一直忙碌不停，再没来过。况且倒是经常去张居正府里见习幕僚的工作。

在这样的时刻，况且听说张居正亲自到访，心头一惊，一般来说要是有事，张居正会让幕僚叫他过去，两家相距不远，不让差役来是表示对况且的重视。

他来到庭院里，护卫们已经列好队迎接，张居正赏玩似的看着这列仪仗队，仿佛观赏一件玩具。

"允明，你这里倒是比我还讲排场啊。"张居正笑道。

"大人，您怎么亲自来了，派个人叫我过去就是了。"况且上前躬身行礼道。

"那怎么行，你现在可是朝廷名副其实的大员了，不比从前啊。"张居正开玩笑道。

"不敢，晚生还想继续给您当幕僚。"况且笑道。

"这个恐怕就是我不敢当了，要一个锦衣卫指挥使给我当幕僚，不是藐视朝廷嘛，还不得被言官弹劾得体无完肤？"张居正笑道，话中似乎另有一种意味。

两人来到待客大厅，这里不是刚才吃饭的地方，吃饭的地方是在二进的大厅，这里只是专门待客的地方。

张居正也不坐下，看看左右，然后道："有没有安静的地方，我有话对你说。"

况且明白他说的安静的地方就是隐秘的地方，也是怕人偷听，就前面带路，带着张居正来到他的书房。

书房做了细致的隔音处理，并不是防止偷听，而是他每天在这里静坐，怕有噪音干扰，相当于陈慕沙打坐时的密室。他一直想给自己打造一间密室，但心境始终不安，总是提防着有事发生，就没来得及做这件事。

"今天来贺喜的人不多？"张居正显然看出门可罗雀的空旷。

"刚刚路大人来过。"况且道。

"他是皇上的人。"张居正只说了一句。

况且点头，也就明白了，看来他的猜测不错，路行人是皇上派来查看他的动静的，难怪带着那股周鼎成说的锋锐之气。

"大人，这一切到底是怎么回事啊？"况且请张居正坐下，亲手给他泡了最喜欢喝的参茶。

况且不喜欢参茶之类的养生茶，认为这样破坏了好茶的醇厚味道，不过张居正讲究养生之道，喜欢服用人参鹿茸这些大补之物。

"我也糊涂了，按理说这样的大事皇上没有道理不跟高相和我商量，可是我先前根本不知道，高相也不知情。我去兵部查问，兵部说是司礼监拿着皇上的御札亲自来督办的，就是要兵部写一道文书，然后就拿走了，过后的事他们也不知道。"张居正喝了口参茶叹道。

"那么皇上究竟什么意思啊？不会真的让我在锦衣卫里混吧。"

"你也知道，一般人都以为我，尤其是高相对皇上的心思一清二楚，可以说是也可以说不是。在日常事务上，皇上会尊重高相和我的意见，甚至会屈于我们。从我在皇上身边算起，他不跟任何人商量独自决定的，就你这一件事。你的一系列事情，皇上从没有跟我们商量过。"

"您和高相就不能让皇上改变主意？"况且急了，他真想让张居正想法劝说皇上收回成命，这不是没有先例的，毕竟这道任命没有通过内阁，内阁有权向皇上表示异议。

实职指挥使跟各省的布政使是一个级别，涉及的就不单纯是锦衣卫内部事务了。对于一个朝廷大员的任免，兵部、吏部、内阁都有权发表意见。

就是说况且现在的官比他的老师练达宁都高了半级，练达宁只是南京按察使，副三品，品级比况且高，职务却比况且低，更不要说锦衣卫官员和外省官员的差别了。

"前几天我在宫里给皇上讲课时已经说了一些你的事，我倒是没有料到皇上会有这个任命，只是说自己打算让你在我的幕府历练十年，然后再踏上仕途。你知道慕沙兄跟皇上还有先皇都是布衣之交，我这样说也不算过分。"

"皇上当时怎么表态？"况且问道。

"皇上只是点头说，很好，甚好。"张居正苦笑起来。

况且先是苦笑，然后大笑，可是大笑里却不是欢喜，而是无奈。皇上对张居正都使上拖刀计了，显然是真的下定了决心。

"当时高相也在场，还帮你说话，说你是大才，却也需磨炼，尤其需要阅历的增长，不宜骤加重任。他还说这就像炼制刀剑一样，铸造的火候不到，刀剑就过脆易折。"

况且点头，高拱这话不是打击他，的确是保护他。这时候给况且委以重任，就如同给一个小孩子一把锋利的钢刀，希望他能像侠客那样运用自如，斩人如无形，那样的话，最容易伤到的是自己。

"皇上听了高相的话，也是点头说，老成之言，可见爱护晚辈之心。我也是两位先生教导磨炼出来的，对此感受甚深。我们两人以为已经把事情给你摆平了，或许过些天皇上就会把你从锦衣卫寄禄名单里取消。孰料皇上忽然下了这道旨意，我们还能怎么办，话都说尽了，再说下去就是对皇上的不敬了。"张居正靠在太师椅上无奈地摇头苦笑。

"这跟我前些天的上书有没有关系？"况且试探着问道。

"当然有关系，而且有直接关系。你上书开放海禁，被言官骂得狗血喷头，结果皇上就把你的指挥使转为实职了，这就是皇上做出的答复。不过这种答复并不是好事，所以我今天不是来贺喜，是来给你敲响警钟的，从现在开始你可能就站在外廷大臣的对立面了，至少表面上是如此。皇上应该明白这个道理，为何还坚持这样做，耐人寻味啊。"

"我知道，老实说得到这任命后，我今天浑身一直在冒冷汗，人都发虚了。"况且苦笑道。

"应该如此，现在开始凡事你都宜小心为上，切不可得意。"张居正正色道。

况且在张居正下首坐下，两人一时间再无话可说。

明朝自朱元璋开国，就定下皇子公主的学习规矩，皇子公主从懂事起就开始为他们选择朝廷中最有才华的学士当他们的老师，从此一生都不许中断学业。

太祖朱元璋对皇子、太子的规则尤严，比如朱元璋的太子的老师就是开国初年最负盛名的大学士宋濂。宋老夫子脾气暴躁，太子学不好时也得挨板子，打得太子嗷嗷叫，朱元璋急得眼冒金星，要找宋濂算账，结果还是马皇后拦住他，说是人家好心教导你的儿子，哪有受到惩罚的道理？朱元璋这才忍住了。

过后宋濂因为卷入谋反案中，还是马皇后和太子想尽办法劝说朱元璋，把死刑改为流放。

那时候的老师就跟做父亲的一样，只信奉两样东西：教鞭和棍棒。严师出高徒，棍棒之下出孝子，那可是至理名言，相当于真理。朱元璋重视教育，是因为他苦于自己没受过教育，先是乞丐，然后是和尚，再就是从军，基本就是一个文盲大老粗，不过他的心思可是一点不粗，自己跟身边人学习识字，还坚持看完了班固的《汉书》，那可不是一般人能啃动的。

太祖最佩服的人不是唐宗宋祖，而是汉高祖刘邦，二人都是布衣成就帝业者，屠戮功臣也有些相似。明初的大丞相制度更是仿效汉朝建立的，汉朝以后的制度一直沿用多相制，只有明初出现了单一的人丞相制度。

明朝完全确立了以文制武的文官制度，可以说是太祖朱元璋一手造就的，这个制度是当时世界上最先进的行政制度，后来文官误国并不等于这套制度错了，而是有太多复杂的原因。

朱元璋之后的皇帝，必须终生上课学习，真正是活到老、学到老，至死方休。

皇上上课谓之开经筵，经学的大餐，名字也是足够高雅，寓意丰富。

即便荒唐如明熹宗，朝政从来不理，上课倒是很积极，他最喜欢的老师是大学士孙承宗，说是听孙学士的课"辄心开"。

奸臣魏忠贤势焰嚣张时唯一敢和他分庭抗礼的人只有孙承宗。魏忠贤当时最想杀却不敢动的三个人，一个是张皇后，第二个是明熹宗的弟弟也就是后来的崇祯帝，还有就是大学士孙承宗。

高拱和张居正是皇上的老师，隔几天就会进宫里给皇上讲课，这倒是他们给皇上进言的好时机。

况且心里充满挫折感，按说他的靠山够强大的，直接通天啊。高拱都为他开了金口，却还是没能打消皇上的心意，看来在这件事上谁也插不上手了，只能听天由命。

两人静坐了一会儿，张居正忽然道："不过有一点现在澄清了，高相一直认为你是我的人，现在他才明白了，你是皇上的人，不是任何人的人。"

况且笑道："咱们不都是皇上的人吗？"

张居正笑道："这里面区别大了，按说原来出身裕王府的人都是皇上的人，可是皇上心里也有个小九九，究竟怎么认为的只有皇上才知道。不过你现在是皇上的人，这一点倒是无可怀疑了，只是身份就难说了。"

况且猜测张居正的意思是说，他究竟是皇上要重用的人，还是要打击甚至除去的人，尚未明确。

"我倒是有个猜测，会不会是当年你的老师慕沙兄拒绝了先皇的苦留，坚决不在朝廷为官，所以皇上才坚决要启用你做锦衣卫指挥使？这个职务固然是荣耀，但也是给皇上守宫门的，皇上是在暗中扳回一手。果真是这样的话，不知慕沙兄知道后会做何感想。"

"皇上是想用这个来打击我老师？这代价也太高昂了吧。"况且苦笑着不敢相信，他对老师跟皇上父子间的交往并不知道多少。

"难说，做皇上就有一点好处，有些事还是可以任性妄为的。"张居正苦笑。

陈慕沙激愤

况且接到任命的第二天，魏国公就接到了京城的密报，他急忙来到陈慕沙居住的玄武湖中心岛上，通报了这一情况。

"皇上什么意思？让我的弟子给他守大门？"陈慕沙看后，气得差点肝胆俱裂。

弟子将来是要接他的班的，一个理学宗师，儒林领袖，怎么可能给皇上守宫门去，皇上这不是把况且当武夫了吗？

明朝中叶，重文轻武之风达到鼎盛，文人们瞧不起武夫是最普遍的现象。士兵被称为丘八，武官被蔑称为赳赳武夫，所以陈慕沙看到况且被任命为锦衣卫实职指挥使，并没有感到任何欣喜，相反，他感觉受到极大的侮辱，这是皇上对他的报复。

他想的跟张居正一样，他当年拒绝了嘉靖帝的苦留，不肯在朝廷为官，今上继位，他更是拒绝了进京面圣，虽然皇上坚称他们是布衣之交，陈慕沙还是不肯屈从。

"老哥，你这是太激进了吧，皇上未必有你说的这意思，不管怎么说，起家就是锦衣卫指挥使，这也算是荣耀了，别人可是巴望不来的。"魏国公劝道。

"不管谁巴望，我可是不稀罕，怎么看这事都不对劲，就是冲着我来的。况且这孩子要个是为了个连累我们，也不会冒险进入京城，我们两人事事都按照皇上的心意做了，他还来这一手。"陈慕沙火冒三丈道。

"你这就是钻牛犄角了，会不会是另外一种可能，是武城侯府太夫人给皇上做的工作，况且毕竟是武城侯府的人，要不是这个缘故，皇上也不会把他安置在锦衣卫。况且也是功臣子弟，并不单单是你的弟子。"魏国公劝道，他早就料定了陈慕沙的反应，所以才亲自过来，就是怕这位老兄一激动，坐上马车进京找皇上当面掰扯，那不乱套了嘛。

陈慕沙是理学宗师，是江南儒林领袖，跟两代皇上都有深交，进京吵闹一通，他还真有这个底气。

"不是，这事跟武城侯府没关系。"

此时，一个声音在门边响起。

陈慕沙和魏国公转头看去，却是石榴不知什么时候进来了，她此时靠着门边站着，脸色有些苍白。

"这事真跟他们没关系，不是他们运作的？"魏国公有些讶异。

"不是，我跟左羚天天通信，那里的情况我了解，太夫人还急得火上房似的，他们也不明白皇上究竟要拿况且怎么办。"

显然所有人都不认为皇上给况且寄禄转实职是好事。

"你也别急，不管跟他们侯府有没有关系，至少有一点是肯定的，皇上此番重用况且，一定是看在他是功臣子弟这一点上，不然也不能服众嘛。"魏国公此时只能息事宁人，尽管他也无法确定皇上意欲如何。

他想起前些天皇上给他来信，垂询况且的情况，他给况且做了保人。现在看来，皇上的垂询，应该就是为这道任命而来。

"况且不会有危险吧，我得去找他，夫妻本来就是共患难的，我怎么能让他独自在京城承受这一切。"石榴坚定地说道，秀丽的面颊上流下两行泪珠。

"我说你们这是怎么了，皇上是重用况且，又没有惩罚他，你们用得着这么丧气吗？"魏国公急道。

"就是，我劝师妹半天了也没用，她跟老师一样，总是担心况且在京城受苦受难，其实那小子在京城混得相当不错，整天吃喝玩乐的。"此时小王爷偷偷溜进来，帮着他父亲做工作。

"他整天吃喝玩乐，你见着了？"石榴瞪着他问道。

"当然，我进京面圣时见着他了，后来也天天有密报来的，你们都看了，这小子不天天带着夫人逛街购物吃喝吗？"小王爷笑道。

"那是表面上，你知道他心里承受多大压力吗？"石榴含泪道。

"他有什么压力啊，我心理压力才大呢。"小王爷道。

"你才是天天只知道吃喝玩乐，你有什么压力？"

"我压力小吗，天天这么追你都追不上，还能没有压力。"小王爷苦着脸道。

"滚一边去。"石榴也不管魏国公在场，飞起一脚踢去。

魏国公和陈慕沙都假装看不见、听不见，自动忽略了。

"你还是先别去了，不是说左姑娘要去吗？"听说石榴要去找况且，陈慕沙急忙劝道。

"左羚是打定主意要去了，行囊收拾的差不多了。现在就是劝说太夫人，老太太也要跟着去，左羚这才不敢急着动身。"石榴道。

"看来想找皇上掰扯的不只是你啊，你们真不愧是亲家。"魏国公笑了起来。

陈慕沙也笑了，虽说是正儿八经的亲家，他们却很少交往，陈慕沙身为理学大师，孤傲本性还是有的，他最讨厌跟贵族打交道。

"左姑娘要是去，你就更不能走了，这里还有三个孩子，总不能都没有娘吧？"陈慕沙劝道。

"把孩子也一起带走，况且一定想他们想的发疯。"石榴道。

"这可不行，这冰天雪地的路上太危险，大人都很难承受一路的颠簸，更别说孩子了，就是想让他们去，也得等他们大一些再说。再者说了，孩子在武城侯太夫人手上，就是皇上都抢不去，能让你带走？"魏国公道。

石榴想想也泄气了，左羚和萧妮儿生的孩子都是太夫人把持着，左羚只有探视权，得隔几天才能抱回来住一个晚上。左羚能毅然去京师跟况且会合，也是没有孩子的顾忌。

石榴倒是没有孩子要带，现在岛上况且跟妾室生的孩子是过继给陈慕沙的，也不用她操心。不过她毕竟是况且的正房，所以侯爵府里两个孩子也都是她的孩子，她不能都扔下不管。

"要不你们谁也别去，我偷偷走一遭，把况且偷着带回来，然后藏在咱们府里，谁也找不到。"小王爷笑道。

"儿戏！"魏国公、陈慕沙、石榴齐声斥道。

"我要给皇上写信，问问皇上究竟是什么意思。"陈慕沙说完，就一头钻进密室里去了。

魏国公一叹，这一关总算过去了。他最怕的就是陈慕沙不管三七二十一直接打马上京城，老夫子真要跟皇上闹翻了，他也难辞其咎。

小王爷对石榴道："师妹放心，老师跟皇上是有交情的，就凭这交情，况且在京不会有任何麻烦。"

石榴冷笑道："的确有交情，这交情还深着呢，我们都给软禁在这岛上了。"说完，扬长而去。

小王爷跟魏国公父子两个都是相对苦笑，话说这皇上的心思他们更是不懂，现在对陈慕沙也没有明确的旨意，所以陈慕沙现在居住在这岛上，究竟是软禁还是恩典，没有提，大家就糊里糊涂地过吧。

第十六章　官运亨通　震惊南北

南北两重天

南京武城侯府，左羚一样样打点着自己的东西。她的准备工作已经做了很多天了，可还是觉得有太多的东西需要带。

她倒是不担心东西多了带不了，况且这二府里就有很多马车马匹，多少东西都能装得下，太夫人还特地安排了两百名骑兵护送，路上应该不用怕盗匪了。

"弟妹啊，我看你还是等春天时再上路，也就是一两个月的事，何必急于一时。"侯爵夫人有些不放心。

经过这些天的劝说，总算把太夫人稳住了，关键是太夫人也舍不得两个孩子，所以答应不去京城，武城侯夫妇这才放心。

随后就是做左羚的工作，这次因为况且上书的事，南京这里的一些官员也上书弹劾况且，武城侯府的气氛一直很紧张，就是怕皇上真的听从这些言官给况且安的罪名，狂妄无知什么的还不说，大逆不道这罪名一旦成立麻烦就大了。

"冰天雪地有什么，我又不带孩子，嫂子放心，我能受得了这苦的。再者说了，我也不是单单为了他去的，我是要去做买卖，现在江南铺的差不多了,北方还空着,做买卖的,讲究的就是一个抢占先机。"左羚道。

"得了,我还不知道你,什么商机先机的都是借口,就是想他了,担心他了,是吧?"侯爵夫人调侃她道。

"哪有啊,我才不想他,真是为了做生意。"左羚自己说着心里都发虚,脸上泛起一阵红晕。

正在此时,外面有人喊道:"喜报,喜报,二老爷升官了。"

左羚和侯爵夫人都是一愣,不多时,几个丫鬟兴冲冲进来,叫道:"夫人,外面来了好多人,说是二老爷在京城升官了,好多人来贺喜,大老爷正接待他们呢。"

"升什么官了?"侯爵夫人、左羚同时问道。

"好像是锦衣卫的什么官,对了,指挥什么的,反正是老大的官了。"丫鬟说道。

"锦衣卫指挥使,二弟原来就是寄禄的这官啊?"侯爵夫人疑惑道

"婢子听说原来二老爷的官是没有权的,只是个虚名,现在这个是有权的,很大的权利。"丫鬟听得倒是真切,只是搞不懂寄禄和实职这些名堂。

侯爵夫人对这些关目倒是门儿清,可是她也不敢相信况且真的转授实职了。

两人急忙出去,到了外面,找到武城侯的书童,才弄清楚皇上给况且转为实职指挥使的事。

侯爵夫人有些发蒙,这是怎么回事,寄禄和实授是天差地别的事,况且这么年轻,皇上怎么直接任命他做这么大的官?

"你再去打听,外面那些人是不是听错了?"她吩咐道。

"没错,南京兵部吏部都来人了,他们拿来的是朝廷的公文。公文小的也看了两眼,二老爷的确是转实职指挥使了。夫人要是不信,小的把公文拿进来给您看。"武城侯的书童道。

侯爵夫人瞪他一眼:"哪儿这么多废话,还不赶紧拿进来,这么大的事,老太太那里也得赶紧禀报一声。"

书童一溜烟没影了，不多时，拿来一份公文，果然是兵部的文书，上面跟况且接到的文书是一样的。当时写了三份，一份京城兵部存档，一份发给况且，一份发给南京兵部，算是通报吧，毕竟这是朝廷大员的任命，必须第一时间通报给南京。

　　其实这一天的京城邸报也登载了这条任命，只是邸报到南京需要十天的工夫，兵部的加急公文倒是一天就到了，跟魏国公府的密报一样快。

　　侯爵夫人和左羚拿着公文去太夫人那里禀报，两人没有况且他们那样多疑到凄惨的地步，反而真的认为这是大喜事。外面那些官员也没有京城的官员政治嗅觉灵敏，一时还没察觉出其中的蹊跷，所以一大早的都来贺喜。

　　太夫人拿着公文看了几遍，似乎想要看出公文字里行间的意思，脸上却是不露声色，淡淡道："倒是件大好事，看来皇上英明着呢，没有听信那些无聊言官的犬吠。"

　　侯爵夫人道："是啊，这就是皇上对二弟上书的事的最好答复，南京这里的那些言官也该闭嘴了，他们的脸可是被皇上打肿了。"

　　"当言官的哪有脸面可言，你是高看他们了。"太夫人笑道。

　　"羚儿，你也不必急匆匆去找他了，他看来没事，这次没有得祸，反而获福了。"

　　太夫人心里还是有疑虑的，不过她也想借机把左羚拦住，寒冬季节的确不是赶路的时候，尤其是她一个女人家，就是有人保护也不能让人放心。

　　"娘，我真的不是为了他去的，我就是闲不住，想要去北方做生意，江南这里什么事都妥当了，也没什么可做的了。吃苦颠簸什么的我也不怕，我没那么娇气的。"左羚还是不甘心。

　　太夫人和侯爵夫人相视一笑，也就不再劝了。

　　"你们出去吧，我要自己静一静。"太夫人挥手道。

　　左羚和侯爵夫人都退出去，丫鬟们也都退了出去，侯爵夫人拿着那张公文去还给武城侯，这是兵部的人拿来给他们看的，最后还是要在兵部存档。

太夫人一个人静静坐了很久，她不是那种只管家务事从来不管外面事的妇人，相反，武城侯府的内外大小事都是她来做主。

武城侯府的确也如外界传言那样，跟皇家有千丝万缕的联系，比一般的功臣世家联系更为密切，不然也不会有两个世袭罔替的侯爵爵位。

太夫人对朝廷政治不仅清楚，而且熟知其中种种内幕，所以况且上书、言官弹劾她只是担心，可是这次为何升官却让她如堕五里雾中，感到不安。

她坐下后写了封信，然后叫来自己的贴身大丫鬟，也就是她的管家，让她把信寄到她的娘家。

侯爵府外宅大厅里，武城侯正笑呵呵地接待南京六部、三省寺的一些官员，甚至一些尚书、侍郎这些主官都亲自来拜访，都说皇上此番恩典正是对上次上书事件的回应，可见海禁真的有可能要开放了。

他们主要是来打听消息的，海外贸易对于在江南做官的人，有着非同寻常的利害关系。南京周围也有出海口，有海外贸易的便利条件，只是限于海禁政策，海外贸易还是大多在广州、福州等沿海地区展开。

如果海禁放开，江南大部分地区都可以加入海外贸易，这可是大买卖，尤其是海外的银子更是诱人。

当时的海外贸易大宗物品主要就是瓷器、绸缎和茶叶，这些大多产自江南，可惜只能卖给中间商，无法直接对外贸易，这当然吃了太大的亏了。

这些人当然不期望马上得到确切的消息，却希望能在武城侯这里看到些风向，这样家族生意就可以提前做好准备，如左羚所说，要抢占先机。

周文宾也来了，一半是因为跟况且的关系，一半也是因为家族生意，他家可是包揽了江南一半以上的丝绸，要是能得到出口份额，赚的银子岂不是要翻倍。

武城侯看着这些人眼巴巴的神色，只能笑呵呵应对，他根本什么都不知道，心里还打着无数问号呢，也不知道皇上怎么任命况且当上武官了。尽管锦衣卫指挥使权高位重，的确是太多人觊觎的位子，可是他们是公侯世家，对这些看家护院的位置并不热衷。尤其是历代执掌锦衣卫的人很少有善终的，所以公侯世家对这个位置都是敬而远之。

"侯爷，您好歹给透露点信息啊。"

"就是，您家二公子高升了，将来海禁放开，二公子一定是朝廷掌管海关的重要官员，千万别忘了我们啊。"

几个人追着武城侯的屁股追问，一定要讨出点口风来。

"我说你们几位大人想多了，我家老二这也是承蒙祖宗的荫袭得的官，跟海禁没有关系啊。再者说了，你们听说过锦衣卫的人管理海关吗？"武城侯道。

"这可难说，海关也需要执法吧，而且还得是皇上信得过的人，皇上信得过的不就是锦衣卫吗？这话在外面不能说，咱们都是自己人，当然能敞开了说。"

武城侯看着这位户部的主官，心里纳闷：咱们什么时候成自己人了，我跟你什么时候成咱们了？

这心思也不能说出来，只能哼哈地点头。

"侯爷，您点头就是说我猜对了？"户部主官神秘兮兮问道。

武城侯烦透了，也不再否认或者承认什么，又点点头，反正他们愿意怎么理解就怎么理解吧。

可也别说，在南京当官久了，政治嗅觉的确不大灵敏，可是商业嗅觉却有显著的提高。正在京城的官员们纷纷观望朝廷政治风向时，南京官员们关注的却是这件事里的商机，而且他们猜测的至少合情合理。

况且上书开放海禁，皇上不但没有下旨切责，也没有下刑部拟罪，反而把他的虚职转为实职，这怎么看都是一种认可吧。皇上把况且安排在锦衣卫指挥使这个重要位置上，或许就是在为朝廷开放海禁后设立海关做准备。锦衣卫人员进驻海关担任稽查执法，完全有可能，毕竟海关这地方油水太大了，皇上肯定要用自己的人把关。

周文宾等了半天，又挤过无数层人群，这才来到武城侯身边，已经是满身热汗。武城侯认得他，笑道："你就别问什么了，他要是有什么好处，肯定忘不了你就是。"

周文宾有些不好意思，笑道："我其实也是想知道他最近怎么样了，有些想他了，不单为了这事而来。"

"嗯，他还算好吧。"武城侯一叹。

他知道况且现在只是表面风光，心里凄苦。他也不愿意让况且留在京城，在南京多好呢，武城侯府已经不需要更多的富贵，更不需要多一个武官，到了公侯这个地位，看问题的角度跟一般人完全不同。

"他都当上这么大官了，还不算太好？"周文宾看武城侯不是很开心，有些不大明白。

武城侯拍拍他的肩膀，苦笑一声，又去招待别的客人了。

周文宾摸摸脑袋，还是弄不清这里的奥秘，他转头看见练达宁也在人群中，急忙挤过去拜见老师。

练达宁当然不会错过这个场合，这也是他的一大荣耀。不过心里也有些酸楚，他辛辛苦苦，从一个县令熬了多少年，在官场不知受了多少苦、吃了多少憋，才熬到一个按察使，已经算是官运亨通了，这还因为他是徐阶的得意门生，而且还得到了陈慕沙、张居正的帮助。况且一入京城，不过大半年的工夫，直接跃升到了锦衣卫指挥使的高位，这跟谁说理去啊？

心境牢狱

京城。

况且一晚上也没睡着，张居正和他密谈到后半夜才离去。

张居正走后，他却怎么也无法入睡，打坐也不能入静，后来索性把周鼎成叫起来，两人一起坐着喝闷酒。

喝了大半个时辰，慕容嫣然悄然走进来，什么话也没说，只是跟着他们一起喝，看来她也同样心事重重。

翌日清晨，门房报有人登门拜访。况且接过拜帖一看，来访者不是官员，而是根本不认识也没听说过的人，便让周鼎成出去看看。

周鼎成出去接待后，才知道都是左邻右舍，原本没有任何来往，现在知道况且高升锦衣卫指挥使，所以主动求见，送上一份薄礼，目的就是想搞好邻居关系以后有个照应。

周鼎成回说况且上朝去了，以后有时间一定回访云云，把这些人送走了。

况且听到后只是挠挠头。他其实是个好静怕动之人，要不是萧妮儿没事拉着他出去逛街，或者他想出去找店面做生意的话，他宁愿在家里写字画画看书，哪儿都不想去，朋友交际的事他不喜欢做，跟邻居打成一片也没那兴趣。这是家族藏匿多年形成的习惯，在苏州是因为行医不得不与人打交道。

邻居走后，又来了一拨人拜访，还是周鼎成出去接待，结果是拿着地契房契来投献的。这是明朝的一大特色，官员田租赋，所以那些有土地、有大量房产的人就会找有势力的官员当靠山，名为投献，也就是把房产地产挂在某个官员名下，求得保护，然后利益跟这个官员分享。有个好的靠山，就不用再受官府的压榨，也可以豁免一部分税收。

况且听说过这名堂，具体怎么回事也不是特别清楚，反正没兴趣，就让周鼎成统统推掉。他若想挣钱，一定是自己想法去赚，绝对不会用这种办法从国库里捞银子。

接着，这一片的人牙子，也就是买卖丫鬟的人贩子纷纷来访，要给况且介绍有姿色的丫鬟。

再随后一拨一拨各种各样的人陆续登门，况且烦不胜烦，干脆告诉周鼎成，除非是顺天府、六部官员来访，一律给他回掉，就说上朝还没有回来，他自己则躲进了内宅书房里。

萧妮儿给他端来一盏茶，笑道："你这官升的怎么这么别扭，就跟蹲了大牢似的难受。"

况且道："我还真不如去大牢里待两天的好，那样至少心里踏实，现在我感觉整个人悬在半空，上不着天，下不着地。"

况且原本已经有了下大狱的心理准备，敢跟《明太祖宝训》硬碰硬，不付出一定的代价是不可能的。当然，他也知道朝廷对功勋家族总是网开一面，板子高高举起，最后轻轻落下，不会有太重的惩罚，估计对他的处罚也就是逐出京城，回南京由当地官府监管，如果是这样，他也就明白了皇上的心思。

在他所做的最坏的打算中，是被打入死牢，也就是皇上真的要按照《明太祖宝训》来办事，敢擅议修改宝训者，以大逆罪论处。

即便这样，他也相信自己不会真的被处死，他还有保护伞，张居正、老师、魏国公都不可能看着不管，侯爵府也会倾尽全力救他，最后估计就是流放边疆的下场。如果是这样，他对皇上就失去了一切希望，以后的事就要另做打算，不用在皇上身上多费心思了。

然而这些事都没有发生，反而得来的却是高升，的确是高升，举朝震惊，而且连高拱、张居正都噤声不敢多言，更不用说徐阶了。可是皇上这样做没有任何道理啊。

况且握着萧妮儿的手叹道："如果一切能从头再来，我真想跟你走遍苏州的街道，踏遍苏州每一条小桥，在落日的余晖中牵着你的手，一起走到生命的尽头。"

萧妮儿眼中忽然溢满泪水，哽咽道："你都胡说什么啊，这不算是好事，也不是坏事吧，你还真愿意昨天就被人抓去啊。也许是你想多了，皇上根本没有害你的意思。"

况且点头笑道："也许，我这人就是疑心太重，但愿真如你说的那样。"

萧妮儿甩脱他的手道："你还是出去走走吧，这样憋在府中跟坐牢有什么区别。"

况且猛然想起什么，笑道："对，我今天就去都指挥使司衙门报到，点卯去。皇上不是让我当指挥使吗，那我就给他当出个名堂看看。"

萧妮儿道："这才对嘛，这才像当年在小镇上的那个哥哥。"

况且晃晃头，他感觉自己进京后好像换了一个人似的，也许人总在高压之下，会患上焦虑症、受迫害恐惧症这些毛病吧。

这两天他承受了过多的压力，尤其是慕容嫣然昨天对他说勤王派正在内部密谋造反，这是他绝对不能接受的事情。

他让人找来周鼎成，说是自己要去衙门报到，叫人安排车马。

慕容嫣然知道了他的意图，二话没说，戴上了面纱。

"这小子装得倒是挺像，升官了还跟受了多大委屈似的，是不是骗女孩子骗上瘾了？逮谁骗谁，在自己家里也这德行。"小姑娘不满道。

"他可不是装的，的确是不高兴，你是不知道他的处境。"慕容嫣然解释道。

"他不喜欢当官为什么来京城啊，在南京不是过得好好的，不想当官来京城干什么？"

"你不懂，他来京城是被迫的，不是情愿来的，是嘉靖皇上父子两个逼着他上路的。"慕容嫣然叹气道。

"哦，原来这一切是真的，我还以为他就是骗他身边的女孩子喜欢他，演戏演上瘾了呢。"小姑娘似有所悟。

慕容嫣然笑了笑，自己这徒弟什么都好，就是人生阅历跟白纸差不多，跟着她走江湖几年了，可是人生这堂课还是常常交白卷。

纪昌听说况且要出去，不敢怠慢，安排了一个总旗带着四十名护卫，两辆马车上路。大老爷第一天上班，场面必须隆重一些，以示权威。

况且跟周鼎成坐第一辆车，慕容师徒坐第二辆，两辆车首尾相接，前后左右都是锦衣卫护卫遮住，车队的最前面两个护卫举着两个牌子，一个上书锦衣卫、一个上书指挥使。其实不用这些护卫静街，就是这两块牌子一亮出来，鬼都躲得远远的。

锦衣卫都指挥使司在皇城里，跟六部都察院等机构紧挨着，南镇抚司就在指挥使司旁边，这里是中央办事机构密布的区域。

况且来到皇城宫门，看守宫门的是御林军，况且带着总旗和四个护卫进去，其余人都在外面等候。

进入皇城是需要检查腰牌的，慕容嫣然师徒没有腰牌，自然进不去。不过，锦衣卫这地方她们比较厌恶，宁愿不进去，反正这里是锦衣卫总部，况且进去也不会出任何意外。

况且刚走进锦衣卫大门，两个锦衣卫人员上来查看，看到况且新发的印玺后急忙躬身行礼："原来是况指挥使大人，得罪了。"

况且看着这一片殿宇，不知道路行人在哪个厅堂，问明白后，就走了过去。

他还没走到路行人书房，路行人已经从一个偏殿走出来，看到况且后先是一惊，然后大笑道："哈哈，你怎么来了，不是让你在家里安置安置的吗？"

况且上前行礼，然后笑道："有什么可安置的，所有事都有人操办，我又没什么可做的，干脆还是早点来报到，也好早点尽心王事。"

"好，好，果然是皇上亲自选中的忠臣。" 路行人道。

况且心里暗笑，到了指挥使这级别，哪个不是皇上亲自选的，内阁想推荐都不行，当然一般来说，指挥使的任命还是要在吏部、兵部、内阁走一下，但这只是程序，无关宏旨。

况且这次任命虽直接跳过了吏部、内阁，可过后手续还是得走，不过是补办。对于这件事，估计不会哪位大学士、尚书闲着没事跟皇上蹩马腿玩，果真有人这么做，且不说皇上，那就是跟张居正公开叫板了。

"来，来，大家都来见见咱们锦衣卫新晋指挥使况允明况大人。" 路行人不请况且进去，而是向周围正观看的人们喊着。

"这位就是皇上钦点的指挥使大人，也太年轻了吧？"

"是啊，成年了吗？"有一人觉得况且太年轻了，怀疑他还是个少年。

"倒是英俊潇洒,可是没有咱们锦衣卫那种霸气,皇上怎么选了这么个人?"

"别瞎说,皇上钦点的你也敢评头论足?"

远处的人在窃窃私语,近一些的都是有品级官员,此时都簇拥上来见礼问好。

路行人给况且一一介绍,有两个都指挥佥事,是路行人的副手,算是况且的上级,况且行礼如仪。其余的就是锦衣卫的指挥佥事、千户、百户等等,都是衙门里的办事官员,远处的都是不上台面的小吏。

"况大人乃是本朝新贵,以后要仰仗大人多照顾了。"一个千户笑着拱手道。

"好说,况某年轻识浅,出入官场,百事不知,以后还望列位大人多多照顾。"况且拱手还礼道。

"好说,好说,况大人可是简在帝心,不比我们啊,这锦衣卫的差事怕是给大人镀金的吧,以后贵不可言啊。"一个指挥佥事笑道。

锦衣卫总部

这些人知道况且的任命时,开始是表示震惊,过后慢慢得出了共识:况且是来锦衣卫镀金的,走个过场,然后另有高就。因为起步就是指挥使,在锦衣卫里上升空间已经不大了,以后一定会在别处发展,不说封公封侯的,起码柱国、宫保这些位置是稳稳坐得住的。

所以况且新官上任,锦衣卫的大小官员并不觉得有什么威胁,私下里想要交好的大有人在。不过,况且注意到四个指挥使却是一个没见到,不知是躲避不见,还是没来点卯。

路行人察觉了他的心思,笑道:"今天有朝会,两个指挥使入宫当班了。还有两个指挥使有差事外出,以后会见到的。"

况且微笑，点点头。

"况大人，您这可是大喜，要请酒啊。"一个千户笑道。

"好，没问题，地点你们定，不用替我省银子，最好最贵的地方在哪里，咱们就去哪里。"况且摆出一副二世祖的派头。

"好，一言为定，咱们午时酒馆里见。"

路行人请况且进去，笑道："不必急着去坐堂，你书房在北镇抚司那里，离这儿远着呢，先在我这熟悉一会儿，中午咱们喝酒，我来请，算是祝贺老弟上任。"

况且忙推辞道："不敢让大人破费，还是我来，大人也知道，我家境还算富有，不缺银子。"

他准备给自己打造一个新形象，就是侯爵世家里出来的二世祖，这种人非常多，不是愣头青就是冤大头，简明特点就是人傻钱多速取，这种人当然最讨人喜欢，他们的银子好骗嘛。

"那好，改天我请你。"路行人听他这样说，就不再坚持了。

"怎么样，我这地方还不错吧？"一个小吏端上茶退出后，路行人笑道。

况且打量着屋子里奢华的桌椅摆设，的确有些惊讶，这里不但是一色的花梨木桌椅，还有不少楠木家具，估计是从宫里拿出来的。锦衣卫和内宫的宦官关系最密切，当年东西厂猖獗一时，但也必须借助锦衣卫的势力。

"老弟喜欢什么，尽管说，除了那些禁用的物品，别的只要你说一声，我就派人给你送过去。我知道，你喜欢这些玩意儿。"路行人说道。

"不必了，我有个地方能喝茶写字就行。"况且道。

两人喝着茶，说了会闲话，路行人忽然道："老弟，前几天顺天府在查一件事，好像是说有两个刺客在街上刺杀你，有这事吗？"

况且心头一紧，忙道："没有这事，这是他们误会了。事情是有的，不过是几个江湖人士在街上争斗，我和家人正好在那条街上，倒是差点遭了池鱼之殃。"

"真的没有？他们有眼线在那条街上，说是看得真真切切，有人企图行刺你。若真是如此，不要紧，你告诉我他们是谁，老哥一句话就帮你除掉。"路行人拍着胸脯保证道。

"没有的事，多谢大人美意，那天的确是正好碰上了。"况且心里有些紧张，不知道路行人提起这事是什么意思。

按理说顺天府查的事，锦衣卫早就知道了，皇上应该也知道了。

"那就好。我说这个没别的意思，老弟你迈进这个门，咱们就是一家人了。一家人嘛，磕磕碰碰的少不了，咱们内部可以争个乌眼青，甚至斗的你死我活，可是决不能让外人欺负，若是有人敢欺负咱们的兄弟，那就是锦衣卫的公敌，上天入地都要宰了他。"路行人掷地有声道。

"多谢大人赐教。"况且佯装醍醐灌顶的样子。

"咱们锦衣卫就有这规矩，而且还是洪武爷永乐爷给立下的规矩，老前辈的威名可不能砸在咱们手上。"

况且点点头。路行人一副慷慨激昂的样子，却总拿余光瞄他，很显然是遮掩自己的真实意图，有可能还是在试探他。

况且心里打定主意，以后还是少跟这家伙接触，被他试探来试探去的，难保自己哪一天露出马脚来。

"对了，还有一件事，上次黄锦黄大人带人接你进京，一路上遭遇了多次袭击，皇上震怒，当时让我们全力缉查，可惜老哥我无能，一件也没查出来。老弟可有那些袭击者的印象？"路行人又问道。

"不知道，当时我被黄大人带的侍卫们保卫着，基本没看到袭击者的面目。"况且这是当面说谎，不过他估计黄锦和那些大内侍卫回去后不会实话实说，否则就显得他们太无能了。况且能估计出他们写出的事情经过，绝不会有况且什么事，所以他才敢撒起谎来言之凿凿，脸不红心不跳。

"哦，黄大人那里我去请教过几次，也没有任何线索。也是的，怪我，净说这些没用的做什么，以后老弟上任了，有兴趣的话可以帮我查查这个案子。"路行人见得不到信息便笑道。

"皇上既然把案子交给大人了，我怎能越俎代庖啊，不敢，不敢。"

况且推辞道。

"皇上一定有更重要的任务交给你。" 路行人一副十分羡慕的样子。

正说到这里，外面忽然有人说道："大人，宫里有旨意过来了。"

路行人忙起身，推开门，外面站着一个人，递给他一张纸条。

路行人看后，就塞进袖子里，然后关上门走回来，说道："是皇上的御笔。"

况且看得心中暗惊，皇上的御笔几乎就相当于圣旨，之所以说相当于，是因为正式的圣旨需要内阁大学士草拟，然后又经秉笔太监改定，皇上御批，交中书誊抄，再用玉玺，这就是圣旨了，但实际上，皇上亲手写的命令也是圣旨。

想到外廷大臣们接圣旨时的种种隆重仪式，现在路行人只是像接到同僚或者上司纸条似的随便接过来，然后塞进袖子里，这就是锦衣卫的特权吧。

况且起身道："大人有公务在身，我就先告退吧。"

"不忙，皇上只是催办一件事，这事不是着急就能办的，不急在一时。今天我得好好陪陪老弟。" 路行人却抬手示意他坐下。

况且只好坐下，他真想退出去，跟这个路行人待在一起时间太久，心里总觉得毛毛的。

他没感觉到路行人身上有什么锋锐之气，可是他的感觉更糟，那就是被一条眼镜蛇盯着的感觉，似乎随时都有可能给他一口，那可是致命的。

路行人喝了口茶，然后交心似的对他道："老弟，实话跟你说吧，皇上催着我办的就是你和黄大人来京时遭遇的袭击，皇上对此非常愤怒，严令我们一定要查个水落石出。当时我记得，老弟是奉旨进京给先皇治病的，可是却被这些袭击给耽误了，没能及时救治先皇，外面还有谣言，说是皇上指使的，这不是陷皇上于不义吗？"

况且大惊道："还有这等谣言？造谣的人该当千刀万剐。那些袭击者虽然不知道来路，可不外乎就是江湖人士，他们的目标不会是我这等庸碌之人，一定是黄大人或者那些大内侍卫。"

"老弟是当事人，自然是一清二楚，可是外面糊涂人多啊，别说传说的人很多，就是有一个人这样说，皇上也受不了。皇上纯孝，先皇驾崩，皇上悲伤过度，几度昏厥，我们可是亲眼所见啊。"说着，路行人居然流下了几滴眼泪。

况且也装出被感动得一塌糊涂的样子，心里却在暗笑。

皇上是不是纯孝他不知道，不过那几波刺杀中肯定有皇上派去的人，这是一定的。皇上装纯也没用。

不过他也不责怪隆庆帝，只能说嘉靖帝太贪恋人间帝王权利了，还想返老还童，活出第二春来，这不是叫今上当百年太子吗？

是可忍，孰不可忍。

这些事况且已经抛在脑后了，可是路行人再度提出来，还当着他的面提，究竟何意？

好在此时，已到午时，有人在走廊上大声嚷着况大人请酒，正在找人一起抬轿子吃喝呢。

"这帮混蛋，就知道骗吃骗喝，老弟今天怕是要大出血了。" 路行人笑道。

"无妨，兄弟我还就是银子多烧得慌。"况且昂然道。

"好，有气魄。" 路行人饶有意味地看着他，竖起拇指。

他知道况且是装出来的，不过装得如此到位也不简单。这算是棋逢对手将遇良才的节奏。

中午果然是定在御街外的一家酒楼，况且以前没来过这里，但看看地理位置，再看看门脸，就能大致猜出里面的价位了。

锦衣卫总部的官员不说全到齐，也差不多了，除了那些办事的小吏，其余的官员们都来了。上午这里就有锦衣卫的人过来预定了，不是一桌两桌酒席，而是把酒楼包下了。

况且和路行人、两个都指挥签事，还有一些千户坐在第三层，第二层和楼下坐着的都是百户、总旗、小旗这些人，同样是总旗、小旗，人在厅堂身价就倍增。

周鼎成、慕容嫣然师徒都没有进入酒楼，而是在酒楼对面的一家随便坐下吃东西，况且的护卫则是在一楼大厅里占了几张桌子。

第十七章　新官上任　银子铺路

天价酒宴

这一天，酒楼的伙计们算是开眼了，楼上楼下清一色的飞鱼服，真是美轮美奂。路行人和两个都指挥佥事更是身着坐蟒服。

坐蟒跟龙有些相像，龙是五爪，蟒为四爪，不细分的话一般人还真看不出来。因蟒袍跟龙袍极为相似，所以只有亲王、公侯贵族才能穿，皇上身边的太监们一般都穿蟒袍，是皇上特赐的，路行人三人穿的蟒袍当然也是皇上特赐的。这类东西属于御制品，不可能自己找裁缝做，否则就是谋反大罪。

酒菜还没上来，大家先喝着茶，这家酒楼倒是真有能耐，供应的茶都是贡茶，估计是有渠道能从宫里拿到货，市面上绝没有卖的。

宫里的宦官们经常偷偷拿皇上的东西出来，卖给一些有关系的店铺和私人，这也不是什么秘密。各地每年给皇上进贡的东西太多了，皇上根本用不了，除了分赐各王府、贵族外，就是赏给亲近大臣，宦官们当然不会客气，近水楼台取出来就用，用不完就卖。

这些人喝着贡茶，却没有一人叫好，估计平时喝的也是这些，所以根本不以为然。

一个千户忽然对路行人道:"大人,我早上接到密报,塞外俺答部又在蠢蠢欲动,好像要大举兴兵犯塞。"

又一个千户皱眉道:"俺答部老实了没几年,这又要开始折腾了?边关的人怕是要睡不着觉了。"

路行人淡淡道:"酒桌不谈公事,你两人自己罚一杯。"

这两人忙点头认罚,然后大家开始谈京城的风花雪月,无外乎到哪里听戏,到哪里享乐,哪里的特色菜肴最好吃等等。

况且听得目瞪口呆,没想到这些道貌岸然的家伙正经不了半天,一会儿工夫就开始显露本色了。

"老弟,你还年轻,别让这些混蛋把你带坏了。" 路行人保护者似的对况且道。

左都指挥佥事曹化腾笑道:"我们把他带坏了?大人不会不知道吧,况大人可是有名的江南才子,据说在江南时风流着呢,我们还想让况大人以后好好带我们玩呢。"

右都指挥佥事马天宇凑趣道:"就是。况大人初到京城,有些地方可能不熟,以后我们给你指指路,然后就靠你多帮衬我们这些兄弟了。"

"两位大人说笑了,那些都是谣言,在下只是老实书生,跟'风流'二字不沾边的。"况且笑道。

"传言?我们得到的可是密报,况大人,南京、苏州可都有我们的眼线。"曹化腾道。

况且心头一惊,他倒是没想到锦衣卫的手居然伸到中山王府的地盘上了。不过他转念一想也不奇怪,说不定中山王府的那些眼线也是给两个主子干活的,能拿双份钱。

路行人斥道:"你胡说什么,南京、苏州是中山王府的地盘,咱们可从没派人去江南缉查过。"

曹化腾自知失言,笑道:"况老弟现在是自己人了,跟他说说也无妨嘛。"

路行人听他这么说，就不言语了，脸上却是浮现几丝阴云。

"不谈公事，还是只谈风云，一会儿曹兄自罚三大杯。"马天宇和稀泥道。

"对，该罚，该罚。"曹化腾急忙点头道。

路行人对况且道："老弟，不是把你当外人，你就是自家人，不过有些事是机密，只能在自家厅堂里谈，不能在外面说，跟老婆孩子都不能说。"说完还用手比画了一下掉脑袋的样子。

况且点头："我记住了。"

况且有些恍惚，自己这是被拉进了锦衣卫，还是进了陷阱？

此时酒菜上来，当真是炮龙烹凤，水陆空全席。

路行人大笑道："老弟，看着心疼吧，要不还是老哥我替你分担了吧。"

况且一拍胸脯："这算什么，大家若是看得起我况某，随时请大家来享用。"

路行人道："也是啊，老弟在家里吃的比这个好吧，贵族门第，自然吃喝的都是各地贡品。"

"就是，况大人可是出身功勋家族，这些算什么，咱们还是赶紧一饱口福吧。"一个千户看着桌上的精美菜肴，直流口水。

另一个千户推他一下："你至于吗，就算这样的席面，咱们一年总能吃上几次的，至于馋成这样吗？"他自己说着，嘴角却也不争气地流下了涎水。

"吃吧，吃吧，这是况老弟的荣任宴，不用讲什么规矩了，随意吃喝。下午没有要紧事，告假半天。"路行人大声宣布。

"多谢大人恩典。"几个千户说着，就开始大杯喝酒，大口吃菜。

"老弟，你也尝尝，这里的大厨是御厨的侄子，做法跟宫里差不多的，配料非常讲究。"路行人对况且道。

况且点点头，他没想到这些人一点儿也不谦让，说吃就吃，连个开场白祝酒词都没有，直接挑明了就是吃大户。

他对美食并没有爱好，主要是吃不出美食的真正精髓。据说有美食家吃过一盘菜后，能精确说出各种主料配料分量火候等等，丝毫不差，甚至用的是哪一家的木炭都能尝出来，对菜肴的味道还能分出十八品来。

况且吃东西就是好吃和不好吃两个标准。

路行人跟两个左右都指挥金事也大吃大喝起来，看得出他们的确不经常吃这种豪宴，而且这些美酒佳肴对这些吃客具有无可抵抗的诱惑力。

况且小杯喝着酒，随手拣各种菜肴吃，海参鲍鱼的他都没碰，不喜欢海鲜，江鱼河鱼他倒是能吃些，桌上有一大盆螃蟹，这个他倒是喜欢，蘸着姜醋碟连吃了两个。

"老弟喜欢螃蟹？"路行人有些惊讶。

大闸蟹的确是美味，可是跟桌上那些昂贵的菜肴比真不算什么，所以才大盆大盆地上，不要钱似的。

"嗯，不错，难为他家是怎么保存的，跟中秋时吃的几乎一样鲜美。"况且也不吝赞美之词，的确有些不可思议。

"他们是用秘法保存的，什么方法没人找到，掌柜的把他的各种秘法看得比命都重，不过老弟要是想要，我可以帮你想办法。"路行人道。

"不用了，偶尔吃吃香，吃多了就没味了。"况且淡然道。

"就是啊，况大人，我们开始也是喜欢这东西，后来就看得平常了。您尝尝这个，是海上弄来的。"一个千户指指桌上的一只龙虾。

况且开始还真没注意，此时看到的确一惊，这应该是远海龙虾，附近海域真没有产的。

他挑了一块龙虾肉吃下，点点头说了声好吃。

这个千户一开头，别人就给他介绍桌上的其他菜肴，什么驼峰、猴头、熊掌、飞龙汤、三鞭汤等等，这是容易叫得出名的，还有一些菜肴根本不知是用什么做出来的，名字也都很古怪，味道确实鲜美。

"况大人，您家里吃饭时真是敲着钟，然后用大鼎吃饭吗？"一个千户问道。

况且忍笑道："这是怎么说？"

看样子这些人是真当自己是贵族子弟了，不过这样也好。

"不是有钟鸣鼎食之说的吗？我听人这么说，皇上吃饭是要奏乐的，没有鼎，各种大锅一溜排开。"另一个千户道。

"一群不学无术的家伙，那是比喻，谁放着瓷器不用，用大鼎啊。奏乐倒是真的，皇上未必喜欢，但就是这么个规矩。" 路行人指着这两个家伙笑道。

正谈着钟鸣鼎食，又有几个人噔噔噔跑上楼来。

"嗯，两个当班的家伙总算来了。" 路行人停下筷子。

"你们这些害了馋痨的家伙，不等我们就开席了。不是说大人您啊，是说这些没见过世面的家伙。"一个人大声道，最后还向路行人一笑。

"谁知道等你们到什么时候，来不来都不一定，当然不能等你们，废话少说，自己找位子坐下吧。"路行人道。

前头两个人走过来，况且这桌子上两个千户自动端着杯碟碗的走开了，去临近的桌子上。

路行人站起来道："我给你们三个介绍一下吧，这位就是咱们新晋的指挥使况允明况大人。况老弟，这位是指挥使秦端明，这位是指挥使司徒登。你们以后就是同僚了，要精诚团结为皇上效力。"

况且随着路行人站了起来，其余人自然跟随，只有两个都指挥佥事听到皇上二字，才急忙站起来。

指挥使秦端明看看况且，然后冷笑道："这位就是朝廷的新贵人？"

况且勃然大怒："秦大人，你怎么说话呢？"

众人都是一愣，谁也没想到出现这个场面，随即大家都明白了，新贵人是指宫里新被皇上宠幸、然后赐予嫔妃称号的人，新贵则是指朝廷刚崛起的政治权贵，虽然只差了一个字，却是两回事。

"端明，你怎么回事？" 路行人也是一脸的惊讶。

"他不是新贵吗，他不是人吗？既是新贵，又是人，不就是新贵人吗？"

秦端明不以为然道。

"秦指挥使，我跟你初次相见，以前并无瓜葛，你出言不逊，究竟什么意思？要想比试一下，直说，我况某人还真不惧呢。"

明争暗斗

酒楼下面两层还在大呼小叫行酒令，三层的气氛却剑拔弩张。

路行人笑道："秦老弟是不小心说走嘴了，况老弟别介意，来，你们两个喝杯酒，这事就过去了。"

况且冷笑道："大人，不是我不给您面子，今天是我上任第一天，就有人打我的脸，这要是忍了，今后还有我立身的地方吗？姓秦的，你怎么说，现在咱俩就下楼去，单挑还是群殴，随你划道儿。"

况且一拍桌子，摆出一副骄横跋扈的二世祖形象。

众人惊呆了，面面相觑，怎么会这样，这位况大人跟密报中的才子风流好像不是一回事啊？难道才子到了京城就变成街头小霸王了？

也有些人暗笑，在锦衣卫里玩这个，简直是不自量。锦衣卫可不是江湖，什么单挑群殴的谁跟你讲这个，讲的都是桌上桌下的明争暗斗。

秦端明没料到况且来这一手，一时间还有些反应不过来。

他是存心找况且的碴儿，因为昨天况且的任命文书下来后，就有人跟他说，这是要顶他的位置，他可能要被派遣到军中效力。

他当然不愿意舍弃锦衣卫种种优越的待遇，更别说随意抓人打人勒索官僚商贩的特权，所以对况且憋了一肚子气，见到况且就跟仇人相见似的。

"单挑？就你这身板，不是我小瞧你，我一个打你两个。"秦端明身子粗壮，倒真像力士一般。

况且勾勾手指头："过来，信不信我一只手捏死你。"

众人大笑，这可是锦衣卫多少年来没有出现过的场景了，这两位究竟是锦衣卫指挥使大人，还是街头青皮啊。

"够了，端明，今天是你不对，给允明老弟赔罪。" 路行人沉声道。

秦端明看看路行人，然后把头一甩，又对况且道："小子，今天这事没完，咱们走着瞧。"

况且丝毫不让："当然没完，你想完也得我答应，走着瞧躺着瞧还不好说呢。"

秦端明转身就走，跟着他上来的几个千户只好讪讪地走人。

"这是怎么说，端明今天抽什么风啊？" 路行人似乎有所不解。

"他不是抽风，是有人给他拱火了，说是允明老弟要顶替他的位置。我们上午谈过这事，我劝他半天，他就是听不进去。"指挥使司徒登苦笑道。

"小人之心。跟大家说一声啊，允明进来不会把任何人顶走，要说顶的话，那也是我这个位置。" 路行人摆手对大家道。

况且听到这话却是脊背发冷，路行人看似宽大的一句话，却给况且拉来几个强大的对手。两个都指挥佥事、四个指挥使都有可能升到都指挥使的位置，虽说这位置必须皇上钦定，但只有这几个人有资格接替，皇上不大可能从别的地方调来一个人当指挥使，像况且这样的估计也就一例了。

"这样说来，我得好好先巴结一下未来的都指挥使大人了。"左都指挥佥事曹化腾笑道。

况且急忙摆手："各位大人千万别开玩笑，若是再开这种玩笑，我马上向皇上递辞表。"

"说笑而已，何必在意。我都不在意这些。" 路行人笑道。

况且心里一叹，路行人终于咬了他一口，虽说当场伤害不大，却可能是持续性的，后果越来越严重。

司徒登笑道："路大人也是说笑，这种事只有皇上能决定，可不是谁想当就能当的。"他说着，眼角也斜着两个都指挥佥事。

"就是，是我食言，自罚三杯。" 路行人自己倒了三杯酒，一口气喝了下去。

司徒登坐在况且身边，说长道短，勾肩搭背，称兄道弟，亲热的程度有点过分了，况且身上直起鸡皮疙瘩，怀疑这家伙是不是有毛病。

不过他从司徒登刚才看着两个都指挥佥事的眼神中，猜得出这家伙跟曹化腾和马天宇是政敌，如此来说，司徒登在四个指挥使中地位也是高一些，不然不可能觊觎都指挥使这个职位。

路行人是不是真的会被调走，况且心里存疑，很可能是他故意放出的风儿，让那些想要上位的政敌露出真面目，然后好逐个除掉。他当时对况且这样说，也是在试探。

"酒菜都凉了，来人，给我原样再上一桌。"况且大声道。

"不必了吧，都是自家兄弟，不用这么讲究，热一热就可以了。"路行人急忙拦着。

"不行，我跟司徒兄一见如故，司徒兄来时席面已经吃过了，这是不恭，专门为司徒兄再上一桌新的。"况且道。

众人都是直啜牙花子，这一桌可是几百两银子啊，还没吃掉三分之一，就这样扔了？这也太浪费了吧。

司徒登笑道："好，允明老弟，就冲你这番话，你这个朋友我交定了。"

众人竖起拇指赞道："况大人豪气霸气大气。"

旁边几张桌子上的人也大喊着："大人，我们这一桌酒菜也凉了。"

况且挽着袖子大声道："都换，这层的酒席全部重新上一桌。"

酒楼的小二掌柜乐开了花，这样的主儿现在真不好遇啊，别看这家酒楼来吃喝的都是大人物，别说锦衣卫的人，大学士、尚书侍郎的也经常来，不穿件飞鱼服、坐蟒袍都不好意思上三楼。

各省的巡抚、布政使也就是在二楼宴客，像况且这样要最贵最好酒席的主儿一年也遇不到几次。有钱的人虽多，可是真正能败家肯败家的却不多。

若不是小君把郑家的家底都给凭空偷来了，况且也没这个底气，不过他现在就得这样，拿银子铺路，拿钱砸人，砸蒙一个算一个。

话说吃人的嘴软，拿人的手短。况且一是为了装出二世祖的形象，二也是要拿钱把一些潜在的威胁转化掉，哪怕转化不成友情，至少害自己的时候也会脑补一下后果吧。

他喝酒时看着邻近一张张笑脸，甚至还有一些巴结奉承的笑容，却知道自己进入了什么地方，锦衣卫就是毒蛇窟，至少对他是如此，说不定某个人哪一天就会给他致命一击。

活的例子眼前就是，路行人刚才一句轻飘飘谁也挑不出毛病的话，给他带来的潜在威胁说多大都不为过。在座的没一个省油的灯，就是笨人在这里熏陶久了，都成了油浸泥鳅和毒蛇的结合体。你想抓住他不容易，他想咬你一口马上就能做到。

司徒登言之凿凿要跟他交朋友，他一点都不信，在锦衣卫里绝不可能有真正的朋友，只求他不害自己就足够了。

"哪个王八蛋给端明拱火的？"路行人问司徒登。

"他没说是谁，只说是个大人物亲口对他说的。"司徒登道。

"给我查出来，破坏锦衣卫内部团结，矛头对着允明老弟，这事不能就这么算了。允明，其实端明这人还是不错的，就是脾气不好，压不住火，改天我让他给你赔罪就是。" 路行人道。

"无所谓了，他既然瞧不起我，这种人不交也罢，是不是啊，司徒兄？"况且转头问司徒登。

"这个嘛，端明还是值得交的，以后相处时间长了你就知道了。"司徒登有些讪讪地笑道。

不多时，席面上来，把桌上的全部撤掉。不过附近那几张桌了上的家伙，却是把原来的席面继续吃，新的席面上来后，他们就跟伙计们要来一沓沓的食盒，开始瓜分起新席面了。

打包？况且看傻眼了。

明朝也时兴这个？也就京城城吧，在其他地方还真没见过。

"这群没出息的货，允明，你别笑话他们，要不是你请，我们等闲吃不着这美食的。"路行人脸上有些挂不住了，不过他没怪罪这些人，连他都有打包几样回家给家人分享的冲动，只是放不下身段。

"这些兄弟这样做是把我当自家人了，我喜欢。"况且道。

"要这样说咱们这桌也分了吧。司徒兄没意见吧？"曹化腾笑道。

"当然没有，允明老弟的心意我是领足了，那个龙虾给我留着，谁也别抢。"司徒登道。

当下，除了路行人和况且，这桌上的人都开始要食盒，没几分钟新席面就瓜分掉了，旧的席面重又摆上来继续吃。

众人全部瓜分完后，路行人慨叹道："想当年咱们锦衣卫何等威风，哪有缺银子用的时候，自从嘉靖爷从严管理后，咱们就是老太太过年，一年不如一年了。但愿允明老弟的到来能带来新气象，恢复咱们老前辈的荣光。"

况且腹诽，锦衣卫在嘉靖年代的确是低调了几十年，却也没耽误高层搂银子，锦衣卫原都指挥使陆柄就是捞钱的好手，不过中下层官员可能不如以前了。

"就是，允明老弟，以后我们要想发财就靠你了。"司徒登拍着他的肩膀道。

"你们靠我，我靠谁啊，我现在还是靠着祖宗的家底吃饭呢。"况且笑道。

"那可不一定啊，说不定老弟就是祥瑞，你一来我们锦衣卫就又发迹了。" 路行人道。

也还别说，这席面一换，大家抢着瓜分了新席面后，众人看着况且的眼神都变了，仿佛况且就是人形金元宝，都恨不得上来咬一口。

那些千户都过来给况且敬酒，况且是来者不拒，酒到杯干，大家都看傻了。

"老弟好酒量。" 路行人赞道。

一个千户笑道："况大人，我刚才说错了，您在家不是用鼎吃饭，不过鼎还是有用的，是用鼎喝酒了。"

众人听闻，一阵哄堂大笑，有人开心得直跺脚，震得地板晃晃荡荡。

银子铺路

这一顿饭吃了一个多时辰才罢。

况且结账时，一共花了三千多两银子，真是大出血啊，这些家伙也是太狠了。

想想上次赵阳请他喝酒，也是把整个酒楼的客人都赶走了，然后替所有客人结算了账，不过二百多两银子。

况且并不心疼银子，拿出一张五千两的银票扔在柜台上。

"这个，大人，小人这儿没这么多银子找给您。"掌柜的看着那张五千两银票，像老鼠见到一座粮仓似的，直接眼晕。

"不用找了，就先押在这儿吧，给我开个户，以后喝酒就不用带现银来了。"况且道。

曹化腾道："刘掌柜，这是我们新来的指挥使况大人，他可是皇上钦定的，不会差你的钱。"

"好说，好说。"刘掌柜麻利地拿出一张纸，算是开个户头，况且在上面签了个名。

刘掌柜写上收银多少，剩余多少，剩余的就存在柜上。

况且又拿出一万两银子的银票扔给掌柜，大声道："存在柜上。"

刘掌柜诚惶诚恐："大人，不用，小店信得过您。"

况且道："不是为我准备的，我是为朋友们开些支出额度。这是我的上司，也是大哥，你认识吧？"

他指着路行人说道。

"当然认识，这几位爷小的都认识。"刘掌柜回答。

锦衣卫是强横，不过在这条街上还不敢玩横的，而且虽然有时候赊欠店铺的银子，可还钱的时候还是很爽快的，在这条街上开买卖的都是大有来头的人，锦衣卫也得罪不起。

"这位路大人以后来吃喝，算我账上，一万两银子的额度。曹大人、马大人每人五千两银子的额度，这是我新交的生死兄弟司徒大人，额度两千两。存柜上的银子花光了，你就找我要，不知道我家，可以去衙门里找我。"

随手又扔下一万两银票，这三次扔票子，就跟扔一张纸片似的。

路行人等人都看傻了，这家伙拿出的是银子吗，不会是大明宝钞吧？谁拿银了敢这么扔啊。

一万两银子能买多少东西？

况且那座府邸算是豪宅了，地段还好，也就一万两银子出头，可以说这顿饭就吃掉了一座相当不错的房子。

况且回头笑着对路行人道："大人，我这不算行贿吧？"

路行人蓦地叫起来："你这家伙，这还不算行贿？这就是行贿，不过我喜欢。"说完哈哈笑起来。

其他几人都笑了起来，有笑得开心的，有笑得激动的，两个都指挥佥事却是笑得有些勉强，显然对况且自作主张给他们开额度账户，不知怎么应对。

笑得最激动的就是后面站着的那些千户们，他们叫着："大人，我们的呢？"

况且笑道："各位兄弟们，对不起了，你们要想来这里吃，只能跟着几位大人沾光，或者跟着我来。"

千户们也不失望，况且公然叫出行贿来了，自然不会向他们这些下属行贿。

"痛快，好痛快！这顿酒吃的开心，这气派更是了得。况大人，您这可是新人新气象啊，咱们锦衣卫好多年没这场面了。"一个千户激动地大叫起来。

"是啊，况大人，以后多领我们来吃几顿。"

"况大人……"

嚷到最后，况且举手往下压压，笑道："没问题，以后有机会就会请大家来，包吃喝包打包。双席面。"

听到况且这话，众人尴尬地看着自己手里的食盒。这一群人，除了况且和路行人，每人提着一大摞，当然出去后就都交给了自己的卫兵。

结完账后，一大群锦衣卫官员浩浩荡荡走出酒楼，场面那叫一个壮观。别说外面看的人，就是下面两层的人都纳闷，这些大人怎么吃饱了还带着走啊。他们看看这家酒楼还在，这才放心，要不真以为这些大人物把这家酒楼打包带走了呢。

况且的马车就在外面，跟路行人的挨着。

路行人笑道："老弟，你要是不累的话，咱们现在就去你坐堂的衙门看看？"

况且道："我没事，大人若是累了就改天。"

"那就走吧。"

两人上了车，护卫们左右跟随，曹化腾、马天宇、司徒登等人过来告别，嘱咐他没事就过来玩，有什么事打个招呼就行。

车子走出一条街后，还能听到后面的欢笑吵闹声。

"你干了什么，跟他们混得这么熟？"周鼎成震惊了。

"这有什么稀奇的，银子嘛，多花银子不就熟了嘛。"况且笑道。

"你花了多少？"周鼎成估计不会是小数目，人头数在这儿呢，整个锦衣卫衙门几乎全部出动了。

况且说了个数目，然后道："回去别跟萧妮儿说，不然她又要心口疼了。"

"若真能把他们都收买了，就是花上十万两银子都值。毕竟你以后要在这里混，安全是第一。"周鼎成道。

况且坐在车里仔细回想着刚才经过的一幕幕，他跟这些人真混熟了，至少那些千户基本都认识了，人脸和名字都能对上。

他琢磨的是曹化腾和马天宇两人，在路行人说况且将来可能接替他的那个瞬间，明显露出了敌意和杀机。这两人以后肯定会给自己带来一些麻烦，那个司徒登可能也是麻烦的来源，尽管秦端明上来就跟他针锋相对，他倒是不惧怕，他喜欢的就是这种站在明面上的敌人，最怕的就是笑里藏刀、口蜜腹剑的对手，这种对手稍有疏忽，就会给你沉重的打击。

那些千户都不是省油灯，明显都是跟着上面一个个人物的，阵线分明，看上去对况且都是热情恭维，谁知道以后会不会跟着某人一起打击他？

他感到有些疲乏，就靠在车子的靠背上。

"喝了多少酒啊？"周鼎成有些奇怪，况且从来不醉，也没有酒意，今天怎么像有点喝多了。

"不是酒的事，是心太累了。"况且道。

"还是别想太多，也别把人都想太坏，锦衣卫跟一般衙门没区别，锦衣卫的人不都是凶神恶煞。你现在不也是其中一员了吗？"周鼎成笑道。

"嗯，理是这个理，可是谨慎提防是必须的，上午那位就放我一枚冷箭。"况且低声对周鼎成说了路行人阴他的事。

"这家伙果然阴险。要不要……"周鼎成做出一个抹脖子的姿势。

"不要，这绝对使不得。锦衣卫可不是福州郑家，决不能轻举妄动。我担心的并不是他们，而是皇上那里。"况且道。

周鼎成跟小君混久了，也养成一个毛病，就是看谁不顺眼，就想给谁来个自然死。

"你这种二世祖的打法能瞒得住他们吗？这些人估计早就查清了你的底细。"周鼎成想想况且故意耍横玩酷，标准的二世祖形象，就忍不住想笑。

"一次两次他们不信，时间久了他们就信了。我能感觉出，刚进入锦衣卫大门时，这些人对我都有排挤的意思，现在请了他们一顿酒，马上就有变化了。说到底，天底下最好使的还是银子。"况且无奈地笑了。

北镇抚司在安定门附近，因地处北面，被称为北镇抚司，全名是锦衣卫镇抚使司，平常所说的锦衣卫镇抚司就是指这里，都指挥使司下面的镇抚司已经退化为专门管理本卫刑名的机构。

到了地头，车队停下，况且走下车，周鼎成和慕容师徒两人留在车上。

路行人也走出来，两人带着几个护卫走进北镇抚司的大门。

这里不在皇城内，却也是宫殿式建筑，单单一个镇抚司，规模不比都指挥使司小，好像还要大些，可能这里有很多监牢吧。

不过，走过去并没有感觉到监牢的那股阴森气，从外表看也是富丽堂皇，但这里就是所有官员们最恐惧的地方，对犯事的官员来说，被抓到这里就等于下了地狱。

里面的卫兵看到路行人，纷纷上来行礼，路行人介绍了况且，两人走过去。按理说无论何人进入镇抚司都需要查验身份，这种地方就像宫里，往往认牌子不认人。不过路行人毕竟是锦衣卫的都指挥使，卫兵就不敢依法办事了。

一个年轻的千户带着几个办事人员迎上来，听路行人说要拜会镇抚使，躬身笑道："大人被召进宫里了，今天不会回来，况大人的事，大人吩咐过了，要不要属下带两位大人去况大人的衙门看看。"

"嗯，那就看看吧。" 路行人随口道。

千户带着两人走出大门，来到邻近的一个建筑群，笑道："就是这里了。"

况且有些恍惚，进入里面后，跟镇抚司那里差不多，只是显得空空荡荡，几个办事人员看到路行人带人过来，急忙跑着来拜见。

"这些人应都是老弟的手下了。" 路行人指了指上来拜见的人，笑道。

第十八章　曙光初现　逼入死地

白手起家

况且看着空空荡荡的周围，竟产生了一种不真实感，好像站在旷野里。

"这是况大人，你们的新任指挥使，还不赶快拜见。"路行人指着况且道。

"原来是指挥使大人，属下拜见大人。"几个办事人员急忙大礼参拜。

"免了，这里就你们这些人？"况且问道。

"现在只有我们这些人，也没什么可干的，许多东西还没运来，说是在光禄寺那里定做呢。人员好像陆续还会来吧。"领头的是个千户，说话犹豫不决的样子，显然也不知道多少实情。

况且转身看着路行人，目光中带着疑问。

"你别看我，我也不知怎么回事，只知道你的衙门地点在这里。"路行人摊手道。

领他们过来的那个千户笑道："况大人，我好像听我家大人说了，您这里是白手起家，一切从头做起。这些人是打零杂的，主要的人员还得您自己招募或者从别的卫里挑选，当然从民间挑选也行。"

"你是说皇上想让他打造一个新的锦衣卫？"路行人有些紧张了。

那个千户忙道:"不是,只是一个卫的编制,好像全名是锦衣第六卫吧。"

路行人脸色阴晴不定,却也没说什么,这自然是出自皇上或者司礼秉笔太监的意思,他当然不敢评论什么。可是他一下子也糊涂了,新成立一个卫主要是做什么的呢?

"皇上的旨意好像在我家大人那里,我也不知道太多,况大人哪天方便过来,问问我家大人就知道了,要不就到宫里问一下。"那个千户道。

况且苦笑,他闲得没事也不会进宫里打听这事去,不过他有些明白了皇上的意思,就是让他自己打造班底,打造一支全新的锦衣卫,虽然只是一个卫的编制。

锦衣卫原来是明太祖朱元璋的亲兵卫队,正式名称是仪鸾卫。锦衣卫是御林军中的一支,而且是最重要的一支,是皇上出行的仪仗队和贴身卫队,直到现在锦衣卫依然担负着把守午门的任务,这可是宫廷最重要的门户。

锦衣卫下面有五个卫的编制,人员在三万人左右,最高时达到六万人,这还是正式编制人员,至于编制外人员究竟有多少,就难以统计了。明朝历代皇帝都把锦衣卫作为皇上亲自指挥的集侦缉、抓捕、审讯、定刑、监禁、处决于一体的机构,外廷大臣尤其是三法司抨击锦衣卫最厉害的地方就是贪赃枉法,权力过大。

"老弟,今天好像也就这样了,要不咱们先回去,你哪天方便再过来看看,看这样子一时半会你也没法正式坐堂了。"路行人意兴阑珊道。

"好吧,哪天我再来。"况且也点头道。

的确,空有这些房屋和场地,却没有人可以差遣使用,什么事也办不成。

属下们恭送两位大人出去,他们没料到新任指挥使如此性急,以为这位大人得在家里招待十天八天客人,才会来坐堂的呢,这也是官场默认的规矩。

况且和路行人上车后,转过一条街就分道扬镳了。

一路无话，连周鼎成也没说一句话，显然他被弄糊涂了，他虽然没有进去看，但里面的对话他都听到了，更不用说慕容嫣然师徒了。

回到府里，况且直接来到自己的书房，这里隔音，算是最保密的地方。

周鼎成、慕容嫣然都跟着他进来，小姑娘则直接进了内宅找萧妮儿玩去了。

"看来是一场虚惊，皇上没有恶意。"慕容嫣然道。

"嗯，倒是很意外啊，原以为上书开放海禁，就算不杀我，一顿惩罚也是免不了的，现在看来皇上另有打算，挺我呢。"况且道。

"一个由皇上亲自指挥的锦衣卫中的卫，这事怎么想怎么让人觉得糊涂啊。"周鼎成挠着头皮道。

"也没什么糊涂的，也许赵阳说对了，皇上真的想开放海禁，这个锦衣第六卫可能就是为将来开放海禁成立什么机构做准备的。"况且道。

"嗯，这样想是有道理的。"慕容嫣然想想也赞同。

况且道："不过，这样一来可就是把我架在火上烤了，无论锦衣卫内部的人还是朝廷上那些反对开放海禁的人，还不都视我为眼中钉肉中刺，必欲除之而后快。"

"不用担心这个，谁若有歹意，咱们先下手为强，不会给他机会的。"慕容嫣然道。

"朝廷上的事不能靠打打杀杀，那样不行。另外路行人今天一再说要查我来京路上的那些刺杀事件，不知是什么用意。"况且一直在想这件事，却怎么也想不明白。

慕容嫣然没有说话，她显然也弄不明白这里的名堂，不过她原来说的勤王派上层所做的分析显然出了偏差，但是究竟是不是这回事现在也无法断定。

况且入京途中发生的事，她不是很清楚，当时怕那些大内侍卫发现，她们都离得比较远，等她们发现险情时，事情已经结束了。所以当时究竟发生了什么，那些人都是什么来头，不但她不知道，勤王派也没有查出名堂来。

"您今天在酒楼玩的那一手很漂亮,再来几次,真要把锦衣卫上下都买通了,可是您的腰包是不是瘪了,要不要我想法给您弄几万两银子来。"慕容嫣然笑道。

"您能弄来银子?"况且问道。

"当然,化缘吧,咱们组织里可是有太多大的寺庙,他们的银子成山价堆着没用处,咱们不妨化些缘来用。"慕容嫣然道。

况且想想还是摇头:"算了,我暂时还有的用,实在没银子了再麻烦前辈吧。"

"皇上让你自己挑选招募人员,这不好办吧,一个卫的编制是五千多人,去哪儿挑选这么多人,再者说了,御林军、锦衣卫的人也不会任你随便挑选吧。从民间招募更不容易,光训练成可用的人员就得几年工夫。"周鼎成在为这事替况且犯愁。

"这还不容易,咱们的人多的是,别说五千人,就是五万人也不难。"慕容嫣然道。

"不行,决不能用咱们的人,得防着皇上一手,万一皇上知道我的底细,也预料咱们都用自己的人,到时候不是被一网打尽了?"况且摇头。

他想的倒不全是这个原因,他最恨的一点就是被勤王派里的人架空,要是自己的手下都是勤王派的人,自己不是被架空了吗?所以他决定这次一定要打造自己的队伍,从最底层开始一直到高层,必须亲自挑选、认真过筛。

"怎么招募这些人,我也没有好办法,我去张大人那里请教一下,张大人应该有好办法。"况且想了想道。

"皇上让你自己招募人员,白手起家?"张居正听罢也是一怔。

不管哪个衙门都必须人员齐备,换来换去的是官员,下面的人基本多少年不动,可是皇上现在给了况且一个空空荡荡的衙门,一切从零开始。

这事儿有点新鲜,有点出格,难道是皇上着急,有点仓促了吗?

"要说招募人员这事一点不难,戚继光戚帅你知道吧?"张居正问道。

"知道。"况且说。

"他正好在蓟镇练兵，担任蓟镇总兵官，他是我最相信也是最赏识的人，哪天你们认识一下，或者从他练好的军中挑选一两千人，又或者让他帮助你练一支新军。锦衣卫应该只是侦缉抓捕，有一两千的人马也就够用了。"张居正道。

"多谢大人。"况且大喜。

果然还是张居正有办法，他最难的地方张居正随口就给解决了。他没想到的是戚继光就在蓟镇，离这儿不远。

想到能跟戚继光相识，甚至以后可能共同练兵，况且就有些心潮澎湃了。

"要新增加五千多人的编制，经费由哪里划拨？现在各地军饷都难以全额发给，再增加这么多人员，户部那里又要闹饥荒了。"张居正现在是管理全局的，并非只是管理礼部，所以政经这两块他都熟悉。

"我不知道，这只是听镇抚司里的一个千户说的，他也是听镇抚司的镇抚使说的。"

"北镇抚司镇抚使刘守有，这个人还不错，名臣之子，持论公允，也不喜欢兴事，比路行人要强一些。"张居正道。

"大人跟他熟吗？"况且问道。

"不熟，他算是皇上的身边人了，我们不好跟他有过多来往。这会引起非议的。"张居正道。

"您和高相不也是皇上的身边人吗？"况且不解道。

"这不同的，你慢慢就明白其中的奥妙了。对了，你以后可能也是皇上身边的人，咱们以后来往这样密切，也会有流言蜚语。"张居正笑道。

"没关系，从我踏入京门，进入大人幕府开始，额头上就刻上"张党"两个字了，要是真有张党的话，这辈子是别想抹除这印迹了。"况且笑道。

"这么说是我害了你了。"张居正也笑了。

今天跑了一天，得到了一些确实消息，况且算是心里踏实些了，虽说前途依然迷茫，至少看到了一线曙光。

科举与门阀

"经费等你的事完全定下来咱们再研究，实在不行，我去户部给你打饥荒去，说什么也得把你的银子凑足了。"张居正说道。

提到银子，张居止眉头紧皱，看上去他比户部尚书还要发愁。

"朝廷经费这么紧张？"况且问道。

"处处都不够用，每年征收的租赋根本不够开支。这还是官员俸禄低，要是官员的俸禄再高一些，根本支持不住。我有时也怀疑，唐宋时期的官员俸禄那么高，是怎么支撑住的？"张居正自语道。

"唐宋时期是多货币同时流通，不单纯靠银子和铜钱，布帛、粮食、茶叶都可以在市面上流通，所以才很少有大规模的银荒和钱荒，尤其是绢帛的流通很大程度上解决了银子、铜钱不足的现象。本朝布帛基本退出市场，对银子的依赖程度过大了。"况且大胆地说道。

"嗯，你说得很有道理，古人重视绢帛比重视银子更甚。唐太宗时，长孙皇后的一个叔叔就是盗窃了国库的绢被问罪的，本朝官员可都是偷银子没人偷绢帛。"张居正想了想，觉得况且所言有些道理。

"是啊，唐宋时绢帛就是钱的一种，普遍性更大于银子，这样才不至于过度依赖银子，咱们国内没有大的银矿、铜矿，只能靠海外输入，可是现在海外输入的那点银子根本供应不了朝廷的需求，这就造成了银荒，铜也是如此。唐宋时期，绢帛虽然贵重，但自己能生产，也就没有现在这些烦恼了。"况且道。

"嗯，的确是这个道理，可是积重难返，现在想用本土的绢帛代替银子已经行不通了，还是得想办法增加银子的输入。"张居正道。

"那就只有放开海禁，朝廷把海外贸易这一块全部抓在手上，而不是白白便宜了一些大家族和一些地方省份。"况且道。

"这样做是好，可是得罪的人太多了。而且能不能在朝廷上通过也很难说。"张居正显得有些底气不足。

"这事如果大人跟高相合力推动，并不难做到，那些地方大家族完全可以强力扫平，地方上换一些官员就是了。"况且道。

"你刚上任，就想大刀阔斧了？"张居正笑了。

"我这就是随便说说，大人别见笑就是。"况且知道官场种种积弊难返，不是大刀阔斧就能解决问题的，地方那些强族更是树大根深，想要拔除谈何容易，这些大家族在朝廷有深厚的背景势力，不然也成不了地方强族。

"你说皇上让你白手起家，是不是也是为了海外这一块做铺垫？"张居正问道。

"我只是猜，大人都不知道的话，估计就只有皇上自己知道了。"况且笑了。

"也未必，宫里皇上身边的太监们还是知道的，只是他们轻易不敢说就是了。"张居正道。

况且跟张居正在室内密谈，仆人们都候在外面等着召唤。那些幕僚们也不敢去打扰，只是在一个屋内发着无聊的感慨。

这些人以为况且就是一个后生晚辈，靠了陈慕沙的面子才进入张居正的幕府，所以他们还是有点瞧不起这位年轻才子。

按照他们的设想，况且只是在张居正这里历练而已，以后还是要走科举这条路，考上举人，再考上进士，然后靠张居正的栽培，或者在一个地方从县令做起，或者在朝廷里从御史做起，一点点向上爬。

按照他们的想法，况且将来能有大的成就，升到尚书大学士不过是时间问题。可是没人能想到况且好像焰火一般，呼的一声，直上青云，一下子就升到锦衣卫指挥使的高位。

这些人怎么会不心酸不嫉妒，他们在张居正幕府中苦熬，即便能得到张居正的栽培，将来在仕途上一路顺风，也很难爬到如此的高位。谁能料到前几天还是他们小老弟的况且一下子就成了朝廷大员了，还是锦衣卫的大员，锦衣卫官员跟一般官员完全是两个概念，那是最接近皇上核心层的地方。

"整天说什么打破门阀，人人都可以借助科举这条路实现黄金梦，可是到头来还是出身决定命运，人家是贵族子弟，血脉值钱啊。"一个五十岁上下的老幕僚捏着酒壶叹道。

他自己是没有任何希望了，所以不是完全嫉妒况且，而是对这现象感到了失望。

"这只是特例，不是普遍现象，张大人不就是从平民一路做到今天的尚书大学士吗？"一个三十多岁的幕僚道。

尽管他也是心中酸楚，感叹命运的不公平，可是他心里的梦并没有完全破碎。

"况小兄弟是特例，大人就不是特例？天底下文人万万千，有几个人有福分当上帝师的？帝师可是比贵族还稀罕呢。"那个老幕僚叹道。

"我说老董，你就别没事专门打击人好不好，你是土埋半截的人了，我们还想好好活这一生呢。"一个年轻幕僚不满道。

"你想好好活，谁不想，我也是从你这年纪过来的，我在你这个年纪上，比你野心更大，比你做的梦更好，可是到头来一场空。"

"其实啊，我倒是替况小兄弟感到可惜，锦衣卫再好，官再大，也是武官，现在是文官治国的时候，武官算什么，见人低一等。"一个幕僚找到了自我安慰点。

"你说的那是一般的武官，锦衣卫是执掌刑名的，属于法官，不是单纯的武官。"一个幕僚驳斥道。

"那也是武官。"

"不对，你们知道吗，上朝时锦衣卫是维持秩序、警戒宫廷的，既不是文官，也不是武官。"

几个人开始争议起来，完全忘了开头争论的是什么，而是聚焦到锦衣卫官员是属于文官还是武官了。

况且在跟张居正密谈时，这些幕僚的话都听到耳朵里了，他不是有意偷听，而是耳力太强了，自动就收听到了。

"你笑什么？"张居正奇怪地问道。

"没有，我是忽然想到别的事了。"况且急忙收敛心神，集中精神跟张居正说话。

"看来我刚才说的话，你都没听进去。"张居正故意瞪了瞪眼睛道。

"听到了，不就是我带着人去凤阳救人那件荒唐事吗，过后还是魏国公和您帮我遮掩过去了。"况且道。

他的确听到了，张居正不知怎么突然提到他带着武城侯府的精兵还有中山王府的侍卫奔袭凤阳去救左羚的事。

"帮你遮掩那是表面上的事，实际上明眼人早都知道是怎么回事，当时皇上还是太子呢，听说这事后大笑起来。你猜皇上当时说什么？"

"还能说什么，说我小孩子性子，瞎胡闹呗。"况且笑道。

"不对，皇上当时是这样说的，'自古文臣带兵没有超过王阳明的，况且既是师从理学宗师，又能带兵，难道又是一个王守仁？'听到没有，皇上对你评价很高的。我这两天也是忽然想到这事的，皇上这次让你组建一个新的锦衣卫，是不是就是因为这个缘故，你毕竟还是文人，如果带兵再能立大功，岂不是正应了皇上那句话。"张居正道。

"皇上这样说的？"况且不禁向前凑了凑。

"当然是，我还敢假造皇上的话不成。"张居正捋髯微笑。

"难道这事跟开放海禁没有关系？"况且最关心的是这个，这可是他的梦想。

他想打通南海航道，到海外打造一个乐土，如果完全靠自己的力量，的确是不可能的事，如果能借助朝廷的势力，那就事半功倍了。

"开放海禁有可能，但没有这么快，这事得一点一点的来，慢慢的让大家想通了，还得想办法消除那些占了海禁便宜的家族的抵抗，这些事就是皇上也急不来的。皇上让你从头做起，从小做起，不也是慢慢来的意思吗？"

况且明白了，心里的难题也解决了，他站起身告辞。

张居正也不留他，自己还有不少事要跟幕僚们商议，估计又得挑灯夜战了。

况且从一个角门出来，护卫们正在此恭候他。

况且没有上车，而是想走一走，这里离他家不远。

皎洁的月光洒落在洁白的雪上，反映出一片空蒙的白光，周围也不那么黑暗，而是有种梦境般的空灵。

"大人，还是上车吧，外面冷。"一个护卫跟在他后面道。

"不用，我走回去，你们跟着我就行。"

他呼吸着夜晚凛冽而又清新的空气，忽然感到有些燥热，便解开了皮衣，露出里面的飞鱼服。

"大人，小心着凉。"护卫很是担心。

况且没回答，一路走到家里。

"怎么样？"

他一回来，周鼎成和慕容嫣然就迎上来问。

"问题解决了，张大人可以让戚帅帮我练兵。"

"戚继光在哪儿？"周鼎成一时没反应过来。

"蓟镇，他正担任蓟镇总兵官。"况且道。

"太好了。"周鼎成也是欢呼雀跃。

慕容嫣然却没有这么兴奋，平静的表情下似有隐忧。

暂不执行

第二天上午，况且又去了安定门附近的北镇抚司，这次倒是见到了镇抚使刘守有。

北镇抚司是独立的机构，跟都指挥使司是平级，所以刘守有享有都指挥使的衔，只是一般人还是叫他镇抚使，这个名头比都指挥使吓人多了。

刘守有并不吓人，相反倒是很有文人气质，中等身材，保养良好，如果不是穿着锦衣卫官服，完全是标准文官的形象。

他没有穿坐蟒袍，不过他也一定有，或许是不想天天穿在身上显摆吧。

"是允明老弟吧，昨天我进宫了，没有见到你。"

况且走进刘守有的二堂时，刘守有正在埋头看一份卷宗，看到况且后，从桌案后面走出来，笑容满面道。

"况且奉命拜见大人。"况且上前行礼。

"不必多礼，你只是在我附近坐堂，算是邻居，不是我的属下，这一点你明白的吧？"刘守有笑着还礼。

"这个……说实在的，我只是接到了兵部公文和一个指挥使的印玺，别的都不知道。"况且苦笑道。

"那我就给你说说吧，没有内监去给你说明皇上的旨意？"刘守有对此似乎也感到意外。

"没有。"

"那好，先坐下吧，我慢慢给你说。"

刘守有请况且坐在一张楠木雕花椅子上，自己坐在对面，一个仆役进来，端着一个盘子，上面不是茶，而是一壶刚刚煮好的酒。

"来，天寒地冻的，先喝两杯。"刘守有拿过仆役斟满的杯子，对况且道。

况且有些发呆，这大早上的就喝酒？比武官还生猛嘛。

"喝吧，我这儿后边就是监牢，不知里面积累了多少冤死鬼，阴气重着呢，每天不喝几杯酒，根本扛不住。"刘守有笑道。

况且向后面看去，却没看到监牢，也没感受到什么阴气。

"你初来乍到，还觉不出什么，时候久了就能感受到了，到时候也会养成我这习惯。"

况且嗅着酒香，正是他最喜欢的花雕，一口喝下去，周身滚过一股热流。

"在这里的人都喝酒？"况且好奇地问道。

"都喝，只要不喝多就没事。"

一壶酒喝完，刘守有掏出一条绢帕擦擦嘴角，然后慢条斯理道；"皇上的意思是让你在这里打造一支新的锦衣卫，暂时就是这个名吧，以后究竟如何使用，得听皇上的意思。这支队伍必须你亲手打造，不是按照锦衣卫的模式，那样的话就不必重新打造，有现成的人马拉过来就行了。"

"皇上想让我打造一支什么队伍？"况且好奇道。

"是这样一支队伍，既具有锦衣卫的全副特色，也就是侦缉、抓捕、审讯、定罪这些，还必须能够深入塞外，远到海外进行情报侦察收集。这还不是最难的，最难的是这支队伍必须能独立作战，不依赖任何官军，在任何情况下都能跟塞外的各部落、海外的海盗进行战斗。"

况且呆住了，这是什么样的部队啊，怎么什么事情都管啊？

"怎么样，难吧，老实说我也不知道你如何才能做到，反正这不是我操心的事了。皇上的旨意是这样的，这支队伍由你挑选招募编练成军，先是一个卫的编制，以后看需要可以扩大，暂时先不用户部的钱，而是全部用皇上的帑银，经费没有限制，需要多少做个预算可以到宫里支钱。人员倒是需要列出名单履历这些报到兵部审批，这也就是手续。不过招募的人员必须是良家子弟，决不能让地痞无赖作奸犯科的人混入其中，如果有这种现象，你就要倒霉了。"

况且听得一愣一愣的，真要怀疑自己的耳朵出毛病了。

"怎么样，况大人，觉得扎手了吧，这官可不好当啊，老实说我听了都吓一跳，若是让我来充当你这角色，我肯定胜任不了，不过皇上好像相信你能做到。"刘守有打量着况且笑道。

"既然是皇上的旨意做不到也得做到,慢慢来吧。"况且一半是对刘守有说,一半是安慰自己。

"慢慢来?那可不行,皇上说了,必须半年之内人员招募训练编制完成,一年之内就能拉到塞外海外办事了。"

况且一听,腾地站起来,然后又颓然坐下,苦笑道:"大人,您也知道,这根本做不到啊。如果是现成的人马,哪怕一个月也行,可是这……"

刘守有笑了:"你跟我说这道那的没用,真要觉得不行,自己到皇上那里请罪交辞呈。"

况且泄气了:"算了,我还是等着受皇上的惩罚吧。"

"算你识相,皇上没有明言,不过呢,我也品出皇上的意思了,就是让你使出浑身解数来折腾,折腾出名堂来,以后贵不可言,如果把事情办砸了,我这后面就是你的存身之所,到时候我可不会手下留情。"刘守有森然道。

"大人,到时候我也不麻烦您了,直接服药自尽算了。"况且泄气道。

"那也行。"刘守有笑了。

况且虽然不懂军事,却也知道一支新军从招募到训练,再到能够基本完成各项作战要求,怎么也得一两年吧,最好是三年。虽说也有经过两三个月突击培训就拉上战场的,但那基本就是炮灰。

皇上这样做,就是把他逼入死地了,这基本就是缓期一年执行的死刑判决。

当然也还有一个办法,不用半年,一个月就行,就是采用慕容嫣然的办法,从勤王派里调来各种人才,无论是侦察收集情报,还是抓捕杀人,勤王派里一定都有专门的好手。至于说跟塞外游牧民族或者海盗作战,勤王派调来几百个周鼎成这样的高手,再调来几十个慕容嫣然这样的绝顶高手,基本就能横扫了。

至于说勤王派里有没有这么多高手，况且相信是有的。

然而，这样做就暴露自己太多了，朝廷又岂能容得下这样的"外部势力"，势必会集中大内高手，将这股势力一网打尽，他恐怕也难逃法网。

无论如何，他也只有这一年的光景，然后就是进死牢，真不等于死缓一年吗？

从戚继光手里借兵倒是一条路子，相信靠张居正的面子可以做到。可是戚继光训练的只是上阵杀敌的军人，其余的任务这些人未必能完成。

他脑筋一转，又想到另外一个问题，皇上为何要让他带着人去塞外、海外折腾，而且还不走六部的程序，经费全部皇上自己掏腰包？

他一时间想不明白，不过既然皇上自己掏腰包，这钱就不是好拿的，太烫手了。

"况大人，你慢慢想，老实说，这里的事我不明白，也不想明白，只能祝你好运，可千万别落到我这里来。"刘守有笑道。

"大人您忙。"况且忙道。

"对了，还有一件事，皇上让我带你参观一下咱们著名的诏狱，看看那里的各种刑具，说是让你开开眼界。"刘守有饶有趣味地看着况且道。

况且身上立马打个寒战："大人，这个改天行不行，冲击力太大，我一下子接受不了。"

"好，你哪天准备好了我带你参观。"刘守有说完，就又坐回他的那张巨大的桌案后面看卷宗了，也不知该谁倒霉，要落到他手上了。

况且看着他手里拿的卷宗，暗暗为那人祈祷：老兄，赶紧自尽吧。

况且坐在那里想了半天还是混乱一片，就抬头道："大人，您还有酒吗？"

"有啊，我叫人再送来一壶。很好，孺子可教，这么快就跟我学会养成良好习惯了。"刘守有笑道。

"不是一壶，是一坛子。"况且道。

"一坛子酒？你这是想青出于蓝而胜于蓝啊，不过这速度太快了吧，看样子你真能完成皇上的旨意。"刘守有有些惊讶,但还是不忘调侃况且几句。

他击掌叫来仆役,让再送上一坛子花雕,而且要煮好的。

仆役听罢,张大的嘴里能塞进一个鹅蛋,半天没反应,刘守有沉声又吩咐一句,仆役这才如梦方醒,跑下去备酒去了。

"怎么？这么快就想不开了,醉死也是很文雅的办法,符合咱们文人的习惯。不过单纯的醉死也不容易啊,最好的办法是喝醉了然后埋到雪堆里,这是最舒服的死法,永乐年大学士解缙就是这么个死法,也是死在锦衣卫,不过那是南京锦衣卫。"刘守有絮絮叨叨道。

"大人,您就别拿我开涮了。"况且告饶道。

"你不是想自尽？"刘守有一脸惊讶,戏份很足。

"我干吗要自尽,就是身上冷,像大人说的,您这儿阴气太盛了,不喝酒扛不住。"况且道。

"好样的,我这么打击你都扛得住,看来后面那些刑具对你也没什么作用,你一样能扛得住。要不咱们上午没事先试试？"刘守有乐呵呵道。

"得,大人,那个坚决不试,宁死不试。"况且斩钉截铁道。

第十九章　光杆司令　筹谋开张

管醉管埋

　　有顷，两个仆役用一个大木盘端上一坛子煮好的花雕，上面还有两只大碗。

　　刘守有示意，仆役开始倒酒，况且端起大碗就喝，一口气全喝下去，然后拿起另一只大碗还是一口喝干。

　　"好样的，真是一条好汉。"刘守有赞道，也不知他是真心，还是继续拿况且开涮。

　　两个仆役看得眼睛发直，不过还是知道继续倒酒。况且真的把一坛子花雕一口气都喝下去了。

　　刘守有过来摸摸他的胃，丝毫不见膨胀，诧异道："你把酒喝哪儿去了？"

　　况且喝下一坛子美酒，不仅身上暖和过来了，胆气也壮了，觉得皇上安排的任务也没什么不可能完成的，要不怎么说酒壮怂人胆啊。

　　"还要吗，我这里没别的，酒管够。"刘守有关怀备至地问道。

　　"不用了，这些足够了。"况且道。

　　"你还别说，我倒是有种感觉，这件事你真的很可能完成啊。"刘守有这会儿对况且真是刮目相看了。

"完不成也得完成，要不然就自杀，只有两条路。"况且无比悲壮道。

"也不要这么悲观嘛，还有第三条路，在我这儿只要经受住十八般酷刑，就能活着出去了。"刘守有循循善诱道。

"大人，您那十八般酷刑之下，还能有人是囫囵个吗？"况且气道。

"哦，缺胳膊少腿是必然的，少个几十斤肉，缺个十根八根骨头啥的也是有可能的，不过毕竟是活着啊。"刘守有悲天悯人道。

况且气得简直要发飙，只是不敢，这样要是还能活着，这人神经得大条到什么程度？

他想起杨乃武与小白菜，那还不是进的镇抚司的诏狱，而是在官府受的刑，最后不还是残废终生。虽说那是清朝的事，但实际上清朝的官府制度几乎完全克隆明朝。

况且不想继续受刘守有的打击了，便告辞出来，然后又去视察自己空荡荡的衙门。

今天倒是有大牌子挂出来了，端的是金碧辉煌、器宇轩昂，上面是御笔：锦衣第六卫。

的确是御笔，况且见过皇上的笔迹，跟嘉靖帝有些相像。这本来是件荣耀的事，可是想到皇上交代的任务，他就一点荣耀感都激发不出来了。

"大人，您休息的地方还没收拾停当呢。"十来个办事吏员跟在他屁股后面跑着，不停地引咎自责。

况且没怪他们，这本来不是他们的错，何况现在最主要的任务是练兵，而不是把这些地方填满。

他现在面临一个重大抉择，是不是使用慕容嫣然的办法，可是那样做后患无穷，而且皇上很有可能就是逼着他这样做，那么皇上又是为什么一定要把他逼入这个死角？

这两天路行人试探自己可能是奉皇上的旨意，刘守有刚才百般打击自己，更明显是皇上的意思。看这样子，皇上不是要他使劲地折腾，而是想要使劲地折腾他。嘿嘿，领会了就好。

况且来到他坐堂的地方，只有桌案椅子，桌子上文房四宝倒是齐全。

他来到桌前，看看文房四宝，心里一喜，这都是御用品，一定是从宫里仓库中拿过来的，也许是光禄寺直接把贡品截留，送过来的，当然这一定是经过了皇上的允许。

不过想到这次的经费用的都是皇上的帑银，屋子里都是御用品就不算稀奇了。

"嘿嘿，皇上待你还真不错，老实说这是亲王的待遇。"周鼎成看着桌案和文房四宝笑道。

"一年，我只有一年的时间，要么成功，要么去下地狱。"况且指指右边的镇抚司的阴森监狱。

"给你一批人，只有半年时间，你能把他们调教成什么水平？"况且问道。

"这个，只能是一般水平，身体强壮些，会些最基本的技击套路，灵活运用都谈不上。练武不是学三字经，一两个月就可以背下来。"周鼎成叫苦道。

"那么戚帅的戚家拳法呢？练那个能把那些新手调教到什么水平？"况且又问。

"兄弟，你不能总是想着调教训练新手，时间这么短，只能用成手，没办法，半年时间只够训练他们协同作战，还有一些特殊能力。"周鼎成道。

"什么特殊能力？我不要求特异功能。"

"你要求也没用，除非小君帮忙，我是没那水平。我说的特殊能力就是指既能潜入塞外部落，又能远到海外的能力。"周鼎成道。

正在此时，一个小吏走进来禀报："大人，刘大人派人送来二十坛好酒，一千斤精炭，酒具、茶具二十套，桌椅若干，长榻一张，短榻两张，各色贡茶五十斤。"

况且点头道："替我上覆刘大人，就说多谢了。"

第十九章　光杆司令　筹谋开张

小吏道:"刘大人还说了。"

"还说什么?"

"刘大人说了,酒他那里有的是,管够,外面的雪足够深,他还管埋。"

"让他滚。"况且用力一拍桌案,要是一般桌子,直接就两截了。

况且真的发飙了,老子大不了一死,管你上司不上司的,舍得一身剐,敢把皇帝拉下马。

小吏吓得赶紧滚了。

"这是什么意思?"周鼎成没听明白。

况且给他说了刘守有打击他的那些话,其中解缙酒醉后被埋在雪地里窒息而死,是想要况且效仿他。

"这个混蛋。"周鼎成也骂了一句。

此时,慕容嫣然和小姑娘走了进来。

她们是看有人给况且送来酒,有些不放心,害怕酒里有毒,所以赶紧过来查看。

况且叫人送来一个小泥炉,拿些木炭,再运进来十坛子酒,还有几套桌椅。

这些东西拿进来后,况且生了炭火,取出一个大酒壶,把刘守有送来的花雕倾入其中开始煮酒。

"你这是要煮酒论英雄啊?"小姑娘咋舌。

"妹妹,我现在连狗熊都不如了,狗熊还有一对熊掌值钱呢。"况且哭丧道。

看到他这个怂样,连小姑娘都不忍心跟他计较了,妹妹就妹妹吧,让他占点便宜就是了。

"公子,没这么严重,就以我说的那样办,什么问题都解决了。"慕容嫣然道。

"不行,那样的话就全暴露了。五千多人,每个人都要上报籍贯、履历、祖宗、父母,以及家人的情况,这些没法造假,如果填真的,朝廷顺藤摸瓜，拔起萝卜带出泥，那是要挖出多少人来？"况且摇头。

慕容嫣然倒吸一口冷气，她还真没想到这问题。

况且说得不错，这样勤王派在北方的组织可能要暴露一大半，在朝廷先手打击下，不说全军覆没，至少也要遭到致命的打击，还有可能一蹶不振，然后护祖派再来补刀，这后果简直难以想象了。

北方的组织如果覆灭，南方的组织也会遭受牵连，很可能就会全面暴露。

难道这就是皇上的计谋？

所谓成立锦衣第六卫不过是个幌子，目标还是要从根子上打击勤王派？

想到这里，慕容嫣然也是冷汗直流，这可跟她听来的皇上的形象大不相符，据说还是据勤王派里能接近皇上的权威人士说，当今圣上虚怀若谷，从谏如流，崇尚仁义，依法治国，视民如子，不玩权谋。

可是这听来的跟实际感觉到的差别也太大了吧？

"公子准备怎么办？皇上把你逼到这份上，实在不行……"慕容蓦然截住话头，目露杀意。

况且赶忙指指墙外，意思是隔墙有耳，这可是锦衣卫镇抚司重地，这些人最擅长什么？那就是偷听监视。

慕容嫣然道："无妨，我已经把这间屋子隔绝了，能渗透进这屋子里的人附近还没有，就算有，也不可能不惊动我侵入进来。"

况且不明白她是怎么做到的，只是明白一点，不会有人能偷听到屋子里的谈话。

"不行，哪怕是三十六计走为上策，也不能走那一步。"况且直接否决。

他知道慕容嫣然说的是要全面起兵造反，把桌子彻底掀翻。这是他绝对接受不了的，不是怕乱臣贼子的骂名，而是不忍天下人遭殃。

"公子准备怎么办？"慕容嫣然也没辙了。

"马上开始做这些事，我就不相信做不成！"况且道。

说完，他开始在桌案前坐下，周鼎成把桌椅摆开，让慕容嫣然师徒坐下，他只管煮酒。

况且坐下后，把桌上的公文纸张铺开，把笔发好，开始磨墨。他还毫无头绪，不知该做什么，甚至不知从哪里做起，不过当他执笔在手，开始磨墨时，心境却一下子平静下来。

酒煮好后，慕容嫣然嗅了又嗅，然后喝了一小口，慢慢品着，最后道："这酒没问题，公子可以用了。"

第六卫开堂

刘守有仰躺在太师椅上，两只脚放在桌案上，优哉游哉地听着一个小吏给他汇报从况且那里看到听到的一切。

"让我滚？好，这小子有种，不错。"他听到况且发飙让他滚，不怒反喜。

"小子，虽然我不看好你，不过却觉得你能给我带来点惊喜，就看你的了。"

"他现在就开始坐堂了？很好，有股子闯劲！难怪皇上要用年轻人，年轻人虽然有时候做事不经脑子，但这种锐气难得，大臣们都是老气横秋，锐气不存了。"

他一边自言自语着，一边在脑子里转着各种念头。

"派人进宫，那些东西让他们赶紧给况大人送过来。还有，那小子在这儿的一举一动都给我探查明白了，回来禀报我。"刘守有吩咐道。

"况大人回家后咱们还继续探查吗？"那个小吏请示道。

"不行，这个绝对不行，只要他踏出第六卫大门一步，就不许继续监视偷听。记住了，要不然，我让你到后面凉快去。"

小吏听到这个，差点浑身散架，急忙躬身道："不用了，大人，小人快成冰棍了，不用再凉快了。"

"给我滚。"一向文雅的刘守有也学着况且骂了一句。

小吏这次真的是滚了,被刘守有一句话吓得魂飞魄散,走路都连滚带爬的。

况且把墨磨好,在淡黄色印成格子的公文笺上写下"人员招募"四个字,然后就写不下去了。

小姑娘走到近前,看了看他的字,然后道:"嗯,你这人还算有点优点,这字是真漂亮,多写几个字,回头我留着。"

况且道:"妹妹,你帮我训练出十个你这样的高手来,想要多少我就给你写多少。"

"哼,这买卖太亏了,不做。"小姑娘哼了一声,走回去坐在师傅身边,小口喝着一只玉碗里的酒。

况且走到慕容嫣然面前,躬身一揖道:"前辈,能不能麻烦您,帮我速成一批高手,哪怕十个八个也行。"

慕容嫣然摇头:"公子,不是不服从您的命令,这个真的做不到。我也有门规的,一代只许一个传人,而且决不能传给外人。"

况且苦笑道:"这门规就不能改改?"

"不能,就算能改也不行。我这点把式虽然不济,择徒要求却是非常高,需要幼童,还需要先天禀赋适合的幼童,可遇而不可求。"

况且叹了口气,从娃娃抓起当然是好,可是那要等到猴年马月,世界早就变模样啦。

原本想有了戚继光相助,一切问题就都解决了。皇上慷慨大方,自己掏腰包,实报实销,没有限制,经费也不是问题,可是没有精干的人员,没有能打胜仗的队伍,光是一堆银子有什么用?

他也是有钱的主儿,一百多万银票拿出来,能砸死一堆富人,可是对皇上安排的任务却一点帮助都没有。

"武当不是有俗家弟子吗?能不能要一些过来,他们就算没有学过正宗功夫,至少比一般人强吧?"况且对周鼎成道。

"这个倒是可以，他们有底子，训练起来也容易些。"周鼎成道。

"嗯，这方法行，各大寺庙都有俗家弟子，身家清白，而且跟咱们勤王派没有任何牵连，也不怕朝廷查他们。他们数量还不少，就是不知人家愿不愿意跟你干。"慕容嫣然神色有了一丝惊喜。

"这的确是个问题，锦衣卫在外面声名狼藉，尤其在民间，口碑太差，要求人家加入这个组织，还真不太好开口。"周鼎成一下子想到这问题。

"那就需要咱们有人出面做工作，他们不是为朝廷效力，而是为我，为我一个人。"况且道。

"你要成立私家军啊？"周鼎成惊讶道。

"当然不能这么说，名义上还是锦衣第六卫，不过只要他们愿意效忠我，这个锦衣卫就不同于那个锦衣卫。"况且嘿嘿笑着。

皇上这么逼他，无非是为了确保开放海禁万无一失，往大了说，这也是为了国家的千秋大业。就个人而言，他有世代名医那种悲天悯人的情怀，有国家、民族这个大的情怀，假如说杀他一人能解天下倒悬，他愿意含笑慷慨赴义。

他没有那种宁可我负天下人、不叫天下人负我的枭雄心理，也不是那种我死后哪怕洪水滔天不关我事的人。

"我马上去跟人联系，看看上头怎么说，如果北方这里不肯从命，就从南方那里调人。"慕容嫣然道。

"有一点切记，跟勤王派有关联的人坚决不用，不许给我掺沙子，否则休怪我翻脸。"况且咬牙切齿道。

他对勤王派很是失望，这个庞大隐秘的组织只是想保护他，却不肯从命，背地里还密谋造反，这将置他于何地？

"好的，我会把话传到。"慕容嫣然带着徒弟匆匆而去。

"唐代有少林棍僧相助唐太宗，你这是要成立一支大明僧道联合大军啊。"周鼎成道。

"只是俗家弟子，跟僧道不沾边吧。"况且坐下，又喝了口酒。

刘守有说得没错，这鬼地方果然阴气过重，不喝酒倒不是抵挡不住，可是身上总是有些难受。

"武当派那里没问题吧？"况且问道。

周鼎成不言语，指指外面。

况且这才明白，慕容嫣然走了，她设置的隔绝手段自然也消失了，隔墙有耳。

他叫来小吏："写个单子，把间屋子给我彻底隔音，三天之内做到，到时候我会验收，如果在屋子里放炮仗，外面能听到一点声音，你们就给我到刘大人那里去体验生活。"

"是，大人。"这次小吏直接趴下了。

小吏出去后，周鼎成走到况且身边，耳语道："他是刘守有的人，刚才去那里汇报了。"

况且心领神会："不要紧，现在得把这些人都看成是别人的眼线，不管是刘守有还是皇上。"

"要不要把他轰走？"

"不要，那样反而更糟，不如将计就计。"况且道。

上午悠悠而过，周鼎成坐着喝酒，心里却盘算着去哪里再去购置美酒，他有许多路子可以买到最好的陈酿，反正银子况且出，他一点不心疼。

况且只是在纸上写字，他也没写什么要紧的东西，只是在抄录一首首唐诗宋词。

他发现自己写字时，心不仅澄清，而且脑子转速也更快了，这种心境很好，王阳明当时身处敌人包围之中时应该也是这种心境吧。不过他现在的处境比王阳明更糟，王阳明毕竟还可以调遣一部分人马，他却是光杆司令。

此时，护卫已经在房子周围警戒，连那些办事吏员进出也要检验，他们的眼里只有指挥使况且大人的安全，其他一概不管。

中午时，况且和周鼎成带着护卫去了附近一家酒楼吃饭，正好遇到了也在用餐的刘守有。

"怎么样，况大人，这么快就开始办公了，不错啊。"刘守有小口喝着杯里的酒，还不时拿出绢帕擦嘴。

"没办法，兄弟我是苦命人啊，不比刘大人有福啊。"

"我有福？哪天换你到我这位置上坐几天就明白了。"刘守有似有一肚子苦水要倒出来。

况且不愿意跟他多话，这家伙看着和蔼可亲，可是打击人的手段太高明了，况且已经被他打击一上午了，实在不想再领教。

"这就是况大人啊，恭喜。"

"恭喜，况大人，您可是领帑银的，是不是得请客？"

楼上几桌都是刘守有的部下，级别都很高，见到况且，纷纷过来贺喜再加宰他一刀。

"好，没问题，这顿饭不管多少我结账，大家随意点，刘大人，我的帑银什么时候到位啊？"况且问道。

"这个嘛，你得先做出预算，然后报到司礼监去审批，皇上御批后才能领到银子。"刘守有道。

"看来我只能自己掏腰包了。"况且怏怏不乐道。

"况大人，您知足吧，能让皇上掏自己腰包的天底下就您这一份。"刘守有的副手笑道。

"这位大人既然如此看好我这块，要不咱们换换？"况且道。

那人急忙脑袋摇的拨浪鼓似的："不换，我就是脑子坏掉了也不换，你的事我真干不来。"

另一人笑道："我倒是想跟况大人换换，可惜皇上不会同意。您少年英才，有一股锐气，这才得到皇上赏识的啊，英雄出少年，我今天算是看到了。"

众人看着况且，都感到有些不可思议，年轻人当官并不稀罕，可都是闲散官职。比如说有一代衍圣公，也就是孔子的嫡系后代，九岁就袭爵，天天还跟着上朝，结果门槛都跨不过去，每次都是杨一清抱着他过门槛。

英宗皇帝特别喜欢这个衍圣公，经常把他抱在膝盖上哄弄着玩。可是衍圣公只是个爵位，没有任何职务，也不用做任何事，只要老老实实享受荣华富贵就是了。

况且就不一样了，他可是要做实事的，而且是天底下最难的事。

众人想到这些，也从心里同情况且，可怜的孩子啊，这是怎么得罪皇上了，要遭受这样的折磨。再往深处想，无不为他捏把汗，觉得诏狱十八般酷刑似乎正在向况且招手。

狮子大开口

况且又被宰了一刀，不过这次轻一些，不是这些人心软，而是这家酒楼比上次那家价位低不少，只花了五百两银子。

况且不打算贿赂这些刽子手，也就没给他们开什么支出额度。

他回到衙门后，却见一辆豪华马车停在外面，周围都是一些健壮的力士，人人手持棍棒。

"况大人酒足饭饱了，咱家可是在这儿喝西北风呢。"车里走出一个身穿蟒袍的人，个头不高，面白无须，两手笼在袖子里。

"您是？"况且不认识这人，却知道这是内廷宦官。

"咱家是司礼监的张鲸，咱们没见过，不过况大人的名声咱家倒是久仰了。"来人不阴不阳地说道。

他并非故意拿腔作调，宦官基本就是这个嗓音。

不过况且倒是没从这些宦官身上闻到过什么腐臭气，他和黄锦一起待了很长时间，也没觉得宦官身上有什么古怪味道。

其实想想也是，宦官身上要是有不好闻的味道，皇上怎么受得了？皇宫里可是有近万名宦官来来往往。

除了嗓音变异和没有胡须外，宦官跟正常人并没有区别，后世说的他们往往有扭曲的心理和性格，况且也没发现，倒是觉得他接触到的人都很正常，阳光谈不上，至少还是有正气的。

他倒不是想给宦官昭雪，他也不喜欢官宦，但不是讨厌，而是觉得可怜，从行医者的角度他非常同情他们。宦官遭受的非人痛苦，以及由此带来的心理上的变异，是可以理解的，过错并不在他们身上。

然而，况且接触的宦官还算正常，起码有极强的心理自我修复功能，留给他的印象不算太坏。

"大人，那在下先请您吃点东西吧。"况且向对方献殷勤道。

他名义上划归皇上直接管理，其实也就是受司礼监的管理，皇上哪有那么多工夫关注他的事。想明白了这一点，他一点也不敢怠慢太监，宁交好不得罪，这就是他的处世哲学。

"不必了，掌印太监催得紧，说是万岁爷发话了，咱家赶紧跟你交接完毕，然后回宫复命。"

张鲸说着，从袖子里掏出一大张黄纸，递给况且："这是第一批东西，基本够你现在用的了。"

况且看着黄纸上的字，没有什么格式，就是列出的一行行货物单子。开头是各色办公用品，而且都注明是御用品，最差的也是花梨木，床榻寝具一应俱全。

况且纳闷，皇上这是催自己加班熬夜？干吗连床上用品都给备足了。

看到下一行，他有些发呆，居然是御马十匹。

"大人，这马是不是太少了，只有十匹。"况且问道。

"哦，这是皇上赐给你个人的，以后你有了成手，要多少马匹都有，不过那都是一般的军马了。对了，你会骑马吗？"张鲸问道。

"不会。"况且老实回答。

"那你赶紧学学吧，以后你说不定要带兵跟人厮杀，不会骑马怎么行，万一打了败仗，逃命的时候也得跑得快不是？"

"大人，您这是鼓励我还是打击我啊，我这儿还没正式开张呢，您就跟我说败军之言。"

"我这是实话实说,小子你记住,什么时候都是保命最重要,明白吧。"张鲸冷冷道。

"嗯,我听您的就是。"

看到那些文房四宝,况且不禁眼睛一亮,道:"大人,这些笔墨纸砚的再给我来一百套。"

"小子,你以为那是大白菜啊,张口就一百套,跟你说吧,皇上用的也是这些,司礼监用的也是这些,你以为宫里产这些东西啊。"张鲸冷笑道。

"大人,我这儿以后可是军务繁忙,这点文具根本不够用,纸张的量更是不够,还得加上一千斤。另外画笔也得再来五百支。"况且道。

张鲸气得直跳脚:"你还要画画啊,皇上让你在这儿练兵成军,可不是花帑银请你来画画的。"

"大人误会了,我画的不是风花雪月,画的可是作战地图。"

"地图有现成的。"张鲸生硬地怼他一句。

"那些不行,没有山头河流村庄这些细节,真要用起来的时候还得亲手绘制地图。"况且道。

"好,算你小子有理,要是真有用处,别说五百支,就是五千支也没问题。"张鲸只好同意。

他倒不是吝啬,而是差点被况且气疯了。皇上如此信任他,不惜自掏腰包让他做事,这小子还惦记着风花雪月,没事还要画画玩儿,至于绘制地图什么的,他根本不相信。

况且要这些是有意的,他最喜欢的就是宫里御用的笔墨砚台,想当初周鼎成为了贪嘉靖帝一块砚台,把命都拼上了,他有机会焉能不下重手,这可是过了这村就没了这店了。

画笔什么的不仅他自己需要,还可以送给唐伯虎、沈周、文徵明他们,毛笔什么的倒是不要紧,反正随时都可以申请。这些东西在外面很难买到,都是朝廷派人专门监制的,不对外出售,有钱也很难买到。

况且继续看着单子，凡是自己喜欢的就开口多要一些，厚着脸皮跟张鲸打饥荒。

张鲸气得吹下巴瞪眼，他没胡子，只能吹下巴了。却也没辙，皇上交代过了，况且需要什么给什么，只要不超出总的预算就行。

"小子，你就嘚瑟吧，反正半年里你尽管嘚瑟，上天都行，不过半年后，你要是一点成绩拿不出来，自己想怎么个死法吧。"张鲸冷笑道。

"大人，人死如灯灭，一死有什么了不得的。"况且耸耸肩。

"小子，死也不容易，要想死的干净利落，还不连累家人，办法不是很多。"

说完，张鲸转身登上马车就走了，再待一会，他的肚子非得气炸不可。

见过气人的，没见过这么气人的。

况且淡然一笑，他现在的承受力已经增强很多了，张鲸威胁的话起不到什么作用。不过他也纳闷，皇上这是要做什么？

他还没正式开始，皇上就派人先是试探，然后就是用各种方法打击摧残他的内心，这是迫使他加快速度干活，还是想先在心理上把他击垮？

"皇上真是很大方啊，那些砚台？"周鼎成想着况且要的一百块砚台，涎水都流到地上了。

"有点出息行不行，砚台到了随便你挑，不限数量。以后咱们也是大人物了，皇上用啥咱们用啥。"况且得意笑道。

"是啊，可是时间只有半年，到时候如何收场？"周鼎成摇头道。

"你能不能不提这茬？"况且没好气道。

"这上面还有火器？皇上让你成立一个火器营？"周鼎成大惊道。

刚才况且跟张鲸讨价还价时，周鼎成没敢近前，离得远远的，这时候才看到单子上的各色物品。

"火器算什么，还有火炮呢。不过得成军后才能领取，现在只能望着。还有五艘快船，不过得在福建水师那里领取。"况且指着几行字道。

"这倒是不错，你不是愁着没钱造船吗，皇上直接送给你了。"周鼎成道。

"两回事，这是皇上让我打海盗用的，用过后还得交还给福建水师。现用现取，以后还得想法打造自己的船。"

"不过这样的话，你还得建一支水军，到哪儿找这些人手啊？"周鼎成发愁了。

"车到山前必有路，天无绝人之路。"况且现在只能这样安慰自己了。

这些物品在况且回来前，已经放进库里了，况且拿到的只是一把仓库的钥匙。他现在手里没人，所以仓库由刘守有派人把守，但刘守有的人只是把守，却不能进入，现在能进入仓库的只有他一人。

至于经费，皇上拨出四万两帑银作为启动经费，以后招募训练人员的费用就需要先做预算，然后上报司礼监批准后才能拿到银子。

"小气，才四万两银子。"周鼎成嘟囔着。

"不少了，皇上家大业大，可是养的人也多，宫内一万多宦官宫女，不都是皇上自己养着，更别说这些人揩皇上的油一点都不手软，比刘大人的刽子手还狠。"

这第一批物品是真不少，涉及方方面面，有强弩、硬弩、弓箭、甲胄，马匹则是要到军马场领取，刀枪剑戟也都有，当然还少不了飞鱼服、绣春刀这些锦衣卫的标准行头。

黄纸的后面给他列出了第六卫的编制，有两个指挥同知，两个指挥佥事，五个千户，五十个百户的名额，其余总旗、小旗、校尉、力士的名额不限。

照理说这是天大的好事，况且要是私下使用这些名额，都能发一大笔财，当然，不能这样干，这样就是公开的卖官鬻爵了。

但是借助招人收受贿赂也是官员发财的主要路子，况且却想都没想这些，他不缺银子，缺的是真正的干才。不要说收银子，他宁愿花重金聘请有用之人，只要他们有信心有毅力跟着他干，闯出一番新天地。

况且打定主意，招募的人中，必须德才兼备，而德放在首位，他对于德有了新的定义，那就是忠于他心中的事业和理想。

第二十章　白手起家　四处求援

筹措人马

况且拿着钥匙打开仓库,他怎么也得照着单子检验接收一下,虽说他知道这是皇上亲自交代的差使,没人敢截留物资中饱私囊,但还是得亲眼看到才能放心。

他一样样对着,每一种物品都对上号,再对数量,果然丝毫不差。

"嘿嘿,这还有五百坛好酒,我还琢磨着去哪儿买酒呢。"周鼎成乐了。

况且心里冷哼,皇上倒是体察民情,知道他这地方靠近诏狱,阴气过盛,不喝酒实在挺不住。

五百坛酒并非都是花雕,而是各种上贡的美酒都有,还不乏海外进来的葡萄美酒。最稀奇的是他发现了几十大桶啤酒。

他打开一桶,用一个大碗舀出一碗喝了,果然是上好的黑啤。

周鼎成没见过这个,也过来喝了一大口,马上吐掉,伸着舌头骂道:"这是什么鬼东西,泔水似的,也没啥酒味。"

况且笑道:"这是啤酒,咱们祖宗最早发明了黄酒,西方人发明的就是这个,叫啤酒。"

"这也是酒?番外的蛮夷良心大大的坏了,你不进贡皇上也未必会怪你，可是你别用泔水糊弄皇上啊。"周鼎成气得直骂番外蛮夷没有良心，缺乏道德。

"你不懂就别瞎说，喜欢喝这东西的才能喝出味道来。"

况且想想也是，这不能怨周鼎成，他第一次喝啤酒时，也是觉得有股泔水味，喝久了才能喝出真正的味道。

"还是咱们自己产的酒好，一会儿拉几坛子回家慢慢喝。"周鼎成挑出几坛美酒，放在一边。

火器火炮暂时没有实物，工部还在加紧监督打造，京城三大神机营倒是有现成的可以调用。司礼监刚才有交代，如果需要用于训练，随时可以去三大神机营里去调取。

况且现在当然没有这些需求，把整个库房查验了一遍，他这才放心，然后来到马厩里，看到皇上赐给他的十匹御马，果然跟那些军马不一样。他虽然不懂马，但从马匹的精气神还有那股子桀骜不驯的气势上也能看出一二来。

这要是放在后世，绝对是赛马级的，一匹的身价就要超过千万。

况且心里算计着，其实在当时这些马匹更值钱，只是因为是御马，也就没人计算价码了，就像皇上的龙袍一样，不管需要不需要每年都必须织造，价钱什么的几乎没人知道。

周鼎成把那些他挑好的美酒拿出来，让卫士抬到车上，然后在况且的衙门里又搜罗了一些笔墨纸张和两块砚台，只给况且留了一块砚台，还美其名曰帮他精兵简政。

回到府中，况且一头栽倒在床上。他年轻，身体更是出奇的强壮，从来没有这种近乎虚脱的感觉，这完全是心太累了，精神消耗一空。

这当官也不是容易事啊，白手起家，什么事都要考虑到，还有能逼死人的期限。

"怎么了？"

萧妮儿摸摸他身上，以为他发烧了，可是入手冰凉。

"你在外面冻了一天吗,身上这么凉?"萧妮儿惊问道。

"我是在地狱旁边办公,身上还能热,除非是靠近炼火地狱。"况且呻吟道。

"地狱?"萧妮儿没听明白。

况且就跟她说了诏狱的事,那实实在在是地狱,一点都不带掺假的。

"那你能行吗,实在不行咱们还是回家吧?"萧妮儿心疼地道。

况且苦笑:"要是能回家,我还干这个干吗,我又没有官瘾。"

"就不能找张大人想想办法,你不是说皇上最听张大人的话吗?"

"别的事或许可以,但这件事不行,高相都帮我说话了,皇上也没理会。"况且现在彻底是断绝了退却的想法,只能硬着头皮往前闯了。

"对了,白天赵阳赵二哥来了,他也听说你的事了,还欢天喜地的,说是要加入你的锦衣卫呢。还有那个鲁豪,更是嚷嚷着要你给他个官当。"萧妮儿道。

"对了,赵二哥,我怎么把他忘了。"

况且这些天真是忙昏头了,把赵阳忘得一干二净,赵阳是游击将军,功臣子弟,应该可以当个千户,跟他也算是自家人,举贤不避亲嘛,古人有明训。

另外武定侯府一定有家兵,先借过五百人,不干别的,可以帮助自己训练新军。至于戚继光那里,他也不敢太过指望,人家也有自己的任务。

但凡能自力更生的事,还是自己去扛吧。

况且在南京时跟武城侯府的家兵接触较多,后来更是带过二百人干了件荒唐事,不过他也知道了这些人精干,绝对是天底下一等一的精兵强将,不比中山王府的差。

武定侯身为京城五军都督府中军大都督,家里的家兵也不会比武城侯的差,让赵阳带着五百家兵过来,也算让他发挥了很大作用。

至于鲁豪,他一时想不到怎么用,实在不行,就让周鼎成安排他吧。

他让萧妮儿给他煮好一大壶酒,喝了两碗,感觉体力恢复了不少。

此时，丫鬟来报，说是慕容嫣然找他。

他急忙出去，正碰到小姑娘进来，见他从房里出来，尖叫道："我不是不许你到这儿来吗？"

况且委屈道："妹妹，讲点理行不，这也是我的卧房啊？"

"不行，以后这里就不是你的卧房了，你不许到这儿来。"小姑娘又喊一句，一头钻进屋子里。

况且摸着头苦笑一声，不过还好，至少她不跟自己计较喊她妹妹的事了，这就是进步，一点点来吧。

他来到书房，见到了慕容嫣然。

慕容嫣然听到了他跟自己徒弟的对话，歉意地笑笑，显然拿这个任性的徒弟也没什么办法。

"公子，他们答复了，一切按照您的吩咐做，决不会打马虎眼，更不会掺沙子。"慕容嫣然道。

"他们的保证能信得过吗？"况且有些怀疑。

"放心吧，你一说翻脸，他们就怕了。"慕容嫣然道。

"哦，原来他们怕这个啊，那以后我没事就翻脸。"况且道。

慕容嫣然苦笑，这也是个孩子，都是任性的主儿。只不过徒弟任性闹不出什么，这主儿要是真任性妄为，可就难办了，好在她知道况且的性子，还是足够理性，也总是能顾全大局。

"五千人他们能凑足？"况且问道。

"不要说五千，就是五万也没问题。而且都是背景清白、履历也没有任何污点的良家子弟。"

"要不了那么多，咱们精中选精，先选五千人吧。"

虽说一个卫在五千到六千之间，况且还是想打造一支精兵，五千人足够了。另外还要有许多官员，这些就不能从那些人中遴选了，只能招募或者挖墙脚，他现在只有一个人选，就是赵阳。

指挥同知、指挥佥事的位置可以先空着，以后有适当的人选再提拔，另外这也给手下千户百户留下升官的空间，但五个千户、五十个百户还是必须的，不宜空缺，否则这兵没法带。

"怎么训练这些人的情报搜集能力、侦察能力，还有御敌自保能力？前辈有什么高招？"况且虚心请教。

在他想来，这些既是军人又是探子的人要深入塞外，一定要有极强的野外生存能力，否则不用别人杀他，自己可能先饿死渴死了。

"这方面我就没办法了，反正我在哪里都能存活，可是没法教会别人。"慕容嫣然道。

"咱们物色挑选的人里没有这样的人才吗？"

况且还是倾向有现成的人手，至少是半成品，这样训练打造一下就能用了。

"这样的人多了，可是都跟组织有密切关系，哪怕是单线联络，通过他们还是能查到组织的一些情况。再者说你的锦衣卫里有这些人，万一被查到了，皇上第一个饶不了你。"慕容嫣然道。

"嗯，的确。"况且打消了这念头。

"可以让小君担任这方面的教官，他可是从冰雪一人深的长白山，一路逃到火炉吐鲁番，然后又逃到广州，还活得滋润无比。虽然不知道他会不会教，可是这些极端地带他都知道怎么回事。"周鼎成建议道。

"好，把他列为野外生存技能教官。"况且拍板。

"就是不知道这小子愿不愿意干啊。"周鼎成有些头疼。

"他不愿意也得愿意，皇上逼我，我也得逼别人。他要是不来，就拿绳子绑着来，要不然，我就天天带着人去英国公府闹去。"况且道。

慕容嫣然和周鼎成都笑了。

他们知道况且不是说说，他真能干出来，别看况且平时文静潇洒，做人低调，一旦急眼了，什么事都敢做，把天捅个窟窿也干得出来。这次他上书要求开放海禁就是最好的证明。

上次他带着官兵突袭凤阳城营救左羚，这事儿有几分像是小孩子胡闹，不过却看出他还真有带兵的潜能。

况且和慕容嫣然、周鼎成三人在书房里一项一项地分析研究，想办法，想人选。

午夜时，他们吃了夜宵，然后继续研究，一直到鸡鸣时分。

经过一夜的研究，况且心里也敞亮多了，至少他已经有了初步的计划，不再像无头乱飞的苍蝇。

他走出书房，来到外宅的卧室，正想躺着休息一会，忽然有人来报："高相府派人来请大人。"

老狐狸也懵

况且在去高拱府邸的路上，心里很是愧疚。

自从他来到京城，高拱不仅没有打压他，而且一直对他示好，这次更是在皇上面前为他说话。对于一个年轻官员来说这就等于撞上大运了。

高拱是天子脚下的第一号人物，他肯为一个人在皇上面前开金口，这可不是一般人能享受的待遇。

其实，况且跟高拱并无任何交情，只是在苏州时，和高拱的弟子苏州知府韦皋过从甚密，称兄道弟的，但也只是如此而已。

高拱一直很赏识他的才华，也不顾及他是张居正幕府里的人，有张党的嫌疑，人前人后对他赞赏有加。问题是，他却一次也没来拜访过高拱，更不用说送礼了。

来到门前时，况且寻思了片刻，用一张礼封封进一张一万两的银票，算是答谢高拱的厚爱。礼封正面，他只写了"贽见礼"三个字。

况且走进去后，高拱正在廊檐下站着等他，见到他走过来，大笑道："允明，你这贵客可是难请啊。"

况且上前行大礼拜见，惭愧道："大人见谅，晚生性子疏懒，不喜欢拜客迎客。大人又一向忙碌，没事不敢前来打扰。"

"别人来是打扰，你来就不是了。其实我知道你的心思，听说你跟英国公府交情不错，武定侯更是你的姻亲，你都绝足不肯登门拜访，你就是害怕，害怕会连累亲人朋友，不来我这儿是不是也有这心思？你不想想，这些人家会怕你连累？"高拱笑道。

"是，大人说的是，晚生倒是杞人忧天了。"况且道。

"嗯，的确，屋里说话吧，我上午把应酬和客人都推了，专门招待你这位新贵。"高拱笑道。

高拱请他进去，况且谦让再三，还是在高拱后面一步步跟着走进去，两人坐下后，高府的司宾走过来，递给高拱况且送的礼封，耳语两句。

"这可不行，允明，我待你如子侄，你这就太见外了。另外礼金太重，我不敢收。"高拱把礼封还给况且。

况且拱手："大人这才是见外，区区一点银两不算什么，拿不出手，给大人留着赏下人用吧。"

高拱失笑道："拿一万两银子赏下人？这种疯狂事也就你做得出来吧，我知道你有这爱好。"说完挥手让司宾退出去，礼金也收下了。

高拱真不拿况且当外人，而且他现在的确非常缺钱用。

况且来的路上就想过了，张居正跟他说过，高拱原来非常清廉，这两年权高位重，日子过的奢华起来，腰囊自然就空了。

高拱现在住的府邸是前宁王在京城的王府，比张居正的府邸豪华多了，过的日子当然不难想象。

"这些银子不是皇上的吧？皇上给你的帑银可不要乱花呀。"高拱道。

况且笑道："那是当然，每一两银子都会账。"

说着他从靴子里掏出一个信封，从里面拿出一张银票，正是张鲸给他的启动经费四万两银子。

"皇上的银子我还没动呢，以后也不会挪用一文钱，都会花到实处，另外的开销我自己填补吧。"

"你倒是有钱啊,不过还是有些滥用了。允明,对下人要恩威并施,而且要记住,威一定要多于恩,人都是畏威怀德,很少有人因为恩重对你忠诚的。"高拱教诲道。

"大人教训的是,晚生记住了。"

"另外听说你上任第一天就大宴锦衣卫全体同僚,可真是大手笔啊,一顿饭就扔出去一万五千两银子。你是准备用银子把本朝文武百官都拉下马,拉拢腐蚀我们?"高拱笑道。

况且没回答,只是笑。

"算了,这些闲事我也懒得过问,反正你们武城侯府有钱,任你折腾。我今天找你来是想看看你还有什么难处,我能帮你做些什么。"高拱仰躺在太师椅上道。

"大人,您能做的太多了,首先能不能跟皇上商量,把我的差事免了?"况且抓住救星似的抓住高拱的椅子道。

"不能,皇上说了这件事只有你能办。"高拱脸一板。

"为什么啊,百无一用是书生,我就是书生里百无一用的典型,皇上要让我写字画画,我绝不敢推辞。"况且哭丧着脸道。

"是啊,我也这样想,太岳也是这样想,虽然我们不认为你百无一用,可是带兵,尤其执掌一个锦衣卫,的确有点勉强。我问过皇上为什么非要启用你,皇上说只有你能做到,具体什么原因皇上也不肯说。皇上既然有了决断,那就只能听他的。"高拱道。

况且一下子泄气了,皇上对高拱都说到这份儿上了,就是神仙下凡都无法更改现状了。

"你干吗哭丧着脸,这是好事啊!跟你说,从国初到现在,一介白衣秀才,一下子擢升到锦衣卫指挥使的只有你一个人啊。何况皇上给你的条件如此优厚,连我都无法想象,你知道现在国库多紧张吗?国库紧张,皇上的帑银也不多,他如此不惜一切地支持你,连经费都不限制你,你还不满意?"

况且苦恼道:"不是不满意,我也深知皇恩深重,可是期限太紧了,在半年一年内打造一个全新的锦衣卫,而且还要能深入大漠,远到海外。关键是,到了塞外要能击败蒙古各部落,上了大海要能赶走海盗,大人,您给说句公道话,这事谁能做得到?"

"怎么会这样,皇上真是这么给你下的旨意?"高拱大惊失色。

他只是知道皇上重用况且,具体事务皇上没说,他也就识趣没敢追问。

"可不就是这样,要不我好好的叫什么苦啊。这是刘守有刘大人,还有司礼监张鲸张大人两人亲口对我说的,第一批货都到了。"

"自己训练队伍?那确实太难了,我还以为皇上允许你在锦衣卫里挑选人手呢。"

高拱没想到事情会是如此,他一向是解决各种难题的能手,当初在裕王府,凡是难题都是由他出面张罗,立功丰伟,成了裕王的主心骨,他现在是皇上心里的第一人,也是多年来的功劳所致。

况且苦笑道:"若是有现成的人选我还叫什么苦啊,现在人员都得重新招募,还要训练成军,皇上还要求这支锦衣卫能担负情报侦察收集工作。大人您也知道,戚帅是练兵高手,可是戚帅练成一支新军也得三两年吧。"况且总算找到人吐苦水了,差点把胆汁都吐了出来。

况且在高拱面前示弱一方面是真情流露,另一方面也是博得同情,只有推心置腹,才能拉近关系。

高拱觉得这事颇为棘手,他不明白皇上为何如此要求。这真的太难了,谁也做不到。高拱料理朝廷军政事务已经有几年了,在嘉靖朝晚期,徐阶就主动把他推荐到内阁参政,这也是徐阶的乖巧处,想要预先交好高拱,因此高拱对军政事务的了解比张居正要多,可谓朝中军机重臣。

戚继光在蓟镇练兵他当然知道,这是张居正的举荐,他也同意。

戚继光练兵是一把好手,满朝文武无人不知,可是戚继光练兵不受年限的限制。即便如此,戚家军也不符合皇上的要求,对于新的锦衣卫,皇上要求的分明是全能手,而不是只能上阵杀敌的军士。

"太岳怎么说？"高拱皱眉问道。

"我还没跟张大人说呢，这些烦心事我自己烦就够了，不想再烦张大人。"况且沮丧道。

"允明，别泄气，皇上这样要求你一定有道理，你好好想想是怎么回事？我了解皇上，他从不为难臣子，不会强人所难。你是不是还有特别的长处，没告诉我？"高拱盯着他的眼睛问道。

况且听到这句话，心里蓦然亮了起来：看来皇上就是逼着自己用勤王派的人。只有这样做才能在皇上要求的期限内打造出皇上要求的锦衣卫。

难道慕容嫣然那次说皇上用的是驱虎吞狼之策，猜对了？只是目标不是护祖派，而是大漠游牧部落和沿海倭寇。

"我的长处就是写字画画，还有读书，这个我可是手拿把掐。"他还是苦笑。

"刘守有没帮你出出主意？他可是皇上信得过的人，而且能力非凡，头脑灵活。"高拱道。

"帮了，帮太多啦，刘大人三句不离口，总是提醒我他那里有十八般酷刑，就等着迎接我进去受用。"况且没好气道。

高拱哈哈大笑起来："这家伙，他是吓唬你的，你不用怕，没有皇上的旨意，他不敢动你一根毫毛。"

"人家说了，这就是皇上的旨意，我的脖子现在就在案板上。"况且道。

"不会不会，皇上仁慈，绝不会滥用酷刑。这一点我很清楚。"

"可是如果我把事情搞砸了，就是罪人了，那时候对我用酷刑就不是滥用了吧。"

"这个……倒也是啊。"

高拱陷入疑惑中了，这事怎么想怎么不对，可是他不知道不对在哪里，若是别的事他还能帮况且担下来，可这件事皇上的意思已经非常明确，任何人不得插手。

"允明啊，我暂时不敢对你说什么，我再好好打听打听，看看司礼监那几个太监能不能透些口风，等我了解个大概，再想办法帮你。"高拱道。

"多谢大人。"况且站起来躬身一揖。

"不用多礼，等我帮到你了再谢也不迟。"

况且告辞，高拱要留他午饭，况且不肯，说是得马不停蹄地去办事，不敢懈怠。

高拱送他出去，等到况且走出大门，老狐狸高拱再次陷入沉思。

拜见武定侯

况且从高拱府邸出来后，带着护卫直奔武定侯府。他虽没去拜访过，不过他知道地点，就在宣武门附近。

况且已经想好，找赵阳把借兵的事尽快敲定下来，实在不行，就拿皇上来压人。他是真被皇上逼急了。

到了宣武门附近，打听了几个人，果然在一条宽阔的巷子里寻到了武定侯府。

况且下车后，到了侯府大门处，两个亲兵上来拦阻，可是见到他皮袍下一身锦衣卫的服饰，也不敢怠慢。

"这位大人，请问您有何公干？"

"我没有公干，只有私干，我是贵府上大小姐的小叔子况且。今天来是见赵二哥的。"况且边说，边拿出一张名刺递给亲兵。

亲兵上下打量他几眼："您就是江南才子况且？可是……"

两个亲兵也是纳闷，他们经常听老爷少爷们议论大小姐的小叔子是个大才子，现在已经是少宗师了。

宗师是什么东西，他们不懂，反正觉得肯定是什么了不起的职位吧。

可是闻名不如见面，这一见面怎么不像啊，江南才子怎么忽然变成锦衣卫了？

"您真是况老爷？"

"这是我家大人，锦衣卫指挥使。"况且身后的护卫不耐烦了。

侯府高门深院是了不得，可是一个门卫亲兵就这样盘问，也太小瞧人了吧。

亲兵不是故意失礼，实在是况且才子的印象太深刻了，跟眼前的锦衣卫高官完全对不上号。听到况且护卫的呵斥，亲兵赶紧跑进去禀告赵阳。

不多时，赵阳跑出来大笑道："兄弟，你这是升官发财了，终于敢到我家来了？"

"我就是找你的，对了，老伯在不在家？"

"在啊，我哥也在，快进来一同见见吧。"

赵阳不由分说，拉着况且就往里走，况且的护卫自然紧紧跟随在后面。

"这才几天没见面啊，你这可是一步登天啊，派头都不一样了，还带这么多护卫，吓唬我啊。"赵阳看着况且身后的护卫，有些发呆，他出去也不用带护卫啊，况且这是要上天的节奏？

先到了赵阳的住处，赵阳喊来一个管家："去看看我父亲和哥哥在干什么，就说我姐姐的小叔子况大才子来了。不对，是锦衣卫指挥使大人来了。"

管家也是上下打量况且，直接露出不相信的表情，没办法，听到的和见到的形象相差太多。在他们心里，江南才子就是穿着绸缎，手里摇着折扇，身前身后一群美人的样子。

"兄弟，我的事没问题吧？"赵阳抓住况且的胳膊，眼睛里露出狂热的表情。

"你什么事啊？"

"到你锦衣卫当官啊？"

"哦，这没问题，你过来先当个千户吧。"况且道。

"什么，才千户？兄弟，怎么着也得让我给你当副手，最低做个指挥同知吧。"赵阳叫了起来。

"二哥，这不是儿戏，我现在都愁死了，等我过了这一关，咱们再立些功劳，别说指挥同知，你就是篡我的位，我保证举双手双脚赞同。"况且道。

"什么难关啊，你不是刚升官吗？怎么还有难关啊？"赵阳道。

况且刚要说什么，那个管家跑着过来道："少爷，老爷说了，快请况大人过去面叙。"

赵阳笑道："看见没有，你现在升官了，身价也长了，我老爹都要请你这个况大人去面叙，而不是拜见了。"

况且笑着斥道："胡说，自家人哪有这些说道。"

两人跟着管家进了一个大门，又穿过一个中庭，然后来到武定侯住的憩园。

"这里其实就是我家的祖宅，外面这些都是后来扩建的。"赵阳解释道。

况且看着大门上有一道匾额，上书"勋并日月"四个字，落款居然是朱棣，这是成祖的御笔。这四个字的评价，在当朝并不多见。

况且走进去，看到一个六十岁上下的老将军站在院子里，身边还站着一个中年人，面貌跟赵阳极为相似，只是气质截然不同。

况且不用问，知道老者肯定是武定侯，中年人是赵阳的哥哥赵炎。

"小侄况且拜见老伯。"况且急忙趋前几步，躬身拜谒。

"贤侄免礼，咱们是自家人，不用叙官场那些礼节了，贤侄不会介意吧？"武定侯道。

"当然，只是小侄因各种原因，一直没能来拜见老伯，还请见谅。"况且道。

"兄弟，其实我们是亲戚，根本用不着避讳什么，又劝不动你，只好随你了。"

此时那个中年人也过来平礼相见，果然是武定侯世子赵炎。

双方见过后，来到大堂上，不分宾主而是像家人那样围桌而坐。赵阳和赵炎都陪着况且坐下，按说武定侯在场，他们决不能坐着，必须站在父亲身边，可是有况且在座，他们不坐，况且也不会坐下，也就不按礼节行事了。

"贤侄高升，老夫还想哪天去给你道喜呢。"武定侯笑道。

"老伯，哪来的喜啊，我现在是一肚子苦水啊。"

赵阳笑道："我说兄弟，你有点出息好不好，一个指挥使就把你压得喘不过气来了？若是当上大学士你还不得趴下？"

"胡说。"武定侯斥道。

"没事，我们哥俩没个高低反正，怎么说都行。"赵阳嘻嘻笑道。

赵炎只是微笑着看，却不插话，沉静安详。赵阳就跟跳马猴子似的，很少有安静的时候，跟他的年纪颇不相符，很有长成老顽童的潜质。

况且就把遇到的难事说了一遍，苦瓜脸拉得好长。

他不是喜好诉苦，而是现在得求爷爷告奶奶地把这些事办成，要想让人帮助，诉苦装可怜是最好的办法，人都是有同情心的嘛。

"还有这事？"武定侯跟高拱一个表情。

"绝对做不到，半年时间能让士兵把刀枪剑戟舞弄明白，别伤着自己就不简单了。还有啊，招募的人估计都不会骑马，还得训练他们骑马，这不是一天两天就能练成的。按你说的还要有小型的神机营，还要有水师，还要有细作队伍，算了，我不说了，兄弟，你那地方我不去了。别哪天皇上要你的脑袋，把我的捎带着一起砍了。"赵阳连连摆手，后退一步。

武定侯苦笑一声，却没斥责赵阳，虽然大儿子继承爵位，他喜爱的还是小儿子，这也是天下父母的通病。

"事已至此，贤侄准备怎么办？"

武定侯知道况且一定还是想出些办法，不然不会急着登门，肯定是有事相求。

"小侄原来想让二哥带贵府五百亲兵过去，就算我借的，帮我训练那些招募的人手。既然二哥不想去了，就算了，不过五百亲兵能不能借给我？"况且道。

"借我们的亲兵？兄弟，各府的亲兵不能外借的，朝廷有严格规定。"

赵阳道。

"二哥，你要这么说我可要把你家的亲兵都挑走了，皇上可是说了，让我任意挑选人员，这个任意肯定包括贵府吧。"况且道。

"你们两个别斗嘴了，五百亲兵没问题，可是你若是用作训练人员，五百亲兵还不如一百名教头。我帮你请一百名教头如何？"武定侯道。

"对啊，亲兵就是教头训练出来的。老伯能帮我请到一百教头？"况且大喜。

"当然能，就是得花钱，也就是说雇。"赵阳抢着道。

"钱没问题，我可以花高价聘请他们。"况且道。

"兄弟，你别听他的，他骗你的，家父调他们去就行，不用花钱的。"赵炎微笑道。

"你准备在什么地方操练人马？我们都督府有大校场，可以借给你们用。"武定侯道。

"多谢。我本来还琢磨着就在我那地方的院子里练兵呢。"况且道。

"那不行，只有大校场才能全方面训练军士，从骑马到器械，包括火器都可以训练，别的地方没那么宽敞。而且大校场有现成的器械和马匹，你让人带着士兵到训练场就齐了。"武定侯道。

"那样的话半年时间能练到什么程度？"况且问道。

武定侯笑道："若要在这么短的时间内达到你说的效果，就得多招募人员，优中选优，不能适应高强度训练的人员马上淘汰。我估计，起码要选十倍的量吧，就是说先得从招募的人员中选出五万人，然后这五万人昼夜操练，能挺下来的就一定能符合你的要求。"

况且大喜，站起身躬身拜道："老伯，您可是救命恩人啊。"

"你要说这个我就惭愧了，这次没能帮到你什么。本来我跟英国公、荣国公、定国公和魏国公，还有几个侯府联名给皇上上书，说你现在还太年轻，涉事太浅，不宜留在京师任职，我们请求皇上让你回南京，跟着老师再读书十年，然后再出来当官为国效力。可惜越帮越忙，现在我们也不敢说话了。"武定侯苦笑着叹道。

还有这事？

况且既感动又激动，没想到这些功臣世家还真认亲，有些功臣贵族他根本不认识，从来没打过交道，居然肯联名担保他，可见功臣集团团结一体，一点不假。

谜底揭开

说话间已经到了午饭时间，武定侯留他吃午饭，况且没有推辞。

他跟武定侯是切实的姻亲关系，武定侯的女儿是他的嫂子，真正是自家人，再说这也是来求人家办事，总不好事办完了扭头就走。

"小侄来的急，又是从高相府里过来的，没带什么礼物。"况且道。

"你就别费这个心了，我这里还缺什么东西吗，你人来就足够了。以后有事就说话，没事也经常回来看看，把这里当作你的家。"武定侯道。

午饭很简单，就是一般的家宴，赵阳和赵炎弟兄两个陪着况且一起吃。

"老伯怎么没去衙门坐堂？"况且问道。

"衙门里没什么事，隔几天过去转一转就行，真有什么事他们会马上来禀报我。"武定侯道。

"可是我大哥每天都坐堂啊，京城都督府难道比南京都督府还悠闲？"况且道。

"哼，他哪儿是喜欢坐堂，他就是不喜欢在家里待着。"武定侯听了况且的话，面色一沉，显然对自己的女婿不太满意。

赵炎忙笑道："兄弟，都督府是这么个地方，平时什么事都没有，无非浏览一些各地的军报。只有皇上要对外用兵的时候，才会忙起来。兵部把圣旨发到都督府，钦定哪个大都督领兵出战。这个大都督会按照圣旨点兵点将，然后誓师出征。等仗打完了，大军回归，兵将都回到原来的卫所，大都督向兵部交还印绶后回到都督府，这就是一般的流程。"

武定侯道："这是太祖皇帝定下的规矩，叫作兵无常帅，帅无常兵，兵部有调兵权，却没有军权，大都督府有军权，却没有调兵权，只有皇上才有权利调兵遣将。说到底就是防止武将造反。"

况且"哦"了一声，他对武定侯父子介绍的情况稍许知道一些，但了解的并不详细。

赵炎笑道："这就是多余的规矩，谁吃饱了撑的没事做去造反，一个地方，一个州府的兵力根本不足以造反，谁异想天开就是找死。民间那些无知愚民会时不时的兴兵造反，没几天就被镇压下去了。"

武定侯笑道："这些事不要多谈了，被人听到传到朝廷那里又是麻烦事。"

况且三人都笑笑，不再谈论"造反"这个忌讳话题了。

"贤侄，我原来以为皇上任命你当指挥使，是让你守宫门，原来我想错了。你师父是一代大宗师，你自然就是理学少宗师，皇上让你守宫门，甚至在他身边值班，这也是皇家的荣耀啊。没想到居然派你到塞外海外出征，这都是怎么回事？"武定侯皱眉道。

他不是问况且，而是自问。

况且苦笑道："我倒是愿意给皇上去当保镖，丢脸总比丢命强啊。"

"没这么严重吧？"赵炎笑道。

"怎么不严重，把我的地方安置在北镇抚司旁边，这就是警告，干好了没得说，干不好，直接送进诏狱，连抓捕都省略了。"况且喝了一大口酒道。

武定侯都笑了，觉得况且夸大其词，皇上不会如此对待功臣子弟的，除非真有谋反的证据。

"老伯，我不是说笑，是真的，刘守有亲口对我说的。"况且郑重道。

"你别太忧心了，若是按照我说的办法来练兵，半年时间不说别的，至少能跟戚家军相媲美，到时候拉出来练练靶子，皇上看了也没有话可说。"武定侯镇定道。

"那就好。"况且抹了把冷汗。

他现在是谈到这事身上就出冷汗,快得恐惧症了。

"贤侄,经费的事有着落吗?户部现在可是铁公鸡,很难从他们手里批到银子。"武定侯问道。

"他没事的,徐相、高相、张相都会帮他,不愁从户部那里掏不出银子来。"赵阳道。

"也是,兄弟这是有贵人相助的。"赵炎也温雅地说道。

"这事倒是简单了,皇上这次不用户部的银子,而是自己掏腰包,全部由帑银支付。"况且道。

"帑银?"

听到这里,武定侯三人都感觉事态严重了,皇上的银子绝不是好拿的。这说明皇上是不惜一切要做成这件事,真要搞砸了,后果不堪设想。

"兄弟,皇上的银子你都敢花?我确信,你正大步走在通往诏狱的路上!"赵阳大惊道。

"我天天都走在去诏狱的路上,这有什么办法,我隔壁就是镇抚司的诏狱啊。"况且道。

"这是两回事。"赵阳摇头。

"行了,他够烦心的了,你就别添乱了。"武定侯说道。

武定侯想了想,忽然拍案道:"我明白了!"

赵阳吓了一跳:"老爹,您明白什么了?"

武定侯看着况且问道:"你上午不是见过高拱吗?"

况且不明所以,点头道:"见过,我就是从他府里出来,然后直接到这里来的。"

"他没和你说什么?"

"没有啊,他也不明白皇上的意思,说是回头打听打听。"

"这个老狐狸。"武定侯骂了一句。

"老爹,您是实诚人,赶紧说啊,没看到况兄弟脸都憋紫了,再憋一会儿有可能小命不保。"赵阳道。

况且并没有赵阳说的那般不堪，却也是眼巴巴地盯着武定侯，知道他话中有话，而且是非常重要的话。

"皇上下决心要开放海禁了。"武定侯道。

"不可能吧，前天我还见过张大人，张大人说这事急不来。"况且有些不信。

"是，谁都是这样说，在最后没有完全敲定前，没人敢说真话。张居正就会跟你把心里的话都说出来？这些老臣一个个都成了精，尤其是高拱。"

"那您是怎么知道的？"况且纳闷，贵族武将不是不得参政议政嘛。

"我知道是皇上前几天下了一道旨意，大致是询问我们如果沿海一个州府出现动荡，我们需要多少兵力，需要多少时间可以平定，过后可以稳定多长时间，有没有一劳永逸的办法等等。"

"这跟皇上要放开海禁的事有什么关联？"赵阳问道。

"当然有，你想啊，皇上若是想开放海禁，就意味着朝廷要直接对海外展开贸易，海外的银子珠宝得上岸吧，那些地方都是地方豪族的地盘，他们能让朝廷把他们的财路断了？不造反才怪呢。"

"造反就直接平定呗，又不是剿灭不了他们。"赵阳道。

"剿灭不可能，只能把他们赶跑，可是官军不可能常驻，不然的话，官军就会比倭寇更扰民。再者大军在外，每天消耗的银两也是惊人的，那些从海外上岸的银子还不够大军的草料钱呢，最后朝廷只好撤军。等官军撤后，那里还是豪族的天下。以我行伍多年的经验，疆域的稳定才是开放海禁最难之处。"武定侯解释道。

"老爹，你说的这些跟况兄弟有关系吗？"赵阳问道。

显然他是越听越糊涂了。

"当然有，皇上为何急于提拔贤侄，并且让你招募人员，训练成军，还限定期限，就是因为皇上很快就会宣布开放海禁。"

"什么？"况且震惊得站了起来。

"不可能吧，真要这样，地方豪族压不住的话，开放海禁就是空话。"赵炎忍不住插话道。

"所以才有贤侄的这个差事，皇上是要你带这支新军到开放海禁的地方常驻，不仅要镇压住当地豪强，还要打通海上航道，保护银子顺利上岸，平安通往内地。"武定侯进一步解释道。

听了武定侯这一番话，况且慢慢坐下来，不住地点头，他终于知道皇上启用他的原因了。虽说现在还不能完全确定，很显然，武定侯的分析是最靠谱的。

"兄弟，得，你干脆自己去诏狱报到吧，那样还有万分之一的活路，带五千人马去沿海，连骨头都剩不下呀。"赵阳道。

"就是，那些倭寇进可攻退可守，攻则上岸掳掠，退则下海远飚，朝廷一点办法都没有，你去了形同搏命。"赵炎道。

"这就是皇上不惜自己掏帑银，不惜一切让你训练成军的原因，如果让户部拨款，这事根本通不过，那些人会誓死抗争到底。你知道朝廷里有多少人出自沿海各大豪族？在他们眼里，朝廷的利益远远没有他们自己家族的利益重要。"

"一群蠹虫，皇上若想彻底开放海禁，就该把这些人全都打进诏狱。"赵阳恨恨道。

"那是根本做不到的，他们在朝廷里都是清官，一文钱不贪，做官都有政绩，想抓他们没有任何借口。"

"那就先从他们家族抓起。"赵阳道。

"他们家族在当地修桥补路，赈济贫穷，抚恤孤寡，都是道德楷模，能上碑文的角色，怎么收拾人家？"武定侯冷哼道。

"他们唯一的错误就是把本应流向朝廷的银子全给截住了。每个家族都是富可敌国，朝廷却是一年比一年穷。"赵炎不由长叹一声。

谈到富可敌国，况且可是深有体会，当年福州郑家在南京对付他时，可是豪气冲天，连中山王府都不放在眼里。他听说海盗联盟八大家族，其实就是沿海各豪族的结合体，说是八大家族，其中仅中小族就不知道有多少了。

武定侯父子三人看着况且，流露出同情的神情，训练好部队是到海边赴死，训练不好军队，皇上肯定饶不了他，真的有可能直接送诏狱，左右都没活路啊。这坑挖的，简直让人欲哭无泪。

扑朔迷离

"兄弟，你究竟是招谁惹谁了，怎么摊上这事了？"赵阳惊骇叫道。

武定侯道："这只是我的猜测，未必真的如此。不过贤侄，你不会恰好跟沿海豪族有联系吧？"

况且摇头："没有，我生活在苏州，后来在南京成家，跟沿海没有任何关系。"

"那就没有任何道理了，皇上如此重用你一定是有道理的，你好好想想，也许你的什么亲戚，或者，你母亲那一族的？"武定侯道。

"老伯，真的没有，我连海边都没去过。不过倒是想起一件事来，可是跟开放海禁没有什么关联啊？"况且挠了挠头道。

"什么事？"武定侯问道。

"是这样，我要成亲的时候，福州郑家忽然来搅局，拿着我岳丈大人早年跟他们订的娃娃亲婚约，想要从中把我们拆散。不过他们最后被魏国公轰走了，而且好像还遭受了诅咒，郑家三代几乎死绝了。"

况且当然不会说郑家那些人的死亡是出自小君的大手笔，就是跟武定侯也只能咬定是诅咒。

"我们也听说了，这事我姐姐给家里的信中提到过，当时我们还很担心你呢。"赵阳道。

"只有这些联系？"武定侯道。

况且想了又想，笃定地点点头。

"那就更没道理了，你要知道，这次皇上让我们做的计划就是针对福建漳州月港的。郑家的确在那次事件中大伤元气，可你若是到了他们的地盘上，会遭受他们疯狂的报复，别说五千人，就是五万人也无法长期立住脚，五千人连骨头渣子都得被他们吞了。"武定侯越想越不对劲。

"就是，强龙不压地头蛇，郑家可不是地头蛇，即便现在在福建依然是豪族。皇上真要是派你去那里，不是借郑家的手杀你吗？"赵阳更是糊涂了。

"不会那样，皇上身边有的是能人，有一千种办法让一个人无声无息地消失，根本不用花这么大本钱。皇上不惜掏大把帑银，然后再借刀杀人？说不通，根本说不通。"武定侯连连摇头。

"就是啊，在那种地方，五千人仅够保护况兄弟自己，根本无法长时间驻留，只能快速进入，快速出来。皇上如果要派人保护开放港口，那就一定是要像钉子一样死死钉在那里。"赵炎也是一脸的迷惑。

"难怪张居正和高拱不跟你说开放海禁的事，他们估计是跟我一样想不通这里的环节，所以才不跟你说。"武定侯道。

况且摇头道："不想了，反正我想要去海边送死，也得先过了皇上这一关再说，还是先解决眼前的难题吧。"

"也是，至少到海边送死是将来的事情。"赵阳道。

"乌鸦嘴。"武定侯狠狠瞪了儿子一眼，吓得赵阳一吐舌头不再说话了。

在城里一座府邸深处的一间密室里，没有烛光，也没有日光，黑漆漆的空间里只有几个声音回响着。

"他想要五千人？不行，我这儿一个人都不会给。"一个苍老的声音道。

"老兄，公子只是要五千人，我可是夸下海口，要五万人都有，你好歹给我点面子好不好。"另一个沙哑的声音道。

"面子？这是面子的事吗？他今天要五千，明天就能要一万，最后可能就要五万，他要人干什么？用咱们的人去给朝廷效力，难道他不知道咱们跟朝廷是死敌吗？"苍老的声音怒道。

"我也不想给，可是公子说了，不给就翻脸，咱们打马虎眼他会翻脸，咱们掺沙子他也会翻脸，你说怎么办？"那个沙哑的声音苦笑道。

"翻脸就翻脸！咱们保护他们一家几代人了，不知道付出了多少，他居然还能说出翻脸的话，这样的人不保也罢。"那个苍老的声音道。

"不保？要是他真的出了事怎么办，你难道不知道后果的严重性吗？"那个沙哑的声音也发怒了。

"果真出了事，该怎么办就怎么办，咱们现在干吗非得弄个主子供着？干吗咱们就不能自己做主？"苍老的声音道。

"自己做主？如果公子不在，任何人都无法把所有人团聚在一起，那样的话组织就会四分五裂，你想到过这样的结果吗？"

"不用去想什么结果，我是宁做鸡头不做牛尾，分家就分家，分家后咱们也足够强大，没有理由害怕。"苍老的声音道。

"足够强大？是跟朝廷比，还是跟护祖派比，还是跟海外的君王组织比？你不保公子，海外的君王组织巴不得如此，现在老爷子跟公主都在他们手上，如果他们再得到公子，咱们都得俯首称臣。另外组织里还是忠于他家的人多，不信你自己调查一下，为什么？还不是为了当年忠于建文帝陛下的大义。"

"是啊，若是建文帝在世，让我怎么效忠都没问题，可是为何我们要向况家效忠？"

"那是因为建文帝陛下有遗诏：'若他不在，所有人要像忠于他一样忠于况家的人，以及况家后人。'"那个沙哑的声音郑重道。

"我不管你怎么说，反正这次我坚决不出人，你若愿意出，就从你的那部分势力里出吧。"苍老的声音冷哼道。

陡然间，一个声音突然在黑暗的室内响起："敢妄议建文帝陛下遗诏者死，敢违背陛下遗诏者死。"

"不，大人，属下不是……"苍老的声音忽然变得年轻，而且惊慌恐惧。

随之这声音仿佛被剪刀剪断一般戛然而止。

"大人，您也来了？"那个沙哑的声音惶恐道。

空中并无回声，良久，密室打开了，一个人走了出来……

北镇抚司里，刘守有还是跷着两只脚，仰躺在太师椅上。

"那小子今天没来？"他问道。

"没来，大人。"

"估计是求爷爷告奶奶去了吧，这差事可是棘手啊。"刘守有悠悠地道。

他越想越佩服皇上的神机妙算，当然他知道这不仅仅是皇上的构想，皇上后面还有一个神秘的国师，那是比高拱、张居正还要重要的人物，可惜他一直没能弄清楚这位国师的来历。帝国仍然处在月明花开的前夜。